文明互鉴：中国与世界

比较文学研究范式实践

卢　婕◎著

四川大学出版社
SICHUAN UNIVERSITY PRESS

图书在版编目（CIP）数据

比较文学研究范式实践／卢婕著．— 2版．— 成都：
四川大学出版社，2024.5
（文明互鉴：中国与世界／曹顺庆总主编）
ISBN 978-7-5690-6614-2

Ⅰ．①比… Ⅱ．①卢… Ⅲ．①比较文学－文学研究
Ⅳ．① I0-03

中国国家版本馆 CIP 数据核字（2024）第 051611 号

书　　名：比较文学研究范式实践
　　　　　 Bijiao Wenxue Yanjiu Fanshi Shijian
著　　者：卢　婕
丛 书 名：文明互鉴：中国与世界
总 主 编：曹顺庆

出 版 人：侯宏虹
总 策 划：张宏辉
丛书策划：张宏辉　欧风偓
选题策划：王　冰
责任编辑：王　冰
责任校对：毛张琳
装帧设计：墨创文化
责任印制：王　炜

出版发行：四川大学出版社有限责任公司
　　　　　地址：成都市一环路南一段 24 号（610065）
　　　　　电话：（028）85408311（发行部）、85400276（总编室）
　　　　　电子邮箱：scupress@vip.163.com
　　　　　网址：https://press.scu.edu.cn
印前制作：四川胜翔数码印务设计有限公司
印刷装订：四川五洲彩印有限责任公司

成品尺寸：170mm×240mm
印　　张：21.5
插　　页：2
字　　数：365 千字

版　　次：2018 年 10 月 第 1 版
　　　　　2024 年 5 月 第 2 版
印　　次：2024 年 5 月 第 1 次印刷
定　　价：86.00 元

本社图书如有印装质量问题，请联系发行部调换

扫码获取数字资源

四川大学出版社
微信公众号

前　言

在我国推动共建"一带一路"（"丝绸之路经济带"和"21世纪海上丝绸之路"）愿景与行动的倡议下，"中华文化走出去"和"文明交流互鉴"已经成为我国人文学科学者热切关注的重要议题。比较文学与世界文学研究由于其跨民族、跨国家、跨学科和跨文明的特性，理所当然地肩负起沟通和融汇中西文学与文化，传承和弘扬我国优秀文学与文化的历史使命。比较文学学科在中国经历了近三十年的发展后，逐步形成了以影响研究、平行研究、变异研究和总体文学研究为支柱的比较完善的学科理论，基于各类比较文学学科理论的学术论文和学术著作层出不穷。但是，对于比较文学学科的初入门者，以及广泛的非比较文学专业学者而言，比如对于同属文学与文化研究范畴的外国文学研究者或中国文学研究者，他们需要比较文学学科理论著作之外的更多的比较文学研究的实际案例以辅助理解比较文学的研究范式、理论、方法和目标。

根据《教育部关于加强专业学位研究生案例教学和联合培养基地建设的意见》，教学单位要充分认识加强案例教学的重要意义。"案例教学是以学生为中心，以案例为基础，通过呈现案例情境，将理论与实践紧密结合，引导学生发现问题、分析问题、解决问题，从而掌握理论、形成观点、提高能力的一种教学方式。加强案例教学，是强化专业学位研究生实践能力培养，推进教学改革，促进教学与实践有机融合的重要途径，是推动专业学位研究生培养模式改革的重要手段。""培养单位和教指委要积极开展案例教学师资培训和交流研讨，推出案例观摩课和视频课，帮助教师更新教学观念，了解案例教学的内涵实质，准确把握案例教学的特点和要求，熟练掌握教学方法，提高案例教学的能力和水平，积极主动开展案例教学。同时，组织开展相关理论与实践研究，解决案例编写和教学中的难点问题，探索提高案例编写和教学水平的思路与方法，为推广和普及案例教学提供指导。"由此可见，案例研究不仅有利于培养学生能力，而且有利于促进师资建设，提升教师科研能力。

《比较文学研究范式实践》是对比较文学基本理论的一项辅助性研究。它立足于比较文学领域中传统的"影响研究"和"平行研究"，以及近年来新兴的"变异研究"，为这些领域中的基本原理配置文本意义上的实践阐释和个案解读。本著作的第一章主要介绍世界比较文学研究所经历的由于研究对象的"窄化""泛化"和"浅化"所带来的学科危机。第二章介绍比较文学中国学派在世界比较文学出现危机之际开创出的新的研究领域和方法，探索出的全新理论天地。第三章介绍传统的影响研究范式：通过"马克斯·舒尔曼作品在中国""西方当代文论在中国""中国图像诗歌受到的横向与纵向影响"，分别介绍了文学和文论的接受研究范式和影响研究范式。第四章介绍平行研究的研究范式：以"《红楼梦》与《爱情就是谬误》人物塑造手法的类比研究"展示对两部没有事实联系的作品之间的求同比较；以"中英爱情诗歌异同比较"展现对中外相同主题作品之间的比较模式；以"中西诗歌发展史的求同比较"展示对跨文明文学发展呈现的相似境遇的比较研究；以"中美扬雄汉赋研究探异"展示不同文化模子影响下对同一研究对象形成不同的评价的比较研究模式；以"'展面'与'刺点'——阿瑟·韦利和哈金李白传叙述策略研究"展示不同文化身份的传记作者对同一传主进行生命书写时的不同叙述策略。第五章介绍跨学科研究范式，展现文学与语言学、翻译学、人类学、心理学、教育学、艺术学结合的巨大阐释力。跨学科研究本是美国学派在平行研究中发展出的一个分支，但是由于它所开拓的巨大研究疆域和无穷阐释空间，本著作将它单独列出，以六个个案展示以文学为中心的跨学科比较文学研究的研究范式。第六章为变异研究范式实践，这也是本著作中最有价值的一部分。在之前的比较文学案例研究著作中，由于时代和理论发展的局限，研究者只收录了影响研究和平行研究的研究案例。比如，浙江省哲学社会科学规划课题成果《比较文学原理的实践阐释》就只包含上编影响研究和下编平行研究两部分。随着比较文学学科理论的发展，原有的案例著作明显不够完善。本著作选用了五个案例对比较文学变异学中的"他国化""文化过滤""误读"等关键术语进行实践阐发，对翻译变异、形象变异以及研究方式的变异进行探源研究。第七章是对近年来国内比较文学的学术交流活动的介绍。这部分内容跟踪了近年来国内外著名比较文学研究者的研究动态，既具有学术参考价值，也具有史料价值。不过，值得一提的是，读者需要注意，比较文学中无论是影响研究、平行研究还是变异研究，三种研究模式并非截然分开。在具体的实践中，很多时候，这三种研究模式是并行使用的。尤其是当比较文学发展为跨文明的文学和文化的影响和平行研究之际，变异学因其本身的普适性，经常与前两种研究模式"和光同尘"。正如比较文学研究的前辈们早就注意到的那样，比较文学的学科理论大厦是以"涟漪式"的图示发展的。它与其他很多人文学科的理论大厦的构建不同，其后来的理论常常是以包容的姿态容纳了前面的理论，而不是以后者替代或推翻前者，或者后者以独立的姿态与前者并列。第八章总结了 21 世纪以来中国比较文学研究的转向与创新，以此证明建设比较文学"中国学派"这一学科目标的提出与 21 世纪以来中国比较文学研究的转向与创新，形成了双向互构、相得益彰的良性发展态势。

本著作中的案例研究是比较文学原理研究的必要补充和有益延伸。案例既是比较文学原理出发的原点，也是比较文学原理必须到达的终点。只有将案例实践与原理相结合，形成一个封闭循环，比较文学的学科建设才不会停留为曲高和寡的空中楼阁，才不会成为自说自话、没有群众基础的"独角戏"。通过影响研究、平行研究、跨学科研究和变异研究的案例举隅，本著作可为比较文学在中国的发展助力，推动比较文学"中国学派"成为世界人文研究领域的领军力量。

目　录

第一章

世界比较文学的危机与挑战

　　比较文学在西方的发展遇到了不少的危机。尤其是在 19 世纪后半期，在后现代主义和后结构主义思潮的冲击下，包括比较文学研究在内的文学研究的传统"确定性"变得越来越不明晰。对比较方法论的怀疑，文化研究对文学研究的蚕食，都导致这门学科面临被消解的威胁。但是我们需要认识到：在西方的比较文学研究有所衰减之际，中国的比较文学研究在改革开放之后的四十年时间里异军突起，在世界比较文学学界逐渐绽放出夺目的光辉。事实上，中国的比较文学学者无论是在学科理论建设还是比较文学实践中都做出了独特的贡献。继比较文学法国学派和美国学派之后，中国学派已经昂然屹立在世界的东方。由比较文学中国学派提出的比较文学理论和研究方法，如"比较文学变异学理论""文化模子""双向阐释""译介学""四重证据法"等，已经在当下的跨文化语境比较文学研究中展现出巨大的理论价值和实践指导意义。除了中国政府对"话语权"和文化软实力的积极争取和建设，中国比较文学学者在三十年里对这一学科的反思，也是中国学派能够在国际比较文学衰落的大背景下逆势发展的一个重要因素。

　　比较文学作为一门独立的学科得到学界承认，已有两个世纪的历史。从第一阶段法国学派基于实证研究范式的影响研究，到第二阶段美国学派对跨国与跨学科文学的平行研究，再到目前第三阶段中国学派对跨文明文学作品与理论的变异研究和总体研究，国际比较文学研究几经沉浮。然而，每当这门学科被各种危机逼入死角，它就积极地自我诊断，为自己开出治病药方。总的说来，国际比较文学研究遇到过三次大的危机，包括由克鲁齐（Croce）对该学科的比较方法论缺乏科学性的指责而引发的第一次危机，由过度限制比较范围和过分强调"国际文学关系史"而引发的第二次危机，以及由目前的文化转向和泛文化研究引发的第三次危机。为了应对第一次危机，法国学派对该学科的研究对象加以严格限制，却因此使其陷入"一潭死水"的第二次危机。然后，为了解决以法国学派压抑和狭隘的学科格局为特征的第二次危机，美国学派提出对没有实际关系的文学进行平行研究，打破了原来法国学派画地为牢的人为设限。但是，众所周知的是世间没有什么处方可以永保安康，也无包治百病的灵药。虽然美国的"解药"成功地缓解了该学科的一时之疾，但是，它也打开了"潘多拉的盒子"，引发了新的隐疾。虽然，必须承认，在韦勒克（René Wellek）诊断出该学科"旷日持久的危机症状"① 之后，1958 年他通过《比较文学的危机》（"The Crisis of Comparative Literature"）所开出的解药——"文学性"，的确将这门学科从第二次危机中拯救出来，使比较文学研究不久就恢复健康并砸断"关系"这个脚镣手铐而发现一片更自由而生机盎然的处女地，然而，在经历半个多世纪的肆意发展之后，这个一度恢复健康的学科变得臃肿不堪，甚至因超出其学科框架而导致了第三次危机：由学科范围过大和规范过于松弛而引发的危机。事实上，目前的第三次危机来势汹汹，其威胁丝毫不亚于之前的两次危机。该学科的许多学者都已经注意到了这次危机：1984年，韦斯坦因（Ulrich Weisstein）提出比较文学身处"永恒的危机"。② 1993年，苏珊·巴斯奈特（Susan Bassnett）在《比较文学批评导论》（*Comparative Literature: A Critical Introduction*）中提出比较文学"气数已尽"。③ 1995 年，伯恩海默（Charles Bernheimer）在《多元文学时代的比较文学》（*Comparative Literature in the Age of Multiculturalism*）中的序言标题名为"比较的焦虑"（"The Anxieties of Comparison"）。④ 2003 年，斯皮瓦克（Gayatri Spivak）出版《一门学科之死》（*Death of a Discipline*）。⑤ 同年，苏源熙（Haun Saussy）在美国比较文学学会提交的第四个"十年报告"名为"噩梦醒来缝精尸：论文化

① René Wellek. The Crisis of Comparative Literature [A]. Concepts of Criticism [C]. New Haven and London：Yale University Press，1964，pp. 282 - 295.

② Ulrich Weisstein. *Yearbook of Comparative and General Literature* [J]. 1984，pp. 167 - 192.

③ Bassnett，Susan. *Comparative Literature: A Critical Introduction* [M]. Oxford：Blackwell，1993，p. 9.

④ Bernheimer，Charles. *Comparative Literature in the Age of Multiculturalism* [M]. Baltimore and London：Johns Hopkins University Press，1995，pp. 1 - 17.

⑤ Spivak，Gayatri. *Death of a Discipline* [M]. New York：Columbia University Press，2003，p. XII.

基因、蜂巢和自私的因子"（"Exquisite Cadavers Stitched from Fresh Nightmares：Of Memes，Hives，and Selfish Genes"）。① 从顶级比较文学学者的口中和笔尖涌出的"危机""焦虑""死亡""尸体"等词语听上去如此令人震骇以至于不久就引发了全球范围关于比较文学命运的又一次大讨论。在最近二十年里，国际比较文学学者就比较文学的第三次危机表达了各自不同的看法。其中影响力较大的有《作为危机与批评的加拿大比较文学：朝向比较文化研究》（"Comparative Canadian Literature as Crisis and Critique：Towards Comparative Cultural Studies"，Richard A，Cavell，1994）、《比较文学与文学研究的危机》（"Comparative Literature and the Crisis of Literary Studies"，W. Moser，1996）、《比较文学身处危机中吗?》（"Is Comparative Literature in a Crisis?"，Miroslav Beker，1998）、《比较文学准备好迎接 21 世纪吗?》（"Is Comparative Literature Ready for the Twenty-First Century?"，Eva Kushner，2000）、《失败的预言 过时的药方》（"Failed Prediction and Outdated Prescription"，Cao Shunqing & Wang Lei，2009）、《永恒的危机，比较文学能否或应该在历史、理论以及区域研究中继续存在?》（"The Permanent Crisis, Or Can, Could or Should Comparative Literary Studies Survive? Between History, Theory and Area Studies"，I，Pospisil，2009）、《对作为学科的比较文学的反思》（"Reflections on the Crisis of Comparative Literature as a Discipline"，Liu Xiangyu，2010）、《危机或未来? 德国比较文学》（"Crisis or Future? The Germanic Compared Literature"，HG Roloff，& P，Pabisch，2010）、《比较主义与文学研究的危机》（"Comparatism and the Crisis of Literary Studies"，Anton，Pokrivěák，2013）以及《今日比较研究·比较研究，危机……》（"Comparative Studies Today. Comparative Studies, Crisis..."，Paweł，Wolski，2015）等文章。学界关于比较文学学科命运的讨论广泛而经久不衰。

从以上例子来看，国际比较文学学者明显地分成了两大阵营。部分学者对比较文学研究的命运持悲观态度，部分则相反。有趣的是，还有些学者在这两大阵营中改变立场或游移不定。比如，在其异见者的启发或压力之下，2006

① Saussy, Haun. Exquisite Cadavers Stitched from Fresh Nightmares：Of Memes, Hives, and Selfish Genes [A]. *Comparative Literature in an Age of Globalization* [C]. Baltimore：Johns Hopkins University Press, 2006, pp. 3 - 42.

年，作为危机论首倡者之一的巴斯奈特写了一篇名为"21 世纪比较文学的反思"（"Reflections on Comparative Literature in the Twenty-First Century"）的论文。她在文中承认其先前断言比较文学将被翻译研究取代是不妥的。① 最近，她在一次采访中谈到了她观点变化的原因："变化总是令人不解，有时还令人痛苦。但是没有变化就没有成长和进步。"② 由此可见，比较文学是否正濒临死亡，这个问题的答案因时代而异，也因个人而异。就比较文学学科而言，"警钟为谁而鸣"这个问题无疑值得学界三省其身。回顾比较文学研究在过去的发展，总结不同学者对该学科前途命运的看法，有助于我们寻找这一问题的答案。而通过鉴古知今和贯通中西，我们可以看到警钟正为三种错误理解比较文学学科含义的研究者——那些将比较文学研究"窄化""泛化"与"浅化"的人——长鸣。

一、 比较文学研究的 "窄化"

众所周知，尽管法国学派的影响研究被公认为比较文学的第一阶段，事实上这门学科还可以追溯到更早的时期。当由英国学者波斯奈特（Posnett，H. M.）撰写的第一部比较文学专著《比较文学》（*Comparative Literature*）于1886 年出版时，他详细地从氏族文学、城市文学、世界文学以及国家文学等角度阐释了他对"比较文学"的理解。他以宽广的胸怀和自由的心态容纳了影响研究和平行研究两种范式，外部和内部文学特质两种研究对象。可见，这门学科的理论在史前史阶段是相当自由开放的。

不幸的是好景不长。在意大利学者克鲁齐对该学科比较方法论发起猛攻之后，法国学派中的一些著名学者，比如巴尔登斯伯格（Baldensperger）、梵·第根（Paul Van Tieghem）、基亚（Guyard）率先扔掉比较文学实践中备受诟病的"任意性"，而试图获得当时在所有学术领域备受推崇的"确定性"与"科学性"。这门学科因此开始从原先广阔的研究领域撤回而退缩到一个狭窄的封闭小圈子里。法国学派放弃了开放自由研究的良好开端和研究对象多样化的优

① Bassnett, Susan. Reflections on Comparative Literature in the Twenty - First Century [J]. *Comparative Critical Studies*, 2006 (1 -2), pp. 1 -11.

② Zhang Cha & Susan Bassnett. Where is Comparative Literature Going: An Interview with Professor Susan Bassnett [J]. *Comparative Literature and World Literature*, 2016 (1), pp. 47 -51.

秀传统，把自己投身于"国际文学关系"的研究中。研究对象的窄化成功地使该学科避开了克鲁齐的攻击，却付出了自由的代价。对研究对象的过度限制极大地限制了比较文学研究的发展。尽管作为老牌文学强国的法国在影响研究中做出了大量成就，但这种研究模式对于其他在文学方面而言相对不那么强大的国家来说得益不多，尤其是对于当时在政治经济领域已经崛起却并无傲人文学传统的美国而言，这种研究模式更无任何可取之处。把研究对象窄化到仅仅包括比较文学研究中的实际影响与关系令该学科很难在法国以外的地方繁荣，这引起了美国学者的极大不满。除此之外，对比较方法论的抛弃又使该学科与名称不合，导致圈外人的误解。还有，实证研究的方法论获得了"科学性"，却剥离了这门学科的文学性与审美性，而这正是文学相关学科的本质以及韦勒克"内部研究"中的核心元素。当韦勒克在《文学理论和现代文学批评史》（*Theory of Literature and a History of Modern Criticism*）中所提出的文学性是"美学的中心问题，文学艺术的本质"① 这一说法被广为接受时，法国学派仅以实证的外部关系建立学科理论和对研究对象的人为设限就日益让人难以忍受。除此之外，巴斯奈特的观点也颇具代表性。她在撰写本科毕业论文时曾研究过詹姆斯·乔伊斯（James Joyce）对伊塔洛·斯韦沃（Italo Svevo）的影响。在最近谈到影响研究时她直言："作者的话并不可靠，他们都是一些观点的表达，有时还存在刻意的欺骗。影响是可以被加工改良的。"② 对"文学性"的重要性的提升与对"实证性"的可能性的质疑所发起的穷追猛打，使法国学派基于实证范式的影响研究最终从比较文学研究的王位落下而结束了它的专制。法国学派比较文学研究的命运为那些试图对该学科研究对象不当设限的人提供了教训：对研究对象的过度窄化无疑会导致学科的发育不良。

事实上，窄化不是只存在于法国学派，尽管美国学派的研究对象比起其前辈更为宽泛，它同样也犯过窄化的错误。就研究范围而言，法国学派的民族主义爱国热情不可避免地导致其有意或无意地把法国文学对他国文学的无处不在并持续长远的影响研究放到重中之重的位置。类似的情况在美国也有发生，尽

---

① René Wellek. *Theory of Literature and a History of Modern Criticism*. ［M］. New Haven and London：Yale University Press，1964，pp. 282－295.

② Zhang Cha& Susan Bassnett. Where is Comparative Literature Going：An Interview with Professor Susan Bassnett ［J］. *Comparative Literature and World Literature*，2016（1），pp. 47－51.

管表面上看来美国学派的研究脱离了民族主义偏见，但不容忽视的是美国比较文学学者所提倡的平行研究虽看上去是把被比较的双方毫无倾斜地放于天平的两端，被称量的对象却仅限于西方文明圈中的文学。换句话说，它只关注欧洲和美国的文学，西方文明圈之外的文学并不在其视野之内。甚至连韦斯坦因这样有洞见的学者都曾质疑过不同文明之间的文学的可比性。他说："我对于把文学现象的平行研究扩大到两个不同的文明之间仍然迟疑不决，因为，在我看来，只有在一个单一的文明范围内，才能在思想、感情、想象力中有意识或无意识地维系传统的共同因素。"① 我们需要认识到的，是把研究范围局限于西方文明圈同样是一种保守主义做法。而美国学派的做法实际上只不过是法国学派对比较文学之窄化在新形势下的一种变体而已。将比较文学研究局限于西方文明圈背离了 1827 年歌德（Goethe）所设立的"世界文学"（Weltliteratur）的学科目标。事实上，1993 年，克劳迪奥·纪廉（Claudio Guillen）就呼吁在"超国家"领域（"supernational" realm）内进行文学研究。他所言的超国家文学概念是超出国家甚至国际文学以推翻欧洲中心主义所体现的沙文主义。② 在 21 世纪之始，戴维·戴姆拉什（David Damrosch）也借着重新定义"世界文学"而倡导比较文学突破原有的局限："这个从文学视角和新的文化意识凝结而成的术语是一种由歌德所预言而我们正身处其间的年代所正在形成的全球现代性意识。"③ 他的评价揭示了这样一个事实：21 世纪的比较文学的目标不仅包括研究西方文明中的文学或以西方视角研究文学，还包括研究非西方文学和以完全不同于西方的视角研究文学，以及以宽容之心接纳全世界的文学作品和理论为研究对象。换言之，在我们目前所处的全球化新纪元中，被窄化的学科视野是与当前现实格格不入的。只有从"世界文学"这样的宏大视野中进行比较文学研究，才能使这门学科跟上时代，得到国际学者的尊崇。

除了对研究对象和研究范围的窄化，比较文学研究的"窄化"还体现在对该学科基石之一的"可比性"这个问题的理解上。法国学派的影响研究建

① Weisstein, Ulrich. *Comparative Literature and Literary Theory: Survey and Introduction* [M]. trans. William Riggan. Bloomington: Indiana University Press, 1973, p. 5.

② Claudio Guillen, *The Challenge of Comparative Literature* [M]. trans. Cola Franzen. Cambridge, Mass.: Harvard University Press, 1933, pp. 70 – 71.

③ David Damrosch, *What is World Literature*? [M]. New Jersey: Princeton University Press, 2003, pp. 1 – 2.

立在"同源性"这一可比性上。如果没有不同国家文学所共有的相同文学渊源这一假设,流传学、媒介学、渊源学就如无本之木无法存在。因此,法国学派的主要成就都是通过对同一起源的母题、主题、情节、人物等探索而取得。没有了"同"这一前提,影响研究将不复存在。美国学派的平行研究是建立在跨国、跨语言、跨学科的文学作品或理论的"类同性"之上的。"平行"这个词本身就蕴含了"类比"——相似对象之间的比照或对比——的意蕴。然而,在目前这个全球化时代,尽管文学作品和理论展现出不少共通之处,但更常见的是它们呈现出引人注目的差异性。根据美国学派所建立的学科体系,因为世间本就没有任何东西完全相同,所以差异性是不可比的。他们认为可比性应依附于同质性而不是异质性,这也解释了为何美国学派对于将研究范围从西方文明圈扩大到东方文明圈感到迟疑不决。但是,法国学派与美国学派中的一些比较文学学者的研究实践已经证明:那些顽固地将自己局限于"同质性"研究的人很少能在自己所在的文明圈之外产生影响。而那些将目光投向与自身文学传统截然不同的异域文学的研究者则越来越获得国际性声誉。从这一方面来看,一些欧洲和美国的汉学家为他们的追随者树立了楷模并铺平了道路。在其所付出的努力的鼓舞下,在其所取得的成就的启发下,中国学派的比较文学理论创建者探索出一条放弃过时的"简单求同"模式而创建基于异质性可比性的比较研究之路。2013 年,中国比较文学学会会长曹顺庆教授所著《比较文学变异学》(*The Variation Theory of Comparative Literature*)由斯普林格出版社出版,引发了国内外对该学科新动向的广泛讨论。在书中,曹顺庆教授充满信心地宣称:"比较文学变异学是基于实证的影响研究新视角。它客观地研究文学的动态发展,以变异来贯穿文学发展,把法国学派的实证研究与变异相结合,这可以校正法国学派的缺点,可以使影响研究的模式得到丰富和补充,也可以极大地推动比较文学的发展。"[1] 佛克玛(Douwe Fokkema)在为此书作序时坦言:"变异学是对之前存在于法国学派单方面强调影响研究和受新批评启发的美国学派关注美学阐释的研究范式中的问题的解决之法,此二者都很遗憾

---

[1]　Cao, Shunqing. *The Variation Theory of Comparative Literature* [M]. Heidelberg: Springer, 2013, p. 43.

地忽略了非欧洲语言文学。"① 2015 年，斯文德·艾瑞克·拉森（Svend Erik Larsen）在《世界文学》（*Orbis Litterarum*）上发表书评："这本书是对业已确立的西方比较研究方法发出对话的邀请。"② 他还在书评结尾处补充道："由于世界文学研究、翻译研究、文类研究、政治研究、后人类研究、数字媒体和文学研究等部分研究的兴趣交叉重叠，对话的时机已然成熟。变异学可谓正逢其时。"③ 独特而新颖的变异学理论是基于全球范围内的比较文学学者对异质性文学研究的实践而建立的，它正吸引着许多比较文学学者的关注。同时，反过来，它的建立又可以为全球大量的这一研究的实践指引方向。另外，除了一些中国学者的发现，一些西方学者也已经关注到异质性这一可比性。比如，韦因斯坦在《比较文学与文学理论》（1973）中就提道："文学模仿的例子可能比起创造性嬗变或多或少更为少见。"④ 曹顺庆认为这里所说的"创造性嬗变"其实"接近于变异这一概念"。⑤ 2006 年，托马斯·多彻蒂（Thomas Docherty）在评论佛朗哥·莫瑞提（Franco Moretti）用"树"和"波浪"来隐喻性地阐释比较文学其实是过分强调了"同一性"之后，他质问道："然而，如果比较文学的任务本身就是生产差异性那会怎样呢？如果如其所是地接纳现实的多样性可能那会怎样呢？如果有一种多样性无法被规范在某种统一的标记之下那会怎样呢？"⑥ 显而易见，中西学者都日益认识到了由跨文明文学交流带来的"异质性"可比性问题。建立一个既基于同质性又基于异质性可比性的完备的比较文学研究是东方和西方比较文学学者共同的最终目标。

---

① Cao, Shunqing. *The Variation Theory of Comparative Literature* [M]. Heidelberg: Springer, 2013, pp. forword.

② Svend Erik Larsen. Shunqing Cao. The Variation Theory of Comparative Literature [J]. *Orbis Litterarum*, 2015, pp. 437-438.

③ Ibid.

④ René Wellek. *Theory of Literature and a History of Modern Criticism.* [M]. New Haven and London: Yale University Press, 1964, p. 31.

⑤ Cao, Shunqing. Variation Theory and the Reception of Chinese Literature in the English-speaking World [J]. CLCWeb: *Comparative Literature and Culture*17.1 (2015): http://dx.doi.org/10.7771/1481-4374.2599.

⑥ Thomas Docherty. Without and beyond Compare [J]. *Comparative Critical Studies*, 2006, pp. 25-35.

二、 比较文学研究的 "泛化"

"比较文学"这个名词词组是由中心词"文学"和修饰语"比较"构成的。但是随着"文化转向"的出现，20 世纪晚期的人文研究学术潮流中出现了一种"泛文化研究"的现象。当比较文学学科被裹上"文化"这件大衣之后，文学曾经拥有的不可替代的中心地位江河日下。由于"文化"的含义如此广泛，几乎所有为一个社会所共享的知识与价值都可以囊括其中，这导致"文学"这个曾在比较文学研究中备受青睐的研究对象在与性别、政治、后殖民和意识形态等别的研究对象并列时相形见绌。伯恩海默（Bernheimer）就倡导在多元文化主义时代要把比较文学的研究视角从文学转换到文化上去。① 用安东·伯克利瓦萨克（Anton Pokrivčák）的话来说，伯恩海默提出了一种与韦勒克完全不同的解决危机的方案——放弃文学的内部世界，让比较进入传媒、经济和政治等领域。② 不过，在文化研究的大潮中，仍有一些对此保持警惕的学者。比如，2006 年，乔纳森·卡勒（Jonathan Culler）在《比较文学何去何从？》（*Whither Comparative Literature*？）一文中指出："比较文学把自己从渊源与影响研究中解放出来而加入互文性研究这个更广阔的天地——广阔但界限不明。"③ 卡勒对于把比较文学研究扩张到全球文化研究将招致新一轮危机的警告并非夸大其词。2009 年，捷克学者伊沃·波斯皮西尔（Ivo PosPíšIl）在其论文中总结道："比较文学研究，可能会比以前更加为其他学科所消解，或者在更广泛的文化和区域研究框架中作为一个被紧缩的学科而发挥作用。"④ 抛却其论证的过程不提，仅就他的结论而言还是有些道理的。正如以上分析，如果比较文学用更宽泛的"文化"取代"文学"作为其研究对象，这门学科可能被其他学科消解的预言听上去是站得住脚的。2010 年，张隆溪也表达了和

---

① Charles Bernheimer ed. *Comparative Literature in the Age of Multiculturalism* ［C］. Baltimore and London：Johns Hopkins University Press. 1955.

② Anton Pokrivčák. Comparatism and the Crisis of Literary Studies ［J］. *World Literature Studies*，2013（2），pp. 77 – 88.

③ Jonathan Culler. Whither Comparative Literature? ［J］. *Comparative Critical Studies*，2006，pp. 85 – 97.

④ Ivo PosPíšIl. The Permanent Crisis, or Can, Could or Should Comparative literary Studies Survive?：Between History, Theory and Area Studies ［J］. *World Literature Studies*. 2009（18），pp. 50 – 61.

卡勒同样的焦虑。他说如果没有文学，"比较文学"将失去其特性而遭遇"身份危机"。在《世界文学的来临》一文中，他断言在经历了文化研究的喧嚣与骚动之后，"回到文学去"是文学研究往后发展必须踏出的一步。① 同年，王宁也注意到文化研究对比较文学研究的侵略性，他说："许多原来属于比较文学学科的研究领域现在要么被文化研究学者要么被文化批评家占领。"② 2013年，安东·伯克利瓦萨克否定了用意识形态作为文学研究的手段，他认为"文学性"才是找寻"仍然意识到文学的制度化定义的意识形态"与"文化术语的文学情境化"两者之间平衡的可能途径。他建议如果研究文学的学者不想"自寻死路"，不想把人类生存中的艺术手段从严格的批评中剥夺的话，"文学性"这个僵化的术语最好还是保留下来。他还建议如果比较文学要保留其比较的精神，并且不愿在对普遍性的研究中放弃特殊性研究，就有必要把"文学性"发展为"文学间性"。③ 从克劳迪奥·纪廉、乔纳森·卡勒、伊沃·波斯皮西尔、张隆溪、安东·伯克利瓦萨克等学者的观察与反思来看，被泛化的"比较文学研究"打乱了"普遍"与"特殊"之间的平衡，由于具有普遍性的"文化"日益威胁和粗俗化具有特殊性的"文学"，后者在前者的阴影笼罩之下有消失不见的可能，因此，比较文学学者应该意识到文学与文化之间微妙而脆弱的平衡关系，避免泛文化研究带来新的危机。另外，尽管佳亚特里·斯皮瓦克和爱德华·赛义德（Edward Said）等学者通过将文学研究融入更广泛的文化研究这一范式取得了举世瞩目的成就，但由于比较文学研究既不可能在完全抽离文化、社会或意识形态的真空环境中进行，也不可能在被剥离了文学的状态下进行，文化与文学研究这种相生相克的"共生"现象的复杂性导致他们的研究成果是否属于比较文学研究领域仍然悬而未决。所谓的"界限不明"或"被消解"的新危机其实就是泛文化研究过度渗透到比较文学研究的后遗症，而这一危机绝非危言耸听。

除了泛文化研究带来的危机，这门学科还饱受一个老调常谈的质疑之苦。

---

① 张隆溪. 世界文学时代的来临［A］//从比较文学到世界文学［C］. 上海：复旦大学出版社，2010：189-194.

② Wang Ning. The Crisis of Comparative Literature and the Rise of World Literature［J］. *Comparative Literature East & West*, 2010, 33（1）, p. 29.

③ Anton Pokrivčák. Comparatism and the Crisis of Literary Studies［J］. *World Literature Studies*, 2013（2），pp. 77-88.

由于克鲁齐的指责，基亚曾经在《比较文学》一书中这样表达自己对"比较文学"这一定义的理解："比较文学并不是文学比较。"① 法国学派通过放弃"比较"的妥协行为而暂时在危机四伏的情况下为该学科找到一个藏身之所。预料之内的是，当美国学派恢复"比较"之后，该学科的比较方法论再次成为攻击的目标。伊沃·波斯皮西尔直陈"比较是一种在几乎所有学科中都普遍存在且广为运用的方法。在文学研究领域，比较文学却成为一门拥有自己的学科史、理论、术语、和研究方法的学科。悠久的历史与煞费苦心建构的理论和方法论使得比较文学研究成为文学批评中的特有现象"。显然，波斯皮西尔对于比较文学基于比较而作为独立学科存在的事实颇为不满，他在字里行间无意地透露出轻蔑和嘲讽。除此之外，托马斯·多彻蒂（Thomas Docherty）在《放弃或超越比较》（"Without and Beyond Compare"）一文中也建议放弃比较。他在论文结尾处写到"相遇，就如爱一样，是对比较的放弃与超越"②。用他的话来说，以巴迪乌（Badiou）所提出的"相遇"（encounter）或者"爱"（love）来作为超越被比较双方的第三种立场以取代往往因第三方立场引起的偏见与专制的"比较"，才是引领比较文学研究走出其因"比较"而造成的困窘局面的正确之路。但是，比较文学真的可以脱离"比较"而发展吗？正如前面的分析所示，"比较文学"是由修饰语"比较"与中心词"文学"共同构成的。如果没有"比较"二字，原来的名词词组就变成一个更为广义的名词。毫无疑问，失去"比较"作为修饰语，"比较文学"很难找到自己特有的边界，很可能被更广义的"文学研究"所淹没而不复存在。因此，放弃"比较"何尝不是一种会使"比较文学"陷入"界限不明"或"被消解"泥潭的"泛化"之失呢？另外，"比较"一词在新时期中的多义性需要被正确地认识。除了它先前所表示的异同类比与对比的含义，在中国学派学者的眼中，它还应该涵盖文化过滤、误读、误译、形象变异、文学作品和理论在传播和接受中的他国化等更多的模式；而且这一术语在美国学派也有所发展：在伯恩海默1993 年的报告中，它以不同的伪装出现过 13 次，使得"比较"从一个被错置

---

① ［法］基亚. 比较文学第六版［A］//王坚良，译. 干永昌，等编选. 比较文学研究论文集［C］. 上海：译文出版社，1985：75 - 77.

② Thomas Docherty. Without and Beyond Compare［J］. *Comparative Critical Studies*，2006，pp. 25 - 35.

的形容词或分析方法转变为一种"空间"。用娜塔莉·梅拉斯（Natalie Melas）的话来说，"比较"最重要的内涵是"以实际上无限的序列延伸为形式的一种包容性"。① 只有通过坚守"比较"并使它不断发展，而不是抛弃它，才能使"比较文学"经受住各种明枪暗箭的袭击。

三、 比较文学研究的 "浅化"

警钟长鸣的第三种情况是对比较文学研究的过分"浅化"。对"比较文学"这一名称的望文生义通常导致早期比较文学研究者以及初出茅庐者把这门研究简单等同于"X + Y"的比附。这种不当简化导致许多基于表面异同的无效比较在中国比较文学研究发展的早期喧嚣一时。比如，赵景深在《汤显祖与莎士比亚》一文中总结了这两位戏剧家在生活经历与戏剧创作中的一些巧合，但是由于这些肤浅的比附不能加深读者对两位伟大文学家对各自民族特性的思考和对他们作品风格的理解而广受批评。与之类似的还有方平将莎士比亚戏剧中的福斯塔福与《红楼梦》中的王熙凤做比较而得出结论：表面上不善的人物也可以被作者赋予美学价值和审美魅力。他的"X + Y"模式的比附也受到学界批评，因为即使不做这样的比较，这个结论也可以得出。"X + Y"模式的另一种表现是用一种理论生搬硬套去阐释他国文学。由于任何一种理论"进入新环境的路绝非畅通无阻，而是必然会牵涉到与始发点情况不同的再现和制度化过程"②，因此，虽然这种理论阐发有时是有益并发人深省的，但大多数的此类研究流于过分生硬的比附和套用而招致质疑与批评。比如，尽管1904 年发表在《教育世界》杂志上的《〈红楼梦〉评论》是中国文学批评史上第一篇运用西方哲学和美学的观点和方法来研究中国文学作品的真正意义上的中西文学比较研究论文，有开一代风气之功，近来却有不少学者认为王国维用叔本华（Schopenhauer）的悲剧精神解读《红楼梦》，得出"此《红楼梦》之所以大背于吾国人之精神，而其价值亦即存乎此"③ 这一结论还有待商榷。

---

① ［美］娜塔莉 梅拉斯. 比较的理由［M］//大卫·达姆罗什，陈永国，尹星主编. 新方向：比较文学与世界文学读本. 北京：北京大学出版社，2010：53.
② ［美］赛义德. 理论旅行［M］//赛义德自选集［Z］. 谢少波，译. 北京：中国社会科学出版社，1999：138.
③ 周锡山，校编. 王国维集第一册［M］. 北京：中国社会科学出版社，2008：11.

另外，夏忠宪用巴赫金（Bakhtin）的"狂欢"理论来阐释《红楼梦》中甄士隐、贾雨村、香菱等人物的命运体现了"脱冕加冕结构，狂欢的时空"① 也招致许多批评。更极端的例子是曹顺庆主编的《比较文学教程》中关于跨文明阐发研究的有效性一节所举，"曾有这样一个流传于港台学术界的、近乎笑话的学术争论故事：争论涉及中国古典诗词中的蜡烛意象……有学者试图用弗洛伊德的理论加以阐发，认定蜡烛意象从本质上讲是男性生殖器官的象征，并写出大作发表。此文一出，学术界一片哗然"②。很明显，比较对象的过分随意性和对表面相似性的片面追求，以及对他国文艺理论的肤浅套用都是这一模式的体现形式。以上所列举的"浅化"的例子在比较文学研究的早期阶段曾经俯首皆是，幸运的是如今这种"X + Y"模式的弊病已经被比较文学界自觉避免了。

"浅化"还体现在比较文学研究中的"独白"现象中。比较文学能从文学研究的大背景中脱颖而出主要取决于其"跨越性"，无论是跨国、跨语言、跨学科或者是跨文明，因而这门研究先天地与两个或更多的研究对象相关。早期法国学派的影响研究主要研究法国文学作品或理论对他国的"独白"。出于爱国主义或民族自豪，法国文学就像自信满满的父亲在发言，而其他国家的文学则如他温顺的子孙默默地聆听他的权威演说。随着美国国力的增强，很长时间内甚至至今，美国以"老大哥"的姿态取代法国，在世界文学大家园中颐指气使。这种发达国家对欠发达国家的独白式影响研究由于受到国家争夺"话语权"的驱动而热闹非凡。但是，我们可以洞见的是这一研究对国家政治经济力量的依赖性很大程度上伤害了文学的独立与自主。因此，要使比较文学研究摆脱经济与政治的过度操控，"独白"这种新的文化殖民样式就必须被无情抛弃。只有在"和而不同"的原则下进行"对话"式的研究，允许双方发言表达自己的文学见解与理想，才能确保比较文学研究所具有的深刻而广泛的含义。

以中国的接受研究为例，由于一些明显的历史原因，自 18 世纪初以来中国长期在文学"交流"的过程中自愿扮演倾听者的角色，甚至在倾听和模仿

---

① 夏忠宪. 巴赫金狂欢化诗学研究［M］. 北京：北京师范大学出版社，2000：210 - 212.
② 曹顺庆，主编. 比较文学教程（第二版）［M］. 北京：高等教育出版社，2010：260.

日本、苏联、美国的"独白"的过程中患上"失语症"。中国学者王宁最近的发言表达了对独白式影响研究的不满。他说："长期以来，中国的文学理论批评始终笼罩在西方理论的阴影之下，西方的理论可以通过翻译的中介长驱直入进入中国的文学理论批评话语中。虽然理论的旅行会发生某种变异，但这种旅行和变异长期以来却一直是单向的，也即从西方到东方。"① 显然，比较文学研究中的这种独白式研究模式在大多数中西方比较文学研究者那里都不受待见，尤其是当一国的文学随着其在国际社会的经济和政治影响而崛起之际。

另一种"浅化"是把"比较文学研究"等同于它的方法论"经由比较进行文学研究"。事实上，任何学科的研究把自己降级到其方法论都毫无意外地会导致"浅化"的恶果。就算是自然科学的研究，无论它多么强调科学性，都仍然会保有其学科的一些浪漫主义理想。作为人文社会科学的比较文学当然不能被剥夺其理想——"世界文学"。如果比较文学学者只沉浸于琐碎繁杂的比较研究而无一个实现"世界文学"的远大理想的话，他就会像书斋里的浮士德一样为自己书虫的可怜命运哀叹，就会难以坚持自己的学术生涯，就会丧失探索和在其研究领域创新的热情。"世界文学"，在歌德时代还仅仅是一个乌托邦式的理想，而现在随着文化垄断的解体，第三世界在政治上的崛起，经济的全球化，交通的便捷与信息的轻松获取，这一理想越来越可以触及。如果没有"世界文学"作为比较文学的理想，比较文学学者将沦落为迂腐的书呆子而鲜能为人类的精神做出贡献。那些对比较文学学科命运感到悲观的人则是由于部分地缺失了"世界文学"这一盏指路明灯。

在 20 世纪中叶，中国比较文学先驱钱锺书的《谈艺录》序言有言："东海西海，心理攸同；南学北学，道术未裂。"② 他的话表达了对于发现指导人类文艺创作和批评的共同的"诗心"的坚定信念。马克思和恩格斯在《共产党宣言》（1948）中也宣称："民族的片面性和局限性日益成为不可能，于是由许多种民族的和地方的文学形成了一种世界的文学。"③ 21 世纪初，佛朗哥·莫瑞提在他的著作《世界文学的猜想》（2000）中认为世界文学不能看成

① 王宁. 从理论的（单向）旅行到（双向）对话 [J]. 深圳大学学报（人文社会科学版），2016（5）：122 – 127.

② 钱锺书. 谈艺录 [M]. 北京：生活·读书·新知三联书店，2001，序言.

③ [德] 马克思、恩格斯. 共产党宣言第一卷 [M]. 北京：人民出版社，1995：276.

是文学，其内涵更大，"这正是问题的关键：世界文学不是对象，而是问题，需要有一种新的批评方法。因为还没有人通过大量阅读文本而找到一种方法。这不是理论形成的途径。理论需要超越，需要假设——从假想开始"①。显然，莫瑞提已经把"世界文学"从一种简单抽象的理想塑造为解决目前全球后工业时代文学研究乱象的具体范式了。捷克学者埃娃·库什纳（Eva Kushner）观察到："在整个历史中，比较文学已经内化为它自身目标的一部分，这给我们指出一个挑战：有必要重新认识它错综复杂的问题和更新课程设置来应对文化中与生俱来的文学多样性问题。"② 她开始注意到学界有把"世界文学"作为一种比较文学研究的潜在材料的趋势。最近，2003 年戴维·戴姆拉什（David Damrosch）出版的《什么是世界文学》（*What is World Literature*），2007年杜威·佛克玛（Douwe Fokkma）的《世界文学》（*World Literature*），2009年戴维·戴姆拉什的《如何阅读世界文学》（*How to Read World Literature*），2010 年王宁的《比较文学危机与世界文学的崛起》（*The Crisis of Comparative Literature and the Rise of World Literature*），以及 2012 年西奥·旦（Theo D'haen）与凯萨·多明戈斯（César Domínguez）的《世界文学：读者》（*World Literature: A Reader*）都思考了歌德所造的这个古老词语解开比较文学学科死结的可能性。现在，"世界文学"被比较文学学者作为握在手中用以加速分解"欧洲中心主义"或"西方中心主义"的利器。这种对"世界文学"的全新理解将使比较文学研究拥有强大的武器，以击退狭隘的地方主义和虚无的普适主义的进攻。

尽管早在三十年前，季羡林就认为比较文学在中国已经成为一门"显学"③，十几年前，苏源熙也宣称它在西方具有不争的合法性并扮演着"为乐队的其他乐器定调的第一小提琴的角色"，但是我们仍有必要居安思危。回顾比较文学研究的历史有助于我们准确地认识它的过去与现状，预测它的未来与发展。警钟长鸣，正鸣响给误解了"比较文学"含义的人和不能在新时期跟

① Franco Moretti. Conjecture on World Literature [J]. *New Left Review*, 1 （January-February 2000），pp. 54 - 68.

② Kushner, Eva. Is Comparative Literature Ready for the Twenty-First Century？ [J]. CLCWeb：*Comparative Literature and Culture*2. 4 （2000）：http：//dx. doi. org/10. 7771/1481 - 4374. 1096.

③ 季羡林. 中国比较文学年鉴（1986）[M]. 北京：北京大学出版社，1987：28.

上这门学科发展的人听：他们是从研究对象、范围与可比性三方面"窄化"该学科的人，以泛文化研究取代比较文学研究或抛弃比较方法论而"泛化"该学科的人，以及把这门学科等同于"X + Y"的简单比附、发达国家对欠发达国家文学的"独白"，或者丧失"世界文学"作为学科理想，不能把"世界文学"作为一种研究方法而使这门学科长存的人。在这些错误认识与不当尝试的警醒之下，国际比较文学学者需要从以下几点来避免陷入危机：第一，打破旧有的欧洲中心主义和西方中心主义，把研究对象从过度限制中解放出来，把研究范围扩大到全世界的文学以使这门学科具备真正的世界性眼光和国际性胸怀。第二，承认异质性可比性，采用变异研究展现跨文明文学传播的巨大研究价值。所谓"根干丽土而同性，臭味晞阳而异品"，通过挖掘中西文明在文化模子、民族品格、思维方式、审美心理、政治、经济以及地理条件方面的差异所导致的"同性而异品"以增进双方的理解和共识。第三，用跨文化研究取代泛文化研究，避免比较文学被更广泛的文化研究吞没而陷入身份危机。第四，回到"比较"中去并丰富它的内涵。作为比较文学学科定义关键词的"比较"不应被轻易放弃。我们应该遵循比较文学中国学派学科理论建设的"涟漪式"发展的良好传统，在其原来包含的"类比"和"对比"含义的基础上丰富它的内涵。第五，在影响研究或接受研究中以对话取代独白以彰显被比较双方的平等地位，改变以西释中、以中就西、以西彰中等单向阐释的研究范式，真正做到中西文学交流的互释互证和互补互动。最后，用"世界文学"作为学科理想和研究方法论高屋建瓴地解决学科中的争议。后现代主义和后结构主义思潮导致传统比较文学研究的"确定性"和"中心"被消解，而"世界文学"恰好能以其海纳百川的包容性化解目前后现代主义和后结构主义引发的危机。

第二章

比较文学中国学派的诞生与发展

比较文学的学科理论是比较文学学科身份得到承认的根本，也是指导比较文学学科发展和文学比较实践的重要指南。在国外，比较文学经历了两次重大危机。一次是 20 世纪 50 年代"一潭死水"的危机：韦勒克针对法国学派的实证影响研究使得比较文学学科脱离文学"审美性"这一本质，导致比较文学在欧洲故步自封、难以发展，于 1958 年在美国北卡罗来纳州教堂山举行的国际比较文学协会第二届年会上提出以平行研究和跨学科研究为基石构建更科学的比较文学学科理论。第二次危机则是 20 世纪 90 年代以来"一头雾水"的危机：由于西方比较文学学者盲目冒进地扩张学科疆域，以文化研究和翻译研究等研究范式冲击传统的重视"比较"的研究范式，以至于斯皮瓦克认为比较文学是一门"死亡的学科"。[①]

国外比较文学学科发展的前车之鉴为中国比较文学学者构建中国特色的比较文学学科理论提供了宝贵的经验与教训。在"兼收并蓄"而又"去其糟粕"的原则下，我国比较文学学者对国外的比较文学学科理论（包括法国、俄国以及美国的学科理论）进行扬弃而建立了一套适合我国国情的比较学科理论。尤其是在过去的三十年里，得益于乐黛云、季羡林、胡经之、谢天振、曹顺庆以及其他许多的比较文学学者对比较文学学科理论的苦心思索与经营，一个立足于中国文化语境，贯彻中国文化话语，体现中国文化特性的比较文学中国学派初步建立。下面，笔者以《周易》中的"易之三名"来简要概述我国比较文学学者在过去三十年里对比较学科的理论建设所做的贡献，从中我们可以管窥在西方比较文学江河日下的今天，中国的比较文学研究能逆流而上，成为目前中国人文社会科学中最重要的学科之一的

---

① Gayatri Chakravorty Spivak. *Death of a Discipline*［M］. Columbia University Press，2005.

根本原因。

中国比较文学先驱钱锺书先生总结性的巨著《管锥编》的第一篇第一则就是《论易之三名》。该篇指出,"《易纬乾凿度》云:'易一名而含三意,所谓易也,变易,不易也'。郑玄依此义做《易赞》及《易论》云:'易一名而含三义,易简一也,变易二也,不易三也'"①。钱锺书先生把以"易之三名"为理据反驳黑格尔对中国文字的偏见作为其"总序"的开篇,说明他已经注意到《易经》以及作为其题解的"易一名而含三义",对我国的文学、艺术、生活和思维等各个方面产生的深刻而悠久的影响。《易经》中的"易一名而含三义"的思想已经作为我们的文化基因,深沉而静默地影响中国人的运思习惯,也悄然影响到我国的比较文学近三十年的发展道路和未来发展的方向。

一、 "可比性" 中的 "易简" 思想

"易"这一语词具有多义性。钱锺书先生说:"'变易'与'不易'、'简易',背出分训也。'不易'与'简易'并行分训也。'易一名而含三义'者,兼背出与并行之分训而同时合训也。"②"易简"为"易"的第一个分训义项。《易传·系辞上》云:"易有太极,是生两仪,两仪生四象,四象生八卦,八卦定吉凶,吉凶生大业。"③ "易"的"易简"源自"一"。唐代孔颖达疏:"太极谓天地未分之前元气混而为一,即是太初、太一也。"而从比较文学中国学派近三十年的研究实践来看,学者们在比较文学"可比性"的探讨上也体现了"易之三名"的"易简"思想。

"易简"思想主要体现在"一"上,这包括"由一到多"的发展和"由多到一"的回归。"一"是产生宇宙万物的本体,是遂古之初、冥昭瞢暗、上下未形、混沌未开的太一世界。在 1985 年中国比较文学学会在深圳大学举行成立大会的开幕词中,季羡林先生说道:"比较文学在世界上已经成为一门'显学'。"④ 他还在为陈惇、刘象愚的《比较文学概论》作序时进一步指出:"无论从世界范围来看,还是从中国国内来看,比较文学的发展都异常迅速。

---

① 钱锺书. 管锥编·第一册 [M]. 北京:中华书局,1986:1.
② 钱锺书. 管锥编·第一册 [M]. 北京:中华书局,1986:6.
③ 十三经注疏·上册 [Z]. 上海:上海古籍出版社,1997:82.
④ 季羡林. 中国比较文学年鉴(1986)[M]. 北京:北京大学出版社,1987:28.

这说明，我那一句话没有落空。"① 然而，中国的比较文学在形成学科乃至成为显学之前也经历了一段漫长的萌芽与发展时期。按陈惇、刘象愚先生之说，中国的比较文学在五四运动前开始发展，20 世纪 30 年代有过兴旺的趋势，后来经过一段曲折的途径之后，70 年代末重又复兴，近三十年形成学派飞速发展。其中，五四运动之前是中国比较文学的"史前史"时期。该时期的中国比较文学学者的研究成果良莠不齐，几乎所有学者都在非自觉的"可比性"意识之下进行文学比较。比如，西晋时期对传入中土的佛经进行"格义"，鸦片战争至五四运动前夕王国维、梁启超等融汇中西的论文，以及王无生、苏曼殊等做的一些主观性和随意性的研究都体现了该时期对"可比性"缺乏明晰界定的"太一"状态下的比较文学研究的特点。

从五四前至 1949 年，中国比较文学趋向成熟。闻一多在《文学的历史动向》中说："（文学）在悠久的年代里，先是沿着各自的路线，分途发展，不相闻问，然后，慢慢地随着文化势力的扩张，一个个的胳臂碰上了胳臂，于是吃惊，点头，招手，交谈，日子久了，也就交换了观念、思想与习惯了。"② 这段话不仅承认了文学的异质性，还隐含了与歌德、马克思、恩格斯观念类似的世界文学或总体文学的"大同"思想。既然各种文化必然要在交融借鉴中发展，那么鸦片战争以后中国比较文学对中西文学或文化的异同比较就顺理成章了。然而，这一时期的中国学者虽然在"求同"与"求异"上做出了大量实绩，但真正把"同"与"异"作为比较文学的"可比性"上升为理论却是近三十年内的事。1984 年卢康华、孙景尧在《比较文学导论》中说："把问题提到一定范围之内，也就是提出一个特定的标准，使不同类的现象之间具有可比性，从而进行比较。"③ 他们在这本被认为是中国第一本阐释比较文学原理的著作中明确提出了"可比性"这一专门术语。这有效地指导了中国比较文学研究者在研究实践中自觉避免早期研究中的"X + Y"式的任意性浅层比附的弊病。2000 年陈惇、刘象愚在《比较文学概论》中说道："既然世界不同文化必然在相互交融、相互借鉴中发展，那么相互比较，发现差别，取人之长，补己之短，也就成了顺理成章的事……比较研究离不了'异'、'同'的发现

---

① 陈惇、刘象愚. 比较文学概论 ［M］. 北京：北京师范大学出版社，2000，序言.

② 闻一多. 闻一多全集·第一卷 ［M］. 北京：生活·读书·新知三联书店，1982：201.

③ 卢康华，孙景尧. 比较文学导论 ［M］. 哈尔滨：黑龙江人民出版社，1984：133.

和比较。同质文学内的比较研究往往从求'同'入手，在'同'中找出联系，找出规律。东西比较文学则不可单纯求'同'，必须采取异同比较的方法，既求同又求异。"① 这本著作在第一章"比较文学的定义和功能"中开辟专节介绍比较文学的"可比性"这一核心问题，在第二章"比较文学的历史和现状"的介绍中提到了"同中求异"和"异中求同"的比较方法。从此，将"同"与"异"作为比较文学可比性的二分法得到了学界的普遍认可。这是中国比较文学在"可比性"上的第一次重大发展：一次由"太极"生出"两仪"的裂变。《易经》中的"两仪"指阴阳、天地、乾坤，而如果把中国比较文学研究中的"可比性"看作"太极"的话，它的两极则是"同"与"异"两个不同的研究向度。

仅仅六年之后，中国比较文学在"可比性"上有了第二次重大发展：一次由"两仪"衍生"四象"的突破。曹顺庆教授在其编著的《比较文学教程》绪论中明确指出，比较文学的研究对象是"各种跨越中文学的同源性、变异性、类同性、异质性和互补性"②。不难看出，这一理论的提出对比较文学的学科建设做出了巨大贡献：将比较文学的"可比性"中的"同"生发为"同源性"和"类同性"两个并行分训的义项；将"异"生发为"变异性"以及"异质性与互补性"两个并行分训的义项。其中"同源性"是法国学派影响研究的基石，"类同性"为美国学派平行研究的基石。"异质性与互补性"则既是总体文学研究的基石，又是总体文学研究的目标。在这由"异"和"同"两仪衍生的"四象"中，"变异性"尤其具有创新意义：在确立"变异性"这一可比性的合法地位后，曹顺庆教授进一步探索了包括文化过滤与误读、译介学、形象性、接受学、文学他国化等变异研究的范式，这拓展和更新了比较文学学科理论体系，解决了由于比较文学研究领域从跨语言、跨民族、跨学科、跨国转向跨文明研究而引发的不少令人困惑的问题。2014 年，曹顺庆教授的英文著作 *The Variation Theory of Comparative Literature*（《比较文学变异学理论》）由斯普林格（Springer）出版社出版，这是近年来中国比较文学的创新性理论对海外产生影响的重大突破。

① 陈惇，刘象愚. 比较文学概论［M］. 北京：北京师范大学出版社，2000：106.
② 曹顺庆. 比较文学教程［M］. 北京：高等教育出版社，2006：30.

正如中国水墨画中的五彩只凭水墨的浓淡调和，围棋棋局变化无穷而其棋子不过两色，中国戏剧可以引发无尽的想象和美感却不需华丽的舞台背景，中医把玄妙的五行六经的运行最终归结于阴阳二气的平衡，中国比较文学学者也钟爱"易简"的运思方式：在"可比性"的探索上，中国比较文学研究正经历着由"太极"生两仪、生四象的道路。然而，正所谓"反者道之动"，中国比较文学学科理论在影响研究、平行研究、总体文学研究和变异研究中无论怎样分类、调试都可以归结于对同源性、变异性、类同性、异质性和互补性"四象"的探索，都可以归结于同与异"两仪"的探索，都可以归结于对可比性这个"太极"的回归。比较文学研究实践与理论从"由一到多"的发展和"由多到一"的回归两方面证明"可比性"可以由"太极"生两仪、生四象、周流六虚而后有无穷的交媾派生的可能。因此，中国比较文学在"可比性"问题上的探索远不能止步于"四象"。对可比性的进一步发现将可能成为未来中国比较文学学科理论建设的一个大有发展的方向。未来的中国学派有可能在可比性"四象"的基础上发现更多可以比较的质素，从而为比较文学中国学派带来更大的繁荣。事实上，总体文学重新纳入比较文学领域、传媒的发展、新的学科的出现，都正在使新的可比性的发现成为可能。

二、 研究实践和学科理论中的 "变易" 思想

"变易"与"不易""简易"为背出分训。《易传·系辞下》云："为道也屡迁，变动不居，周流六虚，上下无常，刚柔相易，不可为典要，唯变所适。"① 如果把"易简"理解为事物"由多向一"的回归和"由一到多"的发展，那么"变易"则是改换、转换、变化、变异之意。中国比较文学学科理论的"变易"思想主要体现在研究实践的"转变"和学科理论的"通变"上。

（一）研究实践中的"转变"

中国比较文学学者在近三十年里进行了且还在继续两个研究方向的转变：从对外国作品和文论在中国的译介与影响研究到对中国文学与文化的海外传播研究，从对国外的汉学研究到以他者的立场关注国外学者对其自身本土文学的

---

① 十三经注疏·上册 ［Z］. 上海：上海古籍出版社，1997：89.

研究。

1. 从"外国文学走进来"转向"中国文学走出去"

20 世纪 80 年代左右，随着改革开放和世界各国文化交流的迅速开展，我国的比较文学掀起了外国文学与文化研究的高潮。那段时期大量文学作品和文论译著的出版使中国比较文学研究者享受到丰富的研究资料和充分的学术自由。当时的环境将中国比较文学相当多的研究者引向一个研究方向：从西方理论视角来研究中国文学，即借用西方人文学科的理论概念来观照、阐释中国文学。这些研究大体完成了中国文学研究的非民族化（或称"西学化"）。西学化研究成果很大程度上拓展了我们的视野，丰富了我们的语汇和言说方式，但同时也给我国本土传统文学和文论带来灾难。曹顺庆教授就中国文学和文论在现代化转型时期对西方话语范式的盲目遵从感到痛心疾首。他于 1995 年提出中国文论"失语症"这一话题以来，在学术界引起了强烈反响。"失语症"现象引起了众多学者的警醒，加之中国政府对自身文化软实力的重视，中国比较文学研究方向悄然发生转向：由致力于中国文学"西学化"转向重视中国文学在海外的传播与影响研究。当然，这一研究方向并不是这三十年里才出现的。事实上，早在 20 世纪早期就有陈受颐（《十八世纪英国文化中的中国影响》）、方重（《十八世纪英国文化中的中国》）、范存忠（《中国文化在英国：从威廉·坦普尔到奥利弗·哥尔斯密斯》）、钱锺书（《十七、十八世纪英国文学中的中国》）不约而同将中国文化的海外影响作为自己海外求学的博士论文研究内容；在改革开放后的西学化浪潮之中也仍有学者进行中国文学的海外影响研究，1983 年赵毅衡的《远游的诗神》就是其中的优秀成果。只是文化浩劫暂时中断了这一优秀传统，而改革开放后的"西学化"浪潮又使得这一研究势弱。1995 年范存忠的《中国文化在启蒙时期的英国》获得国家教委普通高校人文社科研究优秀成果一等奖是一个重要信号，指引着中国比较文学学者的研究目光重新审视西方和自身。中国比较文学学派在重新开始对中国文学和文化的海外影响研究上投入巨大热情。在众多此类研究的成果中，钱林森和葛桂录师徒的《光自东方来：法国作家与中国文化》和《雾外的远音：英国作家与中国文化》是最近十年来此领域的优秀成果。钱林森在与葛桂录就如何把握中外文化相互碰撞与交融的精神实质的对话中这样说道："对于这一课题，我们至少应该从三个方面去把握：一是要具体实在地探讨外国作家如何接受中国文学和文化的影响；二是要在不同文化语境中，展示中外文学家、思想家、哲学家对相关的思想命题所进行的同步思考及其所做的不同观照；三是要从外国作家作品在中国文化语境的传播与接受着眼，探析外国文学与文化在中国文化范式中的改塑和重整。"① 老一辈学者在这一研究领域的经验指导着中国比较文学研究者在此方向掘进。

2. 从海外汉学研究转向"新西学"研究

随着研究方向从"外国文学走进来"转向"中国文学走出去"，中国比较文学研究者不可避免地开始注意许多海外著名的汉学家。他们通常被分为两大类群：一是如宇文所安、艾金伯格、傅汉思、高辛勇、弗朗索瓦·于连、赫德逊等西方本土学者，一是如叶维廉、叶嘉莹、刘若愚、陈世骧、蔡宗齐等海外华裔学者。在当今全球化的学术视野下，"即便是中国传统文史哲的学问，也早已不再是专属中国学者的领域，欧美与日本等中文世界以外的地区都不乏精通'汉学'和'中国学'的大师"②。在汉学这一特殊领域中，海外汉学家的研究既是西式的，同时又非常中国化。这种张力与对抗对于中国比较文学研究者具有巨大的吸引力。因此，中国比较文学学者对海外汉学家如何从他者的角度研究中国文学与文化充满兴趣。这一研究可以说是从"外国文学走进来"转向"中国文学走出去"这一研究转向中旁逸的一个重要支流。近年来徐志啸、蒋述卓、朱易安、王晓路等知名学者以及闫月珍、刘圣鹏、史冬冬、陈橙、蒋艳萍等青年学者辩证客观地评价海外汉学家的研究成果，借他者之镜反观自我，做出了可喜的成果。究其根源，正是由于海外汉学研究的成熟才能吸引和支撑国内比较文学学者对他们的研究进行再研究。这一现象启发了中国比较文学学者的思考：既然海外汉学研究的范式和成果可以成为中国比较文学的研究对象，那么中国的"西学"研究成果也理所当然可以成为西方比较文学的研究对象。中国在洋务运动、五四运动以及改革开放后等时期都曾掀起过"西学"的热潮。但这几个时期的西学都在"中学为体，西学为用"的指导思想下把介绍西方文化、文学、思想、科技等作为救亡图强的出路和民族复兴的良药，因而都一定程度上带有"以西释中""以中就西"的西方中心主义特

---

① 葛桂录. 跨文化语境中中外文学关系研究 [M]. 上海：上海三联书店，2008：314－315.
② 彭国翔. "人文诺贝尔奖"的启示 [J]. 读书，2007（1）：79－86.

点。这些时期的"西学"可以被理解为"西方的学问",我们不妨把它称为"旧西学"。21世纪以来,随着我国国力日强,我国研究"西学"的态度和立场也有了变化。"西学"的内涵不仅仅指"西方的学问",更重要的是把"西方人对西方学问的研究"作为对象来研究。就比较文学而言,主要指以他者的目光审视西方学者对西方本土文学与文化的研究。目前这一研究范式在我国比较文学中还处于初级阶段,我们不妨将之称为"新西学"。相比传统的西方文学与文化在中国的影响,以及中国文学与文化在海外的影响这两个已经成熟的研究范式来说,"新西学"对研究者的跨文化能力和素养要求更高。这对于当今中国比较文学学者来说既是一个挑战,也是一个机遇。我们有理由相信,随着中国"新西学"的研究成果在数量和质量上的发展,西方的比较文学学者对中国"新西学"的研究将与中国比较文学学者对海外"汉学"的研究相互交织。届时,比较文学的"跨越性"将会呈现更加复杂的模式,而比较文学学科所蕴含的"比较"二字也将具有更加丰富的意蕴。

(二) 学科理论建设中的"通变"

中国比较文学学者除了在研究实践中因保有"变易"思想而保持旺盛的生命力和生成力,他们在学科理论的发展上保有的"通变"思想也使中国比较文学得到史无前例的发展,使得"学术成果的质与量上已居于世界各国之首"[①]。正如曹顺庆教授在《南橘北枳》中言:"'文律运周,日新其业,变则其久,通则不乏',比较文学的发展需要不断的理论创新,以新的观点,新的视角来指导比较文学研究的实践。"[②] 可见《易传·系辞下》中所云"易,穷则变,变则通,通则久"[③] 的辩证法始终贯彻在中国比较文学的学科理论发展中。

1. 不照搬西方而建立自己的学科体系

在中国比较文学兴起之前,国外的比较文学学科理论已经在19世纪70年代到20世纪初确立。法国有巴尔登斯伯格、梵·第根、基亚、卡雷等学者为以"国际文学关系史"为特色的比较文学法国学派构建了系统的学科理论。

---

① 曹顺庆. 南橘北枳 [M]. 北京:中央编译出版社. 2014,序言.
② 曹顺庆. 南橘北枳 [M]. 北京:中央编译出版社. 2014:30.
③ 十三经注疏·上册 [Z]. 上海:上海古籍出版社. 1997:86.

美国学者韦勒克、马隆、列文、雷马克、韦斯坦因等代表人物构建了以注重文学性和美学为特色的比较文学美国学派学科理论。而中国的比较文学学科理论的建立是最近几十年才开始的（内地在 20 世纪 70 年代末 80 年代初，港台地区比内地早十年左右）。1984 年卢康华、孙景尧所著《比较文学导论》是内地第一本阐述比较文学原理的著作。其后，乐黛云、张文定、陈惇、谢天振、张铁夫、刘向愚、杨乃乔、陈桄、胡亚敏、王宁、王向远、曹顺庆、高旭东等学者都出版了比较文学相关理论著作。他们的理论研究以西方比较文学学科理论为借鉴，又充分考量中国比较文学研究的特色，不照搬西方，而是"唯变所适"。比如，曹顺庆教授的《比较文学教程》，不是照搬西方把"形象学"和"译介学"放在影响研究中而纳入变异研究。又如，在对比较文学的"跨越性"的理解上，雷马克的经典定义是"比较文学是超出一国范围之外的文学研究，并且研究文学与其他知识和信仰之间的关系"①。雷马克的"跨越性"指的是跨国和跨学科。而中国比较学者则提出了许多不同的见解：陈惇、孙景尧、谢天振提出跨民族、跨语言、跨文化、跨学科的说法；杨乃乔提出跨民族、跨语言、跨文化、跨国界的观点；而曹顺庆提出跨国、跨学科、跨文明三个跨越性作为比较文学的基本特征。值得注意的是，这些名称上的改换和数量上的变化正蕴含着中国比较文学学者对西方理论和自身国情的思考和他们要以"变"而"通"的苦心。

2. 不全盘推翻而是"涟漪式"发展

中国的比较文学学科理论不是凭空生发，而是以西方比较文学的研究成果为基础逐步发展而来的。比如自 1982 年刘向愚所译的韦斯坦因的《比较文学与文学理论》由辽宁人民出版社出版以来，西方的理论构架对我国比较文学研究产生了广泛影响。1984 年卢康华、孙景尧的《比较文学导论》第 129 页以图表方式构建了以影响研究和平行研究两大板块组成的比较文学学科体系。2002 年杨乃乔主编《比较文学概论》中"学派论"一章则把"法国学派与影响研究""美国学派与平行研究""俄国学派与历史诗学研究"和"中国学派与阐发研究"相叠搭建比较文学学科体系。2006 年曹顺庆主编《比较文学教

---

① [美] 雷马克. 比较文学的定义与功用 [M]. 张隆溪，译. 北京：北京师范大学出版社，1986：1.

程》第 57 页用实证性影响研究、变异研究、平行研究、总体文学研究四大板块来构架比较文学学科大厦。这说明比较文学中国学派对西方理论的立场是一种继承式的变通。中国学者不像西方人那样惯于在对他人的批判与反驳中表达自己，他们钟情于"依经立义"，在对他人的思想的合理继承下添加自己的智慧。曹顺庆教授用"涟漪式"来表达比较文学的学科发展轨迹："比较文学学科理论的发展，不是以新的理论取代先前的理论，而是层叠式、累进式的前进。"① 而这种"涟漪式"发展轨迹的形成很大程度上就是由中国学者的"通变"思想所决定的：通晓变化之理，在继承之中求变，在继承之中求发展，这正是比较文学中国学派在建立学科理论时一贯坚持的哲理基础。

三、"跨越性"中的"不易"思想

从字面意思来理解"不易"，容易把"不易"当作对"易简"和"变易"的对立面，破此立彼，两义背驰。钱锺书先生认为，"不易"并非文字上的"不变易"，而是包含着"变易"的"不易"，犹如老子所云"道常无为而无不为"，亚里士多德所谓上帝有"不动之动"。因此，"不易"不是"不变化"，而是"变不失常"。就中国比较文学三十年来的发展而言，现象纷呈、百花争艳、变化无穷。但在这令人眼花缭乱的众多变化中始终有一个坚如磐石、不可动摇的"常"或者"道"的存在。"常"或"道"表面上不在场，却又无时不在。作为比较文学的至高准则，这个"常"就是比较文学的"跨越性"。如果没有了"跨越性"，比较文学就失去了自己特有的边界而变得和一般文学研究别无二致，就会为浩瀚的文学研究所淹没而无从存在。因此，无论是跨国界的影响研究，跨学科和跨国界并重的平行研究，还是跨文明视野下的变异研究和总体研究；无论是跨国界、跨语言、跨民族，还是跨文化、跨文明等种种表达，"跨越性"一直被视为比较文学的"上帝"。

以上是对"易"之三项分训的理解。而当"易"之三义合训时，则包含了从"简易"到"变易"再到"不易"的过程。如果说"变易"是对"简易"的否定，"不易"是对"变易"的否定，那么，这一过程便蕴涵着"肯定—否定—否定之否定"的认识规律。这一过程的动态描述应该是这样的：

---

① 曹顺庆. 论比较文学学科理论发展的三个阶段 [J]. 中国比较文学，2001（3）：1–17.

作为混沌未开的太一世界（简易），化孕出形形色色、林林总总的万事万物（变易），万事万物按照自身的规律不断运动变化并形成了相反相成的统一世界（不易）。在这里，"不易"的统一并非是对"简易"的太一的简单回归，而是螺旋式的上升，是由发生论的统一演变为认识论的统一。① 就比较文学学科理论的"涟漪式"发展来看，中国比较文学正是在"简易—变易—不易"的螺旋式上升中实现着自己的价值。

"易一名而含三义"中的"易简""变易"和"不易"思想贯穿在中国比较文学学者对于比较文学"可比性"、比较实践、学科理论以及"跨越性"等诸多问题的思考之中。"易一名而含三义"对比较文学中国学派的重要意义在于它揭示了我国学者的运思习惯，让我们撩开面纱看清中国比较文学三十年来发展的实质，更重要的是让我们在理性地认知自己的思维习惯之后有可能去做出新的突破和发展。

① 李洲良."易"之三名与"诗"之三题——论钱钟书《管锥编》对易学、诗学的阐释 [J]. 黑龙江社会科学，2001（4）：71-75.

第三章

影响研究案例

　　影响研究作为比较文学最传统的研究范式，主要是探索文学在发送者、媒介、接受者之间运动的路径和方式。早期的影响研究因为受到"民族主义心理"的操控而沦为"国际文学关系史"研究。在21世纪的比较文学中，影响研究并没有完全过时，只是此时的影响研究很大程度上突破了早期由法国学派确立的以重"实证"为特色的影响研究范式。当今的影响研究开始更多地关注文学影响中更隐秘的美学因素和心理学因素。而就比较文学中国学派的影响研究来说，其研究范式主要有以下几种：一是关于外国文学对中国文学所产生的影响的研究，如中国学者关于泰戈尔以及纪伯伦对冰心的影响、契诃夫对鲁迅的影响的研究，这是改革开放后一度非常繁荣的一种研究范式。二是对中国文学的海外影响的研究，如中国学者就中国古典诗歌对美国现代诗歌的影响研究。赵毅衡教授的《诗神远游：中国如何改变了美国现代诗》是该领域公认的产生了巨大影响的突出成果。另外，钱林森和葛桂录师徒也是该研究领域的领军人物。三是以第三方立场探索除中国以外的其他国家文学的跨国影响。如中国学者就《十日谈》在形式、内容、主题思想等方面对《坎特伯雷故事集》产生的影响的研究。这种研究目前在国内的优秀成果还不多。随着中外文化交流的深入，中国学者在人文研究中的话语权的提升，以及中外文化对话平台的完善，这一研究领域可以让中国学者在国际学术舞台大放异彩。比较文学的最终目标——"世界文学"或者"总体文学"，也可以在这样的循环影响研究和交错纵横的参照体系中得以实现。在这一章，笔者选取了《马克斯·舒尔曼作品在中国》和《西方当代文论在中国》两个案例来介绍如何进行中国对西方作家、作品和理论的接受研究。前者采取了共时研究范式，后者采取历时研究范式。另外，《中国图像诗歌的横向与纵向影响》则展现了本土文学在自我传统和外来冲击的合力影响下的反应和境遇，所呈现的是文学与文论对本土文学的综合影响。

一、 文学接受研究实践： 马克斯·舒尔曼作品在中国

马克斯·舒尔曼早期的作品发表在明尼苏达大学的校园幽默杂志 *Ski-U-Mah* 上，作品的主人公主要是美国年轻人，而且主要以大学校园为背景。这一经历极大地影响了他的后期创作题材。尽管他也曾尝试创作军旅生活和商界风云的题材，但毋庸置疑，最为人称道的仍是他刻画的生机勃勃的美国大学生们。1943 年，当他还是一名在校大学生时，他创作了他的第一本小说《无礼的赤脚少年》（*Barefoot Boy with Cheek*）①。该作品沿袭了他发表在 *Ski-U-Mah* 上的作品风格：幽默中饱含犀利的讽刺。1954 年，他与罗伯特·保罗·史密斯（Robert Paul Smith）合写了百老汇的剧本《温柔陷阱》（*Tender Trap*）②。1968 年他创作了剧本《怎么了，道·琼斯指数》（*How Now，Dow Jones*）并获得托尼奖最佳音乐剧本提名。马克斯·舒尔曼的作品主要有《孩子们，团结在旗帜下吧!》（*Rally Round the Flag，Boys!*）③、《羽商》（The Feather Merchants）、《斑马德比》（The Zebra Derby）、《睡到正午》（Sleep till Noon）、《马克斯·舒尔曼的校园幽默之旅》（Max Shulman's Guided Tour of Campus Humor）、《多比·吉利斯的罗曼史》（The Many Loves of Dobie Gillis）、《廉价的土豆》（Potatoes are Cheaper）、《我是个少年侏儒》（I was a Teenage Dwarf）、《佳偶天成》（Anyone Got a Match?）等。他的作品语言诙谐而富有生活气息，情节生动、主题隽永，其多部作品曾被改编为电影和情景喜剧，在美国家喻户晓。

20 世纪 80 年代，马克斯·舒尔曼的作品《爱情就是谬误》被选入张汉熙的《高级英语》教材，使中国读者，尤其是英语专业的读者，有机会接触到他风格独特的幽默故事。随后，他的其他短篇故事的翻译也散见于《外国文学》等国内知名杂志。随着其作品的传播，自 20 世纪 90 年代以来，我国对其

---

① 关于这本书的记载可以参考 "People of 1988： Obituaries"，1989 *Britannica Book of the Year*，Chicago： Encyclopaedia Britannica，Inc.，1989，p. 109.

② 该剧由罗伯特·普勒斯顿（Robert Preston）主演之后又被改编为电影剧本，由弗兰克·辛纳特拉（Frank Sinatra）和戴比·雷诺兹（Debbie Reynolds）主演。

③ 该小说被拍成电影，由保罗·纽曼（Paul Newman）与乔安妮·伍德沃（Joanne Woodward）领衔主演。

作品的研究呈现越来越热的趋势。据中国知网和万方数据库的统计，在近二十年间，国内学术杂志上发表的对其作品进行的语言学、文体学、文学风格、比较文学方面的研究的论文还极其有限。不过，令人欣慰的是，已经有一些学者从不同的视角开始关注舒尔曼的作品，为舒尔曼在中国的研究勾勒出雏形。

（一）语言学研究

由于马克斯·舒尔曼极具个人风格的语言，他的作品为国内语言学研究提供了一份宝贵的研究素材。从 2007 年到 2017 年，多位学者选择从语用和语篇的角度研究其作品的叙述语言、对话以及语言对角色的塑造作用。可以说，语言学研究领域是舒尔曼研究中的一个比较活跃的领域。舒尔曼的作品也正如一眼清泉，不断喷涌着语言学研究者可以取之考证语言规律的新鲜材料。只是，目前由于舒尔曼作品的译介不够充分，所有的学者都把目光仅仅投注在其最知名的《爱情就是谬误》[①] 一文上。这一现状不得不让广大热爱舒尔曼作品的读者扼腕叹息。

2007 年，张志敏、梁润生在《河池学院学报》发表《爱情、谬误和对话类型》，指出《爱情就是谬误》主要涉及说服、信息寻求、谈判、教学和争吵五种对话类型。不同类型的对话生动再现了人物之间复杂微妙的关系和人物的内心世界，凸显了人物的性格特点，推动了情节发展，增强了文章的戏剧性色彩。《长江师范学院学报》2011 年第 3 期蓝小燕的《高级英语选文的语用解读——语用原则在分析〈爱情是谬误〉作者目的与手法上的运用》以及《长春教育学院学报》2011 年第 9 期卢婕的《从马克斯·舒尔曼对合作原则的违反解析〈爱情就是谬误〉》都从语用学的角度分析了《爱情就是谬误》中普遍存在的由于刻意违反合作准则而产生的"会话含义"。《新闻传播》2012 年第 9 期王立河的《马克斯·舒尔曼的〈爱情是谬误〉认知语用探析》以《爱情就是谬误》为语料进行文学双重解码并对其修辞手段进行了认知语用分析。2013 年 7 月，江加宏在《河南科技学院学报》发表《〈爱情是谬误〉的语式对语旨的建构作用》一文，依据韩礼德的系统功能文体学理论，分析发现作者选择序言、直接引语和不可靠叙述等叙事形式，使之与情景语境或作者的整

---

① 由于该书没有权威中译本，因此不同学者的译本并不统一，存在《爱情就是谬误》《爱情是谬误》《爱情是个谬误》等不同译名。

体意义有关而构成"有动因的突出"。他认为这种"前景化"的叙事形式对语旨具有明显的建构功能。2016 年 6 月，康燕来在《考试周刊》上发表了《〈爱情是谬误〉的功能语篇分析》。其论文以系统功能语言学为理论依据，倾向于"解释性活动"，为深入理解和评估舒尔曼的写作艺术提供了新思路。2017 年 5 月，张丽在《安徽文学》（下半月）发表《〈爱情是个谬误〉中 Polly 人物塑造的前景化语言分析》，在文中，张丽提出文学文体学中的前景化语言分析为文学作品的鉴赏提供了操作简单且行之有效的客观分析方法，认为《爱情是个谬误》中作者从词汇、句法、修辞等方面选择前景化的语言技巧成功塑造了女主人公 Polly。

（二）叙事研究

黎清群、曹志希在《外语与外语教学》2007 年第 9 期的《不可靠叙述：〈爱情是谬误〉反讽意义的呈现方式》中分析了不可靠叙述策略和所表达的反讽意义之间的关联。同年，黎清群、曹志希在《外语教学》2007 年第 3 期发表《互文·并置·反讽——〈爱情是谬误〉的复调叙事艺术》，以复调小说理论为指导，以作品的叙事艺术特征为切入点来对作品做出理解和欣赏，探索了作品的序言和叙事文本之间所形成的互文关系、人物及其多种谬误的并置和反讽喜剧叙事模式的运用。随后，2011 年王小琼在《青海民族大学学报》（教育科学版）发表《〈爱情是谬误〉叙事风格解读》。中国学者已经注意到了舒尔曼作品中的不可靠叙述和复调等因素。但是，由于阅读的篇章仅限于《爱情就是谬误》一篇，因此，没有能从总体的、更宏观的层面提炼出更本质的舒尔曼短篇故事的叙述风格。其实，如果看了舒尔曼校园幽默故事系列中的所有十一个短篇故事的话，读者可以很容易地看出他的叙述具有一定的套路。从某种意义来说，其叙事有些类似于欧·亨利：二者的故事结局总是出乎意料。前文极尽铺垫和渲染，其结尾处则是典型的"豹尾"，既简单有力、戛然而止，又出乎意料、发人深省。

（三）艺术手法研究

马克斯·舒尔曼作品的艺术手法是中国学者最感兴趣的话题。

2008 年，鄂春艳在《电影文学》2008 年第 18 期发表的《论马克斯·舒尔曼叙事短篇〈爱情是谬误〉的反讽艺术》和 2011 年张艳玲在《长江大学学报》（社会科学版）发表的《凝固在唇上的笑——〈爱情是谬误〉的反讽叙事艺术》都分析了该小说对反讽艺术的成功运用。反讽如一把锋利的解剖刀，冷峻地直接呈现社会内脏中腐败的毒瘤。大学校园本是纯洁美好的象牙塔，但是在 20 世纪中期，随着商业资本的入侵，校园里弥漫的懒散风气和拜金主义不由得让作者感到深深的厌恶。作为一个很早就开始关注大学人群生活百态的作家，他感到有责任将包裹着这一丑陋的现实的遮羞布撕碎。反讽，作为一种有效的表达人极致状态的感情的方式，成为马克斯·舒尔曼最常运用的技巧。那些被极度夸张的形象、过分矫揉造作的语言、表面上的赞美奉承事实上都是作者的深刻焦虑的异化与再现。2015 年，张慧在《洛阳理工学院学报》（社会科学版）发表《〈爱情是谬误〉的语域偏离与反讽呈现》，从语域分析的角度，对小说主要人物之间的对话进行分析，探讨作者运用语域偏离的叙事技巧在建构文学作品反讽意义方面的价值。

除了对反讽的研究，中国学者还注意到了他对对照和隐喻的运用。李志坤、胡晓琼在《三峡大学学报》（人文社会科学版）发表的《〈爱情是谬误〉中的"对照"修辞探幽》则研究了从主题、标题、故事大意、主要人物、中心线索、篇章结构、三个人物命名艺术、对话与非对话段落间体现的"对照"。何镇邦在《中国校园文学》2006 年第 19 期发表《一篇闪耀着智慧光芒的小说——读美国作家麦·舒尔曼的短篇小说〈爱情是谬误〉》。2010 年，莫艳艳在《延安职业技术学院学报》发表《〈爱情是谬误〉的隐喻式探析》，指出其文中的隐喻不但深化了作品主题，而且实现了语篇连贯。2011 年 2 月，卢婕发表在《四川外语学院学报》的《对浣熊皮大衣在〈爱情就是谬误〉中的隐喻意义的多重解读》一文中，进一步指出其文中的隐喻具有多义性特点。

幽默是马克斯·舒尔曼作品的一大特点。续纪在《文学教育（中）》2011年第 2 期发表《〈爱情就是谬误〉的幽默探析》。他肯定了马克斯·舒尔曼的写作风格，细腻、想象力非凡，具有独特的艺术魅力。尤其是他的作品在幽默的语言中蕴含智慧，在插科打诨式的调侃中隐藏着对社会的深刻批评的风格，让他在众多同时代的美国通俗作家中显得格外引人注目。

（四）文体学研究

2009 年，习智娟、周义娜在《南昌高专学报》发表《〈爱情是谬误〉的文体分析》，从词汇和句子层面探索了该文的文体特色。2010 年，沈国环、康有金在《襄樊职业技术学院学报》发表了《功能文体分析在高级英语教学中的应用——以〈爱情是个谬误〉为例 》，从词汇、句法和语篇三个层面进行了文体特征分析。2011 年 3 月，莫艳艳在《 潍坊教育学院学报》的《从标记象似性看〈爱情是谬误〉的文体效果》中结合标记象似性原则，分析了作品中标记象似性体现在句法、修辞格、语域方面，成为刻画人物形象，实现讽刺、幽默等文体效果的有效手段。

2001 年，宋发富在《曲靖师范学院学报》发表了英文论文 "Artistic Features of 'Love is a Fallacy'"（《爱情就是谬误》的艺术特征），从词汇、句法、修辞和语篇几个层面对《爱情就是谬误》这篇短篇小说进行了比较全面的风格分析。这也是在学术网站上能查阅到的我国期刊上最早的关于马克斯·舒尔曼作品的研究文章。

（五）比较文学研究

2010 年 5 月，《佳木斯教育学院学报》刊登了一篇从逻辑学角度来解读《爱情就是谬误》的论文。作者吕舒婷分析了《爱情是谬误》中的三重谬误。吕舒婷从跨学科平行比较的角度将逻辑学相关理论与文学文本进行互释互证和相互阐发，是国内对马克斯·舒尔曼进行跨学科研究的首次尝试。

除了跨学科平行比较，中国学者还尝试了把马克斯·舒尔曼作品与其他异国作品进行比较。比如，《福建外语》1993 年 Z1 期陈小慰发表《从〈金星凌日〉与〈爱情是个谬误〉之比较看里科克式的幽默》，首次从比较文学的角度对《爱情就是谬误》进行了剖析。十年以后，卢婕在《牡丹江大学学报》发表了《〈红楼梦〉与〈爱情就是谬误〉人物塑造手法的类比研究》，探讨了在这两部异质异源的著作中的共同性。虽然这两篇文章都打上了中国比较文学早期饱受诟病的 "X + Y" 简单比附的印记，但这种尝试对于扩大马克斯·舒尔曼在中国的影响力无疑是有用的。尤其是对马克斯·舒尔曼的作品与中国古典名著《红楼梦》的比较研究，对于马克斯·舒尔曼作品在中国初期阶段的传播是非常有效的。

（六）社会学研究

卢婕在《兰州教育学院学报》2013 年第 1 期的《马克斯·舒尔曼作品中女性形象探索》中分析了马克斯·舒尔曼作品中的众多女性形象。从肖像描写、语言描写、动作描写等侧面揭示了马克斯·舒尔曼的女性观是以男权为轴心的。该文是首次对马克斯·舒尔曼除《爱情就是谬误》之外的多部作品进行综合性研究的论文。卢婕对马克斯·舒尔曼作品中女性形象的探索是基于多部马克斯·舒尔曼的小说而得出的,对中国的马克斯·舒尔曼研究具有里程碑意义。除此之外,2016 年 4 月,贾琳在《新西部》(理论版)发表的《浅析〈爱情是谬误〉中的爱情观》一文,通过评述《爱情是谬误》对爱情的反讽,分析了当今社会存在的扭曲爱情观及产生根源,探讨了个体在社会生活中应具备的正确爱情观。她认为首先要明确爱情的本质,其次是要端正爱情的态度,再者要培养爱情的能力,最后要培养爱情的表达艺术。这篇文章内容浅显,贴近生活实际,却不乏社会意义。尤其是在当代中国青年也面临舒尔曼笔下美国社会"金钱崇拜"的困惑的时代背景之下,这样的以文学文本而进行的社会学研究因为淡化道德说教的色彩,富于人文气息和生活情趣而显得难能可贵。

小 结

中国学者对马克斯·舒尔曼作品的研究在最近二十年呈现出愈来愈热的趋势。其研究角度突破了单纯的文学和语言的局限,延伸到逻辑学和社会学等领域,研究角度极具多样化。但是,目前中国的马克斯·舒尔曼研究还存在以下问题:首先,由于国内对其作品的翻译引进还滞后于研究需要,多数研究者对其作品的分析仅限于其最著名的《爱情就是谬误》,这导致对其作品研究的深度和广度呈现出极不协调的局面。其次,中国的研究者大都对文本表现出强烈兴趣,极少有人从接受美学的角度探讨作品对读者产生的影响。这一现状与伊格尔顿在《二十世纪西方文学理论》中总结的文学批评大趋势格格不入。西方的文学批评经历了以作者为中心、以文本为中心、以读者为中心三个阶段。但是从以上国内对马克斯·舒尔曼的研究情况的综述来看,我国学界对马克斯·舒尔曼作品的批评还在文本批评阶段止步不前。

二、 文论接受研究实践: 西方当代文论在中国

2015 年 12 月 26 日,"中国比较文学三十年与国际比较文学新格局"学术研讨会在深圳大学隆重召开。教育部"长江学者"、中国比较文学学会会长、四川大学文学与新闻学院院长曹顺庆教授作了《比较诗学开创新格局》的主

题发言。曹顺庆教授指出，原有的比较诗学平行类比研究范式存在两大问题：
"简单类比"和"求同模式"。要解决这两大问题的关键在于从清理西方理论
的中国元素和关注理论旅行与变异两方面入手去"开创影响研究的比较诗学
之路"。关于西方当代文论在中国的译介研究是"理论旅行与变异"研究的重
要组成部分。通过研究 20 世纪初以来我国对西方当代文论的译介，我们可以
挖掘出操纵着译介活动的种种重要因素，理性地反思中国当代文论体系的建
构。下面拟从发轫与发展期、挫折与低谷期、回暖与复兴期以及持续发展与转
折期来梳理和分析各种西方当代文论在中国"旅行"的不同际遇和原因。

（一）发轫与发展期：20 世纪 20 年代初到 40 年代末期

西方当代文论在中国的译介开始于 20 世纪 20 年代，30 年代中期到达第
一次高峰，40 年代逐渐衰退，经历了十余年的短暂辉煌时期。据中国国家图
书馆馆藏、上海图书馆馆藏以及中山图书馆馆藏书目统计，除去杂志上翻译介
绍的论文以及初版的文学批评、文学思潮、文学史等著作，1920 年至 1937 年
翻译的文学理论著作有 27 种，1937 年至 1947 年间约 7 种。这一时期我国文
学理论译界的特点是视野开阔，与当时世界文坛的步伐基本一致。其中，对新
批评的译介最为及时且数量最多，对精神分析的译介次之，对现象学、形式主
义、结构主义和西方马克思主义的译介则滞后于其在本国的发展且翻译的篇目
较少，对我国思想界产生的影响也相对较小。

1. 对精神分析学说的译介标志着我国对西方当代文论译介的开端

精神分析学说在中国的译介可以追溯到 20 世纪 20 年代初。1920 年第 5 号
《民铎》杂志上发表了张东荪的《论精神分析》，上海《时事新报·学灯》于
次年 5 月 12 日转载。1922 年 12 月，《文学周报》（第 57 期）刊载了仲云翻译
的日本学者松村武雄的长文《精神分析学与文艺》，该文是见于 20 世纪中国
最早的系统、明确阐述精神分析文艺美学思想的文章。文章分析了文艺中的各
种性欲象征等，信息丰富，持论明确，对精神分析文艺美学思想的传播起了很
大作用。1924 年，鲁迅翻译的厨川白村的《苦闷的象征》，对中国现代精神分
析批评有很大的影响。蔡斯翻译的弗洛伊德在美国的演讲集《精神分析的起
源和发展》在当时商务印书馆出版的《教育杂志》上发表，这是弗洛伊德的
精神分析理论比较系统地介绍到中国的开始。

从 20 世纪 30 年代到 40 年代，中国对精神分析学说的译介得到进一步发展：1933 年商务印书馆出版高觉敷翻译的弗洛伊德名著《精神分析引论》；1935 年商务印书馆又出版了他翻译的弗洛伊德《精神分析引论新编》。高觉敷的译文为当时中国学术界对弗洛伊德精神分析学说的研究提供了宝贵资料。1940 年，董秋斯翻译出版了 1937 年 R. 奥兹本著《弗洛伊德和马克思》，并在这本书的译后记中对弗洛伊德的贡献和局限做出分析和判断："精神分析学不仅具有一般科学上常见的偏畸性，它的最大缺陷便在于它所承受的形而上学的思想的范畴。"① 总的来说，精神分析学说是在我国最早得到译介的西方当代文论，也是这一时期较受关注的西方当代文论，对精神分析学说的译介标志着我国对西方当代文论译介的开端。

2. 对新批评的译介是该时期我国对西方当代文论译介中最丰硕的成果

中国对新批评理论的译介可追溯到 1927 年，朱自清在《小说月报》第 18 卷第 20 号上发表了清华大学教授翟孟生写的《纯粹的诗》的译文之后，"纯粹的诗"这个名词引起了文学批评界的注意。1929 年华严书店出版伊人翻译瑞恰兹的《科学与诗》。1933 年，《北平晨报·学园》译载了曹葆华的一系列欧美现代文论，其中包括他翻译的艾略特的《传统形态与个人才能》。1934 年，卞之琳为《学文》月刊创刊号翻译了新批评的"宣言"之作——艾略特的《传统与个人才能》，卞之琳的译文比曹葆华译文被引述得更多，影响更大，因此他的译介被视为新批评作品本体论正式登陆中国的标志。新批评在中国的译介发轫于 20 世纪 20 年代末，主要集中翻译了艾略特和瑞恰兹的作品。彼时新批评理论在英国还处于萌芽期，中国对新批评的译介几乎与它在本土的诞生同时产生。

从 20 世纪 30 年代中期到 40 年代，新批评在中国的译介得到迅猛发展：1935 年 9 月《文学季刊》刊登了施宏告翻译的《批评理论的分歧》，该文是对《文学批评原理》第一章的翻译。1935 年 10 月，戴望舒主编的《现代诗风》（双月刊）第一册刊载了周熙良译艾略特《〈诗的用处与批评的用处〉序说》。1936 年 2 月号的《文艺月刊》刊载涂序瑄译《论诗的经验》，这是《科

————————————

① 奥兹本. 弗洛伊德和马克思［M］. 董秋斯，译. 北京：生活·读书·新知三联书店，1986：192.

学与诗》第二章的译本。1936 年 10 月，《师大月刊》第 30 期刊载了赵增厚译艾略特《诗的功用与批评的功用——现代人的观念》。1937 年商务印书馆出版曹葆华翻译的《科学与诗》（1934 年叶公超为之作序）。而在这一阶段最重要的译文集当属 1937 年曹葆华编译的《现代诗论》。这本书的出版在中国理论界造成较大冲击。曹葆华是我国早期翻译新批评著述最多的译者，除《科学与诗》《传统与个人才能》外，商务印书馆 1937 年版《现代诗论》中，亦有他所译艾略特的《批评底功能》《批评中的试验》，瑞恰兹的《诗的经验》《诗的四种意义》《实用批评》等文章。

一方面由于 20 世纪 40 年代新批评理论开始在美国兴盛，另一方面由于该流派的代表人物在中国的学术活动极大地推动了新批评理论在中国传播，40 年代中国对新批评的译介有进一步的发展：袁可嘉把 40 年代中国现代主义诗歌的写作同瑞恰兹的"最大量意识状态"的心理学诗学相结合，并针对当时现实主义诗学主张文学从属于政治的观点，提出"在服役于人民的原则下""坚持人的立场、生命的立场""在不歧视政治的作用下""坚持文学的立场、艺术的立场"。[①] 他把新批评的艺术本体论思想同中国的政治结合在一起，开启了新批评的"中国化"之路。总的来说，无论从译文的及时性和影响力，还是翻译篇目的数量与质量来说，对新批评的译介是该时期我国对西方当代文论译介中最丰硕的成果。

3. 对其他西方当代文论的译介体现出该时期我国译介的开放性特征

尽管在该时期我国对现象学、俄国形式主义、结构主义、西方马克思主义的译介成果较少，时间上也滞后于其在本土的发展，但这些零碎散乱的翻译是构成我国早期西方当代文论译介的重要部分，它们体现了我国早期译介西方当代文论时怀有的"兼容并蓄"的开放心态。

（1）对现象学的译介

中国对现象学的译介可以追溯到 20 世纪 20 年代。1926 年商务印书馆出版樊炳清编纂的《哲学辞典》，对"现象学"这一词条进行了解释。然而，彼时的"现象学"是取黑格尔和康德之意，并非胡塞尔所指之"现象学"。1928 年 3 月《民铎》杂志第九卷第三号中，刘崇谨翻译了日本存在主义哲学家西

---

① 袁可嘉."人的文学"与"人民的文学"［A］. 益世报, 1947 - 12 - 7.

田几多郎的《现代的哲学》一文，介绍了当时被称为"胡色儿"的哲学。1929 年 1 月《民铎》杂志第十卷第一号刊出杨人梗编的《现象学概说》。① 这两篇文章标志着胡塞尔"现象学"在中国译介的肇始。但是，在这之后，现象学的译介在我国经历了很长时期的沉寂：从 20 世纪 30 年代到改革开放近 50 年时间，国内仅有的对现象学译介的重要资料为 1963 年 6 月商务印书馆作为"内部读物"出版的中国科学院哲学研究所西方哲学史组编的《存在主义哲学》一书。其中收录了熊伟选译的《存在与时间》的扉页语和部分章节，以及海德格尔"论人道主义"的信。② 现象学的译介在我国译介西方当代文论的发轫和发展时期可谓"昙花一现"。海德格尔曾在回忆录中说："现象学……在各种不同的领域中——主要是以潜移默化的方式——决定着这个时代的精神。"③ 或许一方面由于现象学理论本身具有的难以言说的特质，另一方面由于它与中国老庄思想不谋而合，它反而失去了"异质性"文化的吸引力。这一在西方风靡一时的理论在中国译介西方文论的初期遭到了出乎意料的冷遇。

（2）对形式主义的译介

俄国形式主义作为 20 世纪西方文论的滥觞，于 1915 年至 1930 年在俄国本土非常盛行。我国对俄国形式主义理论的最早译介是 1936 年 11 月出版的《中苏文化》第 1 卷第 6 期刊登的"苏联文艺上形式主义论战特辑"。但是形式主义由于强调审美活动的独立性和艺术形式的绝对化，在 20 世纪 30 年代中期遭到斯大林主义的压迫而停止了在本土的发展。它在本土的境遇直接影响了中国对它的进一步译介与传播，俄国形式主义在早期中国对西方当代文论的译介中的影响非常有限。

（3）对结构主义的译介

我国对结构主义的介绍开始于 20 世纪 30 年代。1930 年刘复翻译的法国学者保尔·帕西著的《比较语音学概要》反映了结构主义语音学思想。1932 年大江书铺出版的陈望道著《修辞学发凡》介绍了索绪尔的一些关键概念。1939 年岑麒祥编的《语音学概论》通过英国、法国、日本等国学者的语音学

---

① 陈厚诚，王宁. 西方当代文学批评在中国［M］. 天津：百花文艺出版社，2000：113.

② 张祥龙，杜小真，黄应全. 现象学思潮在中国［M］. 北京：首都师范大学出版社，2001：60.

③ 海德格尔. 面向思的事情，陈小文，孙周兴，译. 北京：商务印书馆，1996：84.

著作，对"音韵学""音素"等结构主义概念进行了详细介绍。由于这一时期列维－斯特劳斯开创的文化人类学意义上的"结构主义"还没形成，我国对结构主义的译介以语言学为主，还不是真正意义上的结构主义文论。

（4）对西方马克思主义的译介

我国对西方马克思主义的译介开始于 20 世纪 30 年代。西方马克思主义创始人卢卡契的作品随着西方思潮的大量涌入被翻译介绍到中国。1935 年在《译文》第二卷第二期上发表的卢卡契的《左拉与现实主义》是我国最早出现的对卢卡契美学思想的翻译介绍。随后，1936 年《小说家》刊出胡风翻译的他的《小说理论》第一部分《小说底本质》，1940 年《文学月报》发表王春江译《论现实主义》，1940 年 12 月《七月》第六集一、二期合刊吕荧翻译的《叙述和描写》。应当说，卢卡契的思想观点对当时的中国产生了一定的影响。

这时期中国对西方当代文论的译介活动受到多种因素的推动和制约。首先，中国译介西方当代文论的发轫期正值五四运动之后，国内学界把西方文论视为"新"与"先进"的代名字，精神分析、新批评、现象学、形式主义、结构主义和西方马克思主义的译介正好满足了中国学者追逐时代新潮，欲与世界文学接轨的心理需求。其次，瑞恰兹、燕卜荪、翟孟生等西方学者在中国以及朱自清、叶公超、赵萝蕤、曹葆华、李安宅、钱锺书等中国学者在国外的学术交流对这个时期的译介起了重要推动作用。这一点尤其体现在中国对新批评的译介中，正如赵毅衡所说，"新批评重要人物与中国现代学术界的密切关系：瑞恰兹前后六次到中国来，1979 年在中国讲堂上倒下；燕卜荪在西南联大与中国师生共同坚持抗战，1949 年后坚持在北京大学教课迎接解放，这都是现代中国学术史上的美谈"①。最后，20 至 40 年代的译介受到了当时整个国家时局与翻译环境的影响："在'翻译年'（1935）前后，英美文学作品译介量迅速飙升，1933—1937 年五年间，英美文学作品翻译多达 307 件，而1938—1942 年则才 150 余件，1946—1948 年每年都近百件。"② 翻译环境的变化引发早期西方当代文论的译介在 30 年代达到了高峰期，但是由于中国正处于战乱之中，这个时期的译介难免呈现出零散性，难以形成体系。

① 赵毅衡. 新中国六十年新批评研究 [J]. 浙江大学学报（人文社会科学版），2012（1）：139.
② 廖七一. 当代西方翻译理论初探 [M]. 南京：译林出版社，2000：64 - 65.

（二）挫折与低谷期：20 世纪 40 年代末到 70 年代末期

新中国成立后，我国学术界奉行苏联的文艺政策，西方当代文论被看作与主流意识形态相悖的思潮而受到抑制；"文化大革命"的十年，中国与西方在意识形态方面的对抗加剧，西方当代文论被等同于"腐朽的资本主义思想"，受到史无前例的批判。西方当代文论的译介在从新中国成立到改革开放近三十年中遭到了严重的阻滞。诚如有学者所指出的，我国的文学理论自 20 世纪 50 年代以后逐渐出现了"独尊一家、废黜百家"的现象，"这一过程使文学理论批评成了纯粹的政策、政治功利手段"。① 造成这种情况的原因主要在于外部政治意识形态因素的强力渗透和压力。

1. 大多数西方当代文论的译介陷入"停滞"

从 20 世纪 40 年代末到 70 年代末，形式主义、现象学、精神分析等在前一时期被零星译介到国内的西方当代文论被认为与 1949 年新中国成立之后的社会意识形态相悖，译介被中断。而解构主义、阐释学、接受美学、后殖民主义等诞生于 20 世纪 60、70 年代的西方当代文论由于"文化大革命"（1966—1976）时期特殊的文艺路线而被拒斥于国门之外。当这些西方文论在欧美思想界掀起狂澜时，中国在思想和学术上正处于对西方理论的对抗时期。在这段时期我国对西方当代文论的译介中，政治意识形态对翻译活动的影响前所未有。在此期间，公开出版的西方当代文论译作几乎为零。中国对大多数的西方当代文论的译介在这一时期陷入"停滞"状态。

2. 少数西方当代文论的译介以"批判"的形式继续

尽管该时期是西方当代文论在中国译介遭遇严重挫折的时期，但由于在前一时期新批评在国内风靡一时，社会主义国家普遍掀起批判西方马克思主义的浪潮以及结构主义在苏联学术界的影响，中国很难对这三个流派的文论"视而不见"。出于"批判"的需要，对这三个西方当代文论的译介得以在特殊时期继续。但是，在极左的政治气候中，"认为凡是社会主义国家的都是先进的；凡是资本主义国家的都是腐朽的"②。这些西方当代文论多是供内部高级

---

① 钱中文，童庆炳. 新时期文艺学建设丛书 [M]. 北京：首都师范大学出版社，2001：1.
② 李晶. 当代中国翻译考察（1966—1976）[M]. 天津：南开大学出版社，2008：46.

人员参阅并作为反面教材"内部发行"。

（1）对新批评的译介

在 20 世纪 50 年代，由于新中国成立后提倡马克思主义文艺理论，看重文学的工具性，忽略文学作品的本体存在，新批评与国家提倡的文艺潮流相悖，中国对新批评的译介陷入了沉寂。在 60 年代，新批评成为被批判的对象。1962 年，袁可嘉率先批判艾略特是"第一次世界大战以来美英两国资产阶级反动颓废文学界一个极为嚣张跋扈的垄断集团的头目，一个死心塌地为美英资本帝国主义尽忠尽孝的御用文阀"①。但在批判之后，他对整个新批评派进行了深入研究，尤其是对其的源流考察、对艾略特和瑞恰兹的理论概括以及对新批评派的有机形式主义和语义分析的简述都具有相当的学术价值——这奠定了袁可嘉在新批评理论体系的译介历程上不可动摇的先驱地位。除了袁可嘉，同年作家出版社出版的《现代美英资产阶级文艺理论文选》也出于"批判"的需要译介了"新批评"的一些名篇。如：卞之琳译艾略特的《传统与个人才能》、杨周翰译瑞恰兹的《文学批评原理》、张谷若译兰色姆的《纯属思考推理的文学批评》、麦任曾译燕卜荪的《复义七型》、袁可嘉译布鲁克斯的《反讽—— 一种结构原则》等。这些译文是很长一段时间国内关于新批评的仅有的中文资料。同年，《现代外国哲学社会科学文摘》刊登了蒋孔阳译韦勒克的《二十世纪文学批评的几个主要倾向》，1964 年它又刊登了石浮译韦勒克的《批评的一些原则》。但在"编者按"中论述道："魏列克主张探索'文学的人性本质'，主张就文学作品论文学作品的方法的所谓'内在研究方法'否认文学与社会、政治、经济的密切关系，否认文学作品反映社会现实这一文艺基本原理。在这一研究方法的前提下，人自然就变成没有阶级内容的抽象概念了。"② 可见，60 年代的新批评译介主要是出于"批评"的目的，或借着"批判资产阶级思想材料"的名义才得以继续，到 1966 年"文化大革命"开始后，新批评的译介完全中断。

（2）对西方马克思主义的译介

受极左思想的影响，在很长一段时期内，人们往往把被教条化的僵化的马

① 袁可嘉. 托·史·艾略特——美英帝国主义的御用文阀 [J]. 文学评论，1960：(6) 14－29.
② 魏列克. 批评的一些原则 [J]. 石浮，译. 现代外国哲学社会科学文摘，1964：(1)：9－13.

克思主义理论形态当作马克思主义的本来面目，认为"西马非马"，西方马克思主义与经典马克思主义有本质的不同。"宁要社会主义的草，不要资本主义的苗"道出了这段时期西方马克思主义在中国的境遇。在 20 世纪 50、60 年代的"反修"斗争中，卢卡契被当作国际修正主义的代表人物受到批判和否定，这种国际环境促使中国科学院哲学研究所组织非常精干的队伍翻译卢卡契三本影响巨大的哲学史著作：《存在主义还是马克思主义？》（韩润棠等译，商务印书馆 1962 年版），《青年黑格尔（选译）》（王玖兴译，商务印书馆 1963 年版），《理性的毁灭》（该书当于《青年黑格尔》节译之前已翻译完毕，但"文化大革命"中译稿逸失，80 年代王玖兴等进行重译，后于 1988 年在山东人民出版社出版）。尽管当时译介这些著作的唯一目的是"供批判用"，但在那个特殊的时代，被批判得最惨烈的西方马克思主义却悖论性地成为被译介得最系统和全面的西方当代文论。

（3）对结构主义的译介

1957 年第 8 期《中国语文》发表刘湧泉译苏联学者卡勉斯基的《关于结构主义的几点意见》。同年《俄文教学》发表了《结构主义及其方法》，并连载了杰格捷列娃的《欧洲语言学说简述：19 世纪至 20 世纪》。1958 年是中国对结构主义语言学的引进和讨论比较集中的一年：岑麒祥在《中国语文》1958 年第 2 期发表了《介绍〈语言学结构主义和方言地理学研究〉》一文。他编著的《语言学史概要》也于同年出版。书中第十一章"语言学中的结构主义及其主要派别"介绍了索绪尔的结构语言学理论及由此发展起来的三个流派（布拉格学派、哥本哈根学派和美国描写主义语言学派）。50 年代结构主义的引进主要受苏联语言学影响。中国对结构主义的讨论主要集中于语言学层面。

从 70 年代中期开始，当结构主义于"后结构主义"的冲击下在西方的影响力江河日下之际，结构主义批评开始正式进入中国的文学批评话语。中国最早译介结构主义批评理论，并用结构主义方法对中国文学作品进行批评的是张汉良、郑树森、周英雄等港台学者。我国大陆对结构主义的译介开始于 1975 年《哲学社会科学动态》第 4 期上刊登的题为《近年来欧洲结构主义思潮》的文章。这篇文章批判结构主义的出现是西方资本主义哲学社会思想体系崩溃的终极体现，其理性意义岌岌可危。1978 年，《哲学译丛》连续发表了几篇阐述结构主义批评的文章，但都没有在中国学术界引起较大的反响，当时的结构主义理论在中国并不走俏。

总的来说，20 世纪 40 年代末到 70 年代末是西方当代文论在我国译介的挫折与低谷期。形式主义、现象学、精神分析等"老牌"西方当代文论在中国的译介陷入"停滞"；阐释学、解构主义、接受美学、后殖民主义等新兴理论进入中国的译介之路也被完全阻断。仅有新批评、西方马克思主义和结构主义因"批判"的目的，或以"批判"的名义在极小的范围内继续。

（三）回暖与复兴期：20 世纪 70 年代末到 90 年代末期

随着 1978 年改革开放政策的实施，西方文艺思潮开始在中国"解冻"。从 20 世纪 70 年代末到 90 年代末是西方当代文论在我国译介的回暖与复兴期。

1. 对形式主义的译介

1979 年袁可嘉在《世界文学》第 2 期发表的《结构主义文学理论》提到了作为结构主义先驱的"俄国形式主义"，重启了对俄国形式主义的译介。1980 年布洛克曼的《结构主义》被翻译出版，是我国对俄国形式主义进行专章介绍的首本专著。随后，1983 年第 4 期《苏联文学》发表李辉凡的《早期苏联文艺界的形式主义理论》，同年《读书》第 8 期刊登张隆溪的《艺术旗帜上的颜色——俄国形式主义与捷克结构主义》。1984 年第 3 期《作品与争鸣》发表陈圣生、林泰的《俄国形式主义》。1986 年第 5 期《当代文艺思潮》再度介绍伍祥贵译《俄国形式主义》。通过中国改革开放的首个十年的译介，俄国形式主义文论逐渐为国内所知。不过这些初步的译介显示出了不同的评价倾向："'形式主义'一词这时并不是一个纯学术词语，而是一个含有意识形态意味的政治词语。"① 部分译介文章对"形式主义"的这种意识形态式的否定性评价和过于简单化的理解在一定程度上对该文论在中国的传播与接受起了阻碍和误导作用。尽管如此，由于俄国形式主义本身具有的巨大理论价值和阐释力，加上大部分中国学者的深刻洞见与客观的学术立场，尤其是张隆溪从"文学性"和"陌生化"出发，充分肯定这一理论的价值之后，较多的俄国形式主义理论通过中国学者翻译和编撰西方学者的著作而被介绍到中国。其中，

---

① 陈建华，耿海英. 俄国形式主义文论在中国 30 年 [J]. 学习与探索，2009（5）197.

由中国学者翻译的以专章或专题介绍形式主义的有：伊格尔顿的《二十世纪西方文学理论》（1983），霍克斯的《结构主义和符号学》（1987），韦勒克的《批评的诸种概念》 （1987），佛克马、易布思的《二十世纪文学理论》（1988），以及休斯的《文学结构主义》（1988）等。以中国学者编撰的以专章或专题介绍形式主义的有：辽宁大学中文系的《文艺研究的系统方法》文集（1985），傅修延、夏汉宁的《文学批评方法论基础》（1986），伍蠡甫、胡经之主编的《西方文艺理论名著选编》（1986），中国人民大学编写的《文艺学方法论讲演集》（1987），文化部教育局编写的《西方现代哲学与文艺思潮》（1987），班澜、王晓秦的《外国现代批评方法纵览》（1987），马克思主义文艺理论研究编辑部选编的《美学文艺学方法论》（续编）（1987），张秉真、黄晋凯的《结构主义文学批评论》（1987），胡经之、张首映主编的《西方二十世纪文论选》（1989）等。

从 80 年代后期至 90 年代末，中国哲学社会科学研究持续稳定深化和发展，国内展开了文学理论的大讨论，形式主义开始从西方文论的大背景中凸现出来。专门译著成为国内传播形式主义最重要的方式，如托多罗夫编选的《俄苏形式主义文论选》（蔡鸿滨译，1989）、什克洛夫斯基等著的《俄国形式主义文论选》（方珊译，1989）、什克洛夫斯基的专著《散文理论》（刘宗次译，1994）、巴赫金的《文艺学中的形式主义方法》（李辉凡、张捷译，1989；邓勇、陈松岩译，1992）。另外，文艺期刊对国内形式主义的传播推波助澜：《外国文学评论》1989 第 1 期、1993 年第 2 期分别发表了什克洛夫斯基的著名论文《艺术即手法》和《词语的复活》，《国外文学》1996 年第 4 期发表了张冰译迪尼亚诺夫的论文《文学事实》。总的来说，形式主义在这一时期的译介盛极一时，对中国思想界和文艺界产生了不可估量的影响。

2. 对新批评的译介

70 年代末，新批评在我国再次成为焦点。赵毅衡总结道："到七十年代末新时期，这个'打开窗子'时期，中国学界目不暇接，新批评成为这个理论热潮的前驱。新批评第一次得到深入研究，有一大批重要著作联系翻译出版，在文化界掀起严重波澜。"①《世界文学》1979 年第 6 期刊载的杨熙龄《美国

---

① 赵毅衡. 新中国六十年新批评研究［J］. 浙江大学学报（人文社会科学版），2012（1）：139.

现代诗歌举隅》谈到"新评论"派的张力理论、"矛盾和讽刺"等。稍后，袁可嘉在《结构主义文学理论一瞥》中则将新批评与结构主义作了比较阐发。

80 年代以后中国对新批评的译介在继 20 世纪 30 年代后出现第二个高潮。国内学者以文艺期刊、翻译专著和译文集的形式大量译介新批评的相关文献。从文艺期刊来看，《外国文艺》1980 年第 3 期刊出曹庸重译的艾略特的《传统与个人才能》，《国外文学》1981 年第 1 期刊出杨周翰的《新批评派的启示》以及《外国文艺》1981 年第 5 期刊出董衡巽译沃尔顿·利茨的《"新批评派"的衰落》影响最大。从专著来看，1984 年刘象愚等人译韦勒克和沃伦所著《文学理论》引发了一场有关本体论、内部研究的大讨论，并由此使新批评在中国广为人知。1987 年中国人民大学出版社翻印了台湾颜元叔所译《西洋文学批评史》，并于 1991 年出版章安祺等译韦勒克八卷本《现代文学批评史》中的第 5 卷。1988 年四川文艺出版社出版了丁泓和余徵合译的韦勒克的《批评的诸种概念》。中国学者对以上西方新批评代表人物的著作的翻译为新批评的"复兴"做出了功不可没的贡献。从译文集来看，1988 年中国社会科学出版社出版的赵毅衡的《"新批评"文集》是迄今研究"新批评"的经典权威文集。除此之外，1989 年四川文艺出版社出版的史亮编选的《新批评》也享有盛誉。朱立元在《新时期以来文学理论和批评发展概况的调查报告》中指出："新时期伊始，学界逐步对以往单一的文学批评模式进行了深入的反思和批判，同时伴随着文学创作走向繁荣，贫困和僵化的文艺理论和文学批评丧失了对创作实践的有效阐释能力。"① 正是基于这种接受语境，新批评在西方文论的整体参照体系之下凭借其对客观性和科学性的倚重得以在中国复兴。

90 年代后，我国对新批评的译介持续发展。从 1986 年至 1997 年，上海译文出版社出版了杨岂深、杨自伍父子译韦勒克《近代文学批评史》前四卷。1994 年百花洲文艺出版社推出的《艾略特文学论文选》和瑞恰兹《文学批评原理》使新批评在中国有了较为完整的资料系统。1997 年北岳文艺出版社出版王晋华译美国当代学者沃特·萨顿所著《美国现代文学批评史》，该著作的出版及时引进了国外对新批评研究的最新观点，也启发了中国学者对新批评的

---

① 朱立元. 新时期以来文学理论和批评发展概况的调查报告［M］. 沈阳：春风文艺出版社，2006.

再思考与再认识。

3. 对现象学的译介

汉斯－马丁·萨斯在《海德格尔之著作目录》一书中指出，"在 1982 年以前，中国社会对海德格尔著作之翻译及讨论是无足轻重的。"[①] 80 年代以前，我国对现象学的译介是非常零散而罕见的。但是在 80 年代中期，现象学经典著作开始有了中译本：1986 年上海译文出版社出版的倪梁康译《现象学的观念》是中国第一本胡塞尔哲学专著的全译本；1987 年生活·读书·新知三联书店出版陈嘉映和王庆节合译《存在与时间》（该书于 1990 年在台湾出版，修订后的译本于 1999 年由生活·读书·新知三联书店出版）是中国第一本海德格尔哲学专著全译本；1988 年国际文化公司出版的吕祥翻译《现象学与哲学的危机》和上海译文出版社出版的张庆熊翻译《欧洲科学危机与超验现象学》也是该时期现象学原典的重要译著。

进入 90 年代，随着中国学界对现象学研究的深入发展，更多的现象学原典专著及国外研究现象学的专著被译介到中国。其中，有关胡塞尔的专著有：《纯粹现象学通论》（即纯粹现象学和现象学哲学的观念第一卷，舒曼编，李幼蒸译，商务印书馆，1992 年，1996 年重印）、《现象学的方法》（黑尔德编，倪梁康译，上海译文出版社，1994 年）、《观念：纯粹现象学的一般性导论》（吉布森英译，张再林译，陕西人民出版社，1994 年）、《胡塞尔选集》（倪梁康选编，上海三联书店，1997 年）、《逻辑研究》（由倪梁康译，第一卷由上海译文出版社 1994 年出版，第二卷第一部分分别由上海译文出版社 1998 年出版、台湾时报文化出版企业公司 1999 年出版，第二部分由上海译文出版社 1999 年出版）、《哲学作为严格的科学》（倪梁康译，商务印书馆，1999 年）、《现象学的观念》（彭润金译，中国社会出版社，1999 年）、《经验与判断：逻辑谱系学研究》（邓晓芒、张廷国译，生活·读书·新知三联书店，1999 年）。有关海德格尔的专著有：1996 年上海三联书店出版的孙周兴编辑《海德格尔选集》。该选集包括 42 篇翻译作品，其中 25 篇是孙周兴本人的译作。在翻译海德格尔原著方面，孙周兴也是目前国内翻译海德格尔著作最多的学者。除此

① 张灿辉. 海德格尔哲学在中国 [M]. 中国现象学与哲学评论（第 4 辑），上海：上海译文出版社：335.

之外，海德格尔其他被翻译成中文的著作还有：《诗·语言·思》（彭富春译，文化艺术出版社，1990 年）、《海德格尔论尼采》（秦伟、余虹译，河北人民出版社，1990 年）、《海德格尔诗学文集》（成穷等译，华中师范大学出版社，1992 年）、《人，诗意地安居：海德格尔语要》（郜元宝译，上海远东出版社，1995 年，广西师范大学出版社 2000 年重印）、《形而上学导论》（熊伟、王庆节译，1996 年商务印书馆出版，后由杨恺重译，1999 年中国社会科学出版社出版）。另外，90 年代以后，国外关于胡塞尔现象学的研究专著也逐渐译介到中国，比如《胡塞尔思想的发展》（［荷兰］泰奥各·德布尔著，李河译，生活·读书·新知三联书店，1995 年）、《现象学运动》（［美］赫伯特·施皮格伯格著，王炳文、张金言译，商务印书馆，1995 年）、《新现象学》（［德］赫尔蔓·施密茨著，庞学铨、李张林译，上海译文出版社，1997 年）等著作的翻译出版为中国的现象学研究开拓了国际性新视野。

4. 对阐释学的译介

西方阐释学在中国的译介始于 70 年代末，但真正引起人们重视和兴趣则是在 80 年代中期，彼时阐释学在西方的高潮已过，正步入一个平缓的发展期。中国对阐释学的译介相对于其在西方的兴起滞后了近 20 年。阐释学在中国的译介以 1990 年为界形成一个分水岭。

1990 年前是熟悉和积蓄的过程：伽达默尔的巨著《真理与方法》出版二十多年后，1979 年《哲学译丛》刊登的由燕宏远译的 W．R．伯耶尔著《何谓阐释学》，是国内最早的译介阐释学的文章。1980 年《哲学译丛》发表舒白译格列科夫的《评〈西德哲学的最新流派与问题〉》。1982 年《哲学译丛》在"外国哲学新书介绍"专栏介绍了约瑟夫·布莱赫的《当代阐释学：作为方法、哲学和批判的阐释学》，这是国内最早的较为全面、客观评价阐释学的文章。1984 年第 1 期的《复旦大学学报》发表张汝伦的《哲学释义学》，较全面地介绍了伽达默尔的哲学阐释学理论，是国内第一篇全面介绍哲学阐释学的文章。80 年代中期以后，阐释学的译介进一步繁荣。首先，文艺和哲学期刊竞相介绍阐释学原理。1986 年，《哲学译丛》推出了一期《德国哲学阐释学专辑》，共 13 篇译文，分为"综述概观"和"名著节选"两部分，较为全面地介绍了阐释学名家，如伽达默尔、海德格尔、利科、哈贝马斯等人的观点和著作。华东师范大学主办的《文艺理论研究》也发表了很多介绍西方阐释学的论文，如 1982 年第 9 期发表了罗务恒翻译、伽达默尔著的《美学与阐释学》，1986 年第 5 期发表了周宪译 H．R．尧斯著的《文学与阐释学》。其次，更多西方阐释学名家的代表著作被逐步翻译出版。伽达默尔的代表作《真理与方法》于 1985 年由辽宁人民出版社出版了节译本；美国新实用主义解释学的代表罗蒂的最重要的著作《哲学与自然之镜》于 1987 年由生活·读书·新知三联书店出版；《科学时代的理性》由国际文化出版公司于 1988 年出版全译本；海德格尔的《存在与时间》于 1987 年由生活·读书·新知三联书店出版；同年，保罗·利科的《阐释学与人文科学》由河北人民出版社出版；霍埃的《批评的循环》由辽宁人民出版社出版。据不完全统计，这一阶段所发表的阐释学相关译著 36 篇，大体形成了以德国阐释学为主，法国和美国阐释学为辅的传播格局。

1990 年后的十年是阐释学在中国译介的大发展时期。首先，伽达默尔一系列重要的著作被译成中文，构建了比较完整的阐释学体系：《美的现实性》（1991 年）、《真理与方法》（上卷，1992 年）、《伽达默尔论柏拉图》（1992 年）、《伽达默尔论黑格尔》（1992 年）、《哲学解释学》（1994 年）、《伽达默尔集》（1997 年）、《真理与方法》（下卷，1999 年）等译作都在国内出版。其中，洪汉鼎先生毕八年之功所译的伽达默尔巨著《真理与方法》的出版极大地促进了国内西方解释学研究的深入和发展，赢得了人们的普遍赞誉。其次，其他阐释学名家的代表著作的翻译出版形成了阐释学在中国"百花齐放"的格局，如 1991 年赫施的《解释的有效性》和却尔的《解释：文学批评的哲学》分别由生活·读书·新知三联书店和文化艺术出版社出版。1992 年北京光明日报出版社出版郭小平等译查德·J．伯恩斯坦的《超越客观主义与相对主义》；1994 年上海译文出版社出版孙周兴、陆兴华译阿佩尔的最重要的著作《哲学的改造》；1999 年学林出版社出版郭官义、李黎译哈贝马斯的《认识与兴趣》。

5．对接受美学的译介

80 年代初期是接受美学进入中国的开始。1983 年，多位学者开始关注接受美学。首先，钱锺书完成于 1983 年的《谈艺录》（补订本）将中国古代文论中的"诗无达诂"与西方接受美学相互比较阐释。其次，《文艺研究》1983 年第 4 期发表张隆溪《诗无达诂》，也将"诗无达诂"与接受美学、解释学相互阐释、互相发明。另外，《文艺理论研究》1983 年第 3 期率先刊载了冯汉津译意大利学者弗·梅雷加利介绍接受美学的文章《论文学接收》。最后，1983 年 12 月，张黎在《文学评论》上发表《关于"接受美学"的笔记》，较为系统地介绍了当时民主德国、联邦德国和苏联接受美学的产生、发展情况及其相关理论主张。

由于 1983 年多位学者的共同关注，80 年代中期中国对接受美学的译介异军突起。首先，更多的接受美学理论在我国的文艺期刊上得到介绍。1984 年 3 月，张隆溪在《读书》上发表了《仁者见仁，智者见智》，进一步介绍了西方阐释学和姚斯、伊瑟尔的接受美学理论以及费希的读者反应批评。1984 年 9 月张黎在《百科知识》发表《接受美学——一种新兴的文学研究方法》。1985 年 1 月，孙津译福克玛和库恩合写的《对文学的接受："接受美学"的理论与实践》发表在《江苏美学通讯》，罗悌伦译格林的《接受美学简介》发表在《文艺理论研究》；同年 7 月，章国锋的《国外一种新兴的文学理论——接受美学》发表在《文艺研究》第 4 期，较为细致地介绍了接受美学重要学者姚斯、伊瑟尔、瑙曼的理论。1987 年 1 月，刘晓枫在《读书》上发表了《接受美学的真实意图》。其次，数本与接受美学相关的重要译著和选集得以出版。1987 年辽宁人民出版社出版了由周宁与金元浦合译的姚斯和霍拉勃的《接受美学与接受理论》，该书是我国第一本接受美学译著。其后，1988 年中国人民大学出版社出版了霍桂桓等译伊瑟尔的《审美过程研究》；1989 年，生活·读书·新知三联书店出版刘小枫编选的《接受美学译文集》，四川文艺出版社出版张廷琛主编的《接受美学》，文化艺术出版社出版由刘峰、袁宪军等人翻译的美国汤普金斯所编的《读者反应批评》。此外，文化艺术出版社还出版了由中国艺术研究院马克思主义文艺理论研究所外国文艺理论研究资料丛书编委会选编的《读者反应批评》，收入了汤普金斯、吉布森、普兰斯、普莱、菲什的10 篇重要论文。

进入 90 年代，接受美学的译介得以向纵深发展。1991 年，沃尔夫冈·伊瑟尔的代表作《阅读活动》同时出版了两个译本，一是由金元浦、周宁翻译，中国社会科学出版社出版，另一本是由金惠敏、张云鹏、张颖、易晓明翻译，湖南文艺出版社出版。此书是接受美学最富建设性的代表著作之一。1991 年 8 月，上海人民出版社出版潘国庆翻译的诺曼·N. 霍兰德的专著《文学反应动力学》。1992 年 2 月，作家出版社出版朱立元翻译的姚斯《审美经验论》。1993 年 12 月，海南出版社出版了由吴元迈先生主编的《世界文学评介丛书》第三辑，其中包含由章国锋编写的《文学批判的新范式：接受美学》。1998 年，中国社会科学院出版社出版文楚安翻译斯坦利·费希的《读者反应批评：理论与实践》。接受美学的译介极大地推动了中国文学批评的角度沿着"作品—作者—读者"的路径演进。

6. 对结构主义的译介

"从七十年代中期开始，随着法国的巴尔特、德里达等人对结构主义理论的反叛与放弃，结构主义理论在当时的西方已经成为过眼烟云。而此时，结构主义批评开始正式进入中国的文学批评话语，在中国的文学学术语境中，它就像是一个新生时代的宠儿，引来的是对它高度的关注、大量译介和广泛的传播。"[①] 1979 年，袁可嘉在《世界文学》第 2 期发表《结构主义文学述评》，使结构主义开始在中国受到关注。尽管袁可嘉对结构主义理论是持肯定接纳态度的，但是他也认为结构主义批评家的理论方式实际上是一种"不考虑产生它的社会历史条件和作者的世界观的，这就会使文学成为无源之水，一个僵化的机械的系统"，他还指出："作为文学批评，结构主义学派一个严重缺点是它常常脱离了作品本身的思想和艺术。"1980 年，袁可嘉又翻译了罗兰·巴尔特的《结构主义——一种活动》并发表在《文艺理论研究》1980 年第 2 期。1980 年，商务印书馆出版李幼蒸译布洛克曼的《结构主义》，这是中国国内出版的第一部专门论述结构主义的译著。它的出版促进了结构主义在中国的广泛传播。这一时期发表的有关结构主义理论的其他文章还有 1981 年《外国文学报道》第 3 期张裕禾的《新批评——法国文学批评中的结构主义流派》、1983 年《外国文学报道》第 1 期邓丽丹的《文学作品的结构分析》和 1981 年《外国文学研究》第 2 期王泰来的《关于结构主义文艺批评》等。1983 年，张隆溪在《读书》杂志上发表了 4 篇介绍结构主义理论的文章。他分别介绍了结构主义语言学、结构主义诗学、结构主义叙事学原理以及捷克结构主义理论，这表明他开始全面地展开对结构主义的综合研究。至此，结构主义在中国文学批评实践的"春天"才姗姗来迟。

---

① 廖思湄. 结构主义理论在中国的译介传播 [J]. 学术理论与探索，2007（8）.

从 80 年代中期开始，中国文学研究界兴起的"方法论"热潮把对结构主义的译介向前推进了一大步。1984 年，商务印书馆出版倪连生等人译皮亚杰《结构主义》；1987 年辽宁人民出版社出版董学文等译的罗兰·巴尔特《符号学要素》；同年，商务印书馆又出版了李幼蒸译的列维－斯特劳斯的《野性的思维》，以及文化艺术出版社出版的《美学文艺学方法论续集》；1987 年上海译文出版社出版由瞿铁鹏译的特伦斯·霍克斯的《结构主义和符号学》；1988 年生活·读书·新知三联书店出版刘豫译罗伯特·休斯的《文学结构主义》；1988 年上海译文出版社出版尹大贻译伊迪丝·库兹韦尔的《结构主义时代》；1989 年中国社会科学出版社出版胡经之、张首映主编的《西方二十世纪文论选》一书系统地翻译了法国结构主义代表人物巴尔特、托多罗夫、热奈特、格内马斯的代表性著作，为中国结构主义批评研究提供了宝贵资料。此外，1988 年中国社会科学出版社出版的王逢振译伊格尔顿的《当代西方文学理论》以及同年生活·读书·新知三联书店出版的林书武翻译佛克玛、易布思的《二十世纪文学理论》都针对结构主义的历史发展、批评理论与实践、代表人物和定义内涵等进行了系统而全面的诠释，大大地推动了中国结构主义理论研究的步伐。结构主义的译介在 80 年代末期达到顶峰，带动着结构主义研究在中国的全面繁荣。

到了 90 年代，由于更新潮的西方文论的侵入，中国对结构主义的译介热情有所减弱。但是，热奈特的《叙事话语 新叙事话语》（王文融译，中国社会科学出版社，1990 年）和列维－斯特劳斯的《结构人类学》（谢维扬等译，上海译文出版社，1995 年）的出版一定程度上扭转了结构主义译介在中国的颓势。陈太胜认为"到了 90 年代，后现代主义、大众文化、人文精神等成了学术界讨论的热点，同时，后结构主义、女权主义、后殖民主义也先后从遥远的西方抢登中国大陆，这使得许多 80 年代红极一时的种种批评理论得到不同程度的冷遇，但这种冷遇却没有降临到结构主义批评身上，这是因为，人们从西方最新的思潮身上仍然看见结构主义挥之不去的影子"①。

7. 对解构主义的译介

被称为"后结构主义"的解构主义与结构主义存在既延续又断裂的微妙

---

① 陈太胜. 结构主义批评在中国 [J]. 社会科学研究, 1999 (4): 125.

关系。在 80 年代甚至 90 年代初期，解构主义在中国的译介与研究都没有得到充分发展。仅仅在一些文学理论书籍或刊物上有翻译的节选，如周宪的《当代西方艺术文化学》中收有《在法律面前》一文；胡经之、张首映的《西方二十世纪文论选》中收录了德里达的《系动词的增补：语言学之前的哲学》及卡勒的《解构主义》两篇译文；朱立元、程未介编译的《美学文艺学方法论》中收有诺里斯的《德里达：语言反观自身》一文；而德里达的解构主义纲领性文本《人文科学话语中结构、符号和游戏》由《现代外国哲学》研究辑刊译介。直到 80 年代中后期，解构主义都只是作为西方文论著作的有机组成被译介到中国，并没引起中国文艺批评界的充分关注。虽然 1986 年国内出版的特里·伊格尔顿的《二十世纪西方文论选》、安纳·杰弗森等著《西方现代文学理论概述与比较》、罗里·赖安等编著的《当代西方文学理论导引》以及张隆溪的《二十世纪西方文论述评》等著作都开辟专章介绍或涉及德里达或耶鲁学派①，但与其同时期在西方文艺批评的影响力相比，中国此时对解构主义的译介并不充分。

90 年代末，1997 年由上海人民出版社出版的何佩群译的《一种疯狂守护着思想：德里达访谈录》是最早被翻译成中文的德里达著作。随后，1998 年，陆扬译乔纳森·卡勒的《论解构：结构主义之后的理论与批评》和李自修译保罗·德曼的《解构之图》由知识分子图书馆出版，赵兴国等译德里达的《文学行动》由中国社会科学出版社出版。1999 年是德里达的著作翻译到中国最多的一年，共有《论文字学》（汪堂家译，上海译文出版社）、《多义的记忆：为保罗·德曼而作》（蒋梓骅译，中央编译出版社）、《马克思的幽灵：债务国家、哀悼活动和新国际》（何一译，中国人民大学出版社）、《声音与现象：胡塞尔现象学中的符号问题导论》（杜小真译，商务印书馆，该书在 2001 年重印）四本著作中文本问世。至此，解构主义迅速成为在中国炙手可热的"时髦的"西方当代文论。

8．对精神分析的译介

80 年代，中国对精神分析的译介热极一时。首先，对弗洛伊德代表性著作的翻译促成了中国的"弗洛伊德热"：《精神分析引论》《精神分析引论新

① 陈厚诚，王宁．西方当代文学批评在中国［M］．天津：百花文艺出版社，2000：393．

编》《图腾与禁忌》《自我与本我》《集体心理学与自我的分析》《性学三论》《超越唯乐原则》等被大量地译介到中国。此外，对弗洛伊德的次要作品的翻译推动了精神分析在中国的传播。1986 年辽宁人民出版社出版的张霁、卓如飞译《弗洛伊德自传》（1987 年上海人民出版社出版该自传的顾闻译本），中国民间文艺出版社出版的文荣光译《少女杜拉的故事：一位歇斯底里少女的精神分析》，四川人民出版社出版贺明明译里克曼选编《弗洛伊德著作选》，浙江文艺出版社出版的林克明译《日常生活的心理分析》，以及 1987 年安徽文艺出版社出版的刘福堂等译《精神分析纲要》，生活·读书·新知三联书店出版的李展开译《摩西与一神教》，陕西人民出版社出版的陈放译《释梦》、辽宁人民出版社出版的张燕云译《梦的释义》，作为对弗洛伊德著作译介的重要补充做出了不容忽视的贡献。其次，中国学者对弗洛姆著作的译介也不可小觑。1987 年安徽人民出版社出版胡晓春、王建朗译《说爱：一位精神分析学家的人生视觉》；1988 年中国文联出版公司就出版了欧阳谦译《健全的社会》。同年国际文化出版公司出版的许俊达、许俊农译《精神分析的危机：论弗洛伊德、马克思和社会心理学》，云南人民出版社出版的郑维川译《精神分析与宗教》以及光明日报出版社出版的叶颂寿译《梦的精神分析》，都为中国文艺界的精神分析热潮增加了热度。最后，1987 年，王宁译霍夫曼的博士论文《弗洛伊德主义与文学思想》由生活·读书·新知三联书店出版，为中国学术界提供了西方对弗洛伊德思想研究的权威性学者的研究成果。

90 年代，中国对精神分析的译介热情持续高涨，对精神分析著作的译介更加全面而系统。首先，除弗洛伊德《梦的释义》一书被孙名之、丹宁、彭润金、赖其万、符传孝、罗生等重译为不同版本之外，《性学三论》也被滕守尧、罗生、刘丛羽和巨富伟等重译。其次，1998 年长春出版社出版的车文博主编的《弗洛伊德文集》，作为我国最早的有关弗洛伊德的文萃性巨著，选取了 38 部弗洛伊德的经典性论著，有 5 册，共 280 余万字，是我国对弗洛伊德著作的翻译中最为全面的版本。最后，弗洛姆的著作被继续译介到中国。1990年贵州人民出版社出版王雷泉、冯川译弗洛姆与日本学者铃木大拙合著的《禅宗与精神分析》。

9. 对后殖民理论的译介

中国对后殖民理论的介绍开始于 20 世纪 80 年代末、90 年代初。张京媛在 1990 年第 1 期《文学评论》上发表《彼与此——评价爱德华·赛义德〈东方主义〉》一文，着重介绍了赛义德的"东方主义"思想体系，这是后殖民理论在中国的最早呈现。

90 年代中期，随着中国文化界和思想界发生的深刻变化，后殖民理论迎来了它在中国发展的机遇。1993 年 4 月，赛义德（Edward Said）《文化与帝国主义》的出版促使当年 9 月《读书》杂志发表了张宽的《欧美人眼中的"非我族类"》和钱俊的《谈萨伊德谈文化》，对赛义德的两部重要著作《东方主义》（1978）和《文化和帝国主义》（1993）及其思想进行了简要的介绍，引起了中国学者的强烈反响。1994 年，《读书》《钟山》《文艺争鸣》《东方》《光明日报》《文艺报》等重要报刊相继刊载王一川、陈晓明、张颐武、戴锦华、王宁、王岳川、张法、陶东风、杨乃乔、陈跃红等学者有关后殖民理论的文章或谈话录，形成了一个"学界争说赛义德"的局面。伴随着学界对后殖民主义的热烈讨论，赛义德等后殖民理论家的作品也开始被中国学者翻译并出版。

从个人来看，在较早从事后殖民理论介绍和研究的学者中最卓有成效者是清华大学的王宁。王宁的著述对于向中国学界全面介绍后殖民理论这一最新理论思潮起了很大的作用。之后，大量的中国学者加入了后殖民理论研究。从期刊来看，《中文文化与文论》作为排头兵，为后殖民理论在中国的传播铺平了道路。1996 年 1 月出版的该刊第 1 期刊出了美籍印度裔学者拉德哈克里希南《"后殖民"意味着殖民时代并没有结束》、易丹与张弘关于殖民文学的争论的两则文章以及王晓路所译的《后殖民理论》等文章。10 月出版的该刊第 2 期介绍和探讨了王宁、王逢振等 7 人的"后殖民主义与中国当代文化笔谈"，李杰的"后殖民主义专论"《为什么"东方不是东方"》，张弘答易丹的《评"殖民化"的文化语境》以及王晓路所译的赛义德生平及学术介绍。此后，1997 年第 3 期《文艺研究》发表了罗钢的《关于殖民话语和后殖民理论的若干问题》，在介绍杰姆逊的同时，还介绍了阿里夫·德里克和印度裔学者阿加西·阿迈德等人的观点。从译著来看，1999 年是中国对后殖民理论著作译介成果最为丰硕的丰收之年。1998 年 11 月辽宁教育出版社出版的盛宁和韩敏中合译艾勒克·博埃默著《殖民与后殖民文学》为中国学者以后殖民理论进行文学文本研究提供了范例；之后，1999 年 1 月冯建三译的汤林森《文化帝国主义》由上海人民出版社出版；同月，张京媛主编的《后殖民理论与文化批评》一书由北京大学出版社出版；4 月，罗钢、刘象愚主编的《后殖民主义文化理论》由中国社会科学出版社出版，该书收录的翻译著述与张京媛本颇有差异，却正好具有互相弥补参考之效果；5 月，赛义德最重要的著作《东方学》经王宇根翻译，由生活·读书·新知三联书店出版，这是中国学术界引进后殖民理论的里程碑；8 月，谢少波、韩刚等选译的《赛义德自选集》出版。至此，中国对后殖民理论的研究探讨从最初的赛义德一人到"三剑客"（赛义德、斯皮瓦克、霍米·巴巴），又扩展到杰姆逊、汤林森、阿什克罗夫特、格里菲斯、蒂芬等人。中国学术界在 20 世纪末对后殖民理论译介的突破性进展使这一理论成为当今中国学术界群星闪耀的西方当代文论中最引人注目的明星之一。

10. 对西方马克思主义的译介

随着对西方马克思主义的意识形态枷锁被打破，对西方马克思主义的译介在 20 世纪 80 年代迎来转机。自 1980 年以后，许多西方马克思主义的理论著作被陆续译介到中国。比如，1980 年由生活·读书·新知三联书店出版的梅绍武、傅惟慈、董乐山等译柏拉威尔的《马克思和世界文学》，人民文学出版社出版的文宝译伊格尔顿的《马克思主义与文学批评》以及中国社会科学出版社出版的柳鸣九选编的《萨特研究》，很大程度上改变了中国文艺界和学术界上个时期对西方马克思主义文学批评理论的片面认识。1982 年，被称作"中国'西方马克思主义'第一人"的徐崇温在天津人民出版社出版了名为《西方马克思主义》的专著，一石激起千层浪，引起社会广泛关注。一时间，具有影响力的各大权威杂志和报纸都相继发表了文章或书评，带动了国内的西方马克思主义译介。徐崇温还在重庆出版社的支持下，主编了中国第一套有关"西方马克思主义"的研究丛书，先后于 1989 年、1990 年、1997 年分三批出版，共 42 本书，集中翻译了"西方马克思主义"各派代表人物的基本著作，同时推出了我国学者有关"西方马克思主义"研究的著作，使得我国对"西方马克思主义"的研究更加系统和深入。除此之外，1988 年漓江出版社出版的陆梅林选编的《西方马克思主义美学文选》作为国内最全面的西方马克思主义批评著作选集，也推动了西方马克思主义在中国的传播。

90 年代，国内对西方马克思主义的兴趣逐渐由译介转向研究。1990 年北京大学出版社出版董学文、荣伟选编的《现代美学新维度——"西方马克思主义"美学论文精选》，收辑了 11 位西方马克思主义者的文论和美学著作，扩大了国内对西方马克思主义文学批评理论的原始资料占有，是这一时期西方马克思主义译介的重要成果。同年 12 月，全国首次"西方马克思主义理论和美学理论学术讨论会"在四川成都召开。会议提供了陆梅林选编的《西方马克思主义美学文选》和冯宪光的专著《西方马克思主义文艺美学思想》（四川大学出版社，1988 年），讨论了西方马克思主义的概念、范畴，西方马克思主义文艺理论、美学理论的发展和特征，对其代表人物的理论研究等重要问题进行了讨论。这次会议之后，国内出现了西方马克思主义文学理论研究的热潮。

随着改革开放，我国政治意识形态对文艺思潮的钳制开始"松绑"，西方批评理论蜂拥进入中国，中国学界如饥似渴地把各种处于西方历史的历时性发展链条中的形形色色的西方思想全部移植到国内。在较短时间内，西方当代文论纷纷"抢滩"中国，并处于一种共时性的思想网络中。从中国对西方当代文论的译介来看，俄国形式主义、新批评、现象学、阐释学、接受美学、结构主义、解构主义、精神分析、后殖民主义和西方马克思主义在 20 世纪 70 年代末到 90 年代末无一例外地出现史无前例的"爆炸式"发展，这是中国经历了前一个时期过分封闭与压抑之后对西方文论译介的"触底反弹"。

（四）持续发展与转折期：21 世纪初至今

由于全球化语境的发展和中国作为第三世界大国的崛起，进入 21 世纪以后，中国对西方当代文论的译介处于井喷状态。一方面，经济和政治领域与世界联系的加强直接促进了文化领域与世界的进一步交流。另一方面，中国作为发展中国家，反对一元化的霸权话语，积极倡导和促进多元化的文化交流，实际上也推动了世界政治经济一体化的发展。但是，在政治、经济与文化这种相辅相成的共生关系中，由于接受语境与国际局势的变化，西方当代文论的译介在中国持续发展的同时也出现了或正在形成各种不同的转向与分流。

1. 部分西方当代文论在中国面临译介热情衰减的危机

（1）对新批评的译介

2000 年，北京师范大学出版社出版白人立、国庆祝翻译瑞恰兹和奥格登合著的《意义之意义——关于语言对思维的影响及记号使用理论科学的研究》；2003年清华大学出版社出版徐保耕编《瑞恰兹：科学与诗》；2006年，江苏教育出版社出版王腊宝、张哲翻译兰色姆的《新批评》；2002年至2006年，上海译文出版社陆续出版了杨岂深、杨自伍父子翻译的韦勒克的《近代文学批评史》后四卷。经过三年多的修订，2009年秋，《近代文学批评史》（全八卷修订本）作为世纪出版集团国庆六十周年的献礼由上海译文出版社隆重推出。尽管中国对新批评的译介在21世纪得以继续，但是由于各种新兴的西方当代文论的冲击，产生于20世纪初期的新批评在后来者的竞争之下逐渐淡出中国翻译界的视野。"随着20世纪90年代各种'后现代'理论的登陆，新批评在中国的译介不如20世纪40年代前那样'醒目'，这是出于中国学界追逐理论新潮的冲动使然。"①

（2）对形式主义的译介

21世纪以来，依然有少部分译文、译著介绍俄国形式主义。如2000年北京大学出版社出版刘象愚、陈永国等译拉曼·塞尔登的《文学批评理论》，2001年《俄罗斯文艺》刊登陆肇明译什克洛夫斯基的《个人价值的危机》，2002年百花文艺出版社出版怀宇译罗杰·法约尔的《批评：方法与历史》，2002年生活·读书·新知三联书店出版王东亮、王晨阳译托多罗夫的《批评的批评》，2005年郑州大学出版社出版王薇生译扎娜·明茨编《俄国形式主义文论选》，2010年河南大学出版社出版史忠义译马克·昂热诺的《问题与观点》等。不过，这一时期中国学者的精力主要集中在通过阐发、对话、沟通等方式对形式主义进行研究，译介已经不再是该时期的重点。"本世纪以来，在中国文学理论研究领域，对形式主义文论已经不像八十年代那样充满热情了。但是俄国形式主义、英美新批评、法国结构主义的许多观点、方法却沉淀为文学理论研究的一般性观点与方法了。换言之，形式主义文论的大量成果已经融汇于当下文学理论研究之中，成为其组成部分了。"②

---

① 张惠. 新时期"新批评"译介在中国的命运［J］. 学术论坛，2011（1）：152.
② 李春青，袁晶. "形式"的意义——近年来中国学界形式主义文论研究之反思［J］. 中国文学研究，2013（2）：6-7.

2．部分西方当代文论在中国出现译介重点的内部转移

（1）对结构主义的译介

2006 年中国人民大学出版社出版阎嘉主编的《文学理论精粹读本》，收录了黄辉译查特曼著《故事与叙事》、潘纯琳译热奈特著《叙事的顺序》等西方学术界 20 世纪 80 年代以来文学理论领域极具前沿性的论述；2009 年河南大学出版社出版史忠义译《热奈特论文选：批评译文选》，该书在 2001 年百花文艺出版社出版史忠义译《热奈特论文集》的基础上做了增补，在第一部分收录了叙事学理论家热奈特的 10 多篇论文，第二部分收录了相关论文家如巴尔特、格雷马斯、托多罗夫等的代表性论文 10 多篇；2013 年漓江出版社出版吴康茹译热奈特《转喻：从修辞格到虚构》，这是这位当代著名文艺理论家在"跨媒介叙述学"领域所做的最新探索。

由于 90 年代的人文精神大讨论要求文学理论应当贯注人文理性的价值原则，而结构主义文论的科学主义特性与反主体性倾向与新时期文论的人文关怀精神存在一定的抵牾，加之文化研究的勃兴，结构主义在西方的衰落，以及受到更新潮的文艺理论的吸引，21 世纪尽管仍有相关译著出版，但学界对结构主义文论的关注比起 20 世纪八九十年代已今非昔比。文学理论批评的发展事实已经证明，结构主义文论所倡导的研究模式已经遭到了历史的拆解。但是不可否认的是，作为继英美新批评和法国现象学之后西方当代文论的第三大思潮，结构主义超越了意识形态，对几乎所有国家都产生了影响。正如封宗信所言："结构主义在中国由零星介绍、盲目批判到系统引进、接受、应用和发展，经历了一个漫长的过程和几个复杂的阶段，对许多人文社会科学学科领域都产生了巨大的影响。"① 从目前的趋势来看，译介的重点更多地转向结构主义叙事学，结构主义在中国的译介短时期内还不会消失。

（2）对精神分析的译介

精神分析作为最早被译介到中国的西方当代文论，在 20 世纪八九十年代得到史无前例的发展。进入 21 世纪后，国内学术界对精神分析的译介方兴未艾的同时又出现新的动向，弗洛伊德对精神分析领域的"霸权"地位被推翻，更多的该领域研究成果被译介到中国，尤其是拉康的著作逐渐成为精神分析译

---

① 封宗信. 结构主义的引进与中国本土文学批评理论［J］. 文学理论前沿 2014（2）：73.

介中的新焦点。

首先，一些弗洛伊德的著作被译为中文或通过引进英语版本得到继续传播。其中，《梦的解析》有 2000 年中国社会出版社出版冯国超主编本、2001年延边人民出版社出版苗冬清译本、2004 年九州出版社出版罗林译本，《精神分析引论》有 2001 年陕西人民出版社出版彭舜译本、2001 年海南出版社发行的英文原本，《文明及其不满》有 2003 年河北教育出版社出版严志军译本和2003 年上海外语教育出版社发行的英文原本。此外，2003 年九州出版社出版了杨韶刚等译《弗洛伊德心理哲学》。

其次，除弗洛伊德之外的更多精神分析大师的作品继续得到译介。2001年，生活·读书·新知三联书店出版张新木译朱莉娅·克里斯蒂瓦的《恐怖的权力：论卑贱》，2002 年中国轻工业出版社发行了贾晓明和苏晓波译的迈克·克莱尔《现代精神分析"圣经"：客体关系与自体心理学》，前者以符号和精神分析学相结合的方法分析人类情感现象，后者介绍了客体关系理论和自体心理学这两个现代精神分析流派的代表和最常见的精神分析理论，填补了国内关于这些方面研究的空白。2004 年陕西师范大学出版社出版了潘清卿翻译的美国女学者玛格丽特·玛肯霍普的作品《西格蒙德·弗洛伊德：精神分析学派的创立者》。同年，天津人民出版社还发行了李书红翻译的法国学者 J.贝尔曼－诺埃尔的《文学文本的精神分析：弗洛伊德影响下的文学批评解析导论》。2007 年，国际文化出版公司出版了郭艺瑶译弗洛姆的《精神分析经典译丛》，收录了弗洛伊德、艾里克·弗洛姆、雅克·拉康、阿尔弗莱德·阿德勒、卡尔·古斯塔夫·荣格和卡伦·荷妮等精神分析大师的经典之作。

最后，拉康的著作正在成为我国精神分析译介的新焦点。2001 年上海三联书店出版了褚孝泉翻译的《拉康选集》。该集选入的《精神分析学中的言语和语言的作用和领域》一文，是研究拉康学说的最基本的文献之一。这一选集的出版使国内学者能较为全面地对拉康的理论有所了解。2011 年，浙江大学出版社出版季广茂译斯拉沃热·齐泽克著《斜目而视：透过通俗文化看拉康》；2014 年，李新雨出版两本西方学者的拉康研究成果，包括肖恩·霍默著《导读拉康》（重庆大学出版社）和达瑞安·里德著《拉康》（现代中国出版社）。王宁教授指出："当传统的以人为本的精神分析学批评处于衰落状态时，法国结构主义精神分析学理论家雅克拉康异军突起，通过对弗洛伊德理论的改造和重新阐述而使得这一处于危机的批评理论又产生了勃勃生机。"① 伴随着拉康学说成为西方文论的新宠，其相关著作正在成为我国对精神分析译介的新焦点。

3. 部分西方当代文论在中国正形成新的译介热点

（1）对解构主义的译介

"后结构主义因其内在的张力，因其特有的批判性和开放性，将会对中国学人尤其是年轻一辈的学人产生深远的影响。只要年轻一代的中国学人逐渐成为学界的主流，并且开始与西方的学界保持同步对话，后结构主义就不可避免在一定程度上构成下一阶段的人文学科的基础。"② 的确，与传统结构主义在21 世纪逐渐淡出中国译介视野的命运相反，解构主义因为契合21 世纪新时期的"去中心主义"和"文化多元主义"的潮流而显示出迅猛的发展势头。如《书写与差异》（张宁译，生活·读书·新知三联书店，2001 年）、《明天会怎样：雅克·德里达与伊丽莎白·卢迪内斯库对话录》（苏旭译，中信出版社，2002 年）、《胡塞尔〈几何学的起源〉引论》（方向红译，南京大学出版社，2004 年）、《多重立场：与亨利·隆塞、朱莉·克里斯蒂娃、让－路易·乌德宾、居伊·斯卡培塔的会谈》（佘碧平译，生活·读书·新知三联书店，2004 年）《德法之争：伽达默尔与德里达的对话》（孙周兴、孙善春编译，同济大学出版社，2004 年）、《恋人絮语：一个解构主义的文本》（汪耀进、武佩荣译，上海人民出版社，2009 年）等解构主义名著的中译本先后出版面世。

美国耶鲁学派的解构主义批评著作也在近年先后被译成中文。这些译著进一步促进了国内学界对解构批评的深入了解，使更多的人投入到解构批评的研究中。除了 J. 希利斯·米勒的《重申解构主义》和《解读叙事》被翻译出版，更为复杂而与解构主义相关的后现代、后结构主义批评家，如利奥塔、福柯、杰姆逊等的著作也陆续被译介到中国，并迅速成为学界关注的热点。

（2）对后殖民主义的译介

后殖民主义作为在后现代主义基础上形成的一种有世界影响的文化理论，在21 世纪的中国译介中呈现出持续升温的迹象。2001 年 6 月北京大学出版社

① 陈厚诚，王宁. 西方当代文学批评在中国 [M]. 天津：百花文艺出版社，2000：1.
② 陈晓明. 结构主义与后结构主义在中国 [M]. 北京：首都师范大学出版社，2002：1.

出版杨乃乔等人翻译的吉尔伯特等编撰的《后殖民批评》、当年 7 月南京大学出版社出版陈仲丹翻译的吉尔伯特《后殖民理论——语境、实践、政治》以及 2002 年 4 月生活·读书·新知三联书店出版单德兴翻译的赛义德的《知识分子论》，都引起了中国文艺理论界的广泛关注。在对后殖民主义的译介中，2003 年 10 月生活·读书·新知三联书店出版李琨翻译的《文化与帝国主义》广泛涉及殖民与后殖民时代文学中的第三世界书写。此书的出版对后殖民主义介入中国文学批评实践产生了巨大的示范和推动作用。

2010 年后，中国对后殖民理论的译介有了更明显的发展，多本后殖民主义的相关著作问世。2011 年北京大学出版社出版生安锋著《霍米·巴巴的后殖民理论研究》，细致地探讨了霍米·巴巴这位具有代表性的后殖民理论家的主要理论发展历程及其成就。同年，重庆大学出版社出版王宁、生安锋、赵建红著《又见东方：后殖民主义理论与思潮》，集中讨论了赛义德、斯皮瓦克和巴巴这三位英语世界的主要后殖民理论家的论著及批评思想，且深入探讨了殖民主义的定义、历史渊源和发展现状以及全球化时代的后殖民理论批评的特色。随后，更多的后殖民理论著作竞相面世，包括赵稀方著《后殖民理论》（北京大学出版社，2012 年）、容新芳译罗伯特·J. C. 扬著《牛津通识读本：后殖民主义与世界格局》（译林出版社，2013 年）、翟晶著《边缘世界：霍米·巴巴后殖民理论研究》（文化艺术出版社，2013 年）、刘海静著《抵抗与批判：萨义德后殖民文化理论研究》（中央编译出版社，2013 年）以及严蓓雯译斯皮瓦克著《后殖民理性批判：正在消失的当下的历史》（译林出版社，2014 年）。至此，后殖民理论在中国学术界的译介、传播和研究皆取得了丰硕而辉煌的阶段性成果。后殖民理论在中国的译介由微至显，与学术界的研究争鸣同步进行。后殖民主义很有可能成为下一个西方当代文论在中国译介的热点。

（3）对现象学的译介

21 世纪中国对现象学的译介还在持续发展中。首先，多本关于胡塞尔的译著被各大出版社出版，包括《内在时间意识现象学》（杨富斌译，华夏出版社，2000 年）、《欧洲科学的危机与超越论的现象学》（王炳文译，商务印书馆，2001 年）、《笛卡尔式的沉思》（张廷国译，中国城市出版社，2002 年）、《生活世界现象学》（倪梁康、张廷国译，上海译文出版社，2002 年）、《伦理学与价值论的基本问题》（艾四林、安仕侗译，中国城市出版社，2002 年）。其次，孙周兴在 21 世纪继续翻译了海德格尔的相关著作，包括《荷尔德林诗的阐释》（商务印书馆，2000 年）、《尼采》（2 册，商务印书馆，2002 年）。最后，国外关于胡塞尔现象学的研究专著继续被译介到中国：《胡塞尔》（维克多·维拉德－梅欧著，杨富斌译，中华书局，2002 年）、《马克思、尼采、弗洛伊德、胡塞尔——现代思想的源流》（今村仁司等著，卞重道等译，河北教育出版社，2002 年）以及《胡塞尔与〈笛卡尔式的沉思〉》（A. D. 史密斯著，赵玉兰译，广西师范大学出版社，2007 年）等。这些著作在国内的出版为我国现象学研究开拓了新视野。

4. 部分西方当代文论在中国还保有译介数量持续增长的空间

（1）对接受美学的译介

21 世纪中国对接受美学的译介保持原有态势，稳定发展。首先，陈定家、汪正龙等译伊瑟尔著《虚构与想像：文学人类学疆界》，被收入金惠敏主编的《国际美学前沿译丛》（第一辑），由吉林人民出版社于 2003 年 2 月出版。这本书的翻译很大程度上扭转了汉语文论界对伊瑟尔思想转型的某些误解。此外，周忠厚主编《文艺批评学教程》（中国人民大学出版社，2002 年）和赵炎秋主编《文学批评实践教程》（中南大学出版社，2007 年）等诸多教材都开辟专章介绍"接受美学"，这为接受理论在中国高等学府的年轻知识分子中得到普及起到很大作用。最后，伊瑟尔生前最后一部理论著作——2005 年出版的《怎样做理论》，由朱刚、谷婷婷、潘玉莎译出，作为《当代学术棱镜译丛》中的一册，由南京大学出版社 2008 年出版。

尽管有中国学者认为国内对接受美学的译介热情在更新潮的后现代文论冲击下已呈颓势，比如，"康斯坦茨学派"的重要研究成果，6000 页之巨的《诗学与阐释学》丛书 12 卷，至今仍无中译本，甚至"在可见的将来也不可能面世，缘此客观上限制境内学人的学术视域"①。但同时，也正由于还有这样巨大的宝库留待后者继续挖掘，比起其他那些已经被充分翻译或反复翻译的文学理论来说，接受美学在中国还拥有极其广阔的译介发展空间。

---

① 王伟. 接受美学在内地的转述译介和话语建构 [J]. 吉首大学学报（社会科学版），2012（2）：33.

（2）对阐释学的译介

21 世纪以来，国内学界对西方阐释学经典作家的论文和著作的翻译介绍几乎与其在西方的最新成果实现同步，特别是一些学术网站对西方阐释学的介绍和讨论更是及时而热烈。2001 年，洪汉鼎先生主编的《理解与解释：诠释学经典文选》由东方出版社出版，这是国内第一部编选比较完整、全面的西方经典解释学文选，从近代的阿斯特、施莱尔马赫、狄尔泰到现代的海德格尔、伽达默尔、哈贝马斯、阿佩尔、贝蒂、利科尔和罗蒂都被选入其中，这对我们进一步了解西方阐释学思想史具有重要的意义。人民出版社出版的洪汉鼎著《诠释学：它的历史和当代发展》，山东人民出版社出版的《伽达默尔〈真理与方法〉导读》，上海三联书店出版的何卫平著《通向解释学辩证法之途——伽达默尔哲学研究》，湖南师范大学出版社出版的李清良著《中国阐释学》都是该时期的重要成果。但是，和接受理论一样，中国目前已经翻译出版的有关该理论的著作和西方的研究成果还有很大距离，由于至今仍有巨大的思想宝库留待挖掘，阐释学在中国的译介数量很有可能在今后很长一段时间里维持稳定增长。

（3）对西方马克思主义的译介

进入 21 世纪以来，中国对西方马克思主义的译介伴随着学术研究的深入稳定增长。学术研究是译介该理论的最大推动力：2003 年 11 月 21 日至 24 日，全国马克思主义文论学会第 20 届年会暨"外国马克思主义文论与中国文论建设"学术研讨会在西南师范大学举行，掀起了国内对西方马克思主义的热烈讨论。2004 年 6 月 10 日，"'詹姆逊与中国'学术研讨会"在北京举行。以此为契机，中国人民大学出版社出版了由王逢振主编的《詹姆逊文集》。该四卷本文集中选编了多篇首次译成中文的詹姆逊论著。围绕着"新马克思主义""批评理论和叙事阐释""文化研究和政治意识"以及"现代性、后现代性和全球化"四个主题，所选文章基本反映了 20 世纪 70 年代以来詹姆逊的思想和理论，为中国学者了解西方马克思主义理论的最新发展提供了宝贵资料。之后，又有更多的西方马克思主义著作问世，包括 2005 年 5 月潘天强主编的《新编马克思主义文艺学》、2008 年 5 月冯宪光等著《二十世纪国外马克思主义文艺理论本体论形态研究》（四册本）、2008 年 9 月王尔勃译雷蒙德·威廉斯著《马克思主义与文学》。2011 年 6 月，中国中外文艺理论学会第 8 届年会

"国外马克思主义文艺理论建构国际会议"在成都召开。随后，2011 年 12 月，程正民、童庆炳主编的《20 世纪马克思主义文艺理论国别研究》（七卷本）由北京大学出版社出版。总的来说，西方马克思主义文论的译介与研究相互交融，已经成为 21 世纪建设中国特色马克思主义文论的重要参照与理论资源。

小　结

中国文学理论的现代化转型是一个缓慢复杂的过程，但是 19 世纪初以来中国对西方当代文论的译介为中国传统文学理论模式和观念带来了理念、体例、范畴等各个方面的巨大冲击。这种来自外部的冲击在破坏中国古典文论特有的话语体系和言说范式的同时，很大程度上加快了中国古典文论的现代化进程。"古代文论向现代转型，首先应该归功于翻译界，因为它直接输入了新的学术资源和学术模式，为中国古代文论向现代文论的转型直接提供了现成样板和知识范型。"① 中国对西方当代文论的译介是当代"西学东渐"中不容忽视的部分。正视、回顾和总结西方当代文论在中国的译介过程，有利于认识西方当代文论在中西文化交流中的价值和意义。更重要的是，这一研究有利于我们超越狭隘的"文化民族主义"导致的保守性"自卫"和"自尊"，在谨慎地审视全球化语境下激进的"文化世界主义"对文化"普适性"与"不可规约性"的矛盾的假性消解的背景下，保持足够的理性去思考在新时期建构中国当代文论体系的可行之方法与方向。

三、 文学与文论影响研究实践： 中国图像诗歌受到的横向与纵向影响

"诗是一种语词凝练、结构跳跃、富有节奏和韵律、高度集中地反映生活和抒发思想感情的文学体裁。"② 然而，伴随着网络文化的繁荣，这一古老的文学体裁无论在主题内容、表现手法还是传播途径和功能方面都发生了巨大的变化。网络与诗歌的联姻使诗歌呈现出丰富的情状和活跃的态势。中国网络诗歌在众声喧哗、黎献纷杂、泥沙俱下的十几年中伴随网络技术的突破和用户量

---

① 傅莹. 外来文论的译介及其对中国文论的影响——从本间久雄的《新文学概论》译本谈起 [J]. 暨南学报（哲学社会科学），2001（11）：84.
② 童庆炳. 文学理论教程 [M]. 北京：高等教育出版社，2008：192.

的爆炸式膨胀呈现出迅猛发展的态势。而图像诗派在中国的网络诗歌大潮中可谓独领风骚，不仅有不俗的诗歌创作实践，更是自觉地进行了相关的理论建设，因而吸引了许多学者对此进行研究以探寻其根本特征和文学价值。本部分跳出前人对图像诗歌的文本研究，而尝试从比较文学的视角分析推动我国图像诗歌发展的两大动力。

（一）中国图像诗歌发展的纵向驱动力

刘勰在《文心雕龙》中言："名理有常，体必资于故实；通变无方，数必酌于新声。"① 可见中国古典文学一直以来就有以"通变"，即"继承与创新"的思维去看待文学现象产生、发展和消亡的惯例。因此，要探索我国图像诗派的发展动力，除了分析网络语境造就的快餐文学的阅读习惯、网络技术下视觉艺术实现的便捷化和网络媒体对新生事物的炒作等社会因素，还需要对诗歌这一古典文学样式从创作实践和理论阐发两个方面做历史的探寻。

1. 我国诗歌创作实践对图像诗的纵向影响

我国的原始口传诗歌由于没有文字记录多已亡佚。目前我国学界一般认为东汉赵晔的《吴越春秋》所记载的黄帝时代的《弹歌》比较接近我国古代诗歌的原始面貌。"断竹，续竹；飞土，逐宍"，在内容和节奏上已经初步具备诗歌体裁的基本要素。另外，李镜池在《易经筮辞传》中指出《易经》中的"鸣鹤在阴，其子和之。我有好爵，吾与尔靡之"等数十条爻辞在用字、用韵、用意三个角度都有诗化特征。刘大杰更进一步指出："（这些爻辞）是从卜辞到《诗经》的桥梁。"② 因此，《弹歌》和《易经》中的诗意爻辞被普遍看作我国诗歌的最初形态。早期诗歌对艺术性的追求仍处于太初的"一"的混沌状态。随着社会经济和先民思想的发展，春秋战国时期诞生了被当今学者看作我国现实主义和浪漫主义源头的《诗经》和《楚辞》两部诗歌巨著。这一时期的诗歌已经从第一时期混沌的"一"的状态而渐显为阴阳两极的"二"的状态：重内容性的《诗经》与重音乐性的《楚辞》形成我国古典诗歌最早的两座高峰。汉代诗歌沿袭这两条道路，既产生了继承《诗经》风格的乐府诗和《古诗十九首》，也出现了从《楚辞》发展而来的铺张扬厉、华美浪漫的

---

① 刘永济. 文心雕龙校释 [M]. 北京：中华书局，2007：305.
② 刘大杰. 中国文学发展史 [M]. 上海：上海古籍出版社，1982：14.

赋体诗。到了南朝，沈约开始界定"四声八病"，将对平仄、对偶、韵律的追求推崇到极致。自此以后，中国诗歌以内容和音韵为基本的评价标准得以确立。

但是，在我国诗歌艺术"一生二、二生三"的发展史中一直存在一些潜流，它们构成了"三生万物"中五彩斑斓的各色诗歌景观。比如谢灵运、陶渊明和王维等把绘画中的色彩、光线、远近、构图等技巧运用于山水诗中以达到诗画交融的效果。他们的创作是对我国诗歌过度倚重内容与韵律的矫正。而民间创作的梅花诗、宝塔诗、回环诗、璇玑诗等异形诗更是对传统诗歌过度依赖内容与声律的直接、大胆的颠覆。近代闻一多以音乐美（诗的律动）、绘画美（诗的意境）和建筑美（诗的形式）的"三美"理论作为对诗歌艺术评价的参照，进一步动摇了以内容和音律二元来界定诗歌优劣的传统。到如今的现代主义和后现代主义文化语境中，这些原来小众的、另类的、实验性、游戏性的潜流正逐步汇集成当今中国诗歌艺术的一股显性力量——试图为我国诗歌找到新的艺术支撑点的现代图像诗人。现代图像诗歌因为充分借助网络传媒将诗歌的视觉效果发挥得淋漓尽致，并因其可以"在图画世界中感悟诗美，在影像空间中聆听诗语……有利于认识并导引新诗在图像时代的现代传媒条件下创造诗歌新的视觉诗意"而得到广泛关注。[①]

我国图像诗歌的产生和发展，正是我国诗人在传统诗歌创作实践中在形式上从单一到多元、在音韵上从严到宽、在传播渠道上从平面到多媒体的发展道路上的必然产物。

2. 我国诗歌理论对图像诗的纵向影响

我国历来看重诗画的相通性，所以自古就有多种诗画结合的艺术形态：有大量"画中有诗"的题画诗，有"以诗为画"之作（如东晋顾恺之据曹植《洛神赋》而作的《洛神赋图》），有"以画为诗"之作（如南朝宋宗明皇帝刘彧据画而作赞美先帝的《帝国颂》），有"诗画一体"之作（如唐伯虎的《骑驴归思图》、宋徽宗的《腊梅山禽图》等）。古代关于诗与画的辩证关系最著名的论述是苏轼对王维诗歌的鉴赏："味摩诘之诗，诗中有画。观摩诘之画，画中有诗"，"诗画本一律，天工与清新"。唐宋时期的诗画理论被看作我

---

① 梁笑梅. 读图时代的新诗嬗变［N］. 人民日报，2010 - 7 - 20.

国图像诗歌理论的发轫期。在近现代，宗白华提出要使诗的"形"能得图画的形式的美，使诗的"质"（情绪思想）能成音乐式的情调。钱锺书在《中国诗与中国画》中也认为诗与画不但是姊妹，而且是孪生姊妹。袁行霈说："王维的诗最有写意画的效果，略加渲染，就产生强烈的艺术魅力。"① 可见，我国现代诗论继承了古代对"诗"与"画"二者复杂而微妙的关系的认同。

在我国这些重视诗与画的艺术交融性的诗论和大量的诗画结合的创作实践的启迪下，我国当代诗人继承和发扬了古代图像诗歌的优秀传统，在创作形式精巧奇特的各种图像诗歌作品的同时也大力进行图像诗歌理论建设。台湾地区的图像诗理论率先萌芽和发展。台湾最早的图像诗诗人詹冰提出图像诗是诗与图画的结合与融合，因而是可提高诗效果的一种形式。1974 年，张汉良在《论台湾的具象诗》中把图像诗定义为"任何诉诸诗行几何安排，发挥文字象型作用，甚至空间观念的诗"②。2000 年，丁旭辉在《台湾现代图像诗技巧研究》中提出："图像诗是利用汉字的图形特性与建筑特性，将文字加以排列，以达到图形写貌的具体作用，或借此进行暗示、象征的诗学活动的诗。"③

相比台湾的图像诗歌理论建设，大陆的图像诗歌理论更具有系统性：大陆图像诗理论建设者以尹才干为代表，他的《浅谈诗的意向》《关于现代诗歌的评价标准》《中国现代诗的形式断想》以及《关于图像诗》等论文对中国图像诗歌的发展根基、历程、时间、现状、趋势做了开创性研究。他提出："图像诗，作为一种文本，既是诗歌，也是图像。用真情、理性、潜意识的支架，构筑诗体的图像，扩大和延伸文字的诗性空间，让诗歌目光所及之处，闪耀出新颖诱人的光芒，不断产生撞击读者心灵的力量。"④ 除此之外，寒山石提出图像诗的魅力主要在于形式建构的视觉美、创意设计的奇艺美和内容呈现的诗意美三美之结合。龚奎林提出图像诗是以"非常规形式呈现作者内宇宙与外宇宙共鸣的生存状态和生命形式"⑤。简言之，图像诗一方面继承我国"诗画"结合的传统，另一方面又打破把诗情画意作为"意境"而置于读者认知的隐

① 袁行霈. 中国诗歌艺术研究［M］. 北京：北京大学出版社，1996：117.
② 尹才干，龚奎林. 尹才干图像诗选［M］. 呼和浩特：内蒙古出版集团，2010：133.
③ 丁旭辉. 台湾现代图像诗技巧研究［M］. 苏州：春晖出版社，2000：1.
④ 尹才干，龚奎林. 尹才干图像诗选［M］. 呼和浩特：内蒙古出版集团，2010：185.
⑤ 同上，第118页。

形位置的常规，大胆地将诗情画意以图像的形式置于显形状态，让"显形的画"（文字所排列成的图像）和"隐性的画"（诗歌营造的意境）同时进入读者的视野，为读者带来多重审美享受。

（二）中国图像诗歌发展的横向驱动力

中国比较文学著名学者曹顺庆教授在《世界文学发展比较史》的绪论中指出："如果说横向的'通变'或曰'继承与创新'为文学史纵向发展的重要规律，那么各民族文学横向的'移植'与'变异'则为文学横向发展的重要规律。"① 因此，文学发展的驱动力应包括纵向"接受"与横向的"传播"两个基本力量。尤其是文学发展的跳跃性、突变性以及断裂性等方面，则多与文学的横向发展密切相关。唯有从这一经一纬的交织中，才能真正认识文学发展的规律。因此，中国图像诗歌的发展必然还得力于异质性文学因子的推动。

1. 西方诗歌理论对中国图像诗的影响

中国图像诗派产生于 20 世纪七八十年代，正值国外文艺思潮被大量引入和吸收之际。国外的诗歌理论对我国图像诗歌发展产生了不可估量的影响，成为推动图像诗歌蓬勃发展的横向动力之一。在创作理论上，常常被我国当代图像诗派用以证明其创作"合法性"的名言是"画是嘴巴哑的诗，诗是眼睛瞎的画"。钱锺书先生指出该语受到许多西方文艺大家的影响。比如，古希腊诗人西摩尼得斯曾说过"画为不语诗，诗是能言画"；除此之外，一本嫁名给西塞罗的《修辞学》则记载"诗是说话的画，画该是静默的诗"（Item poema loquens pictura，pictura tacitum poema debet esse）的说法；而达·芬奇也说画是"嘴巴哑的诗"（una poesia muta），而诗是"眼睛瞎的画"（una pittura cieca）。② 可见，西方艺术丰富的理论养分的确是我国图像派诗歌理论中不可忽视的来源之一。除此之外，华兹华斯、马拉美、莱辛、罗斯金、波德莱尔、克莱夫·贝尔、列德·邦恩、阿恩海默等西方著名文艺理论家提出的关于诗画关系的一系列理论对我国诗人的创作也产生了或显或隐的影响。其中，波德莱尔《哲学的艺术》说："若干世纪以来，在艺术史上已经出现了越来越明显的权利分化，有些主题属于绘画，有些属于雕塑，有些属于文学。今天，每一种

---

① 曹顺庆. 世界文学发展比较史［M］. 北京：北京师范大学出版社，2006：18.
② 钱锺书.《中国诗与中国画》修订稿［J］. 中国社会科学院研究生院学报，1985（3）.

艺术都表现出侵犯邻居艺术的欲望……"① 马拉美是第一个在诗歌创作理论上唤醒人们对书写符号、版面布局以及书籍整体存在形式视觉资源的自觉意识的诗人。他的创作关注符号、语词、语句和语篇布局的空间关系，令读者的文本阅读行为不再仅仅是单向的持续活动，作品的整体性不再仅存于横向相邻关系和承接关系之中，也存在于纵向或横切方向的期待、提示、回应、对应和透视等效果中。海德格尔在《世界图像时代》中指出："从本质上来看，世界图像并非意指一幅关于世界的图像，而是指世界被把握为图像了。"② 由于世界被把握为图像，因此传统的阅读方式也随之变化。越来越多的读者依照理解图像的方式去理解文学作品。图像诗歌的创作可以说是传统诗歌在"读图时代"文化语境下的顺应之举。

图像诗人尹才干在 2000 年提出中国图像诗理论："中国汉字源于图像。没有图像，就没有中国汉字。中国最初的汉字，大都是象形文字，又谓之图画文字。它具有单一结构的象形美，组合群体的图画美，内涵丰富的意境美。文学作品是用文字按一定规矩排列组合的艺术作品，就汉语言文学作品而言，也可以说是由一笔一画组合的图形排列的艺术作品。"③ 如果将这一论述与西方对"诗"与"画"或"图像"与"文学"的关系的论述进行梳理，不难看出二者在观点上的相似。

可见，从比较文学的角度来看，以显性的图形和有意蕴的文字共同营造"诗情画意"以达到双重审美愉悦并非汉语诗歌的独创，也并非仅为我国图像诗创作的审美宗旨。中西诗歌艺术虽然是产生于两个不同文明的艺术结晶，但以诗歌这一人类共有的艺术形式来表达人类相通的思想情感时，我国的文学艺术和文字特点能够成为国外诗人（如庞德）创作的灵感源泉。同时，国外图像诗歌的创作理论和实践也可以"为我所用"，成为我国图像诗派发展的巨大的横向推动力。

2. 西方文艺批评对中国图像诗的影响

德国著名美学理论家莱辛在《拉奥孔》中讨论了诗与画的界限问题。他

---

① 波德莱尔. 波德莱尔美学论文选［C］. 郭宏安，译. 北京：人民文学出版社，1987：512.
② 海德格尔. 海德格尔选集［M］. 孙周兴，译. 上海：上海三联书店，1996：899.
③ 尹才干，龚奎林. 尹才干图像诗选［M］. 呼和浩特：内蒙古出版集团，2010：185.

认为画描绘在空间中并列的物体，而诗则叙述在时间上先后承续的动作。因此绘画是空间的艺术，而诗歌是时间的艺术。他批评图像诗和寓言画，因为图像诗尝试以文字来作画，而寓言画尝试以绘画来叙述故事。二者的目标背离了自己的艺术体裁特点，侵越了其他的艺术边界，因而是一种注定要失败的艺术形式。莱辛的观点得到了许多中国学者的认同，其中较有代表性的是郭春林。他在《读图时代文学的处境》中论及图像与文字的差异时指出：图像的平面化是其深度匮乏的表征之一，图像的传输方式是迅速的，而就大脑接受图像的方式而言，既不可能，也无须做出过多的思索，或者，干脆地说，图像没有给上帝赐予我们用来思考的头脑以相应的时间，它只有空间形式……而语言在给我们时间的同时，还给了一个无限大的空间。唯其如此，我们方能在时间中思索，在空间中展开"精鹜八级，心游万仞"的想象，唯此，也才能领略造化无与伦比的丰富性、生动性和深刻性。郭春林对于图像与文字的差异性的看法深受莱辛的影响。他对图像化诗歌的诟病也主要源于体裁的侵越：图像是"空间"性的，语言是"时间"性的。①

英国艺术哲学家佩特在《文艺复兴》一书中指出："出位之思"（Anders Streben）是一种普遍规律。艺术都具有"部分摆脱自身的局限"的倾向。这种"出位之思"是艺术追求新奇、摆脱束缚的本性。中国著名符号学家赵毅衡教授在《符号学》中论及图像诗时，吸收了前两者所代表的西方对图像诗的不同意见。他提出：图像诗人的创作是一种有意识的跨体裁的"仰慕"。他们寄望于"部分摆脱"原有艺术形式的限制而创造一种新的表意方式，并不是真正进入另一个体裁。"如果诗真的做成绘画，即所谓的具体诗（concrete poems），反而受到双重限制，大多勉强，鲜有成功……艺术家也都明白符号文本的体裁规定性，是难以跨越的障碍，出位之思只能偶尔一试，着迷于此只能自露其短。"②赵毅衡教授在对符号行为进行了深刻洞察、对佩特的艺术观点进行了细致思考后，为中国的图像诗创作做出了客观公正的评价。

西方批评家对图像诗的负面评价对我国学者产生了影响。他们对图像诗歌的局限性的分析与认识正是我国图像诗要取得进一步发展所不得不正视的问

---

① 郭春林. 读图时代文学的处境 [M]. 上海：同济大学出版社，2007：91.

② 赵毅衡. 符号学 [M]. 南京：南京大学出版社，2012：137.

题。而我国图像诗创作在网络环境下所呈现出的热闹局面与在学术界遭遇的冷遇这一反差尤其值得图像诗歌理论建设者深入研究。

3. 西方诗歌创作对中国图像诗的影响

在创作实践方面，西方图像诗最早可追溯到古希腊罗马。稍后，中世纪的斯蒂芬·豪斯、乔治·赫伯特、乔治·威瑟也创作了利用视觉资源的诗。文艺复兴时期的拉伯雷在《巨人传》中以瓶子为图形来显示神瓶中的启示诗内容。19 世纪 50 年代始，图像诗在西方诗坛风靡一时，其代表作家有玛丽·索尔特（Mary E. Solt）、理查德·科斯特拉尼茨（Richard Koste-lanetz）、巴恩斯通（Willis Barnstone）、狄兰·托马斯（Dylan Thomas）、威廉·卡洛斯·威廉斯（William Carlos Williams）、卡尔·桑德堡（Carl Sandburg）以及卡明斯（e. e cummings）等。这些诗人在创作中建构有意蕴的图形，铺陈色彩，借色传情，勾勒出色彩丰富、统一和谐的画面，寄寓内心的情绪和审美意趣，给读者以强烈而丰富的视觉想象，兼具鲜明的视觉效果和抒情效果。尤其是卡明斯的《孤独如落叶飘零》《日落》《天空》等代表作，深受我国诗歌爱好者的好评，引起我国诗歌爱好者的极大关注。

对图像诗的发展起到最大推动作用的则是 20 世纪初的法国诗人阿波利奈尔。1983 年由上海知识出版社出版的余之著的《中外诗话》提出，中国有形状如宝塔一样的宝塔诗，法国有同是诉诸视觉的图画诗，并在"图画诗"一章中专门介绍了其作品《被刺杀的和平鸽》。余之认为阿波利奈尔"以诗行组成所咏事物的图形的写法，是企图将视觉加入到诗歌的阅读之中"①。2011 年上海译文出版社出版了李玉民翻译的阿波利奈尔的诗集《烧酒与爱情》。诗人通过不同的位置和不同的大小写把字母安排成物的形象，让读者在第一眼看到这些诗歌的时候就能通过视觉效果领会诗歌的主题。同时，读者通过具体字母顺序的排列后又能生成诗歌的具体意义。柳鸣九在此书的序言《阿波利奈尔的坐标在哪里?》一文中写道："（阿波利奈尔）第一个把造型艺术的意念引入诗歌……这种诗反映了现代社会信息化的要求，在语言符号之外，开辟了另一个图像信息符号的途径，增加了诗歌的象形性与表象性，使诗更能引起想象与

---

① 余之. 中外诗话 [M]. 北京：知识出版社，1983：248.

遐思……"① 除此之外，我国书评人胡蓉在《中国图书评论》也指出："阿波利奈尔是毕加索和立体派绘画的拥护者，可以说他是一个根植于绘画的诗人，视觉对他的萦绕不仅是通过色彩和形式具有了画家的视觉，更有一种美学和哲学上的根底……阿波利奈尔的这本诗集是现代图像诗的开拓者。"②

西方图像诗歌创作中的一些技巧被中国图像诗创作者借鉴，在融合汉字象形表意的特点与西方图像诗歌创作的经验之后，他们总结并发展出许多图像诗创作的模式。如：以汉字笔画增减表达诗意（陈黎《战争交响曲》），以汉字的叠字和类叠构成图像（林亨泰《风景 NO.1》），以文字呈现物体样貌或图案（周禄元《伞》），以排列形阵呈现图形（詹冰《雨》），以内容意境形成图案（白荻《流浪者》），以增减符号或标点呈现意向（林武宪《钓鱼》），以字体变形或拆分表现意蕴（朱赢椿《刹那花开》）等。

小　结

"在照亮人类文化进化中的黑暗过程中有两种伟大的发现：一是用语言把握有声世界，二是用图像来把握有形世界。"③ 如今互联网技术的应用使得图像快速、便捷、广泛而经济地传播成为可能，这极大地促进了图像诗这种以图像与听觉、文字的结合共同表达人类思想和思维的新的文学样式的蓬勃发展。然而，图像诗的发展除了网络技术广泛应用的时代环境这一外部因素，其横向和纵向的推动力才是它发展的根本原因。在考察其动力时，如果对我国图像诗派的产生和发展仅仅从纵向的文学史来研究，其结果将是片面且单调的。只有在纵向考察的纬线上织以比较文学研究的经线，才能将中国图像诗歌置于整个世界诗歌艺术发展的潮流中，让读者在比较和参照中认识中国图像诗歌的价值、特色和地位。通过对中外图像诗歌的比较研究可以看出：图像诗创作由于跨越"诗"与"画"双重边界，必然受到来自两个"边界"的双重压力，因此两个"边界"的适度平衡将是图像诗歌创作成功的基础。

---

① 吉约姆·阿波利奈尔. 烧酒与爱情［M］. 李玉明，译. 上海：上海译文出版社，2011：2.
② 胡蓉. 想像化的虚构仪式 试论阿波利奈尔的图像诗［J］. 中国图书评论，2005（2）：41.
③ 吴秋林. 图像文化人类学［M］. 北京：民族出版社，2010：1.

第四章

平行研究案例

平行研究是比较文学美国学派建立在以"同质性"为可比性基础上的比较文学研究理论。它通常探索的是不同国家和不同民族的文学之间的相似性，尤其以主题、母题、意象、人物、情节、场景的相似性研究为多。但是随着比较文学发展到跨文明的阶段，这一研究模式招来了不少批评。例如，美国著名比较文学学者韦斯坦因就认为不同文明之间的文学比较是不可行的，是没有可比性的。①他在《比较文学与文学理论》中说："我不否认有些研究是可以的……但对把文学现象的平行研究扩大到两个不同的文明之间仍然迟疑不决，因为在我看来，只有在一个单一的文明范围内，才能在思想、感情、想象力中发现有意识或无意识地维系传统的共同因素。……而企图在西方和中东或远东的诗歌之间发现相似的模式则较难言之成理。"②

跨文化语境下的平行研究容易造成生拉硬扯的"X + Y"浅层比附的弊病，因此中国比较文学学会会长曹顺庆教授提倡在平行研究中不但求同也要探异。他说：通常情况下，比较文学学者会认为只有在影响研究中才存在变异，而不会想到平行研究中也存在变异。平行研究中的变异问题，是指在研究者的阐发视野中，在两个完全不同的研究对象的交汇处产生了双方的变异因子。所以，我们可以认为，不同文明的异质性导致了不同文明在碰撞中必然会产生变异，而这种变异恰好被美国学派平行研究学科理论忽略了。

在这一章里，笔者选取了七篇论文展现平行研究的研究范式。以《〈红楼梦〉与〈爱情就是谬误〉》人物塑造手法的类比研究》展示

① Weisstein, Ulrich. *Comparative Literature and Literary Theory: Survey and Introduction* [M]. Bloomington & London：Indiana University Press，1973.

② ［美］韦斯坦因. 比较文学与文学理论 [M]. 刘象愚，译. 沈阳：辽宁人民出版社，1987：5-6.

对两部没有事实联系的作品之间的创作手法的求同比较模式；以《中英爱情诗歌异同比较》展现对中外相同主题作品之间的比较模式；以《中西诗歌发展史的求同比较》展示对跨文明文学发展呈现的相似境遇的比较研究模式；以《雨王亨德森与浮士德》展现不同作品中出现的类似人物形象的比较模式；以《中美扬雄汉赋研究探异》展示不同文化模子影响下对同一研究对象形成不同的评价的比较研究模式；以《中西文论"异质性"之价值》展示对不同文化背景下的文论话语的比较研究模式；以《"展面"与"刺点"：阿瑟·韦利和哈金李白传叙述策略研究》展示对不同作者对同一书写对象采用的叙述手法进行比较研究的模式。美国学派的平行研究以"类同性"和"同源性"为研究基础和研究目标。其研究的终极目的是在世界文学范围内搜寻不同文学之间的或明显或隐秘的相似性以寻找文学发展的共同规律。不过，值得注意的是，西方学者所进行的平行研究具有较强烈的"西方中心主义"色彩，中国学者在进行类似的研究时应该尽量避免落入此窠臼。由于中西文化之间现实存在的巨大差别，按照传统的美国学派所开创的平行研究理论来进行中西文学和文化的比较是不具备"合法性"的。但是，中国学者创造性地在传统平行研究中加入了对差异性的探寻和分析，既要"求同"也要"存异"，既要探索人类共同的诗心，更要分析表层的差异性下掩藏的中西审美心理、民族品格、历史传统、政治地理等深层原因。另外还需注意的一点是，中国学者所进行的平行研究除了求同存异，还杂糅了对"变异性"的探索。简言之，中国比较文学研究者们在研究实践中发展了美国平行研究的研究模式，为传统的以"同源性"和"类同性"为可比性基石的平行比较注入了"异质性"和"变异性"的可比因子。下面的一些具体案例可以向读者呈现平行研究在加入对差异性和变异性的探索之后为比较文学研究带来的新鲜活力。

一、 手法比较研究实践：《红楼梦》与《爱情就是谬误》人物塑造手法的类比研究

《红楼梦》作为我国古代四大名著之一，其人物关系纷繁复杂、内容博大精深、感情真切自然，是一部具有高度思想性和艺术性的伟大作品，代表着我国小说艺术的最高成就。而马克斯·舒尔曼的《爱情就是谬误》人物关系简单、情节简明欢快、语言诙谐，是一部在美国享有盛誉的幽默小说，曾被改编

为情景喜剧而风靡一时。然而，在这两部异质、异源的著作中，无论是对人物的命名，还是对人物的肖像、语言以及心理描写等都有极大的共同性。

（一）人物命名

《红楼梦》中人物的命名大量地运用了谐音技巧。例如：甄士隐和贾雨村可以理解成"真事隐（去）"，"假语村（言）"，这类似于现代书籍与影视剧"本故事纯属虚构，如有雷同，纯属巧合"的免责声明。另外，贾政是满嘴"仁义道德"的"假正（经）"；贾宝玉是反叛封建制度的"真顽石"，是"假宝玉"；贾琏则是个不知廉耻的荒淫之徒——"假廉"；还有"元春、迎春、探春、惜春"四姐妹的首字谐音为"原应叹息"，以感叹四人短暂的青春年华①。

在《爱情就是谬误》的扉页上有这样一句话："The characters, the location, and the incidents in this book are entirely the product of the author's imagination and have no relation to any person, place or event in real life."同样的，在本着"实属巧合"的免责声明下，作者也利用谐音为人物命名的技巧，通过名字来概括人物性格特点，暗示了人物的命运。比如：小说的主人公名为"Dobby Gillis"，而他在小说出场的自我介绍"Cool was I and logical. Keen, calculating, perspicacious, acute and astute——I was all of these. My brain was as powerful as a dynamo, as precise as a chemist's scales, as penetrating as a scalpel. And－think of it！——I was only eighteen."中就堆砌了大量溢美之词，以凸显自己的聪明才智。从这里来看，作者在为这个人物命名为"Gillis"时，何尝不是运用其谐音"genius"（天才）来暗示其自以为是的傲慢性格，预示其在爱情道路上将一败涂地的结局，并讽刺当时美国年轻人言谈的浮夸之风呢？又如：文中 Gillis 所心仪的女生名为"Polly Espy"，其中"Espy"则听上去如同"I spy"（我窥视）。这一点在文中 Gillis 解释自己对 Espy 产生好感的原因时也得到了印证："I had long coveted Polly Espy"。"Espy"这个名字既说明了女主角貌美的特点，也预示了男主角产生了觊觎之心之后对她展开追求的情节发展。而作为文中的反面主角"Petey Burch"的名字，"Petey"则与"pity"（可怜）谐音。在 Gillis 眼中的他是"Same age, same background, but dumb as an ox. A nice enough young fellow, you understand, but nothing upstairs.

---

① 白露.《红楼梦》人物名趣谈［N］.甘肃经济日报，2000.

Emotional type. Unstable. Impressionable. Worst of all, a faddist"。因此，毫无疑问，在 Gillis 眼中的"Petey"就是一个无可救药的"可怜虫"！而他的名字显然充分暗示了男主人公对他的态度。

因此，无论是《红楼梦》还是《爱情就是谬误》，二者在人物命名上都采用了谐音的技巧，使人物名字蕴含了更深刻的意味。

（二）人物肖像

成功的肖像描写能够使人物形象凸现在读者眼前，而且可以表现人物的身份、地位、经历、遭遇，从而揭示人物的性格特征。《红楼梦》对林黛玉的肖像描写："两弯似蹙非蹙罥烟眉，一双似喜非喜含情目。态生两靥之愁，娇袭一身之病。泪光点点，娇喘微微。娴静时如姣花照水，行动处似弱柳扶风。心较比干多一窍，病如西子胜三分。"① 作者用对仗工整的句式、曼妙诗意的语言刻画出林黛玉苦闷孤独、深沉阴郁的气质和多愁善感的性格，同时也刻画出林黛玉容貌娇美、体弱多病的柔弱女子的形象。

在《爱情就是谬误》中，作者也用浓墨重彩对女主角进行肖像描写："Beautiful she was. She was not yet of pin-up proportions, but I felt sure that time would supply the lack. She already had the makings.

"Gracious she was. By gracious I mean full of graces. She had an erectness of carriage, an ease of bearing, a poise that clearly indicated the best of breeding.

"Intelligent she was not. In fact, she veered in the opposite direction."

不难看出，后者在肖像描写中同样十分讲究句式：句首的三个连续的倒装排比句型，让读者对 Polly 的容貌气质产生深刻印象。而在语言的措辞上，"erectness of carriage""an ease of bearing"等短语也是字字珠玑，既富于形式美，也同时具备音韵之美。

因此，无论是《红楼梦》还是《爱情就是谬误》，二者在利用肖像塑造人物形象时，都做到了内容兼顾形式、形式兼顾音韵。这样的肖像描写不仅成功地塑造了人物形象，更能增加作品的可读性，达到令人回味无穷的效果。

（三）人物语言

在人物的语言方面，《红楼梦》中几乎每一个人物都有其独特的说话方

---

① （清）曹雪芹. 红楼梦［M］. 北京：人民文学出版社，2008：32.

式，而作者也尤其注重用不同的语言来表现人物的性格和阶级特点。作者往往只用三言两语便能使一个活生生的形象跃然纸上。例如：宝玉说"女儿是水做的骨肉，男子是泥做的骨肉。我见了女儿便清爽，见了男子便觉浊臭逼人"；又如他说："只愿这会子立刻我死了，把心迸出来你们瞧见了，然后连皮带骨一概都化成一股灰，——灰还有形迹，不如再化一股烟，——烟还可凝聚，人还看见，须得一阵大乱风吹的四面八方都登时散了，这才好！"这些"胡言论语"生动地刻画出一位有"痴狂病"的多情公子形象。

又比如焦大这个人物，他在整部《红楼梦》中只出现了两次，一次是在"宝玉会秦钟"之后，一次是在锦衣军查抄荣国府时。而两次对他的个性化的语言描写让他毫无愧色地与《红楼梦》中的主要人物并列为不朽的艺术典型。他的语言主要是粗俗的骂语。常言道：急不择丽词，骂语显真情。他从最初骂大总管赖二办事"不公道，欺软怕硬"，到后来索性"连贾珍都说出来"，什么"扒灰的扒灰，养小叔的养小叔"。这些骂语把一个曾不惜性命忠于贾府但现在老迈无用，只能不时向主子发发牢骚揭揭短的奴仆形象刻画得栩栩如生。

《爱情就是谬误》中的人物语言也同样性格鲜明，只字片语便让人物形象跃然于纸上。比如，在刻画 Polly 这个天真烂漫的少女时，作者反复运用了感叹词和缩略语："Gee，that was a delish dinner""Gee，that was a marvy movie""Gee，I had a sensaysh time"。而在刻画 Dobby Gillis 这个自以为是、逻辑严密的男性时，作者的叙述语言也非常特别，总是倾向于选择生僻、学究气的词语，比如他说："I wanted Polly for a shrewdly calculated，entirely cerebral reason."作者用了医学术语"cerebral"而不是"intellectual"；"I consulted my watch"中选用"consulted"而不用"watched"；"I deposited her at the girls' dormitory"中选用"deposited"而不用"sent"。这些语言非常立体地向读者展现出一位时时刻刻要标榜自己是"了不起的知识分子"的年轻人的形象[①]。

因此，无论是《红楼梦》还是《爱情就是谬误》，二者都采用了极具个性特点的语言来塑造性格迥异的人物，达到令人过目不忘的艺术效果。

（四）人物心理

心理描写在《红楼梦》中所占的比重仅次于语言描写。心理描写在塑造

---

① 卢婕. 从马克斯·舒尔曼对合作原则的违反解析《爱情就是谬误》[J]. 长春教育学院学报，2011（9）：23-24.

形象方面起到了相当重要的作用。例如：当宝玉厌烦湘云劝他留心仕途经济的话时曾说："林妹妹不说这样混帐话，若说这话，我也和他生分了。"黛玉听到后不觉"又惊又喜，又悲又叹。所喜者，果然眼力不错，素日认他是个知己。所惊者，他在人前一片私心称扬于我，其亲热厚密，竟不避嫌疑。所叹者，你既为我之知己，自然我亦可为你之知己，既你我为知己，则何必有金玉之论哉；既有金玉之说，亦该你我有之，则又何必来一宝钗哉！所悲者，父母早逝，虽有刻骨铭心之言，无人为我主张。况近日每觉神思恍惚，病已渐成，医者更云气弱血亏，恐致劳怯之症，你我虽为知己，但恐自不能久持；你纵为我知己，奈我薄命何！"这段心理描写把黛玉听到宝玉话语后的喜惊悲叹刻画得细腻传神。贾宝玉的多情善感、寻愁觅恨，林黛玉的多愁善感、孤洁自傲的人物形象通过心理描写得以刻画得淋漓尽致，给人以强烈的艺术震撼力。

在《爱情就是谬误》中当 Gills 对 Polly 的愚钝感到失望时，作者也有这样一段准确细腻的心理描写："I went back to my room with a heavy heart. I had gravely underestimated the size of my task. This girl's lack of information was terrifying, Nor would it be enough merely to supply her with information. First she had to be taught to think. This loomed as a project of no small dimensions and at first I was tempted to give her back to Petey. But then I got to thinking about her abundant physical charms and about the way she entered a room and the way she handled a knife and fork, and I decided to make an effort."这段话描写了 Gillis 失望至极却欲罢不能、无可奈何又心有不甘的思想活动，从侧面刻画出他自视甚高、目空一切的傲慢性格。这些描写为后来他被 Polly 拒绝之后的愤怒埋下伏笔，从而使文章的主题更具有讽刺意义。

因此，无论是《红楼梦》还是《爱情就是谬误》，二者都辅以准确细腻的心理描写来塑造人物，使人物形象更加真切自然。

小　结

总而言之，《红楼梦》和《爱情就是谬误》两部著作尽管在创作目的、文学地位、作品主题、创作风格、审美意识上都有巨大差异，但值得指出的是两部作品在对人物塑造的手法上存在显著的共通性。通过对二者人物塑造手法的比较研究可以促进中美两种异源异质文化之间的文学对话与碰撞，从而相互参证其共同性，推动中美文学的发展与互补。

二、 主题比较研究实践： 中英爱情诗歌异同比较

通过将中英以爱情为主题的诗歌纳入比较文学视野，并以影响研究、平行研究以及变异研究等科学的方法论为指导，对众多爱情诗歌进行系统研究，可以深入地了解中英诗歌在纵向发展时所经历的横向碰撞，不同政治地理、文化品性、文化传统和审美倾向作用于中英诗歌而产生的差异。

（一）中英爱情诗歌形式上的影响研究

英语诗歌中有一种广为流行的"十四行诗"。十四行诗体在西欧文明圈的流传与演变的过程是十分清楚的：公元 13 世纪意大利西西里岛诗人皮埃罗·德勒维奈被公认为欧洲的第一位创作十四行诗的诗人。其后，这种诗体又传到了法国和英国等西欧国家，出现了法国的七星诗人以及英国的莎士比亚等优秀的创作十四行诗的诗人。早期这种诗体必须以一个八行诗组和六行诗组构成，而且在前八行与后六行之间有一个音韵的顿挫。在诗意上前八行结尾应告一段落，而后六行又转入新的诗意。而到 16 世纪传入英国后，莎士比亚式十四行诗则主要由三个四行诗体交替押韵，再加上最后双行诗体再押韵。整个韵脚是ababcdcdefefgg。学者们对十四行诗在西欧的意大利率先出现的原因做实证影响的渊源研究时得出一个极可能而大胆的结论：公元 13 世纪的意大利在文化上落后于近东文化，它的许多文学和文化都是从东罗马和阿拉伯的大食文化传过去的。然而在希腊和和阿拉伯诗歌中都无人发现十四行诗这种诗体。相反，在阿拉伯的大食帝国的东边，也就是中国，却存有年代更早的十四行诗。比如：李白的《嘲鲁儒》和《月下独酌》便具有典型的早期意大利十四行诗特色。因此，这种诗歌形式极有可能是从中国发源，经由阿拉伯人传到西欧，而后历经演变、繁荣、衰落与复兴的。

如果说中国诗歌形式对英语诗歌形式的影响还处于推测和求证阶段，那么英语诗歌对于中国近代诗歌形式的影响则由于资料翔实而得到公认。我国的诗歌，包括爱情诗歌大都经历了由四言、五言、七言到近代杂言的白话诗的过程。近代伴随殖民侵略和民族危亡而出现的新诗运动提倡摒弃传统的平仄和格律，不拘字句长短、用白话写诗。我国涌现了新月派、九叶派、朦胧派等现代诗歌流派，出现了胡适、徐志摩、戴望舒、卞之琳、顾城、艾青等著名诗人。这些诗人的生活、学习和创作经历都有共同的特点：要么曾经漂洋过海接受了异国

文化的浸染，要么在国内学习和创作中接受了当时西方诗歌的影响。从民族品格来看，中国是一个深受儒家思想熏陶的古国，儒家注重打造"父父君君臣臣子子"的稳定伦理道德的同时也无形地影响了中国的文学形式。表现在诗歌的形式上就是每首诗的诗句字数相对稳定，且讲究对仗工整。在五四运动时期，西方文化强势的横向碰撞使得我国诗歌的形式在纵向发展的传统中发生大河改道一样的戏剧性变化。

（二）中英爱情诗歌表现手法与内容的平行研究

从杰弗里·乔叟、托马斯·莫尔、埃德蒙·斯宾塞、克里斯托弗·马洛威廉·莎士比亚、乔治·戈登·拜伦以及罗伯特·彭斯等诗人在西方流传的情诗中不难发现，英文的爱情诗歌在表现手法上尤其偏爱比喻、对比和夸张，而在表现内容中则偏爱大海高山、狂风骤雨、黑夜沙漠等雄奇壮美的景物，给读者以雄伟刚健的刚性美。我国的情诗与英语情诗大相径庭：表现手法上善用比兴，给人以含蓄委婉、欲语还休的感受，内容上要么以"风花雪月"来营造情爱世界的浪漫情怀，要么以"弃捐忽复道，努力加餐饭"般质朴无华的语言表达对爱人的关怀，在感情上温柔敦厚、细腻阴柔。

从政治上看，西方社会民主政治的较早确立造就了西方更注重个人感情的宣泄，提倡酒神般的狂欢。而中国漫长的封建宗法制度的统治导致儒家"乐而不淫，哀而不伤"的"中和"思想的盛行。因此，英语情诗多是开放式的直抒胸臆，而中国情诗则多是保守式的含蓄节制。究其根源，是中西政治体制影响下形成的截然不同的中西方民族品格。除了政治体制，从经济角度来看，古代的西方人以商业经济为根基，以海上贸易甚至做海盗为生，见惯了惊涛峭壁；中国先民则以农耕文明为本，身处内陆多见河湾原野的风景。前者的地理环境和经济形式锻造了他们惊涛骇浪、浓烈奔放的文风，后者世代沿袭春播、夏耕、秋收、冬藏的生活轨迹，悠久的农业文明养成了温柔敦厚的文笔。中西方不同的地理环境也对诗歌产生了影响。正如"骏马秋风冀北，杏花春雨江南"所总结的：刚柔的风格差别必然与诗人所处的地理特点有关。中西方政治、经济、地理的差异还导致迥异的文艺理论，并进一步影响民族审美心理和民族品格。英诗胜在率性、深刻、铺陈；中诗长于委婉、微妙、简隽。前者感情浓烈，后者婉约清淡。这与二者根深蒂固的文学传统息息相关：前者接受了柏拉图、朗基努斯等人的影响，推崇铺张扬厉、华美绮靡、浓墨重彩的文风。

后者接受由孔子、老子、墨子等先秦诸子奠基，由刘勰、钟嵘等继承和发展的中国诗学的正宗品格的影响，青睐质朴典雅、简拙素朴、平淡温婉的风格。

（三）中英爱情诗歌译介中的变异研究

华兹华斯说"诗歌是强烈感情的自然流露"。刘勰论诗曰："诗者，持也，持人性情。"这些共同认识奠定了中英诗歌互相传播和影响的基础。在一国诗歌流传到他国，对他国文学产生重要影响并进而成为其不可分割的一部分的过程中，可能出现译介中语言的变异、文化过滤甚至误读。比如，庞德将李白《长干行》中的"妾发初覆额，折花门前剧。郎骑竹马来，绕床弄青梅"翻译为："While my hair was still cut straight across my forehead, I played about the front gate, pulling flowers. You came by on bamboo stilts, playing horse, You walked about my seat, playing with blue plums."庞德并没理解"剧""床"和中国文化中"青梅竹马"的真正含义，在译文中这些由于文学交流时接受者的不同文化背景和传统的信息被改造和移植了。"十六君远行，瞿塘滟滪堆。五月不可触，猿声天上哀"被翻译为："At sixteen you departed, You went into far Ku-to-yen, by the river of swirling eddies, And you have been gone five months, The monkeys make sorrowful noise overhead."原文说女子年方十六时丈夫远行，而译文却说成男子十六时女子远行；原文说五月船易触礁沉没，译文说女子离去已经五个月。庞德依于原诗，又在语言形式、意义和意图上对原诗做了误读和调整，使原诗在流传到美国时产生了变异，同时成就了中国古典诗歌与美国现代诗歌的因缘际会。通过研究庞德译文在诗歌翻译中的变异可以看出：变异的原因之一在于不同的文化模子。正如叶维廉指出的：文化模子的不同，必然引起文学表现的歧异。因此，关于中英爱情诗歌在流传中的变异研究的落脚点不仅仅在跨越语言界限的变异，更应该是隐藏在这些变异中的深层原因和促使变异发生的文化模子上。

小　结

通过将中英爱情诗歌置于比较文学的视阈之下进行研究可以发掘二者在文学传播和接受中的关系、路径和地位，找出二者的差异性和变异的政治、经济、文化、地理、心理和语言上的根源，促进世界诗歌艺术的共同发展，搭建异质文明圈对人类感情的深层共识的桥梁。

三、 境遇比较研究实践： 中西诗歌发展史的求同比较

许多学者都承认和总结过中西诗歌之间存在的巨大差异。比如，中国诗歌擅长表现内心的情感，不像西方诗歌善于叙述激荡人心的英雄故事，因此中国诗歌没有如《荷马史诗》（*The Homer Epic*）、《埃涅阿斯纪》（*Aeneid*）和《失乐园》（*Paradise Lost*）等宏大壮阔的史诗①；就表现情感方面来说，西方诗歌经常被理解为强烈情感的宣泄，而中国诗歌的情感表达则以"中和"为美，讲究节制和自律。但是无论中西诗歌之间有多少差异，中西学界对诗歌的态度却难得的一致。《论语》记载孔子说"不学《诗》，无以言"②。"小子，何莫学夫《诗》？《诗》可以兴，可以观，可以群，可以怨；迩之事父，远之事君；多识于鸟兽草木之名。"③ 亚里士多德也在《诗艺》里宣称："诗比历史更真实：诗讨论任何可能发生的事情，历史讨论已然发生的事情。"（Poetry, therefore, is a more philosophical and a higher thing than history: for poetry tends to express the universal, history the particular. ）④ 中西两位文化巨人在不同历史境遇和现实处境中不谋而合就"诗歌"达成的共识至少让后人明白两点：（1）既然孔子与亚里士多德时代就已经开始论诗，诗歌在中西文学中都应该经历了漫长的发展历程。（2）除了巨大的差异，中西诗歌在漫长的发展进程中应有一些共同特点。本书以声音与图像在诗歌中的纠缠和斗争为切入点，从文学发展史的角度探讨中西诗歌发展曾面临的共同问题，鉴古至今，以探索新世纪中西诗歌发展的未来之路。

（一）发轫期中西诗歌：声音压倒图像

诗歌的发轫源于口头文学。比如史诗，作为一种古代样式的卷帙浩繁的叙事诗体，通常是在口头诗歌的基础上被记载下来的。在收集整理和编撰欧洲早期民谣《伊利亚特》（Iliad）和《奥德赛》（Odyssey）的基础上创作出欧洲最

---

① 下此结论的朱光潜和钱锺书等学者所指的"中国诗歌"主要指中国的汉语诗歌，并没有包括中国的少数民族诗歌，特此说明。

② 论语·季氏. 十三经注疏（下）[M]. 上海：上海古籍出版社，1997：2522.

③ 论语·阳货. 十三经注疏（下）[M]. 上海：上海古籍出版社，1997：2525.

④ Aristotle. *The Poetics of Aristotle* [M]. trans. S. H. Butcher, International Alliance Pro-Publishing, 2011：6.

早的文学典范《荷马史诗》的作者荷马，与我们今天所熟悉的诗人相去甚远。据说他是一位流浪的吟游诗人（minstrel），他和那个时代的许多吟游诗人一样，是位盲者。换言之，对于古希腊时代的西方诗人和其受众（这里的受众应该是"听众"而非"观众"）而言，诗歌的本质（the essence of poetry）应该是声音而非图像。事实上，早期的诗人通常由盲者来担当这一奇怪的现象并不仅仅局限于古希腊。第一本梵文诗歌、古印度最早的叙事诗《罗摩衍那》（Ramayana）的作者名叫蚁垤（Valmiki），也是一位盲者。当大梵天说"罗摩衍那的故事将会被传唱至海枯石烂"（"as long as the mountains stand and the rivers flow, so long shall *the Ramayana* be read by men"）时，史诗流传的主要途径仍然是唱而不是写，是以声音而不是图像为媒介。另外，中国的《春秋左传·襄公十四年》记载："史为书，瞽为诗，工诵箴谏，大夫规诲，士传言，庶人谤，商旅于市，百工献艺。"① 这里的"瞽"是诗人。《十三经注疏》解释道："瞽，盲者，为诗以风刺。"② 可见，中国古代诗人也通常由盲者担任。

因此，从古希腊、古印度和古中国的文学发展史来看，在诗歌的发轫期，声音远比图像更为重要。这种巧合是值得深思的：既然这么多的早期诗人都为盲人，那么图像和文字在诗歌传播中起到的作用可谓微乎其微。易言之，早期的中西诗歌都是声音的艺术而非图像的艺术。细究其根源，笔者认为有两点。其一，无论东方还是西方的古代教育均被统治阶级或僧侣垄断，人民的识字率不高，以文字图像为主要媒介传播诗歌的可行性不强。这也解释了为什么史诗，无论是西方的《荷马史诗》，还是中国的少数民族史诗《格萨尔》和《江格尔》中都有大量的字句重复和严格的程式化的段落。比起文字性作品，重复在音乐性作品中显然常见得多，而且更方便记忆，并留存足够的时间让吟唱者回忆诗歌内容。这也解释了为什么中西诗歌都喜欢运用押韵技巧（西方有头韵、元韵、尾韵，中国还有双声叠韵等）来增强诗歌作为听觉艺术的感染力。其二，在通信欠发达的古代，比起图像而言，人通过声音传播信息的速度更快、距离更远、识别度也更高。伯顿·沃森（Burton Watson）在《中国早期文学》（*Early Chinese Literature*）中评价《诗经》（*Book of Odes*）时解释说：

---

① 春秋左传·襄公十四年，十三经注疏（下），上海：上海古籍出版社，1997：1958.
② 同前。

"我们需要牢记，如果不是全部，至少也是大多数的这些诗歌都是为着歌唱，而不是阅读而创作的。"（It should be borne in mind that most, if not all, of the poems were intended to be sung, not read.）①

从以上关于中西诗歌早期形态的研究来看，我们可以得出结论：早期诗歌更看重的是重复和韵律这些声音因素而非文字以及形式布局等图像因素。简言之，在诗歌的发轫期，声音重于图像。

（二）繁荣期中西诗歌：声音与图像的竞争与妥协

事实上，在诗歌繁荣的大部分时期里，音响效果仍然比视觉效果更加重要，这一点在东方和西方并无不同。英雄双韵体（heroic couplet）、三行诗节押韵法（terza rima）、商籁体（sonnet）以及中国的格律诗（metrical poetry）的繁荣都证明了声音效果对于诗歌的重要意义。然而就是在最繁荣的时期——对于西方诗歌来说是浪漫主义时期，而对于中国诗歌来说是唐代——诗歌中声音的重要作用开始受到了质疑和挑战。悄然诞生的图像诗歌发起了对诗歌过度依赖声音这一弊病的抨击。

西方把以造型取胜的诗称为图像诗（pictorial poetry）、具象诗（concrete poetry）或者视觉诗（visual poetry）。它被认为是一种文学与造型艺术的"杂交"形式，一种模糊了正统诗歌和视觉艺术的新兴文类。在图像诗里，文字的布局对于作品主题至关重要。作品"看上去怎么样"比起"听上去怎么样"是作者更为关注的问题。视觉效果作为"前景"（foreground）从作为作品载体的物质结构中凸显出来，成为原创力和潜在艺术表现力的源泉。

17世纪的英国玄学派诗人乔治·赫伯特（George Herbert）的《神殿》（*The Temple*）收录了《复活节的翅膀》（"Easter Wings"）和《圣坛》（"The Altar"）两首西方公认的图像诗杰作，前者的诗形被排列成一对张开的天使的翅膀，后者则被排列成颇具象征意蕴的圣坛形状。以《圣坛》为例，我们仍然可以看出诗歌的音乐性与图像性的竞争在作品中纠缠不休。这首图像诗尽管以圣坛的造型吸引读者的眼球，但是赫伯特仍然艰难地希望通过韵和律（rhyme and rhythm）保持其诗歌的音乐美感和可读性。不过，我们必须承认，

---

① Burton Watson. *Early Chinese Literature* [M]. New York: Columbia University Press, 1962, p203.

如果这首诗没有将文字布局为圣坛的形体，那么其艺术感染力将被大打折扣。

A broken ALTAR, Lord thy servant rears,

Made of a heart, and cemented with teares：

Whose parts are as thy hand did frame；

No workmans tool hath touch'd the same

A HEART alone

Is such a stone,

As nothing but

Thy pow'r doth cut.

Wherefore each part

Of my hard heart

Meets in this frame,

To praise thy Name：

That if I chance to hold my peace,

These stones to praise thee may not cease.

O let thy blessed SACRIFICE be mine,

And sanctifie this ALTAR to be thine.

　　正如所见，图像诗作为造型艺术，在短暂的时间之内将更多的可视对象并置以制造视觉冲击。同时，它又作为文学艺术，以语言为材料，打破了语言固有的线性顺序，在短暂的时间之内，以平面的视觉效果快速地传达了作品主题。然而，德国著名批评家莱辛（Lessing）在《拉奥孔》（*Laocoon*）中抨击图像诗时说到，图像诗诗人试图以文字来绘画和寓言画家以可视的图像来讲故事都注定要失败的，因为他们的目标与其媒介的基本性质自相矛盾。抛却关于莱辛对图像诗作出这样的负面评论是否中肯的争论，对后世诗歌研究者而言，不容置疑的一点是，他的批评可谓是一项证据，刚好证明了在当时的西方诗歌领域中声音与图像斗争的激烈和这一斗争所产生的巨大影响。

　　在中国，声音与图像的作用不如在西方那样令人争执不休。这有可能是因为中国的文字本身就具有象形性的缘故。骆冬青教授认为，"'汉字图象'，作为集聚‘形音义’的‘多媒体’的感性统一体，应当成为美学的研究对象，成为汉字美学重要的一维"①。他的观点表达了很多汉字美学研究者的心声。中国自古受到老庄思想的影响，倾向于"浑然一体""多元一体"地看待事物的方式，不像西方倾向于"二元对立"，好把事物割裂开来。中国的文史哲不分家、歌乐舞为一体、诗画一体论以及把汉字作为"形音义"的"多媒体"的感性统一体等观点都是取决于其思维方式的。

在唐代，诗歌和图形达到了完美的妥协。比如，苏轼评王维的诗歌和绘画："味摩诘之诗，诗中有画；观摩诘之画，画中有诗。"除了评论，在诗歌的创作实践中当然也有许多融诗与画为一体的尝试。比如，中国古代从秦、汉时代就开始创作大量的回环诗（loopback poem）、宝塔诗（pagoda poem）、盘形诗（plate-poem）、梅花诗（plum flower poem）等异形诗（heteromorphic poems）。尽管异形诗通常被认为是娱乐性的文字游戏，在中国却并没受到批评与非议。人们往往对巧妙地结合诗歌与图画的艺术赞不绝口。比如，张南史的《雪》《月》《泉》《竹》《花》《草》，杜光庭的《纪道德》和《怀古今》，白居易的《诗》和元稹的《茶》都是当时备受推崇的上乘之作。

如下所示，元稹的诗将声音与图像效果完美地结合，既保留了中国古典诗歌的音韵之美（"茶""芽""家""纱""花""霞"和"夸"都押"ɑ"韵。在汉语体系里，人们把元音为"ɑ""o""e"开头而没有韵头的韵母称为开口呼。开口呼的字由于发音时气流不会受到明显的阻力，因此往往给人以豪迈、豁达、畅快、昂扬的感受。元稹借着这个音韵刚好以茶论世，以文载道，抒发他为生民立命、为天地立心、以天下为己任的历史使命感和责任感），又将文字排列成宝塔形式，字数由少到多，从状物到抒情言志，意思层层递进，思想境界步步攀升。

茶

香叶，嫩芽。

慕诗客，爱僧家。

---

① 骆冬青．"汉字图象"的美学观照［J］．南京师范大学学报（社会科学版）．2016（4）：148－154．

碾雕白玉，罗织红纱。

铫煎黄蕊色，碗转曲尘花。

夜后邀陪明月，晨前独对朝霞。

洗尽古今人不倦，将知醉后岂堪夸。

　　尽管图像诗在中西方的遭遇不同，但是中西方对图像诗的实验性创作都开启了对诗歌中声音与图像关系的思考。这二者的相遇、冲突与融合，笔者认为主要出于以下几个因素：（1）民众的教育较前一时期更普及，书写文学比以前的受众更广。（2）诗歌作为声音艺术发展到"瓶颈"时期，艺术本身需要寻求突破与创新。正如赵毅衡教授在《符号学》中所言："任何一种表意形式，不可避免走向自我否定。形式演化就是文化史，随着程式的过熟，必然走向自我怀疑，自我解构。"①

（三）后现代时期中西诗歌：视觉压倒声音

　　后现代主义的许多批评家认为快节奏的生活已经不给传统的诗歌留下消化和品鉴的时间，因此，诗歌的黄金时代一去不返。为了让诗歌在这个以碎片化阅读为典型症状的时代里为继，诗歌与图像的紧密结合和"捆绑销售"可能不失为一种缓解燃眉之急的有效措施。由于印刷术与多媒体技术的发展，图像诗歌发展为一个流派，不仅有出色的诗歌创作，还有自成体系的理论建构。它的文学性与审美性价值逐渐吸引了中西方学术界的关注。

　　由于图像诗歌中视觉效果为诗歌带来的原创性、新颖性和生命力，莱辛的批评并未使图像诗销声匿迹。相反，自20世纪50年代，越来越多的诗人开始尝试图像诗的创作。图像诗歌开始成为一种跨国的、普遍的文学现象。很明显，后现代主义中诗歌的音乐性正丧失它的历史意义。诗歌已经转化为一种包含众多实验性特质的新形式。卡明斯（e. e. cummings）的代表性作品《孤独如落叶飘零》["L (a leaf falls) oneliness"] 成为这时期的代表作。

l (

a

---

① 赵毅衡. 符号学 [M]. 南京：南京大学出版社，2012：220.

<pre>
                    le
                      af
                        fa
                          ll
                            s)
                  one
                    l
                  iness
</pre>

　　这首诗显然是不可读的，更无须妄言被吟诵或传唱了。然而为卡明斯作传的作家理查德·肯尼迪（Richard S. Kennedy）却认为它是"卡明斯的作品中最有精致的文学建造性美感的作品"（the most delicately beautiful literary construct that Cummings ever created）。① 他所说的美感显而易见是指视觉美感，而不是音乐美感。在这首诗的声音与图像的竞争中，声音元素几乎被全然抛弃。把英文单词打碎后零散地垂直线性排版制造了树叶飘散的凌乱感和下落的视觉联想，正如后现代时期人们被"异化"后的孤独漂泊、无所依傍的感受。

　　中国的诗歌同样也出现了图像压倒声音的趋势。朱赢椿出版了一本名为《设计诗》的先锋试验文本。他通过对中国汉字的拆解、改变字体大小、改变文字颜色深浅等方法赋予诗歌以新意。在《刹那花开》（"In the Moment of Blossom"）中，其不可读性与视觉效果的整合与卡明斯的诗有异曲同工之妙。正如朱赢椿自己所言："人家让我念念这些诗歌，我压根念不出来，因为我就是想证明，字形的美妙之处可以独立于语言意义之外。"②

花苞起

花蕊现

花瓣打开

---

　　① Richard S. Kennedy. *Dreams in the Mirror：A Biography of E. E. Cummings* [M]. New York：Liveright，1980，p463.

　　② 朱赢椿在汉回应"设计诗"争议 [OL]. http://news. ifeng. com/gundong/detail_ 2013_ 10/20/30479464_ 0. shtml.

花正艳

一阵风来 一 艹 乚 一 满地

如上首名为《刹那花开》的小诗所示，这首诗中的汉字"花"从字体上由大到小表现花朵从含苞待放的花蕾到倾情绽放的生长过程。而最后一行中的"花"字被拆解得支离破碎，表现花朵由开放到凋零的状态。整首诗传达一种"好花不常开，好景不常在"的缺憾的美感。

曾经有相当长一段时间，人们相信诗人对图像因素的实验性运用有可能为未来的诗歌发展探索出一条生存之路。尤其是当教育已经普及，印刷和网络使阅读变得容易却更缺乏深度的后现代时期，图像诗的流行为保留民众对诗歌的兴趣做出了贡献。在《世界图像的时代》里，海德格尔指出在这个时代，"世界由图像掌握"[1]（the world is hold by image），他的意思是说比起以往，人们更加依赖于视觉经验来感知和理解世界。诗歌中图像因素的增加和声音因素的减少或消失都只不过是诗歌适应读图时代的这一变化的举措。但是也有人指出：艺术家的跨体裁的"仰慕"，只是为了创造出一种新的表意方式，并不是真正进入另一个体裁。如果真正跳出体裁，例如诗真的被做成绘画，即所谓的具体诗，反而会受双重限制，大多勉强，鲜有成功。[2]

（四）"后现代之后"中西诗歌：声音的回归

进入 21 世纪以后，诗歌领域中的声音与图像之争仍在继续，却出现了令人意外的转机。2016 年诺贝尔文学奖颁给了美国唱作人、民谣歌手、诗人鲍勃·迪伦（Bob Dylan）。颁奖词是"他在伟大的美国歌曲传统中创造了新的诗意表达"[3]。尽管金斯伯格在为他作的推荐信中说："虽然他作为一个音乐家而闻名，但如果忽略了他在文学上非凡的成就，那么这将是一个巨大的错误。事实上，音乐和诗是联系着的，迪伦先生的作品异常重要地帮助我们恢复了这至

---

① ［德］海德格尔. 世界图像的时代 海德格尔全集［M］. 孙周兴，译. 上海：上海三联书店，1996：899.

② Charles Altieri. Avant-Carder or Arriere-Garde in Recent American Poetry［J］. *Poetics Today*, winter 1999, pp. 629 – 653.

③ 鲍勃迪伦为什么能获得诺贝尔文学奖 史上第一个词曲作家获得诺贝尔文学奖［OL］. http://tv.aiwenwo.net/wz/2016101425424.html.

关重要的联系。"① 但是在大众眼中，鲍勃·迪伦仍然不是典型意义上的诗人，而是史上第一个获得诺贝尔文学奖的词曲作家，因为他的代表作《随风飘荡》（"Blowing in the Wind"）和《像一块滚石》（"Like a Rolling Stone"）等是因为音乐的力量得以在全球各地传唱，赢得世界范围的美誉。

在后现代之后，在人们几乎已经遗忘了诗歌的音乐元素而将诗歌僵化地看成是各种媒介上的文字的排列组合之际，鲍勃·迪伦的获奖可谓既在意料之外，又在情理之中。在解构主义思潮盛行的西方文学界，在以接受美学盛行的西方批评界，一反传统姿态地将诺贝尔文学奖这样一项对世界文学具有导向意义的奖项授予给一位词作家，这一举措可以说是在引导诗歌"向着声音回归"。在诗歌疆场中的声音与图像的厮杀中，这是否意味着战局的逆转呢？

在中国的乐坛（或者说诗坛），可以和鲍勃·迪伦一样享有"音乐诗人"称号的作曲家首推罗大佑。首先，他的歌词也具有诗的韵律和韵味，可以当作诗歌来读。其次，他的歌词受众极广，影响深远而持久。从这两层意义来讲，罗大佑的歌词又何尝不是诗歌，何尝不是诗歌向声音回归的明证呢？人们往往评价说"诗歌已死"。但我们是否应该反思这个被评价的主语——"诗歌"，其内涵能否在新时代中有所扩展？撇开意境的高远和用词的精美等评价诗歌质量的因素不谈，数量庞杂的当代流行歌曲的歌词为何不能被称为诗歌呢？要知道中国早期的诗歌总集，如今被奉为中国文学经典的《诗经》在原初也不过是劳动人民田间地头的歌声而已。由此可见，诗歌的复兴之路在于走下"精英文学"的神坛，回到民间生活中去。

小　结

通过分析不同时期中西诗歌中声音与图像的斗争，本部分揭示了中西诗歌发展史中的一些共同规律：在诗歌的发轫期，中西诗歌中的声音因素重于图像因素；在诗歌的繁荣期，中西诗歌的声音与图像因素相互纠缠与妥协；在后现代时期，中西诗歌中的图像因素压倒声音因素；在后现代之后，中西诗歌中的声音因素开始回归，关于"诗歌"的内涵有待重新界定。总而言之，无论在哪个时期，声音与图像的斗争都是推动诗歌不断演变和进化的原动力。诗歌要

---

① 诺奖为什么颁给迪伦：诗歌简洁有力度 [EB/OL]. http：//ent. sina. com. cn/zz/2016 - 10 - 14/doc - ifxwviax9696087. shtml.

在 21 世纪重获新生的关键在于处理好声音与图像之间的平衡，并且尽可能让诗歌回归"民间歌声"的本质。

四、 人物比较研究实践： 雨王亨德森与浮士德

歌德的诗剧《浮士德》以浮士德在知识、爱情、政治、艺术、事业 5 个阶段的探索为主线，概括了从文艺复兴到 19 世纪初期西欧资产阶级上升时期进步人士不断追求、探索生命意义的过程。诗剧结构宏大，作为歌德毕生思想和艺术探索的结晶，与"荷马史诗"、但丁的《神曲》、莎士比亚的《哈姆雷特》一起被誉为欧洲文学的四大里程碑，对后世欧洲文学的创作产生了不可估量的影响。郭沫若说："《浮士德》是一部灵魂的发展史，是一部时代精神的发展史。"① 本书从精神探索道路的角度分析 20 世纪美国作家索尔·贝娄《雨王亨德森》中的主人公亨德森对"浮士德"精神的传承与发展：一方面，亨德森沿袭了浮士德对人生意义和人类前途的五条探索道路；另一方面，亨德森在对浮士德的探索道路的否定之后提出新时代的救赎之途。

（一）亨德森对浮士德精神的传承：相似的探索道路

宗白华说："近代人失去希腊文化中人与宇宙的协和，又失去了基督教对上帝虔诚的信仰，人类精神上获得了解放，得到了自由，但也就同时失所依傍，彷徨，摸索，苦闷，追求，欲在生活本身的努力中寻得人生的意义与价值，歌德是这时代精神的伟大的代表。"② 《浮士德》正是歌德为近代"信仰危机"的西方人探索的救赎之路："在我的心上堆积全人类的苦乐，把我的自我扩展成人类的自我。"③ 但是，随着历史前进到 20 世纪，西方的信仰危机并没有被缓解。相反，两次世界大战、经济危机等因素导致西方人在精神上更加惶恐不安。价值观断裂、精神空虚、理想破灭、道德沉沦使西方文学出现了"荒原观念""迷惘的一代"。在这样的背景之下，索尔·贝娄在创作的中后期反省和反对现代主义文学中的悲观格调，以自己"新浪漫主义"风格和"新人文主义"的思想内涵创作了《雨王亨德森》。可以说索尔·贝娄笔下的亨德

---

① ［德］歌德. 浮士德［M］. 郭沫若，译. 北京：人民文学出版社，1978.
② 宗白华. 美学与意境［M］. 北京：人民出版社，1987：66.
③ ［德］歌德. 浮士德［M］. 杨武能，译. 北京：燕山出版社，2000：82.

森是继浮士德之后的另一个西方精神探索者先驱。他们都以追求生命真谛为人生要义，都渴望灵魂与肉身、小我与大我的合一，都向往超越现实的存在以达到灵魂的永生。二者在精神探索之旅中，都在知识、爱情、政治、艺术、事业等方面经历重重阻挠，但他们都像西西弗斯一样在挫折中不断接近生命的真相，寻找"存在"的意义。

1. 知识探索之旅

《浮士德》第一部以浮士德深夜在书斋中抒发苦闷为开端。"唉！我到而今已把哲学，医学和法律，可惜还有神学，都彻底地发奋攻读。到头来还是个可怜的愚人！不见得比从前聪明进步；……别妄想有什么真知灼见，别妄想有什么可以教人，使人们幡然改邪归正。"① 浮士德对生命意义的探索以书本和知识为第一阶段，长期困守书斋不仅没有让浮士德寻找到生命的意义，反而让他对禁锢心灵的书斋感到如同监牢一般的反感。他呐喊"这么活下去连狗也不肯"②。在欣欣向荣的大自然和自由愉快的人群的感染之下，他决心抛弃从知识中寻找生命意义，转而投入生活的激流中希望有所作为。

在《雨王亨德森》的第一章，亨德森也遇到类似的精神危机："各种事儿开始纠缠我，很快在我心里造成一种压抑。"③ 然后，名牌大学毕业的亨德森试图在书本中寻找解救自身危机的良药。他的父亲为他留下成千上万册书，其中还有好几本是父亲自己写的。亨德森常常暗自翻阅书本以寻找一些富有启发意义的字句。但是他查了几十本书，却找不到他奉为信仰的箴言"罪过总会得到宽恕，善行不必非要先修"④。翻出来的只是父亲当作书签的旧钞票。"我闯上书房的门……搭着取书的梯子去抖动书页，抖出的钞票纷纷扬扬飘落到地上。可是我却始终没有找到那句关于宽恕的话出自何处。"⑤ 索尔·贝娄用飘落的钞票这一意象象征性地表达了在物欲横流的现实世界，书本和知识所提供的精神慰藉远远不能抵抗现代社会人类所普遍感受到的虚无感。《贝娄书信集》的编辑本杰明·泰勒认为"贝娄笔下的主人公都是些知识分子，但他们

① 同前，第23页.
② 同上，第24页.
③ [美] 索尔·贝娄. 雨王亨德森 [M]. 蓝仁哲，译. 上海：上海译文出版社，2006：1.
④ 同上.
⑤ 同上，第2页。

在遭遇现实生活时，却发现自己掌握的知识微不足道，甚至徒劳可笑"①。亨德森与浮士德以知识寻找生命意义的失败如出一辙。

2. 爱情探索之旅

浮士德在知识悲剧之后接受了靡菲斯特的赌约，在返老还童之后与葛丽卿坠入爱河。但是他的爱情为葛丽卿带来一系列灾难：母亲被毒害，兄弟被杀，孩子被淹死，葛丽卿本人也身陷囹圄。浮士德在对爱情的追求中不但没有救赎自己，反而因为给无辜者带去灾难而加重了对人生意义的质疑。靡菲斯特又把浮士德带到"瓦卜普吉斯之夜"，让各种疯狂淫荡的女人腐蚀浮士德的灵魂。但浮士德对各种诱惑无动于衷，并未沉沦于酒色的泥沼。

索尔·贝娄笔下的《雨王亨德森》中也有类似的爱情悲剧。亨德森的第一任妻子弗朗西斯漂亮、高大、优雅、矫健、长长的手臂、金黄的头发、懂感情、生育力强，还很娴静，与亨德森一起生活了二十年，生了五个孩子。然而由于二人并没有真正意义上的心灵默契，亨德森在退伍以后仅和她有过一次亲热，以后便不行了，亨德森对此听之任之。他在心烦意乱的时候来到马德伦教堂附近，端详着那一带游来荡去的妓女的面孔，却说："没有哪一张能够平息我内心可怕的喊叫——我要！我要！"② 在结束了与前妻的婚姻之后，亨德森最初对第二次婚姻满怀期待，以为第二个妻子莉莉可以给他一个开始新生活的机会。但是，第二次爱情和家庭生活（莉莉为他生下一对双生子）也没有让亨德森寻求到人生的真谛。他很快就对之感到失望和厌倦。"和莉莉结合的家庭生活，完全不像乐观者所预料的那样。"③ 他开始当众吵她，私下骂她，利用各种机会弄得莉莉叫苦不迭。在第二次婚姻后的一天，亨德森穿着红绒睡衣，室外是殷红的秋海棠，深绿和鲜绿的草木，沁人肺腑的芬芳，悦目的金黄色，枯萎的枝叶，面前晃动的花朵，但他感到的只是"悲哀"。亨德森没有能在爱情与家庭生活中寻求到他渴望的"有意思的生活"，他和浮士德一样在经历了知识悲剧之后，试图以爱情来拯救自己的愿望也落了空；甚至在潜意识中，他并不指望以爱情来赋予生命意义，而是恐惧爱情的满足会阻止他求索生

---

① Taylor, Benjamin. *Saul Bellow Letters* [M]. New York: Viking, 2010: XⅢ.

② [美] 索尔·贝娄. 雨王亨德森 [M]. 蓝仁哲，译. 上海：上海译文出版社，2006：14.

③ 同上，第28页。

命意义的脚步。即便在两人感情最浓之时，他也朝莉莉喊："你休想迷住我，休想把我扼杀掉，我壮实着呢！"① 亨德森对莉莉若即若离的态度以及无缘无故的恼怒，都证明了"爱情"这一剂良药没有解除他精神危机带来的巨大的痛苦。浮士德和亨德森都通过爱情悲剧认识到真正有意义的人生必须克服"小我"，走向"大我"。跳出个人生活的狭小天地，向更高的境界靠近。他们分别对文艺复兴和现代社会一味追求官能享受的物欲横流的现实提出批判。

3. 政治探索之旅

在《浮士德》的第二幕，靡菲斯特把浮士德带到宫廷，希望官场生活能羁绊他不断追求意义的脚步。起初，浮士德雄心勃勃想通过发行纸币来缓解经济危机，但当时的帝国政治昏暗，诸侯割据，官员腐败成风，军队巧取豪夺，人民生活困苦。皇帝无心国政，只把浮士德当作供人消遣的魔术师。浮士德想要通过从政实现人生价值的梦想以破碎告终。杨武能在《走进歌德》中提出，之所以不把从政的经历纳入事业悲剧，是因为剧中浮士德在宫廷为昏聩的皇帝贵族的骄奢淫逸而效犬马之劳是谈不上事业的。

亨德森也曾试图以相同的方式寻找生命意义。他在自己年龄已经不适合战斗的情况下非要去参加战斗为国效力，甚至赶到华盛顿说服人们允许他上前线。然而在战争中，由于军事长官的无能，蒙特卡西诺修道院被炸毁，许多在意大利战场参战的德克萨斯州人丧命让他打消了军事冒险的热情。在意大利萨莱诺滨水区部队长毛虱时，他被人当众剥得精光，涂上肥皂水将腋毛、阴毛、胡须、眉毛剃得一干二净，成为渔民、庄稼汉、小孩子、大姑娘、妇女和大兵的笑料。这些戏谑性的回忆说明亨德森战前"为民主和自由而参军战斗"的理性主义和英雄主义被战争中荒诞的现实彻底颠覆。虽然他在战争中踩到地雷受伤后获得一枚紫心勋章，使他的内心获得一种"巨大而真实"的感受，然而这种短暂的充实感随着战争谎言的揭穿和平庸的战后生活很快消磨殆尽。于是，他一方面在表面上采取一种老于世故、纵酒自娱、放荡不羁的波西米亚生活方式来逃避社会和家庭赋予他的责任，一方面在内心拼命挣扎以寻求能拯救自己免于堕落的"有意思的生活"。亨德森所处时代是没有专制帝王的现代美国，因此，他的政治探索之旅在浮士德的基础上有所变异。但是尽管他不是为

---

① 同前。

皇帝，而是为政府当局效力，这段经历却同样具有荒诞色彩，其结局也都以深重的挫败感告终。

4. 艺术探索之旅

浮士德在宫廷为国王效力时，用魔力变出古希腊美女海伦的幻影。他为海伦的美而倾倒，因而意识到自己应该在古希腊艺术创造的美的国度去追寻生命的意义。他说："用不着老是考虑独特奇异的命运！存在乃是义务，哪怕就这么一瞬。"① 他在艺术的国度极尽视听之娱，沉迷于主观的美的感受中，意图以对艺术的追求逃避污浊的现实。但是他与海伦结合生下的儿子欧菲良酷爱自由，在上天入地的自由驰骋中从高空坠地身亡。海伦悲伤不已返回古希腊，浮士德对古典艺术的追求因而破灭，他不得不回到现实世界继续自己的精神探索之旅。

亨德森也有以艺术逃避现实的经历。这一点尤其表现在他对音乐的追求上。在众多的解脱办法中，他选择了拉小提琴。他把在储藏室里发现的一把父亲的旧提琴送去修理后，跟着匈牙利老头学习拉琴。尽管他奏出的声音像是在摩擦装鸡蛋的塑料泡沫壳，他却希望只要悉心练习，终会奏出仙乐般的调子。通过拉琴，亨德森实现了接近逝去的父亲和母亲的心愿。他虔诚地演奏，带着激情，充满渴望和热爱，直到感情崩溃。通过演奏古典乐曲、歌剧和圣乐曲，亨德森"借以寻求与内心那个声音之间的平衡"②，然而对艺术的追求并没驱散亨德森心头的欲望：在琴谱架前的荧光灯下练习塞维西克的曲子时，亨德森听见那些尖锐聒耳的可怕滑音，不禁暗想："啊，上帝，生与死的主宰！我的手指尖都损伤了……我的体内仍然发出那个声音：我要，我要！"③ 可见，对艺术的追求并没有解答亨德森对生命意义的质问。他心中升腾的"我要，我要！"正是对生命意义的强烈质询，对现实世界芸芸众生不求甚解、随波逐流、信仰丧失的生活形态的彻底抗拒。

5. 事业探索之旅

浮士德在对艺术的追求失败后，决定从幻想的美的国度回到现实世界进行

---

① ［美］索尔·贝娄. 雨王亨德森［M］. 蓝仁哲，译. 上海：上海译文出版社，2006：456.
② 同前，第30页。
③ 同上，第31页。

移山填海、造福人类的事业。在失明且被靡菲斯特欺骗的情况下，浮士德误把别人为他挖掘坟墓的声音当作人类移山填海的劳动之声，因而心花怒放地说出："你真美呀，请停一停！"① 此语一出即意味着浮士德对生命的最高限值和全部奥秘的追求得到满足，因而他输掉他与靡菲斯特的赌局。

《雨王亨德森》中的亨德森本是一个继承了三百万美元的富翁，他出身于名门望族，曾祖父当过国务卿，几个叔伯父当过驻英、法的大使，父亲是著名学者。但是在五十多岁时，他还梦想进医学院，然后可以当一名医生减轻他人的病痛。在遭到前妻的嘲弄之后，他办了一个养猪场。他在自己漂亮的旧式农场，马厩房，建筑精美、屋顶上有观景台的旧粮仓里都关进了猪仔。亨德森漂亮的庄园俨然成了一个猪的王国，无论是草坪或是花圃，到处立起猪圈。他还亲自干粗重的活计，试图以繁重的劳动将自己对生命之虚无的感觉排挤出思考空间之外。他试着全心全意地劈柴、举重物、犁地、砌水泥板、浇混凝土、煮猪饲料，像囚犯一样袒露着胸臂，抡起大锤把石头块砸碎。但是最后亨德森的感受是："这样干的确有帮助，但还不够。粗暴产生粗暴，撞击产生撞击……还不只是产生而且是增加，火上浇油。"② 他总想干些什么，尽管有那么多的财富，他问自己：拿着这些钱有什么用？自己可以制造什么呢？"我要，我要！"的呼唤在每天下午出现，亨德森越想抑制它，它就变得越强烈。他自我反思道："美国的幅员如此辽阔，每个人都在干活：制造呀，挖掘呀，推土呀，运货呀，运载呀。我想受苦者受苦的程度都是一样的，虽然每个人总想奋发振作。我试过了一切能想到的解脱办法，没用。"③ 浮士德在改造自然、造福人类的事业中寻求到了生命意义的满意答案。尽管他输了赌局，上帝因为"凡自强不息者，终将得到拯救"，仍派天使下来把他的灵魂从魔鬼手中解救出来带到天上。但是亨德森即使是在忘我的工作和造福他人的事业中仍然没有得到解脱。那个"我要"的声音不断在他的灵魂深处呐喊，把他逼迫到疯狂的边缘。在小说前四章交代亨德森非洲之行的动机时，短短 39 页篇幅竟然出现了七处"我要，我要！"以表达亨德森内心的强烈诉求。冯至说《浮士德》

---

① ［德］歌德. 浮士德［M］. 杨武能，译. 北京：燕山出版社，2000：556.
② ［美］索尔·贝娄. 雨王亨德森［M］. 蓝仁哲，译. 上海：上海译文出版社，2006：23.
③ ［美］索尔·贝娄. 雨王亨德森［M］. 蓝仁哲，译. 上海：上海译文出版社，2006：18.

的主题是我国《易经》中的"天行健，君子以自强不息"①。亨德森不断呼唤的"我要"正是浮士德永不停步、寻求生命意义的精神在 20 世纪新的时代背景下的延续。

（二）亨德森对浮士德精神的发展：不同的探索结果

恩格斯指出："歌德只是直接地——在某种意义上当然是'预言式地'——陈述的事物，在德国现代哲学中都得到了发展和论证。"②《浮士德》尽管没有给西方人关于完满人生的答案，但是它被看作"近代人的圣经"。它对人生意义和人类前途的思考对《雨王亨德森》产生了重要影响。但是，现代主义的美国毕竟不同于文艺复兴时的德国，索尔·贝娄的创作不可能是对歌德的简单模仿而必须是创造性的继承，尽管浮士德和亨德森都经历了在知识、爱情、政治、艺术和事业等领域的探索以找寻意义的精神之旅。歌德以整本书的篇幅，按历时性的顺序在知识、爱情、政治、艺术和事业各个领域逐个"试错"，直到浮士德把造福人类的事业作为自己的人生目标。而索尔·贝娄把亨德森的精神探索之旅安排在同一时间轴上共时性地展开，仅以前四章的篇幅让五条不同的探索道路相互交织。作者的叙述夹杂着顺叙、倒叙和插叙，让亨德森在不同领域的探索在极度有限的叙述时空中全部遭遇失败，以各个方面的毁灭性打击促使他远赴非洲寻求精神的解脱。理查德·斯登认为该小说的"头四十页已经溢满了足够写两至三部小说的素材，包括夫妻间、父子间、雇主和佃农间的关系，以及所有令人焦虑不安的内容，然而这些内容都由作家以诙谐、简单、机智的方式进行处理，并都展现在该小说的开篇部分，这些都最先带给读者们的惊喜。而之后的三百多页从素材到领域的跨越更是让许多小说家望而却步，不敢涉猎"③。可以说《雨王亨德森》的前四章是以《浮士德》的探索作为亨德森踏上非洲寻求生命真谛的前传。

1. 关于人生意义的结论

浮士德从孤独封闭的书斋开始，"从一个人的梦想式的世界到两个人的

---

① 徐葆耕. 西方文学十五讲［M］. 北京：北京大学出版社，2012：156.

② 恩格斯. 英国状况. 马克思恩格斯全集第 1 卷［C］. 北京：人民出版社，1956：652.

③ Richard, Stern, "Henderson's Bellow", The Critical Response to Saul Bellow, ed. Gerhard Bach Westport, Connecticut: Greenwood Press, 1995: 102 - 107.

（恋爱）的世界到官场生涯到美的精神世界到广阔的发现自然的群体世界，在不断的否定中实现精神的攀升"①。在移山填海改造自然的工作中他最后说道："它是智慧的最后结论：只有每天争取自由和生存者，才配享有自由和生存。"② 阿克尼斯特说浮士德的生命意识就是在于明知"有限永远不能成为无限的伙伴，也依然要走向生命毁灭的终点"③。亨德森身上延续了对生命荒诞性的抗争精神。在非洲薇拉塔勒女王那里，亨德森向女王请教最好的生活方式。女王说对一个孩子来说，世界是奇怪的。亨德森已不再是一个小孩子。小孩对世界感到惊奇，而成人则主要感到恐惧。因此最好的生活就是"朗格—图—摩拉尼"，意思就是"人要活下去"，要保持赤子之心才能令死亡显得遥远。不考虑人生最终的归宿，只为当下的生活而奋斗。女王对生命意义的理解与浮士德几乎一致。亨德森认同女王的观点。他说："我不仅为我自己摩拉尼，而且要为大家。"④ 他全心全意制造炸弹为部落消除蛙患，甚至在极度亢奋之下在黎明时分见到了阳光在白土墙上映现的西瓜汁一样的粉红颜色，这是他五十多年以来难以看到而又一直渴望的象征着"希望"和"意义"的颜色。

然而，索尔·贝娄并没有让亨德森的探索止步于此。如果亨德森的探索以"朗格—图—摩拉尼"为终极答案，那么索尔·贝娄只能沦落为歌德思想的简单复制者。索尔·贝娄本来以"层进法"安排亨德森一步步接近完满，却在读者以为的完满结局处为亨德森的命运来了一个"突降"：亨德森在炸死青蛙的同时也炸毁了阿纳维的蓄水池，在愧疚与自责中黯然离开。最后他带着"满足于存在的人气运亨通，追求变化的人遭尽厄运"⑤ 的领悟，决心仿效女王过一种以"存在"为满足的生活。然而，当他来到瓦里里与国王达甫成为莫逆之交后，国王却指出仅仅是"摩拉尼"并不能赋予生命以深度。人的心智有权对事物抱适当的怀疑。在讲真话的前提下，国王对亨德森说："朗格—图—摩拉尼是挺不错，但它本身还不够……还需要更多的东西。"⑥ 国王引导

---

① 郑克鲁. 外国文学史［M］. 北京：高等教育出版社，2013：145.
② ［美］索尔·贝娄. 雨王亨德森［M］. 蓝仁哲，译. 上海：上海译文出版社，2006：556.
③ 阿克尼斯特. 歌德与浮士德［M］. 晨曦，译. 北京：生活·读书·新知三联书店，1986：136.
④ ［美］索尔·贝娄. 雨王亨德森［M］. 蓝仁哲，译，上海：上海译文出版社，2006：81.
⑤ 同上，第152页。
⑥ 同上，第206页。

亨德森和狮子交流，排除体内郁积的悲伤，涤尽恐惧和绝望。在国王的点拨之下，亨德森开始不再恐惧自己体内不断冒出的"我要"的呼声，他认识到这神秘的呼喊是藏在体内催他不断向上的东西，他明白他这一代的美国人注定要周游世界以寻找生命的真谛。在国王遇害后，亨德森最终意识到人生的意义不仅需要"现实"，还需要常被人们看作"非现实"的崇高的思想和高尚的品质。用亨德森的话来说，就是"包藏宇宙的胸怀，包容世界的海量，与永恒的事物结盟，为追求永恒的价值而努力"①。由此可见，亨德森对于人生意义的思考既继承了浮士德"自强不息"实现个人价值和为大众造福的现实的部分，还蕴含了对 20 世纪西方信仰迷失的现实的反思，在浮士德精神的基础上增加了精神追求等非现实因素。这是现代主义经历精神创伤之后向古典主义理性与秩序的回归和螺旋式上升，也是 20 世纪的索尔·贝娄对 18、19 世纪的歌德思想的发展与补充。

2. 关于人与自然关系的结论

在《美学》中，黑格尔称《浮士德》为"绝对哲学悲剧"②。关于人与自然这一哲学问题的思考在《浮士德》中占有重要地位。歌德通过浮士德表达了他那个时代人们对人与自然的关系的思考。在《天堂里的序幕》里，诗剧歌颂了恢宏无极的宇宙、光明灿烂的世界，日月星辰、风雨雷霆、海洋潮汐，无不在歌德的笔下显得崇高壮美。而浮士德在书斋翻译《新约圣经》时把"太初有道"改译为"太初有言""太初有意""太初有力"③，最后创造性地翻译为"太初有为"。希伯来原文中"道"为"Logos"一词，按照基督教教义的理解本是"神的理性""创世的原则"和上帝的肉身及耶稣基督④。"浮士德否认'太初有 Logos'，就等于否定了它是天地万物的本原，就等于否定了基督教关于上帝是造物主的说法"。浮士德"太初有为"中的"为"字德文为"die Tat"，表示人的行为、行动与实践，生物的生存或进化，或者自然以及社会的运动和发展。浮士德对"Logos"的翻译"宣示了一种无神论的、强

---

① 同前，第301页。
② ［德］黑格尔. 美学［M］. 第3卷（下），朱光潜，译. 北京：商务印书馆，1981：320.
③ ［德］歌德. 浮士德［M］. 杨武能，译. 北京：燕山出版社，2000：74.
④ 杨武能. 走进歌德［M］. 石家庄：河北教育出版社，1999：308－309.

调自然界本身的运动、进化、发展的宇宙观"①。在事业悲剧中，浮士德率领民众移山填海，变沧海为桑田的奇迹充分印证了他改造自然、征服自然的信心。歌德所处的时代正是资本主义的鼎盛时期，他见证了荷兰围海造地和美洲巴拿马运河的开掘。歌德眼中的自然是与人类对立的、需要被驯服的对象。但歌德在为人类改造自然的奇迹感到振奋的同时也感到惶恐，因此他笔下的浮士德被忧愁吹瞎了眼睛。浮士德的命运正体现了歌德对人与自然关系的矛盾态度。

然而，历史进入 20 世纪，亨德森对人与自然的关系有了完全不同的理解。当亨德森来到非洲，发现周围群山环绕，土地贫瘠枯裂，一连几天都见不到人时，他感觉到"单纯""静穆"，他觉得那些石头与他"存在着联系"；后来他又觉得自己艰苦旅程中遇到的斑马的嘶鸣、太阳的升落、牛群和悲伤的人们、黄色的水池和青蛙，每桩事内部都保持着"微妙的平衡"；在他把手放在微拉塔勒女王的胸脯上时，他感到她的心跳节奏像地球的转动一样有规律，他觉得自己触到了人生的秘密；在非洲他了解到阿纳维人对待牛像对待自己的亲人一般眷爱，瓦里里人把狮子当作楷模；在搬动姆玛神像，经历疯狂的祭仪后，他竟然真的求雨成功，成为"雨王"；达甫的"失败者的残余被埋进坟墓，泥土重又吞没自身，然而生命的洪流仍滚滚不息"说法使他产生很大震动。达甫的"大自然也许具有心智"② 的说教起初让亨德森不太明白，但是之后他发现"人类现在比任何时候更需要像国王这样的人"③。种种奇特的遭遇让他最后领悟到大自然也和人一样具有心智，可以与人类进行交流，而不应只是向人类俯首称臣。亨德森不再把自然当作人的对立面，而是接受了一种"天人合一"的自然观。奎厄姆在《索尔·贝娄与美国超验主义》中提出索尔·贝娄深受惠特曼、艾默森、梭罗等人的超验主义思想影响，主张个人与自然及社会等诸多对立面的融合。20 世纪的科学理性和现代化生产使群体和谐分裂为个体冷漠，使精神统一分裂为内心异化，使人与自然的亲密分裂为对立敌视。在见证了人对自然的过度开发与掠夺，自然对人的惩罚与报复之后，索尔·贝娄为了克服这种分裂而将和谐与统一重新植入人类心灵，提倡超验主义

① 同前。
② ［美］索尔·贝娄. 雨王亨德森［M］. 蓝仁哲，译，上海：上海译文出版社，2006：254.
③ 同前，第262页。

自然观，提倡海德格尔的"诗意的栖居"，反对自文艺复兴以来把万物当作人的主宰和征服对象，将神当作虚妄之物而丢弃的"技术性栖居"。亨德森在非洲与自然共处，由社会的人向自然的人回归。他的感受揭示了人与自然的关系应该结束对立，走向统一。浮士德和亨德森都是历史沧桑的艺术缩影。他们对自然与人的关系的不同体认正是歌德与索尔·贝娄在不同的时代对世界本原、对人、对人与自然的关系的不同哲学思考。

3. 关于死亡哲学的结论

在《浮士德》中，书斋中的浮士德回顾自己无所作为的一生，感叹道"活着对我已成累赘，我渴望死，痛恨生"①，然后他饱含热情歌颂死亡带来的幸福。在浮士德输掉自己的灵魂，仰面倒下死亡之前，他说："我有生之年的痕迹不会泯灭，而将世代长存。——我怀着对崇高幸福的预感，享受着这至神至圣的时刻。"②蒋承勇教授在《西方文学"人"的母题研究中》指出："康德可谓是在人的精神世界里勇敢不懈探索的'浮士德'。正是他对人的内心宇宙之复杂奥妙的倾心探索，深深地吸引着歌德。"③因此浮士德对"死亡"的看法受到德国同时代哲学家康德的深远影响。康德说："当一个人不再能继续热爱生命时，正视死亡而不害怕死亡，这显得是一种英雄主义。"④因此，浮士德在书斋里的自杀念头和对死亡的颂扬不是"软弱和怯懦"，而是"壮烈的绝望"。但是康德作为一个近代哲学家，在对死亡进行思考时更多地把理论中心放在"生"这一层面。他提出"想得越多，做得越多，你就活得越长久"⑤，"劳动是享受生命的最好方式，无聊则是人生最可怕的负担"⑥。因此浮士德在移山造海的事业中感到了生的无限意义，他领悟到只要他是在为人类幸福进行创造性工作，哪怕在生命结束的那一刻，他也毫无畏惧，他把死亡的瞬间看作至神至圣的时刻。

在《雨王亨德森》中有多处关于亨德森的死亡意识的描写：亨德森由章

---

① [德] 歌德. 浮士德 [M]. 杨武能，译. 北京：燕山出版社，2000：556.
② 同上。
③ 蒋承勇. 西方文学"人"的母题研究 [M]. 北京：人民出版社，2005：248.
④ [德] 康德. 实用人类学 [M]. 邓晓芒，译. 上海：上海人民出版社，2002：167.
⑤ 同上，第136页。
⑥ [德] 康德. 实用人类学 [M]. 邓晓芒，译. 上海：上海人民出版社，2002：134.

鱼苍白的肌肤及布满斑粒的头部，和它被困玻璃缸无助的神态联想到了自己正日渐衰老，被平庸的生活窒息的处境。他心里暗想："这是活着的最后一天，死亡在向我发出警告了。"① 当他与莉莉吵架，把家里请的一个老处女钟点工吓死后，他感到她的灵魂像一股气、一丝风、一个泡，飘出了窗户。他意识到"这就是一切，原来这就是死亡——永别"②；在去非洲之前，亨德森还多次以自杀来威胁莉莉；当他在瓦里里看到布纳姆带来的干瘪的首级时，他感受到了死亡的巨大力量，几乎陷入崩溃："为什么死亡总追随着我——为什么！我为什么不能离开它一会儿！为什么！为什么！"③在当晚的祷告中，亨德森虔诚地向上帝祈祷，希望他能宽恕自己的罪恶和愚蠢。海德格尔在《存在与时间》中指出："死亡是此在的最本己的可能性。"④ 只有获得一个充分的"死亡概念"，人们才会对"此在之存在所可能具有的本真性与整体性"有一种"源始的"认识。亨德森正是在"死"的震撼中意识到他自己的"在"，促使他努力保持自己的个体性和具体性，推动他从日常共在的沉沦状态中超脱出来。可以说，《浮士德》和《雨王亨德森》都非常重视对死亡哲学的探讨，但前者主要受到德国古典主义哲学家康德的影响，而后者主要受到现代西方的存在主义哲学家海德格尔的影响。后者的哲学思想是在现代语境下对前者的批判性继承与反思。

小 结

歌德被认为是德国最伟大的诗人、作家、思想家，为整个西方文学的发展做出了重大贡献。浮士德表现的世界观、人生观是歌德留给人类的宝贵精神遗产，是"对西欧启蒙运动的发生、发展和终结，在德国民族形成中加以艺术概括，并根据 19 世纪初期资本主义的发展，展望人类社会的将来"⑤。被哈罗德·布鲁姆认为是"同时代中最强劲的一位小说家"⑥ 的索尔·贝娄继承和发

---

① ［美］索尔·贝娄. 雨王亨德森［M］. 蓝仁哲，译. 上海：上海译文出版社，2006：18.

② 同上，第 28 页。

③ 同前，第 237 页。

④ ［德］海德格尔. 存在与时间［M］. 陈嘉映，王庆节，译. 北京：生活·读书·新知三联书店，1987：315.

⑤ 董问樵. 浮士德研究［M］. 上海：复旦大学出版社，1987：34.

⑥ Bloom, Harold. Introduction：Saul Bellow. *Modern Critical Views*, New York：Chelsea House Publishers，1986：1.

展了歌德的创作特色与核心精神，把对哲学、神学、神话学、文学、音乐、人生的思考与作品本身熔为一炉。西方评论家把这本小说定位为"观念小说"，"最令人费解同时也是讨论最少的一部贝娄创作的小说"。① 但是，通过将《雨王亨德森》与《浮士德》进行比较研究，在"浮士德精神"的观照之下，结合 20 世纪美国的具体文化语境，读者可以较容易地解读这部令人费解的"观念小说"所蕴含的深远意义。

五、 评价比较研究实践： 中美扬雄汉赋研究探异

汉赋，一种曾经盛极一时，同时也是备受诟病的文体，从我国两汉时期枚皋、扬雄、蔡邕等赋家妄自菲薄的批评，到新中国成立后以郑振铎为代表的学者将其当成是"反现实主义的典型"的批判，在很长时期里它几乎被当作"形式主义"的代名词而被束之高阁。② 随着十一届三中全会以来"双百"方针的实施，中国学者对赋的评价渐趋理性，他们以新历史主义的精神客观地重置了赋在我国文学史中的地位。当代著名辞赋研究专家龚克昌认为："汉赋或许没有唐诗、宋词、元曲、明清小说那么辉煌……但她真实地表现了大汉帝国的气势，描绘了大汉帝国的精神风貌，她是我国古代文学自觉时代的起点，她为我国古代文学的发展繁荣积累了宝贵经验，创造了丰富多彩的艺术表现手法。"③ 伴随着赋在中国文学史的地位被重新认识，一些汉赋的代表性作家，如司马相如、班固、张衡等，渐渐引起学界的关注，结出丰硕的研究成果。但是，与司马相如齐名、被并称为"扬马"的扬雄的汉赋却少有学者问津。目前学界对扬雄的研究兴趣多集中于《法言》《太玄》和《方言》，注重的是对他的哲学理论体系和语言学思想的开掘，而对其赋学成就研究不足。但是与扬雄汉赋在国内被冷落的境遇相反，西方学者对扬雄汉赋的文学成就却推崇备至，在西方其地位远超过司马相如等其他汉赋作家。对扬雄汉赋的研究呈现出"根干丽土而同性，臭味晞阳而异品"的局面。本书拟从中美学者对扬雄汉赋的研究视角和观点的差异性和变异性分析出发，探讨美国的文化模子和诗学传统对中国古典文学海外传播的重要影响。

① Michelson, Bruce. The Idea of Henderson. *Twentieth Century Literature*, 1981 (4)：309.
② 郑振铎. 插图本中国文学史 [M]. 北京：人民出版社，1957：93.
③ 龚克昌. 中国辞赋研究 [M]. 济南：山东大学出版社，2010：36.

（一）美国扬雄汉赋研究之发轫与发展

由于 1949 年之后，中国文学界对"现实主义"的推崇和对"形式主义"的批判，以及"文化大革命"时期"破四旧"运动对"旧文化"的打压等历史原因，从 20 世纪 50 年代到 80 年代，汉赋的文学地位在我国陷入史无前例的低谷。但是，与其在本土地位的低迷相反，正是在这一时期，西方汉学界对汉赋的研究迅速发展起来，西方学者对扬雄汉赋的研究也随之展开。

1. 美国扬雄汉赋研究之发轫

英语世界的扬雄汉赋研究发源于 20 世纪早期，英国汉学家、中国诗歌翻译先驱阿瑟·韦利（Arthur Waley）于 1923 年出版的《寺庙诗与其他诗歌：中国早期诗歌介绍》（*The Temple and Other Poems: with an Introductory Essay on Early Chinese Poetry，and an Appendix on the Development of Different Metrical Forms*）中翻译了扬雄的《逐贫赋》（"Driving away Poverty"），这是西方学者第一次关注到扬雄汉赋在中国古典文学中不可忽视的影响。然而，由于英国汉学研究的学术传统是"注重商业和外交事务方面的实际应用，不太重视专业的学术训练"[①]，而与此同时，美国政府积极推动东亚研究，1958 年美国国会通过《国防教育法》，鼓励美国青年学习西欧以外的语言和文化，以便达到"知己知彼"的国防目的；加之彼时的美国文学的内在诗学需求是摆脱欧洲母体文化而"求新声于异邦"，因此，20 世纪中后期，西方汉学重镇从英国转移到美国。西方扬雄汉赋研究虽发轫于英国，却是在美国得到了充分的发展。1968 年康达维（David R. Knechtges）以《扬雄生平及其赋的研究》（"Yang Shyong，the Fuh，and Hann Rhetoric"）获得华盛顿大学博士学位。继博士论文后，他分别于 1968 年和 1976 年出版了《两种汉赋研究》（*Two Studies on the Han Fu*）以及《汉代狂想曲：扬雄赋研究》（*The Han rhapsody: a study of the fu of Yang Hsiung*）。他对扬雄汉赋的研究引发了许多西方同行的评议，对于西方汉学界的赋学研究具有里程碑意义。蒋文燕 2015 年在《国际汉学》发表《〈扬雄赋研究〉导言》时认为："康达维教授的《扬雄赋研究》虽完成于四十多年前，但它恰与同一时期国内汉赋研究的方法与观点形成鲜明对照，引人

[①] 陈友冰. 英国汉学的阶段性特征及其成因——以中国古典文学研究为中心 [J]. 汉学研究通讯，2008（3）：43.

反思。而且由于全书资料翔实、论证严密、立论客观，对当下国内辞赋研究仍具有相当的启发意义。"① 除康达维之外，窦瑞格（Franklin Melvin Doeringer）也是该时期研究扬雄汉赋的重要美国学者。1971 年，他以《扬雄及其古典主义之形成》（"Yang Hsiung and His Formulation of a Classicism"）获得哥伦比亚大学博士学位。之后，他又出版了"特怀恩世界作家丛书"（Twayne's World Authors Series）中的《扬雄》（*Yang Hsiung*）一书。此外，1971 年华兹生（Burton Watson）的《汉魏六朝赋选》（*Chinese Rhymed Prose: Poems in the Fu Form from the Han and Six Dynasty Periods*）、海陶玮（James Robert Hightower）的《中国文学论题》（*Topic in Chinese Literature*）以及鲍格洛·波柯拉（Timoteus Pokora）的《桓谭和扬雄论司马相如：散见于历史与传统中的一些评价》（*Huan T'an and Yang Hsiung on Ssu-ma Hsiang-ju: Some Desultory Remarks on History and Tradition*）不约而同地介绍和研究了扬雄的文学价值观、审美观和他在中国赋学史的地位。

2. 美国扬雄汉赋研究之发展

20 世纪 70 年代末中国改革开放后，赋的文学地位得到了一定程度的恢复，我国的扬雄汉赋研究也随之回暖。但是受到扬雄自身在《法言》中对汉赋乃"童子雕虫篆刻""壮夫不为"② 等批评性评价的影响，中国的扬雄研究主要致力于考订校注、哲学思想阐释、生平介绍、语言学甚至书法研究，从文学层面论述其赋学成就的研究仍然相对滞后。然而，这一时期的美国扬雄汉赋研究得到了持续的良性发展。1982 年康达维出版《扬雄的汉书本传》（*The Han shu Biography of Yang Xiong*），引发了更多西方学者发文回应，进一步深化和扩大了西方汉学界对扬雄和其赋学成就的了解；1997 年康达维翻译出版龚克昌的专著《汉赋研究》（*Studies of the Han Fu*），其中包含的"扬雄赋论"一章把中国的扬雄汉赋研究成果介绍到了西方，引发了英国伦敦亚非学院教授傅熊（Bernhard Fuehrer）等学者的回应，产生了巨大影响；2002 年他出版《汉代宫廷文学与文化之探微：康达维自选集》（*Court Culture and Literature in Early China*），收录了其多年来对中国辞赋研究的重要论文，其中包括对扬雄

---

① 蒋文燕. 扬雄汉赋研究导言 [J]. 国际汉学, 2015（4）: 148.
② 扬雄. 法言 [M]. 韩敬, 译注, 北京: 中华书局, 2012: 30.

的专章介绍。康达维把扬雄定位为"西汉末年的宫廷诗人",认为虽然目前学术界对赋极有兴趣,但对扬雄仍旧不重视。他认为"与司马相如一样,扬雄在赋体特点形成的过程中具有同等重要的作用"①。该著作于 2013 年由其弟子苏瑞隆翻译为中文,在中西文明圈中都产生了巨大影响,为比较文学学者进行扬雄汉赋的循环影响研究提供了可能。康达维教授对扬雄和汉赋的研究持续了近半个世纪,是西方汉学界当之无愧的对扬雄研究最为深入和成果最多的第一人、西方的赋学研究集大成者和中美汉赋研究交流的重要枢纽。除此之外,更多的青年学者也将目光投向扬雄,并将之作为自己博士学位论文的研究对象。1983 年,迈克尔·巴尼特(Michael Barnet)以《汉代哲学家扬雄:混乱时代求统一》("Han Philosopher Yang Xiong: An Appeal for Unity in an Age of Discord")一文获得乔治城大学博士学位,该论文兼论了扬雄汉赋中体现的一些个人主义和有机主义的融合之道。2010 年,马克·吉拉德·皮特勒(Mark Gerald Pitner)以《中国汉赋中体现的地理:扬雄及其接受》("Embodied Geographies of Han Dynasty China: Yang Xiong and his Reception")一文获得华盛顿大学博士学位,该论文介绍了扬雄从蜀地都城到汉代首府的文学活动以及扬雄作品在中国各个时期的接受情况。同年,尼古拉斯·莫罗·威廉(Nicholas Morrow Williams)以《文字的锦绣:诗歌模仿与六朝诗歌》("The Brocade of Words: Imitation Poetry and Poetics in the Six Dynasties")一文获得华盛顿大学博士学位,该论文比较了西方对"模仿"的看法和中国文学中的"拟诗"传统,兼论了扬雄对前辈文学家的模仿。扬雄汉赋研究在康达维的致力推举之下得以代代相承,在美国不断生发新枝,结出硕果。

美国汉学家对扬雄汉赋研究的成果无论是在数量还是质量上,无论在视角的多元化还是视野的广度上都构成了扬雄研究极其重要的组成部分。他们从"他者"的立场对扬雄汉赋展开的研究无论在视角还是观点上都有异于国内扬雄研究者之处。他们的成果可以为国内的扬雄研究和赋学研究提供新思路和有益的借鉴,也为扬雄汉赋的"国际化"和"经典化"做出了不容忽视的贡献。

(二)中美扬雄汉赋研究探异

由于中美文化传统的巨大差异、中美研究扬雄的时代和社会背景的不同,

---

① 康达维. 康达维自选集:汉代宫廷文学与文化之探微 [M]. 苏瑞隆,译. 上海:上海译文出版社,2013:60.

以及研究范式和思维习惯的差别，美国学者以"他者"的眼光研究扬雄汉赋时，得出了诸多有别于中国学者的结论。中美学者对扬雄汉赋研究的分歧主要集中于对扬雄汉赋的文学性和思想性的认识、对扬雄模仿前辈创作之举的态度以及对扬雄"悔赋"行为的不同分析方式等方面。

1. 中美学者对扬雄汉赋评价之异

美国学者与中国学者就扬雄汉赋的文学性和思想性认识差异最大的是《反离骚》。中国学者在介绍扬雄汉赋时往往重点推崇其"四大赋"——《河东赋》《羽猎赋》《甘泉赋》和《长杨赋》，认为它们洋溢着昂扬乐观的情调，表现出扬雄对农民生产生活的关注，反对帝王过分奢侈，歌颂祖国统一和强盛的追求和理想。而对于《反离骚》，中国学者往往给予负面评价。宋代朱熹认为："雄固为屈原之罪人，而此文乃《离骚》之谗贼矣。"[1] 清代刘熙载认为："班固以屈原为露才扬己，意本扬雄《反离骚》。"[2] 龚克昌认为："《反离骚》体现了扬雄性格的软弱和思想上潜伏的'清静无为'的劣根子。《反离骚》中扬雄所言'君子得时则大行，不得时则龙蛇。遇不遇，命也，何必湛身哉？'更是体现出扬雄的思想境界和斗争精神不可与屈原同日而语。"[3] 中国学者对《反离骚》的批评并不以其文学价值为根据，而主要以其对"屈原"的态度为依据。历史上另有部分学者，如胡应麟和李贽等意欲为《反离骚》正言，也主要是从证明扬雄对《离骚》之反，乃是"爱原"之心，而不是从其文学性来肯定其价值。这些中国学者在评价《反离骚》时，无不受到儒家思想影响，以孔子"知其不可而为之"的入世原则作为最高道德准则。几千年的中国儒家思想深沉而静默地融入中国文化血脉中，孔子"当为不当为"远比"可为不可为"更重要的思想已然是中国传统文人的不二选择，因此扬雄《反离骚》中对屈原"何必湛身哉？"的诘问自然会被理解为消极避祸和苟且偷生的异端思想而备受批评。

美国的辞赋研究专家康达维对《反离骚》的态度却与众多中国学者迥异。在其 1968 年的博士学位论文中，他对扬雄的主要作品进行了系统完备的介绍

---

① 朱熹. 楚辞集注 [M]. 上海：上海古籍出版社，1979：237.
② 刘熙载. 艺概 [M]. 上海：上海古籍出版社，1978：88.
③ 龚克昌. 中国辞赋研究 [M]. 济南：山东大学出版社，2010：358.

和中肯的评论。在对扬雄汉赋的介绍中，他首先介绍了《反离骚》，然后才按创作年代的顺序介绍了《蜀都赋》和中国学者看重的"四大赋"。康达维的研究并没有受到太多中国学者对《反离骚》的负面评价的影响，而是将它列为扬雄的众赋之首。在介绍《反离骚》时，他援引了《汉书·扬雄传》中对扬雄作《反离骚》的动机的说明，但是对于扬雄"摭离骚文而反之"这一行为，他评价道："尽管贾谊也曾对屈原未能'远浊世而自藏'微表异意，但是扬雄才是公开明确地赋诗反对屈原自杀的第一人。"① 他以刘勰《文心雕龙·哀吊》之言"扬雄吊屈，思积功寡，意深文略，故辞韵沈腴"② 为论据，说明《反离骚》在中国从来没有被视为杰出的文学作品。但是他认为"扬雄此诗的重要性主要依赖于其清楚发出对屈原自杀的'儒家式'的反对之声"③。他分析道："在整个汉代，屈原被奉为儒家美德的典范，他的自杀也被认为是完全正义合理。但是这与宣扬当时代与环境不利于实施个人理想抱负，或者没能遇到贤明君主时，君子最好不要参与政治生活的传统的儒家教条相悖。而扬雄一生中大部分时间都在倡导这样的儒家原则，尽管在王莽的治狱使者前往天禄阁时他在仓促之间做出了投阁的决定。"④

美国滑石岩大学（Slippery Rock University）的科尔文（Andrew Colvin）也指出，尽管扬雄的《反离骚》与屈原的《离骚》在形式上相似，但是他们的观点非常不同。屈原把自杀看成是乱世中政治失败后的唯一选择，而儒家在政治抱负不能实现之后仍选择继续旅行、教育和写作以完成自己的理想。⑤ 在他的论述中，《反离骚》中"君子得时则大行，不得时则龙蛇"的主张显然不仅不是对儒家的背叛，而且是扬雄遵循儒家思想的明证。

扬雄这篇在中国学者眼中严重违背儒家道德的作品在康达维和科尔文等美国学者眼中却成了坚定倡导儒家教义之文。究其根源，康达维和科尔文作为美

---

① Knechtges, David Richard. *Yang Shyong, The Fhu, and Han Rhetoric* ［D］. University of Washington, 1968：306 -315.

② 刘勰. 文心雕龙 ［M］. 哈尔滨：黑龙江人民出版社, 2004：65.

③ Knechtges, David Richard. *Yang Shyong, The Fhu, and Han Rhetoric* ［D］. University of Washington, 1968：306 -315.

④ Ibid,.

⑤ Andrew Colvin. Yang Xiong (53 B. C. E. —18 C. E.). ［EB/OL］. (2017/3/2). http：//www. iep. utm. edu/yangxion.

国汉学家，深受西方文化的熏陶，西方人文传统中根深蒂固的"生命意识""人本思想"和"个体精神"无时无刻不渗透在其治学的整个过程中。因此在对中国儒家思想的接受中，他选择性地过滤了孔子"知其不可而为之"，而吸收到的是孟子的"穷则独善其身，达则兼济天下"的思想。他对儒家思想的解读是经由美国思维和西方文化模子过滤之后变异了的东方哲学，并非中国儒家思想的全貌和原貌。他对《反离骚》的"亲善"态度正是由于扬雄在这篇诗赋中反映出的对当时的中国文人而言极其罕见而珍贵的个体意识和自由意志。

迈克尔·巴尼特则以更直接的方式赞美了扬雄的个体精神，他认为："扬雄珍视社会哲学家的职责——以解释人如何最好地适应有机整体为己任。他的有机主义概念并不严格地把人看作如动物一般被僵化在固定的生存或行为模式中。相反，由于人拥有理性，人可以按照那些超越次人类（subhuman）的单调拘谨的生活理念和原则行事；人可以分析，然后掌握有机整体中的复杂性，通过其对整体的理解而提高其生存和成就的概率。"① 从他的评价可以看出，西方把个体主义（individualism）与有机主义（organism）置于二元对立的思想体系中，而扬雄的思想尽管看重社会国家的有机整体性，却并不否定个人理性的价值，甚至认为个人理性的能动发挥有利于其个体生命的保存和事业理想的实现。扬雄的认识突破了二元对立的思维范式，将整体与个体融混合一，并行不悖，是一种伟大的东方智慧。然而，在《反离骚》中体现的这种高扬个体精神的思想千百年来却被许多中国学者斥为"明哲保身"的软弱与不作为。中美学者对《反离骚》的评价真是南辕北辙、南橘北枳。事实上，由于扬雄思想的复杂多元性，中国历代学者在对其儒家思想的评价上曾陷入"醇儒""变儒"与"非儒"的混乱中。美国学者对扬雄作品的独特解读或许正是我们理性地看待其思想矛盾性的"他山之石"。

由此可见，中国学者由于受到儒家思想影响而贬抑《反离骚》，美国学者却以儒家思想和东方智慧为名赞誉之。《反离骚》在中美的不同境遇展示了在西方文化模子的形塑之后中国古典文化海外传播中的变异现象。但是正如叶维

① Michael Barnet. "Han Philosopher Yang Xiong：An Appeal for Unity in an Age of Discord"［D］. Georgetown University，1983：174.

廉所言，跨文化研究首先要同时从此、从彼驰行，"能'两行'，则有待我们不死守，不被锁定在一种立场"，"彼是（此）莫得其偶，谓之道枢，枢始得钩，是为两行"。① 因此，只有从此从彼，天钧两行，从东西不同的视角欣赏《反离骚》才能理解差异的价值。中美扬雄研究探异的尝试正好印证了叶维廉的观点："比较诗学的差异性研究是要给文化交流的规则提供依据。"②

2. 中美学者对扬雄汉赋模仿行为的解读之异

扬雄"四大赋"在题材的摄取、情节的安排、语言的运用上，几乎无不受到司马相如《子虚赋》和《上林赋》的影响，这一点已经是学界不容置疑的事实。此外，刘勰认为《剧秦美新》中"诡言遁辞"和"兼包神怪"的特点也是"影写长卿"。③ 而扬雄的《反离骚》和《太玄赋》是对《离骚》的仿拟，其《解嘲》《解难》虽不以"赋"命名，实质上却是对东方朔的《答客难》的模仿。不少中国学者论及扬雄的模仿时，多持否定态度，认为模仿是妨碍扬雄写作的创造性和作品生命力的一大弊病。

然而尼古拉斯·莫罗·威廉在其博士论文《文字的锦绣：诗歌模仿与六朝诗歌》的摘要中指出："写作必然涉及对早期样式的创造性模仿，甚至是对于成就最为显著的一些作家而言也是如此。从维吉尔到莎士比亚，从扬雄到李白莫不如是。"④ 可见，他眼中扬雄对前辈赋家的模仿首先是"创造性"的，其次，扬雄的文学地位可与西方的维吉尔和莎士比亚以及中国的李白相提并论。尼古拉斯言及扬雄毫无半点贬低之语，反而满是崇敬之意。在后文的论述中，他提到扬雄以模仿其前辈蜀人赋家司马相如而开始其诗赋创作生涯，他以班固在《汉书》中所言"（雄）实好古而乐道，其意欲求文章成名于后世……赋莫深于《离骚》，反而广之；辞莫丽于相如，作四赋。皆斟酌其本，相与放依而驰骋云"⑤ 为论据，证明扬雄实乃文学模拟之大师。他进一步指出：班固的评价开启了东方学者对扬雄模仿技艺的共识——模仿是扬雄文学创作中开创

① 叶维廉. 为了活泼泼的整体生命 [J]. 创世纪（119）：131－132.

② 叶维廉. 寻求跨中西文化的共同文学规律 [M]. 北京：北京大学出版社，1986：22.

③ 刘勰. 文心雕龙 [M]. 哈尔滨：黑龙江人民出版社，2004：113.

④ Nicholas Morrow Williams. *The Brocade of Words*：*Imitation Poetry and Poetics in the Six Dynasties* [D]. University of Washington，2010.

⑤ 班固. 汉书卷八十七下扬雄传下 [M]. 北京：中华书局，1962：3515.

性的一体两面。不过，他以 1993 年沈冬青的著作《扬雄：从模拟到创新的典范》、2003 年陈恩维的论文《试论扬雄赋的模拟与转型》以及收录在《二十一世纪汉魏六朝文学新视角：康达维教授花甲纪念论文集》中的日本学者谷口洋（Taniguchi Hiroshi）的论文《扬雄"口吃"与模拟前人》为例得出结论"扬雄的模仿只是其创作历程中走向原创性之前的一个阶段"① 则未免过于仓促。以上三位学者的观点均是在 20 世纪末至 21 世纪初期才提出的，威廉忽略或者是故意屏蔽了一个事实：从汉代以来到 20 世纪 80 年代，中国学界对扬雄"复古主义"的模仿之举是抑甚于扬的。比如，清代唐晏的观点"子云为学，最工于拟……计其一生所为，无往非拟。而问子云之所自立者，无有也"，就是其中的典型代表。②

威廉认为扬雄选择模仿前人作品时，并不仅仅将其作为一种文学锻炼或才思的炫耀；相反，他按自己的需求对过去的一些文学样式加以变形。他所有的作品都与其模仿对象有明显的差异，其中差别最为显著的是《反离骚》。尽管它是对《离骚》的模仿，但它同时亦是一首"翻案诗"（palinode），是对《离骚》的主要思想的反驳。另外，他还认为《反离骚》并非只是独一无二的模仿之作，而是中国汉代模仿传统和哀悼屈原的文学中的一部分。从贾谊的《吊屈原赋》到王逸在《楚辞章句》中增入的《九思》，汉代的文学模仿传统已经根植在中国文化和思想深处，扬雄只不过是其最为形象化的代表而已。汉代是儒家思想的巅峰时期之一，扬雄之类的学者看重对圣人智慧的维持与传扬。这样的文学背景自然有利于文学模仿，恰好扬雄将之发挥到了极致。因此，对扬雄创作中的模仿行为的评价应该回归其所处的历史中给予公正的评价，而不应以当代的文学背景绑架扬雄而对其作品妄加评说。威廉从新历史主义的立场要求还原历史，以较全面、客观地理解历史人物的行为选择，对我们今天重论扬雄在中国赋学中的地位极有启发意义。

威廉反对王隐在论扬雄的作品时以"屋下架屋"来批评其对前人的模仿。他引用《释名》中对"文"的定义来批驳"屋下架屋"之说。"文者，汇集

---

① Nicholas Morrow Williams. *The Brocade of Words*：*Imitation Poetry and Poetics in the Six Dynasties* [D]. University of Washington，2010：43.

② （清）唐晏：两汉三国学案 [M]. 北京：中华书局，1986：553.

众彩以成锦绣；汇集众字以成辞义，如文绣然也。"① 他说："以锦绣来比喻作文非常贴切，因为它可以延展扩张：你必须以丝线和图案不断编织才能编织出一个没有预设之限制的越来越大的锦绣。"② 可见，在他眼中，扬雄以模仿前人而创作的汉赋，是一张可无限延展的锦绣，而不是屋下架屋的赘余。模仿在他眼中不但不是"毛病"，反而是文学发展的必由之路。扬雄汉赋中的模仿痕迹丝毫不构成他跻身维吉尔、莎士比亚和李白等伟大的文学家之列的障碍。在其博士论文的开篇，威廉用 29 页的篇幅介绍了西方对"模仿"的看法。他首先引用了莎士比亚十四行诗中的句子——"推陈出新是我的无上的诀窍，我把开支过的，不断重新开支：因为，正如太阳天天新天天旧，我的爱把说过的事絮絮不休"，诗意地证明西方文艺复兴以来对"陈"与"新"的辩证认识。接着他将西方的"模仿"追溯到更久远的古希腊时期。柏拉图认为艺术是对现实的模仿。苏格拉底则认为我们对物质世界的认识是不全面的，是容易引起误解的，就像洞壁上的影子。与这些摇曳的形象相比，真实就像让人目盲的强光。因此艺术是对模仿的模仿，与理想的形式有着两倍距离。亚里士多德认为艺术就是模仿的产物，文艺的共同特征就在于模仿，差别不过在于模仿所用的媒介不同，所取的对象不同，所采用的方式不同而已。亚里士多德在《诗学》中提出的关于模仿的观点甚至被总结为"摹仿说"，对西方文学产生了深远影响。后世学者将其概括为：文艺起源于模仿，文艺是模仿的产物，模仿是文艺的特征。因此，在西方学者看来：艺术与模仿具有先天的重要联系，文学作为艺术的表现分支，本身就是对现实的模仿。因此文学中的模仿理所当然是具有合法性的，是无可厚非的。所以，在西方诗学传统的影响下，威廉不仅不认为扬雄之模仿为弊病，反而觉得这是一种了不起的文学天赋。

威廉试图以中西方的模仿传统力证扬雄文学模仿的合理性，是支持扬雄模仿的西方学者的代表，而侯立兵则是国内近年来对汉赋盛行的模拟现象进行文化审视最为透彻的学者。在《汉魏六朝赋多维研究》中，他指出西汉后期从扬雄开始至东汉时模拟之风昌盛虽然与文学的经学化不无关系，然而文学演进

① James J. Y. Liu. On wen and the "aesthetic theory" of literature [C]. *Chinese Theories of Literature*, Chicago：University of Chicago Press，1975：100.

② Nicholas Morrow Williams. *The Brocade of Words：Imitation Poetry and Poetics in the Six Dynasties* [D]. University of Washington，2010：48.

还有其自身的规律性。首先，"魏晋南北朝社会的变迁不能彻底改变文学观念对传统重视，尤其是对前人经典作品的尊重，所以，赋作的模拟风气时有消长，但是作为创作惯性并不能也没有止步"①。事实上，既然扬雄提倡文学创作的"原道、征圣、宗经"审美原则，他本人对之身体力行也就不足为怪了。其次，"在模拟典范中超越前人，同时也超越自我，从而在创作中获得满足感和价值感，这就是赋作模拟现象频繁发生的不竭心理动因"②。从这一层面来看，扬雄绝不仅仅只是一位"模拟大师"，他的开创性精神和超越性可以在其多篇赋作中找到印证：（1）比起司马相如，扬雄的四大赋在思想内容上讽谏之意更为明白直率，在艺术上也突破了司马相如大赋的体制。（2）与东方朔相比，扬雄对现实的批评更为深刻，情绪更为愤慨。（3）扬雄对赋做出了独有的开拓。扬雄的《逐贫赋》把"贫"拟人化，以诙谐的笔调描写"贫"如影相随，而自己从希望摆脱它到逐渐认识到"贫"为自己带来种种好处。这篇小赋选题别致、构思新奇。钱锺书先生说："后世祖构稠叠，强颜自慰，借端骂世，韩愈《送穷》、柳宗元《乞巧》、孙樵《逐痁鬼》出乎其类。"③ 除此之外，扬雄的《蜀都赋》还为我国都城赋的先声。从这些赋作来看，扬雄意欲超越屈原、司马相如、东方朔等人的赋作传统体式和题材的动机是不言自明的。

从中美学者对扬雄赋作中出现的模仿行为的解读来看，美国学者的论证基础是中西文学模仿传统，中国学者则以崇经尚古的社会环境和作者炫学逞才的心理动因为基础。两国学者的见解同中有异，各有所长，需互为补充以形成对扬雄模仿行为的普适性评价。

3. 中美学者分析扬雄悔赋言辞的方式之异

中国学界通常按扬雄对赋的态度的变化而把他的赋分为前后两个时期。扬雄在《法言》中认为赋的功能"讽乎！讽则已；不已，吾恐不免于劝也"④。《汉书·扬雄传》记载扬雄认为汉赋"劝而不止"，"又颇似俳优淳于髡、优孟

---

① 侯立兵. 汉魏六朝赋多维研究［M］. 北京：人民出版社，2007：96.

② 同上，第97页.

③ 钱锺书. 管锥篇（第三册）［M］. 北京：中华书局，1986：961–962.

④ 扬雄. 法言［M］. 韩敬，译注，北京：中华书局，2012：303.

之徒，非法度所存……于是辍不复为"。① 中国学者对于扬雄"悔赋"的言论多是从赋学与经学之间的对立来分析。冯良方认为从扬雄一生的著述来看，"他的前半生主要是赋家，后半生主要是经学家"②。扬雄"悔赋"这一汉代文学史上的大事件正好印证了西汉后期赋学的式微与经学的昌盛。解丽霞在《扬雄与汉代经学》中总结扬雄辍赋的三个理由：一是赋"劝而不止"的功能丧失；二是"颇似俳优淳于髡、优孟之徒"的角色危机；三是"辞人之赋""诗人之赋""孔门经典"的法度不同。③ 总的来说，中国学者更倾向于将扬雄悔赋的行为放置在西汉末年宏大的社会和文学背景中，得出的结论是扬雄在社会和文学发展潮流中，受到外力的挟裹和揉搓，不得不放弃汉赋而转向《太玄》和《法言》等被刘歆担心"恐后人用覆酱瓿也"的著述。中国学者的研究范式是一种韦勒克所言的"外部研究"。

西方学者更倾向于采用文本细读的方式，在文本的封闭领域之内体会扬雄思想和态度转变的细微征兆。在《慢读的艺术：将语文学运用于中国古典文学读本研究》（*The Art of Reading Slowly: Applying Philology to the Study of Classical Chinese Literary Texts*）中，康达维引用了尼采的一段名言，"语文学是一门让人尊敬的艺术，要求其崇拜者最重要的是：走到一边，闲下来，静下来和慢下来"④。马银琴撰文指出，康达维所说的"慢"，是学术积累必需且真实的过程，是他博学审问、取精用弘的学术探索反映在时间轴上的表现形态。⑤ 在与康达维的学术往来中，龚克昌曾不无惊叹地说："大陆很多学者给人家写序，很少详细读人家原著，大都浮光掠影地翻一翻，或倚老卖老地海阔天空地说一通。康教授却不然，他给拙作作英译写序，不仅把拙作与大陆、港、台有关著作的特点作了对比，而且对译作的文章逐篇进行评述。这需要他花费多少精力去阅读原著以及相关著述！"⑥ 由此可见，康教授的"慢"除了不急功近

---

① 班固. 汉书卷八十七下扬雄传下［M］. 北京：中华书局，1962：3575.

② 冯良方. 汉赋与经学［M］. 北京：中国社会科学出版社，2004：70.

③ 解丽霞. 扬雄与汉代经学［M］. 广州：广东人民出版社，2011：15.

④ Friederich Nietzsche. *Daybreak: Thoughts on the Prejudices of Morality*［M］. ed. Maudmarie Clark and Brian Leiter, trans. R. J. Hollingdale, Cambridge: Cambridge University Press, 1997：5.

⑤ 马银琴. 博学审问、取精用弘——美国汉学家康达维教授的辞赋翻译与研究［J］. 福建师范大学学报（哲学社会科学版），2014（3）：119 – 120.

⑥ 苏瑞隆，龚航. 二十一世纪汉魏六朝文学新视角［M］. 台北：文津出版社有限公司，2003：40.

利的治学心态，还包括一种"慢工出细活"的研究方法。作为成长于 20 世纪中期的西方文学研究者，康达维接受了大量"新批评"所提倡的"文本细读"的学术训练。这些早期的训练对他日后的汉赋研究产生了深远的影响。他对扬雄悔赋行为的分析更多地来源于对扬雄留下的文本资料的考证和钻研，而不是以社会因素和时代背景为基础的由外而内的推测。

康达维认为扬雄晚年的兴趣从文学转向哲学，但是对哲学的兴趣并没有阻碍他继续深入对文学尤其是对赋的思考。他发现"扬雄是一位保守的儒家，他对文学的观点收在《太玄》和《法言》中"①。因此，他主要在这两部作品中分析扬雄悔赋的原因。

首先，在对扬雄《太玄》中关于"文"的四笔符号（tetragram）的阐释中，康达维引用了扬雄的重要观点："阴敛其质，阳散其文，文质班班，万物粲然。"② 然后，他逐一对扬雄从"初一"到"上九"等关于文质关系的论证进行翻译和解读。最后，他总结尽管扬雄是以神秘的、非体系的方式表达了自己认为"文"与"质"应该达到完美和谐，但实际上他倾向于认为"质"重于"文"，这就如同祭祀时穿的服装，它们不仅仅是复杂的工艺品，更重要的是它们在仪式中具有的功能。另外，康达维还分析了《法言》中的类似思想。他引用扬雄与他人的一段"文是质非"的对话来证明扬雄的文学观，认为"质"才是文学的核心。《法言》记载有人问扬雄："有人焉，自云姓孔而字仲尼，入其门，升其堂，伏其几，袭其裳，可谓仲尼乎?"而扬雄答道："其文是也，其质非也。"③ 康达维认为扬雄借这个例子说明了语言在形式上的精美和复杂结果只能导致意义的迷乱，因此它需要有一定的规范并受到某些限制。为了形式而形式的追求是不能容忍的。而对于扬雄在《法言》中关于赋乃"童子雕虫篆刻"的论断，康达维则分析说这段话体现了扬雄的两种对诗歌的看法。其一，诗歌是教化的工具，主要用于劝说；其二，诗歌是一个审美对象，主要关注对语言富有艺术性的运用。扬雄在劝说性和修辞性的选择中偏向前者，因此他晚年放弃了赋的创作。除了《太玄》和《法言》，康达维还在扬

① 康达维，龚克昌.《汉赋讲稿》英译本序 [J]. 苏瑞隆，龚航，译. 文史哲，1998（6）：53 - 60.

② 郑万耕. 太玄校释 [M]. 北京：中华书局，2014：139.

③ 扬雄. 法言 [M]. 韩敬，译注，北京：中华书局，2012：45.

雄的晚期诗赋中寻找他悔赋的蛛丝马迹。比如，在分析《羽猎赋》时，他指出这篇赋是叙事、描写与修辞的混合体，另带有一些魔幻与奇妙色彩……扬雄巧妙地创作了这篇赋，将劝说的意图隐藏于叙述和描写之后，这么一来，赋原来所具有的修辞性效果大大削弱了。正因为如此，扬雄到了晚年否定赋是一种有效的道德劝诫的方法。①

1983 年，美国的华裔汉学家、西雅图华盛顿大学亚洲语言文学系中文教授施友忠（Vincent Yu-chung Shih）在其专著《文心雕龙：中国文学中的思想与形式研究》（*The Literary Mind and the Carving of Dragons: A Study of Thought and Pattern in Chinese Literature*）的序言中也探讨了对扬雄悔赋的认识。施友忠认为早期扬雄对赋的纯粹的美（sheer beauty）与单纯的愉悦（pure delight）的欣赏说明扬雄意识到不可界定的直觉（intuition）或者视界（vision）是所有艺术的来源。② 然而后来扬雄对辞赋的态度的改变主要是由于其"好古"的古典主义批评立场。任增强在对施友忠的研究进行再研究后得出结论：施氏主要应用了"文本细读"的方法进行汉赋批评思想研究。他通过对扬雄一系列批评话语的细读找到了大量扬雄尊儒复古的证据，然后以比较诗学的视角对扬雄与西方的斯卡利杰（J. J. Scaliger）、约翰逊（Samuel Johnson）与蒲柏（Alexander Pope）进行求同，认为他们都成功地通过吸收经典而使古典意识及由之产生的古典文学趣味在后代人思想中得以强化。③

20 世纪 50 年代美国新批评的代表人物理查兹（I. A. Richards）提出一个盛极一时的假说。他认为诗不过是一种透明的媒介，通过它我们就可以观察诗人的种种心理过程：阅读仅仅是我们在自己心中重新创造出作者的精神状态。④ 事实上，这样的批评方法是把一切文学归结于一种隐蔽的自传，文学是间接地了解作者的途径。从以上分析来看，康达维和施友忠对扬雄悔赋的分析无疑遵循了美国流行的新批评的研究范式，将《太玄》《法言》和《羽猎赋》

① 康达维. 康达维自选集：汉代宫廷文学与文化之探微 [M]. 苏瑞隆，译. 上海：上海译文出版社，2013：89 - 97.

② Vincent Yu - chung Shih. The Literary Mind and the Carving of Dragons: A Study of Thought and Pattern in Chinese Literature [M]. Hong Kong: Chinese University Press, 1983: xix.

③ 任增强. 美国汉学界的汉赋批评思想研究 [J]. 东吴学术，2011（4）：144 - 147.

④ Terry Eagleton. *Literary Theory: An Introduction* [M]. Beijing: Foreign Language Teaching and Research Press, 2004: 41.

以及其他扬雄的言辞资料当作了解作家思想变化的最可靠途径。在对这些文字资料做深度介入的过程中探索扬雄关于文质关系的思考、关于赋的修辞性与劝说性对立关系的思考，他们以韦勒克所提倡的"内部研究"的研究范式找出了扬雄悔赋的心理动机。

中国学者受到孟子"知人论世"的文学研究传统影响，倾向于经由"作者介绍"和"时代背景分析"而演绎出"中心思想"和"主题"。因此中国学者多以西汉的赋学与经学发展走势、扬雄在仕途和治学中的跌宕命运为重要依据，结合相关文献资料探寻其悔赋的原因。中国学者通过"考年论人、考时论事"的方法分析扬雄的为人和心态，文史结合，力求从宏大的历史背景与具体的人物命运中剖析扬雄文学观念的转变。早期的美国学者由于资料的缺乏和新批评的盛行，多从文本内部探寻扬雄悔赋的原因。而在进入 21 世纪之后，中美文化交流达到了前所未有的新高度，中国学者研究扬雄的多维方法对美国学者产生了积极影响。2003 年普林斯顿大学的柯马丁（Martin Kern）教授在《西汉美学与赋之起源》（"Western Han Aesthetics and the Genesis of the Fu"）一文中对扬雄悔赋的言行进行了时代语境的还原。柯马丁认为西汉末年中国政治文化领域出现了一场深刻的思想转型。在这一社会思潮大背景中，作为节制与适度的古典主义文化的重要倡导者，汉武帝奢华铺张美学的反驳者，扬雄对汉赋的批评并非一种疏离和无偏见的行为，而是在利益驱使下所采取的一种话语方式。因此，"现有的关于汉赋的评价即便不是对赋的完全扭曲，也严重损害了赋的声誉"[1]。易言之，扬雄是出于服务当时帝国需要的目的，对赋进行了再阐释，并使后代批评家对汉赋产生负面认识。柯马丁的研究方法从细读扬雄有关赋的评论话语入手，然后结合中国学者常用的"还原语境"的研究方法，深入揭示扬雄悔赋言辞所体现的批评者的真实用意以及当时的时代文化精神。2007 年美国犹他州立大学吴伏生发表论文《汉代的铺陈大赋：一个皇家支持下的产物与皇家的批评者》（"Han Epideictic Rhapsody：A Product and Critique of Imperial Patronage"）。他也借鉴了"还原语境"的研究方法，指出汉大赋铺张扬厉的风格是赋家对君主以倡优蓄之的一种反抗。而扬雄晚年的

---

[1] Martin Kern, Western Han Aesthetics and the Genesis of the Fu [J]. *Harvard Journal of Asiatic Studies*, 2003（11）：338.

悔赋言辞主要是由于他没有像枚乘和司马相如一样认识到辞赋的巨大魅力可以令君主惘然若失，使赋家能昂然面对君主的权威。① 可见，中美两种研究方法各有长短，在比较文学的视野下，两种研究模式若能互取所长则将是中美扬雄赋学研究的一大幸事。

小　结

比较文学伴随着国际文学交流的日益密切发展，当交通和通信的发展使得文学能以方便快捷的方式实现跨文明传播之际，比较的视野与探异的研究就显得尤其重要。曹顺庆教授在《比较文学变异学》（*The Variation Theory of Comparative Literature*）一书中，从跨语言、跨文化、跨文明三个层面论述了"异质性"和"变异性"对于当今处于"全球化"与"本土化"，"普适性"与"特殊性"的撕扯和焦虑中的比较文学研究的意义：中西文学产生于不同的文明，因此，其基本的文学原则和话语言说方式都具有根本性的差异。通过交流与对话，双方可达到互释互证、互补互通之目的。② 同理，中美学者成长于不同的文明，其浸染于中的文化模子和诗学传统也具有根本性的差异。通过中美学者对扬雄汉赋的不同研究背景、范式、视角和结论的比较，我们可以达到扩大视野、深化认识的目的。张隆溪先生曾说："（汉学家）学习外国语，为本国人了解外国及其文化作出贡献……我们尊敬西方的汉学家们，因为他们把中国的思想文化介绍到西方，使西方人更了解中国传统，促进东西方思想文化的交流。"③ 美国学者对扬雄汉赋的研究不仅仅是中国扬雄汉赋研究的有机组成部分，更为可贵的是他们独辟蹊径的见解、博学审问和取精用宏的研究方法为我们带来新的启迪。无论是对中国古典文学研究还是海外汉学研究而言，中西扬雄汉赋研究的思想交汇和融会贯通都是打开新局面、取得新成果的必经之途。

六、 文论比较研究实践：中西文论 "异质性" 之价值

法国诗人谢阁兰（Victor Segalan）把热力学中"熵"的概念引入文化领

---

① Wu Fusheng. Han Epideictic Rhapsody: A Product and Critique of Imperial Patronage [J]. *Monumentu Serica*, 2007: 23 - 59.

② Cao, Shunqing. *The Variation Theory of Comparative Literature* [M]. Heidelberg: Springer, 2013: 238.

③ 张隆溪. 中西文化研究十论 [M]. 上海：复旦大学出版社，2005: 114.

域。"熵"本是系统内部混乱程度的测量标准。"熵"值不断增加的同时就是系统能量逐渐耗损的过程。因此，从文化层面来说，"熵"的增加就是各国、各民族、各文明的文化逐渐失去各自的差异性而趋向单一、同质、混乱和死寂。基于"熵"理念来分析中国文论话语，则凸显了这样两层现实含义：一是中国文论从话语到言说方式正在被西方文学批评同化；二是中国文论与西方批评的"间性"的消失将会导致中国文论价值被西方批评消解的恶果。在中国文论日趋"失语"的今天来谈中国文论的生态保护，对于无论是从比较文学促进世界文学的"多元之美"，还是保护个体文化的"异域风情"的学科目标来说都是具有积极的建构意义的。

（一）基于"熵"的理念下审视和界定"异"的价值

从《文赋》《文心雕龙》《诗品》《二十四诗品》《沧浪诗话》到《人间词话》，众多的中国文论著作中涌现了许多诸如"隐秀""风骨""远奥""典雅""清新""俊逸""雄放""沉郁""意境""性灵""滋味""境界"等经典的中国古典文论话语。而从言说方式来看，中国古典文论不同于西方文学批评系统而严密的逻辑分析，而是以闲谈散论的体式、直觉感悟的方式见长。正如朱光潜对中国诗学的论述所言："（中国）诗话大半是偶感随笔，信手拈来，片言中肯，简练亲切，是其所长；但它的短处是零乱琐碎，不成系统，有时偏重主观，有时过信传统，缺乏科学的精神和方法。"① 中国古典文论惯于以了悟而不是论证的方式来言说文学的风格、境界和技巧。比如"错彩镂金""清水出芙蓉""翡翠兰苕""落花无言、人淡如菊""曲径通幽""草蛇灰线"等，中国文论话语与言说方式在总体上具有具象和朦胧的特点。这与西方自亚里士多德《诗学》以来开创的条分缕析、体系严整的文学理论著作大相径庭。然而到了近当代，在从"西学东渐""拿来主义"到如今的全球"一体化"的影响下，在文论话语的运用上，中国文论进入了西化的轨道，在科学的名义下改头换面，言必谈"主义"：从浪漫主义和现实主义、批判现实主义的泛滥，到如今后殖民主义、女性主义、后现代主义的流行，都使得中国传统文论话语日趋消亡，或者仅成为西方文学批评理论的注脚；在思维和言说方式上，中国文论在思想上接受了科学观念的巡礼，许多知识分子抛弃了中国文化重综

---

① 朱光潜. 诗论［M］. 北京：生活·读书·新知三联书店，1984.

合和体验的传统，养成了西方重逻辑和思辨的思维习惯，因此在文论建设上也日益追求"系统""科学""准确"以实现"客观"的观照。一部分学者甚至提出，越来越热的《文心雕龙》研究其实也部分地因为刘勰"体大虑周"的《文心雕龙》从体系上迎合了西方人文论著作的标准，因而，中国学人迫不及待以此为据证明中国的古典文论也是符合"系统"和"科学"标准的。然而，事实上，《文心雕龙》并非一部典型的我国古代文学理论著作，长期以来它也并非如今日这般得到学界的重视和推举。《文心雕龙》的确有着巨大的研究价值，但是如果只是用它来证明我国古典文论的系统性而过分推崇是没有真正认识到我国古典文论的特色之美而"买椟还珠"了。按梁漱溟的观点，中西知识概念质态上的差别在于：中国是活动浑融的，西方是明确固定的；中国是讲变化的，西方是讲静体的；中国的"名词"因把捉变化而具有意义的流动性，从而带"抽象的，虚的意味"，西方的名词"因为讲具体的问题所用的都是一些静的、呆板的概念"；中国概念形成的路数和领会方式"需用直觉和体会玩味"，西方概念则是"由理智作用之运施而后得的"。但是，现在越来越多比较诗学的学者却认为，相比西方条分缕析的文学批评来说，中国传统文论的确少了一点"逻辑性""体系化""范畴化"和"科学性"，但其针对文学的审美性特点而传达出的只可意会的深刻洞见与微妙精义自是具有其不可替代的价值。比如，2001 年乐黛云女士在由北京大学组织的以"多元之美"为题的盛大学术会议上探讨"和实生物，同则不继"的比较文学"和而不同"的理想时指出，以相异和相关为前提，相异的事物互相协调并进就能发展，而相同的事物叠加的结果只会窒息生机。秦海鹰也通过分析谢阁兰德《论异域情调》再次论及"差异之美"，并指出无论从美学层面，还是本体论层面来说，异质性都是值得赞美和崇尚的。因此，在学界为"世界之熵"而忧虑的大环境下，理性克制地对待中国文论和西方批评的关系，重新审视世界文论趋同的大环境下中国文论的"异"的价值是保护中国文论生态环境的重要前提。

（二）基于"熵"的理念下审视中西文论的"他国化"问题

随着世界文学相互交流的日益密切，"中国化"后的西方文论深刻地影响着中国文学的方方面面。从王国维的《人间词话》提出的"理想"与"写实"之分和"优美"与"宏状"之别，到用"象征主义"来言说传统的比兴手法，到对莫言的作品冠以"魔幻现实主义"的称号，近代以降，不胜枚举的例子都证明西方文论"他国化"在中国的话语权力。在西方文化冲击之下，中国文论放弃了自我中心的立场，寻找与异国文论这一他者的碰撞，充分承认了他者文化的价值。这对于中国文论产生了双刃剑的效应：一方面，大量西方文论话语和思想观念的涌入和融合一定程度上丰富了中国文论语言，并触发中国文学评论者以新的角度观察和审视中西方文学作品而得出具有创新意义的结论。与此同时，大量西方文论话语和思潮的"化中国"导致了传统中国文论生态的严重破坏：坚守中国传统言论话语和方式者越来越受到"外来物种"的侵袭而丧失其生存环境，他们要么被视为狭隘的文化民族主义者，要么被看作食古不化的文化保守主义者而失去自己理所当然拥有的话语权。这样的情况在 21 世纪还有愈演愈烈的趋势，甚至有可能演变成中国文论话语"失语症"的悲观结局。所谓"失语症"，曹顺庆在 1995 年《东方丛刊》中首次确定其内涵，它是中国文论在近代被迫从直观体验式的"感悟性知识质态"整体切换为逻辑分析性的"理念知识形态后"，文艺理论界根本没有自己的文论话语，没有一套自己特有的表达、沟通、解读的学术规则的病症。在西方文论和中国文论呈现出一片"喧嚣与躁动"的表面繁荣幻象的今天，在文化"熵"值不断增加的现实和预期下，严肃地审视西方文论"化中国"的合理性和适度性，让外来文论与本土传统、本土学术规则及话语方式相结合以生成具有本土特色和创造力的"中国化"后的新文论，以及有意识地避免文论他国化，只呈现"从西到中"的单向、不平等的特点而引起文化垄断，使积极为中国文论的"他国化"创造条件成为学界的自觉，将是保护中国文论生态环境的重要思考。① 我国当代学者可以研究和借鉴历史上国外学者对我国文学的引进和吸收的例子，比如，庞德对中国古典诗歌的吸收开创美国"意象派"，进行诗歌革命；歌德在中国文学的熏陶下作《中德四季晨昏吟咏》；伏尔泰受《赵氏孤儿》启发而作《中国孤儿》。这些都是我国文化在美、德、法等西方国家"他国化"的成功案例，以史为鉴研究其中的规律性可以为当代我国文学和文

① 关于中国文论"失语症"的讨论和中国文论的价值及其重构的讨论，可参考以下论文：曹顺庆、谭佳. 重建中国文论的又一有效途径：西方文论的中国化 [J]. 外国文学研究，2004（5）. 曹顺庆，邱明丰. 中国文论的西化历程 [C]. 中国中外文艺理论学会年刊，2009. 曹顺庆，王庆. 中国传统学术生成的奥秘："依经立义" [J]. 中州学刊，2012（9）. 曹顺庆，吴兴明. 中国传统诗学的"异质性"概说 [J]. 三峡大学学报（人文社会科学版），2001（3）.

论"走出去"做好理论准备。

（三）基于"熵"的理念下重视中国古典文论的现代阐释

在全球一体化的阴影下，异质文化的互识、互证、互补已成必然趋势，文化"熵"值的增加将进一步导致文化系统内部个体的能量和价值的耗损。"多元之美""异域情调"和"文化间性"的减少或消失使得中国文论赖以生存的生态，环境被"全球化""国际化""世界性"蚕食鲸吞。要保护中国文论的生态，除了前文提到的推动中国文论"他国化"进程，让中国文论"走出去"，还可以借鉴西方文艺复兴的方式，通过借鉴古代文化精髓达到保护和发展具有自身特色的文化的方式对中国经典的文论话语进行现代化阐释，从而有效地保留中国文论的民族特色。海德格尔在现今西方思想中仍占据重要地位，不仅仅是因为他是 20 世纪最重要的两大西方哲学流派之一——现象学的嫡系传人和第二次世界大战之后风靡欧美的存在主义思潮的宗师，更重要的是他对整个西方文化中自柏拉图、亚里士多德以来，导致全部西方现代性的辉煌与危机的哲学存在论传统所做的刨根问底式的、批判性的重新解读和诠释。中国文论的言说方式自孔子的"只述不作"以来一贯讲究"引经据典"和"依经立意"，可见如同海德格尔一样重视对传统文化的阐释一直是我国学人的优良传统，从古代先贤处寻找智慧一直是中国文论意义生成的重要模式。然而这一局面从胡适倡导白话文开始受到了极大挑战。首先，在当时的国情下，批判文言古文的迂腐过时，倡导简洁通俗的白话文虽然目的上是振兴中华文艺，唤醒人民意识，除旧布新，但是客观上，这样断然斩断与传统文化的血脉渊源的做法的确导致我国许多近代及当代学者研究古代文论话语时要面对一道难以逾越的鸿沟：对于从小鲜少接受文言教育的年轻知识分子来说，把《诗经》看作我国现实主义诗歌源头，把《楚辞》看作浪漫主义诗歌源头的说法，远比众多中国文论用文言对之进行的评价通俗，传统的以文言写成的诗学话语日益有被永久掩埋于历史尘埃之下的危机。因此，在文化"熵"值增加的现实情况下，率先返回自己的精神家园，强健自身的文化根基，对中国古典文论的现代化阐释将会成为一条保护我国文论生态的有效措施。事实上，我国已经有许多学者已经或正为这方面的研究做出努力，以当代之语言、当代之思维批判性地解读我国的传统文论。其中，童庆炳所著的《中华古代文论的现代阐释》致力于研究中国古代文论要经历怎样的现代转化方可进入中国当下的文学理论园地，融会到现代的文学理论中。书中，作者以宏观的视野、开放的心态、严谨的态度进行中国古典文论的现代化阐释时满足了曹顺庆所提出的两个方面的要求：第一，认识中国传统文化和文论价值，找到自己的话语规则和文化身份；第二，经由现代化阐释后的新文论需要能够言说和满足当代的生存样式和诗性意义。因此，正确方法论指导之下的中华古代文论的现代阐释对于处在现代立场的人们理解、继承和发扬中国传统文论，以及对中华民族文化的诗学复兴都意义重大。可见，中国古典文论的现代阐释并不是如英国的早期浪漫主义诗人对中世纪基督教伦理或宗法制农村的单纯的"发思古之幽情"，而是时代提出的要求：在我国文化"熵"值增加的现实情况之下，一个社会必须建立一种思想的制衡机制，实现思想的"生态良性互动"才能保持稳定与发展。

小　结

将"熵"的理念引入文化层面能警醒学界，世界各国、各民族、各文明的文化在全球一体化环境下逐渐失去各自的差异性而趋向单一、同质、混乱和死寂的现实。基于对"熵"理念的思考来寻求中国文论话语的生态保护措施，可以从以下三方面着手：（1）重新审视中国文论不同于西方文论的"异"的审美价值；（2）在中西文论的相互"他国化"进程中寻求平衡和适度；（3）切实进行中国古典文论的现代化阐释以促成新的中国文论的意义生成。这三条途径可以为我国当代的文化和思想建立一种制衡机制，既避免"全盘西化"或"食古不化"，也避免文化上的狭隘民族主义，为我国的文论甚至文化创造良性发展的生态环境。

七、 叙述策略比较研究实践："展面"与"刺点"——阿瑟·韦利和哈金李白传叙述策略研究

1980 年，罗兰·巴尔特（Roland Barthes）在《明室》（*La Chamber Claire*）中用"展面"（Studium）和"刺点"（Punctum）来讨论摄影。他总结了那些可以被称为"展面"的照片给他的感受："使我感觉到'中间'的感情，不好不坏，属于那种差不多是严格地教育出来的情感"，"宽泛，具有漫不经心的欲望……喜欢，而不是爱"，"从属于文化，乃是创作者和消费者之间的一种契约"。而被称为"刺点"的照片则是"把展面搅乱的要素……是一种偶然的东西，正是这种东西刺疼了我（也伤害了我，使我痛苦）"，"不在道

德或优雅情趣方面承诺什么……可能缺乏教养……像一种天赋，赐予我一种新的观察角度"。① 1989 年，米切尔（W. J. T. Mitchell）进一步阐发了这一对概念，认为"展面的修辞是道德或政治文化的理性调节……刺点则相反，是犯规的，是阻断的。一些元素'突出'，迫使注意直接体验，放弃秩序，以得到经验"②。赵毅衡将这一对概念介绍到中国，用来分析文化现象，指出"刺点就是文化'正常性'的断裂，就是日常状态的破坏，刺点就是艺术文本刺激'读者式'解读，要求读者介入以求得狂喜的段落。"③ 随后，陆正兰、曹忠、刘桂兰、朱昊赟等学者将之用于诗歌、影视艺术、报纸版面风格等分析，得到一些颇具启发性的发现。

塞缪尔·约翰逊（Samuel Johnson）在《漫步者》（The Rambler）中说："没有哪种文类比起传记更值得耕耘，因为，没有什么比传记更让人愉悦，更有用，更能以它的趣味让人不可抗拒地为之着迷，或者更为广泛地对方方面面都提供指导。"④ 传记文类的创作值得耕耘，对传记创作的学术研究当然也值得耕耘。本节用"展面"与"刺点"这一对相反相成的概念分析英国汉学家阿瑟·韦利（Arthur Waley）和美籍华裔作家哈金（Ha Jin）用英语创作的李白传，旨在探索在作者－传主－读者之间存在文明异质性的跨文明传记创作中，作者由于受到"慕诗"与"慕史"双重传记诗学传统影响而在叙事层面上呈现的特点。

（一）英语李白传叙述层面的"展面"

赵白生认为："事实是界定传记文学的一个关键词。小说、戏剧和诗歌之所以被划分为虚构性作品，而历史、传记和报道则属于非虚构作品，一个重要的原因是它们对事实采取了截然不同的叙述策略。"⑤ 在他看来，讲述传主生平的叙述者必须可靠，读者才会认可传记事实，满足读者对于传记这一体裁的基本期待。

---

① ［法］罗兰·巴尔特. 明室［M］. 北京：文化艺术出版社，2003：40、41、43、71、82.

② Mitchell, W. J. T. The Ethics of Form in the Photographic Essay［J］. *Afterimage*, January 1989：8 – 13.

③ 赵毅衡. 符号学［M］. 南京：南京大学出版社，2016：169.

④ M. H. Abrams. *The Norton Anthology of English Literature*, *Vol.*1［M］. New York：W. W. Norton&Company, 2000：2716.

⑤ 赵白生. 传记文学理论［M］. 北京：北京大学出版社，2003：5.

赵毅衡认为绝对可靠的叙述有以下特点："叙述者不仅与隐指作者位置基本重合（即他们的价值观一致），而且与人物之间也没有任何距离。在这种叙述格局中，叙述主体的各成分全部塌缩到一个点上，直接共分同一种情感与价值，大家'共掬一泪'。"① 据他的研究，传记作者若要追求叙述的可靠性，首先，叙述者往往不会作为一个人物加入叙述之中，因为"非人格"的叙述者可以保持其叙述的超然客观性。其次，叙述者一般会采用全知叙述角度，尽可能避免专用某个人物的经验作叙述角度。最后，叙述者会尤其注意叙述时间的整饬性，准确指出事件发生的时间，并且注意交代时间链上的每个环节。在传记中，为了获得叙述可靠的效果，作者往往会在以上三个方面在"展面"上呈现一种规律而中庸的叙述风格。

1. "非人格" 叙述者

在非虚构文学作品中，大量的叙述者是人格化的。然而，在传记文体中，人格化的叙事者往往容易受到批评。比如，修辞学教授休・布莱尔（Hugh Blair）就曾委婉批评过鲍斯威尔（James Boswell）在《约翰生传》中的现身："我不敢肯定你在描绘自己的时候，是否有时太显生动和没有必要。你过分裸露地把自己展示给这个世界，这是一项危险的实验。"② 在传记中，人格化的叙述者总是容易被读者等同于传记作者本人，推崇传主会被质疑是阿谀奉承，而批判传主则又可能被质疑别有用心。人格化叙述者最终难免令作者卷入舆论的漩涡和批判的中心。

在现代叙述学研究者看来，叙述者不能被简单地理解成"一个人"。米克・巴尔（Mieke Bal）认为，叙述者是一个"语言学范畴的主语，因为叙述者是通过语言来展现的一个功能"③。以这种观点来看，传记的叙述者当然也不必一定是"人"。但是，作为非虚构作品，传记的叙述者不可能以动物或超自然力量的形态出现，因此，传记中的"非人格"叙述者其实是指不现身发表评论，隐藏在第三人称后面的叙述者。正如华莱士・马丁（Wallace Martin）

---

① 赵毅衡. 苦恼的叙述者 [M]. 成都：四川文艺出版社，2013：61.
② 转引自孙勇彬. 灵魂的挣扎 鲍斯威尔《约翰生传》中的人格叙说 [M]. 杭州：浙江大学出版社，2005：5.
③ Bal，Mieke. *Narratology: Introduction to the Theory of Narrative* [M]. London：University of Toronto Press，1985：119.

指出的那样："叙述者从不用自己的声音说话，而仅仅记录事件，从而给读者这样的印象，即形成了这一被讲出的故事的不是任何主观判断或具体个人。"①

　　早在 1919 年，英国汉学家阿瑟·韦利就出版了《诗人李白》（*The Poet Li Po A. D. 701 - 762*）。在研习中国文学数十年之后，他又于 1950 年出版了《李白的诗歌与生平》（*The Poetry and career of Lipo，701 - 762 A. D.*）。如果说《诗人李白》是韦利在学术著作中顺便挟带了传记内容，是一部非典型的评传的话，那么《李白的诗歌与生平》则刚好相反。尽管二者都有将学术研究与传记体裁杂糅在一起的特点，但后者更明显地偏向于生平介绍。蒋文燕比较了韦利在两部作品中对李白诗歌的选篇和译名变化，认为后者译诗选目与诗人生平经历的描述紧密地结合在一起，"更系统地为西方读者介绍了李白其人其诗"。② 她注意到韦利的叙事结构是在一系列事件中穿插李白的诗歌创作，以此构成李白生平与创作的完整叙事。

　　与早期整体上采用第一人称叙事的《诗人李白》不同，韦利在《李白的诗歌与生平》中整体上采用了不现身进行评论的第三人称叙事。比如，叙述者在开篇介绍李白的少年诗才时说："哪里是李白的出生地，这个问题经常被讨论。但是，不管如何，能够肯定的是大约从 5 岁起，他就生活在成都，四川首府东北 100 英里外的昌明县。他很早就对诗歌产生了兴趣。正如他自己写的：'余少时，大人令诵《子虚赋》，私心慕之及长。'"③ 叙述者不对各种关于李白出生地的猜测置评，而是以开门见山的陈述辅以李白自述性诗文，告知读者他的童年是在昌明县度过，深受同为四川人的文学大家司马相如的影响，以增加读者对叙述可靠性的信心。又如，在介绍李白学道炼丹时，叙述者说："在早期的漫游生活中，李白遇到了道教大师司马承祯……最后，大鹏接受希有鸟之邀，此二禽已登于寥廓，而斥鷃之辈，空见笑于藩篱。大鹏与希有鸟的故事来源于道教典籍《庄子》第一章……这则寓言暗示，心胸狭隘之人嘲笑像他和司马承祯那样的神秘主义者太过自负。考虑到李白当时还只是一个年

---

　　① 华莱士·马丁. 当代叙事学［M］. 伍晓明译，北京：中国人民大学出版社，2018：74.
　　② 中国李白研究会，马鞍山李白研究所. 中国李白研究（2013 年集）——中国李白研究会第十六届年会暨李白国际学术研讨会论文集［C］. 合肥：黄山书社，2013：373 - 398.
　　③ Waley, Arthur. *The Poetry and Career of Li Po* 701 - 762A. D. ［M］. London：George Allen & Unwin LTD., 1950：1.

轻的无名之辈，而司马相如已经是一位年逾七十、名声显赫的宗教高人，这首诗的整个本体（tenor）对司马承祯不是非常恭敬。虽然大鹏的确可以连续在不同地界飞行，而希有鸟却可以右翼掩乎西极，左翼蔽乎东荒，以恍惚为巢，但是这首赋对大鹏的书写长达几页，而对希有鸟的书写则分散在寥寥几行。"①叙述者将对李白生平的讲述、对李白诗歌的评价，以及对李白作品的翻译有机整合，水乳交融。尤其是在评价《大鹏赋》的篇章布局显示出李白对司马承祯的态度不够恭敬这一点时，叙述者始终隐身于第三人称之后，不像《诗人李白》那样直接以"我"和"我们"来表述作者观点。

　　总体而言，在《李白的诗歌与生平》中，叙述者是以自然流畅的第三人称叙事将李白的生平与诗歌整合，将叙述与议论整合，令读者不再感受到被强制灌输某种知识和观点的压力。1952 年，莱曼·卡迪（Lyman Cady）和蒙特·米苏拉（Mont Missoula）在书评中说道："尽管毫无疑问这本书对道教进行了一些说明，但通过读这本书，几乎不能理解为什么道教是一种神秘主义哲学或者魔法与宗教并存的生活方式。但是，从另一方面而言，如果想要通过读一本上好的传记作品来仔细衡量李白的诗歌，那就是它了。因为该书以至臻完美的技巧将李白自传性的蛛丝马迹与对唐代中国的那些切题的历史－文学研究结论编织在一起了。"②书评人中肯地指出，作为"东方伦理与宗教古典丛书"中的一本，《李白的诗歌与生活》对道教的介绍并不充分，这是该书的明显缺憾。但他们又不得不承认作者将自传性蛛丝马迹与历史文学研究结论编织在一起的技巧"至臻完美"（consummate），这很大程度上弥补了该书对道教语焉不详的缺点。笔者认为，此处书评人所言的"编织"的技巧就包含了作者以第三人称"非人格"叙述者讲述传主生平的技巧。

　　在韦利的《诗人李白》出版 100 年之后，美籍华裔作家哈金于 2019 年出版了他的第一部非虚构作品 *The Banished Immortal：a life of Li Bai*。③ 次年，美国卫斯理学院东亚系讲师汤秋妍将之回译为中文，名为《通天之路：李白

　　①　Ibid. , pp. 8 - 9.

　　②　Cady, Lyman. Arthur Waley. The Poetry and Career of Li Po 701 - 762A. D.　［J］. *American Academy of Religion Journal of Bible and Religion*, Vol. 20, No. 3, 1952：214.

　　③　Ha Jin. *The Banished Immortal：a Life of Li Bai* ［M］. New York：Knopf Doubleday Publishing Group, 2019.

传》。在这本传记中，作者在整体上也是以隐藏在第三人称之后的"非人格"叙述者来讲述李白的一生。比如，在介绍李白第一次离家的原因时，叙述者说："李白父亲对儿子的这些极富想象力的诗歌非常惊讶，家里的来客也赞不绝口。但李客知道儿子缺乏写出真正原创作品所必需的人生经验。那些诗句都是模仿性的，更像优秀的习作。没有亲身体验，李白无法发展自己独特的诗歌风格。于是李父决定给儿子一笔钱，让他出去周游一下，先了解一番当地的风土人情。在中国传统的教育理念中，旅行与读书同等重要。所谓'读万卷书，行万里路'。"① 叙述者自己并不评价李白早期诗歌，而是以第三人称讲述李白父亲和客人对他的诗歌的印象，间接地引导读者与隐含作者达成共识——李白早期诗歌富有想象力但缺乏原创性。叙述者自己也不评价李白父亲让他离家周游是否明智，而是以"读万卷书，行万里路"这样一句并不明确出自谁口的中国谚语再次引导读者与隐含作者达成共识——让李白离家漫游是父亲要促使他成长为诗人的重要决策。

为了追求叙述可靠性，也为了避免被卷入舆论漩涡，韦利和哈金在整体上都采用了"非人格"第三人称，这是英语李白传在叙述层面的第一个"展面"。

2. 全知视角叙述

申丹认为全知视角的特点是"全知叙述者既说又看，可以从任何角度来观察事件，可以透视任何人物的内心活动，也可以偶尔借人物的内视角或者佯装旁观者"②。除了采用第三人称，和大多数传记一样，韦利和哈金的李白传都使用了全知视角。

传记作为一种回观式的书写，传主的经历原则上必然先于叙述者的讲述。传主生平的先发性对于传记作者而言是一把双刃剑。一方面，传主那些既成事实的事件和有据可查的记录是作者无法回避和改变的作传材料，必然会限制传记作者假叙述人之口进行过度的主观加工和改造，在一定程度上限制作者的主体性。另一方面，传记作者的书写后于传主生平，这又使得传记作者可以以一种更全面、更现代的观察视角审视传主人生。在围绕着传主而形成的文本世界

---

① 哈金. 通天之路：李白传 [M]. 汤秋妍，译. 北京：北京十月文艺出版社，2020：22.

② 申丹，王丽亚. 西方叙事学：经典与后经典 [M]. 北京：北京大学出版社，2010：95.

中，传主的观察视角是有限的，他不可能完全洞穿历史的迷雾和看透其他人物复杂的心理。然而，后于传主生平的叙述者却可以拥有类似于上帝的全知视角。

在《李白的诗歌与生平》中，叙述者对时代背景的讲述超过全书一半的篇幅。在介绍李白的少年诗才时，叙述者从对"十五观奇书，作赋凌相如"这一诗句的阐发开始，不仅联想到李白在十五岁时创作了《明堂赋》，还用大量笔墨介绍"明堂"这一中国传统建筑的功用、性质和象征意义上，甚至穿插着介绍了武则天与明堂建造者薛怀义的关系。莫洛亚（Maurois）曾说："传记家把个人表现为中心的形象，让一个时代的事件，从他开头，又以他结束，一切事件都必须围绕着他旋转。"[1] 在叙述内容上紧密围绕传主，忠实记载传主生活的点滴，不因外界的影响转而掺杂与传主关系并不紧密之物。这一观点早已被西方传记作家广为接受。韦利当然也意识到过于宽泛的背景介绍有违传记写作的一般规范，因此，他假叙述者之口进行了如下辩解："介绍《明堂赋》的写作背景可能会有点跑题，但是这样做是值得的，因为它可以使我们更深入地理解李白所成长的时代生活。"[2] 由此可见，韦利不是不清楚传记文体需得紧密围绕传主组织材料，但是，就传记文体而言，叙述内容的广博可以彰显叙述者如上帝一般的权威，从而增加读者对叙述可靠性的信任，因此，他便乐于利用全知视角的便利，把尽可能宽广的生活画卷形诸笔端了。

叙述者的全知视角除了体现在叙述内容的广度上，还体现在叙述内容的时间向度上。在传记发展史上，虽然塞缪尔·约翰逊曾力主"只有那些与一个人在社会交往中一起吃过、喝过和住过的人，才能写他的传记"[3]，但事实上，随着传记的发展，人们渐渐发现传记作者与传主的时空区隔虽然剥夺了作者亲自观察传主本人的机会，但它也不无好处：二者的时间距离不仅可以使传记叙述者站在历史的制高点观察和讲述传主和其相关人物的行为和思想，还可以使叙述者减少自身情绪和外界因素的干扰，在叙述时保持客观超然的态度。比

---

[1]　Andre Maurois. Aspects of Biography [M]. Cambridge: Cambridge University Press, 1929: 60.

[2]　Waley, Arthur. The Poetry and Career of Li Po 701－762A. D. [M]. London: George Allen & Unnin LTD. , 1950: 1.

[3]　Boswell, James. The Life of Samuel Johnson Vol. 1 [M]. London: Everyman's Library, 1993: 422.

如，在《通天之路：李白传》中，叙述者在介绍李白和杜甫的友谊时说："这两位大诗人当时都不知道，他们的这次会面将成为中国几千年文学史上的一件里程碑式的大事。"① 又如，在介绍到李白的身后事时，叙述者说："李白终于再次被召唤到京城：新皇帝代宗要求各级官员向朝廷举荐人才时，有人提交了李白的名字。然而，圣旨到来时却无人接旨，因为哪儿都找不到李白。一时县衙陷入骚动。其实，到那时为止，李白已经去世一年多了。"② 由于传记叙述者与李白已经相距上千年，他不仅可以在大捭大阖的时间跨度中自由讲述拥有的信息和知识，时间的洗礼还可以冲刷掉读者对他叙述可靠性的怀疑。

正如申丹所说："全知叙述者通常与人物保持一定的距离，具有一定的权威性和客观性，读者也往往将全知叙述者的观点作为衡量作品中人物的一个重要标准。"③ 换句话说，正因为传记作者与传主在时空上距离遥远，因而他能更为客观而全面地讲述传主的生平和身后事。值得注意的是，前文赵毅衡所说绝对可靠的叙事需要叙述者与人物之间没有任何距离，而此处申丹却说权威性和客观性需要全知叙述者与人物保持一定距离。笔者认为此二者看似矛盾但其实不然，因为申丹所言的"保持一定距离"，指的是叙述者因与人物之间的时空间隔，能够将叙述者感情与叙述人物相区隔。而赵毅衡所说的"没有距离"指的是叙述者任意观察人物外部世界和出入人物内心世界的"亲密关系"，其实还是"全知叙述视角"的问题。在哈金的李白传中，叙述者因采用了具有超然客观的全知视角，回溯式追叙数百年之前传主的身后之事，其情感的克制和中立的态度给读者留下冷静可信的印象，维持了叙述的权威和客观性。

为了通过叙述的完整性、权威性和客观性而增加读者对叙述者可靠性的信心，韦利和哈金都允许叙述者展现了宽广的视阈和巨大的时间跨度。全知视角是英文李白传在叙述层面的第二个"展面"。

3. 叙述时间的整饬性

时间的整饬性是韦利和哈金李白传在叙述层面的另一个"展面"。二者都不仅按照时间先后顺序来讲述传主的生平，还刻意凸显了事件发生的确切

---

① 哈金. 通天之路：李白传，205.
② 同上，315.
③ 申丹. 叙述学与小说文体学研究［M］. 北京：北京大学出版社，1998：207.

时间。

在韦利的李白传中，叙述者从李白出生、漫游、结婚、干谒、逃难、入狱、死亡等一系列事件的时间顺序来讲述他波澜起伏的一生。传记中随处可见叙述者对事件确切年代的强调。比如，"在 738 年或稍晚时，他在扬州写了一首关于新运河的诗歌。这条运河是一条运输粮食的通道。在 742 年夏天，他登上泰山，中国东部的最高峰。皇帝曾在 725 年登临此地祭山"[①]。年代数字几乎成为传记内容中的标出性符号，这揭示了叙述者希望通过整饬的时间赢得读者信任的心理。

在哈金的李白传中，叙述者对事件发生的准确时间的表述也是俯仰皆是。除此之外，叙述者在很多章节的开场白中甚至以程式化的表达来突出叙述时间的整饬性。比如，第二章"还乡"的第一句话是"所有李白年表都说他在七二〇年离开渝州"[②]。第三章"离蜀"的第一句话是"所有李白年表和传记都清楚地表明，在期二四年，李白再次上路"[③]。第十一章"在南方"的第一句话是"大多数李白年表表示，李白于七三七年春天回到了安陆"[④]。第十三章"女人们"的第一句话是"根据詹锳编撰的年表，李白妻子七四一年生下了他们的第二个孩子，一个儿子"[⑤]。曾获得海明威文学奖和布克国家图书奖的哈金，当然清楚这些程式化叙述会有损传记的艺术性，但是他仍然保留了这些看上去呆板的叙述内容。在"后记"中，哈金说到出版社编辑曾要求他创作一本大众喜欢读的传记而不是学术著作。但是他对这一想法颇有抵触，因而按照自己的想法走了一条中间道路——"希望写一本既能在学术上站得住也适合于一般读者的书"[⑥]他将学术性放在了通俗性之前。由此可知，在他看来，为着真实可信的目的，只要能增加传记叙述的可靠性，哪怕以程式化的叙述来突显时间的整饬性也并无不可。

苏珊·崔杰尔（Susan Tridgell）认为所谓确定的、客观的传记的理想是错误的。应该把传记视为争论而非事实的透明容器，因此传记研究的关键在于传

---

① Waley, Arthur. The Poetry and Career of Li Po 701 – 762A. D. : 17.

② 哈金. 通天之路: 李白传, 41.

③ 同上, 50.

④ 同上, 135.

⑤ 同上, 161.

⑥ 同上, 161.

记家的艺术，在于他或她讲述的故事看起来多么令人信服。① 从韦利和哈金的李白传来看，为了让读者认可叙述者的可靠性，二者在"展面"上都采用了第三人称"非人格"叙述者的全知视角，以整饬性的时间讲述了传主的生命历程。这也是大部分传记作家普遍采用的叙述策略。

（二）英语李白传叙述层面的"刺点"

在中国传统文学中，史书被推崇为等级最高的叙述文类，就连文言小说和白话小说等虚构文学都在叙述层面模仿史家的特征，遑论传记这一非虚构文学类型了，因此，很多受到中国传统文化影响的传记作者都有"慕史"的传统。其中就包括深受中国文学、艺术和哲学浸润的"中国通"韦利和（生于辽宁，原名金雪飞），以及 1985 年前往美国攻读博士学位后定居美国的华裔作家哈金。在"慕史"心态的驱使下，二人自然会在传记的叙述层面极力追求可靠性。然而，在西方，"写诗这种活动比写历史更富于哲学意味，更高；因为诗所描述的事带有普遍性，历史则叙述个别的事"②；亚里士多德"诗比历史更真实"的理念导致西方传记产生了历史悠久的"慕诗"传统。生活在英国，接受拉格比学校和剑桥大学等西方传统学院派教育的韦利和在美国波士顿大学任教的哈金当然也不例外。在"慕诗"心态的驱使下，他们尝试着在传记创作中突破"史"对"诗"的限制，在叙述的"展面"中制造"刺点"。赵毅衡将"刺点"引入文学分析时说，"刺点经常是一个细节，是一个独特的局部，或一篇独特的文本"③；"'刺点'让文本失去平衡，让平缓有序的阅读陷入慌乱"④。笔者认为，就传记叙事而言，"刺点"就是作者在"展面"上追求叙述可靠性的同时，打破常规而使用的那些虽然会破坏叙述可靠性，但却能增加传记诗性的策略。

1. 第一人称叙述者

如前所述，在《李白的诗歌和生平》以及《通天之路：李白传》中，叙述者整体上是隐藏在"非人格"第三人称之后的。然而，这两部传记在"展

---

① 梁庆标. 传记家的报复：新近西方传记研究译文集 [M]. 桂林：广西师范大学出版社，2015：63，92.
② ［古希腊］亚里士多德. 诗学 [M]. 罗念生，译. 1962：28.
③ 赵毅衡. 符号学 [M]. 168.
④ 赵毅衡. 刺点：当代诗歌与符号双轴关系 [J]. 西南民族大学学报，2012（10）：178-182.

面"上又都制造了数量不一的第一人称叙述者"刺点"。

比如，在《李白的诗歌与生平》中，叙述者在介绍《春日醉起言志》时说："正如我所言，李白像大部分因为相对少数几首诗人而被人熟知的伟大诗人一样，他其余作品的真正价值主要是可以为他整个诗歌创作提供一个语境，有了这些语境，他的那些典型的和杰出的作品才能被充分理解……在他那些最知名的作品中，有些是朝廷的应制之作，但我认为它们的名气更多来自后人对李白在什么场合下创作了这些诗歌的传说，而非这些诗歌本身的优点。对此，我无意做更多解释。"① 在这短短的一段话中，叙述者以"我"的形态三次现身发表自己的意见。相对于在"展面"上使用"非人格"第三人称的整体叙述风格而言，此处正常性的断裂必然为读者带来强烈的刺激。在"展面"呈现的客观叙述中突然遭遇此处"刺点"带来的极为主观的评价，读者自然会对"刺点"进行斟酌掂量。韦利在此处中通过变换叙述者形态的方式隆重推出自己对李白的研究结论：在他看来，李白的经典化显然不是得益于本质主义而是建构主义；李白的成名不是因其文学作品本身，而更多的是"文学事件化"的结果。这一结论以"刺点"的方式呈现，要么引发读者强烈的批判，要么引发读者极大的共鸣。无论是赞成或是反对，读者的情感的强烈程度都将成倍增加。

又如，同是在《李白的诗歌与生平》中，叙述者在传记尾声部分加入了以下分析："至于李白为何不参加科举考试，因为李白自己没有提过，只能作可能性的推测。如果我们发现自己熟人圈子中某个年轻人没有参加考试，但他的朋友和同龄人都去了，而这个考试，作为他人生之路的启程，对他那个阶层成员而言至关重要，我们应该可以下这样的结论：他可能觉着自己没有通过这次考试的机会。极有可能李白也是因为这同样的原因没参加科举。"② "我们也有官僚，而且它还在变得越来越大，越来越举足轻重。但整体而言官员们在社会中的地位与他们的官职和头衔并没什么关系。在'办公室'之外，就算他的家人都不确切地清楚他的等级和地位。在很多时候，他的朋友只会告诉你说他在'白厅'上班或者最多说他在'海军部任职'。但是，中国的情况截然相

① Waley, Arthur. The Poetry and Career of Li Po 701－762A. D. : 55.
② Waley, Arthur. The Poetry and Career of Li Po 701－762A. D. : 98.

反。人的官职与他的身份认同息息相关。亲戚朋友在提到他时不会不提及他的官职（最私密的信件除外），他自己在署名的时候也每每将官职附加其上。"①从以上内容可知，叙述者通过中西文化的比较来呈现了西方视野下的李白形象：一是李白善于文学创作，但不长于儒家经典，更不长于管理和经济等科目，这是他放弃科举而干谒的原因；二是中国文化对官职的极度重视造成了李白入仕和出世的焦虑。因此，"谪仙人"的称号更多地解释了他的文学天赋，并不能证明他对道教的执着。在阐述以上观点时，韦利从整体上的"非人格"第三人称转换为局部的"我们"第一人称形成叙述层面的"刺点"。对于西方读者而言，此处"正常性的断裂"可以提醒他们传记作者与他们一样是站在西方人的文化立场看李白，最后与作者就传主性格和命运形成共识。对于中国读者而言，此处的"刺点"也可以提醒他们关注传记作者与传主不一致的文化身份，最后刺激读者三思文化异质性对传主形象真实性的影响。正如张西平所言："汉学传记具有深厚的跨文化特点，传记作家需借助另一种语言的材料，以其异域的视角来看待和选择这些材料，从而构建自己所认识的传主形象。虽然与小说家不同，传记作家必须遵守自己的职业道德，遵守传记必须与事实相符的传统规范，不能以自己的好恶去歪曲或篡改历史，但是传记作家拥有书写这一工具，如何组织语言，如何使用这具有霸权意义的符号去描述自己所认知的传主，这些都是传记作家被天然赋予的权力。"② 从《李白诗歌与生平》来看，韦利通过"组织语言"（切换叙述者形态）重构了西方视野中的李白形象。在他眼中的李白自负、冷酷、挥霍、不负责任和不诚实。难怪乎张弘揶揄道："原来在韦利博士博学的脑袋上，紧箍着一顶维多利亚时期学究的小帽。"③

哈金的《通天之路：李白传》也是以"非人格"第三人称叙事构成"展面"，以第一人叙事称形成"刺点"。但他的第一人称"刺点"集中出现在第一章中。整个传记的开场白是"我们谈到李白时，应该记住有三个李白：历史真实的李白、诗人自我创造的李白，以及历史文化想象所制造的李白。理想

---

① Waley, Arthur. The Poetry and Career of Li Po 701－762A. D. ：99.

② 张西平，潘青. 魏理的中国古代诗人传记研究——以《李白的生平与诗歌》为中心 [J]. 古代文化与文论，2013（3）：36－43.

③ 张弘. 中国文学在英国 [M]. 广州：花城出版社，1992：173.

中，我们的目标应该是尽可能多地呈现真实的李白，同时试图理解诗人自我创造的动机与结果。但我们必须了解，由于李白一生史料稀缺，这一野心势必受到局限。"① 当读者看完整本传记，在回味之际蓦然发现此处前置的"刺点"时，难免会反复思量此处"我们"所指代的具体对象为谁这一问题。哈金曾说："我把自己看成不仅仅只是流放者（exile），也是移民者（immigrant）。"② 他的解释是"移民者"是自愿将自己连根拔起而在别处重新开始，这意味着对他而言，过去是模糊而不重要的。而流放者不同，他们在对故土的参照中定义自己的存在。哈金曾用双重特点来定义自己文化杂糅的身份，这让不少读者从其文化身份的角度解读"我们"的所指。如果将"我们"理解为中国文化的流放者，哈金之处的"我们"应该是指与传主分享同一故土的中国读者群。读者会更多地将哈金对李白的书写看作一种"同情"行为——传记作家通过分析和体察李白的境遇，以中国文化的立场寻找其言行的原因；如果将哈金看作美国文化的移民者，"我们"则当指称的是与传主有文化异质性的西方读者群。在这种情形下，读者会更多地将哈金对李白的书写看作一种"移情"行为——传记作家站在西方文明的立场，把西方的文化传统移到李白身上，通过李白来表述和解释西方文明。

除了以文明差异性来解读"我们"这一"刺点"之外，田恩铭对此段开场白有如下分析："历史真实的李白一去不复返了，用诗传的方式或可钩稽出'诗人自我创造的李白'的一部分，而学者所还原的是建构于自家视野中'历史文化想象所制造的李白'。"在他看来，哈金文中的叙述者"我们"应该是排除了"学者"的普通读者群。易言之，叙述者口中的"我们"是从社会范畴来囊括古今中外的普通读者。哈金是以此来回应神殿出版社编辑"不要学术著作，要一本大众喜欢读的书"的要求的。③ 另外，胡婧评价这本传记道："借助流传下来的事迹，哈金着重刻画了官员、友人与妻子这三类人和李白在一起的感受。这样的描摹恰恰符合现代人最熟悉的三个场景：工作、生活与家庭。哈金从这三个方面出发，用现代生活的思维框架为唐朝的李白画了一张素

---

① 哈金. 通天之路：李白传，1.

② Li Zhenling&Ha Jin. Where Are We and What to Write?: An Interview with Professor Ha Jin［J］. 文艺理论研究，2022（1）：106 – 113.

③ 哈金. 通天之路：李白传，326.

描，展现了一位普通人也能读懂的李白。这样的视角无疑拉近了我们对于李白的认识，李白的形象也启发着现代的我们。"① 从她的书评来看，哈金笔下的"我们"，无关乎东西，无关乎雅俗，只关乎古今。易言之，此处的"我们"是从时间范畴来囊括东西方的当代读者群。

一言以蔽之，在"非人格"第三人称叙述"展面"上，英语李白传中间或出现的第一人称叙述者形成典型的"刺点"，吸引读者的注意力，刺激读者调动批判性思维对传主思想、作品和性格进行深度解读。

2. 人物有限视角

保罗·利科（Paul Ricoeur）在分析历史叙事时提出"历史是一种真实的叙事"的同时，又说"历史是一种过于'庸常'的科学"②，其中暗含了对传记类作品在叙述层面过于刻板的批评。传记作者当然并非完全对自己事业的"庸常性"一无所知。《英格兰名人传》（*The History of the Worthies of England*）的作者托马斯·富勒（Thomas Fuller）就坦言："我承认，这一话题本身枯燥乏味——介绍传主出生和死亡的时间、地点、传主姓名，其著作名称和数量。所以，这个干巴巴的梗概，也就是时间、地点和人物，必须要用漂亮的语言来润色。为此，我故意在其中穿插了很多有趣的故事（不是肉，而是佐料）。这样一来，如果说读者掩卷之际不是更虔诚、更博学（我希望如此），至少也是更愉快、更名正言顺地高兴。"③ 韦利和哈金也使用了富勒穿插逸闻趣事的技巧来增加传记的趣味性。如前所述，二者都在整体上使用了全知叙述视角来讲述传主生平。但是，在这一"展面"之上，二者又都以人物有限视角叙述逸闻趣事以制造"刺点"。

在韦利的《李白的诗歌和生平》中，叙述者转述了李白有限视角下的所见所闻。比如，在介绍李白"谪仙人"称号的由来时，全知叙述者先是介绍了《对酒忆贺监》中李白对贺知章的回忆，然后转述了李白的话："贺公在长

---

① 蒋洪利，田雪菲，胡婧，等. 谪仙人的海外旅行：读哈金《李白传》［N］. 文艺报，2021 - 6 - 21.

② ［法］保罗·利科. 情节与历史叙事［M］. 崔伟锋，译. 上海：上海人民出版社，2022：227.

③ ［英］托马斯·富勒. 英格兰名人传［M］. 王宪生，译. 杭州：浙江大学出版社，2021：xix.

安紫极宫一见到我就称我为谪仙人，然后把他腰带上系着的金龟解下来换酒，与我一起喝酒为乐。"① 相较于叙述者直接以全知视角解释李白《对酒忆贺监》的序，传记中以李白口吻转述的内容自然更为生动难忘。叙述视角的转换使得原本全知叙述视角的"展面"呈现出"刺点"，为传记平添了趣味。

在哈金的李白传中，作者分别以杜甫、魏颢、高适的有限叙述视角侧面描写了李白的形象。杜甫眼中的李白"朴实无华却也卓尔不凡"；魏颢眼中的李白"眼睛炯炯有神、嘴型有力"；高适眼中的李白"正直坦荡、打扮入时"。这些对李白外貌和气质的描写不是出自"非人格"叙述者的全知视角，而是传记中角心人物的有限视角，很好地引发读者思考叙述者在传记伊始之时提出的关于认识"三个李白"的建议。如果说叙述者以全知视角介绍的李白是作者努力要还原的历史真实的李白形象，传记中援引的李白自传性诗歌呈现的是李白的自塑形象，那么以角心人物有限视角讲述的李白则是作者试图要呈现的历史文化想象所制造的李白形象。通过在全知叙述视角的"展面"中插入零散分布的人物有限视角叙述"刺点"，作者不断提醒读者注意其传记的特色：他的传记不仅仅只呈现了某个单一的李白形象，而是三者并举。读者需要关注的是传记中这三个李白形象在何种程度上有所背离和有所交叠。

除了以传主或角心人物有限视角讲述其经历之外，韦利和哈金的李白传还采用了对话来转述人物有限视角的所见所闻。在介绍李白推崇的唐代大诗人孟浩然时，韦利以《新唐书·孟浩然传》为蓝本，在传记中转述了下列对话。唐玄宗命孟浩然背诵一首他所创作的诗歌。当孟浩然背到《岁暮归南山》中"不才明主弃"一句时，他打断并斥责道："你并未曾向我求职，为何说是我弃你呢？一派胡言！退下！"② 如果叙述者以全知叙述视角的间接引语来讲述这则轶事，读者感受最深的是唐玄宗的失察和缺乏耐心。然而，当叙述者以唐玄宗的有限视角，以对话的形式还原当时的情景时，读者更能深刻地感受孟浩然的憨直天真。所谓物以类聚，叙述者展现的孟浩然形象最终可以令读者间接地认识到李白与孟浩然类似的性情。

在哈金的李白传中，叙述者借用了安旗《李白传》中虚构的一段对话讲

---

① Waley, Arthur. The Poetry and Career of Li Po 701 −762A. D. : 20.

② Waley, Arthur. The Poetry and Career of Li Po 701 −762A. D. : 11.

述李白和孟浩然的友谊:

> 他说:"看来,贤弟是长于乐府歌行。古诗窘于格律,近体束于声律。唯有歌行,大小长短,素无定式。贤弟有不羁之才,最适宜这种诗体。"李白说:"我看前人和当代有些人写的乐府,不是失之不似,徒有乐府之名;就是失之太似,专事模拟古人。我想,既要学习古人,又要出以己意才好。"孟浩然说:"贤弟既有此志趣,潜心研习数年,一定会大有长进,开辟出自己的道路来。"①

赵毅衡认为:"叙述文本中所有的转述语无一例外受制双重主体——说话人物与转述叙述者。"② 在他看来,转述语既然是叙述者转述出来的,那么它仍是叙述文本的一部分,但与此同时,转述语既是人物说的话,就必须独立于叙述者主体。从这一层面来看,以传主或其他角心人物之口转述的内容并非完全属于全知叙述视角,而是部分地归属于人物有限视角。人物从自身的有限视角叙述出自己对他人和外界的看法,这些叙述本身便被打上了人物性别、性格、身份等多重印记,因此,比起全知叙述者而言,人物有限视角叙述更能体现出人物自身的特点。通过借用安旗《李白传》中的对话,哈金使孟浩然与李白这一对以文会友的中国古代文人形象跃然纸上。

笔者认为,传记中叙述者转述的人物有限视角之见闻,无论是以直接引语还是间接引语呈现,在本质上都如光的波粒二象性,既属于全知视角叙述,又属于人物有限视角叙述,这种二象性使得人物有限视角的转述内容成为传记全知叙事"展面"中最吸引人的"刺点"。原本被指责"庸常"的传记叙事,因为有了以人物有限视角叙述的逸闻趣事而增加了趣味和活力。

3. 叙述空间的前景化

田英华分析了传记文体中凸显时间的几重意义:一是体现传记体叙事真实性;二是明显标示叙事事件界限;三是传记语篇连贯的重要手段。他总结道,一般而言,越是偏历史性的传记,时间越是凸显,而越是偏文学性的传记,时

---

① 哈金. 通天之路:李白传, 92.
② 赵毅衡. 苦恼的叙述者 [M]. 成都:四川文艺出版社, 2013:82.

间的凸显程度就越弱。① 韦利和哈金的李白传在整体上追求叙述时间的整饬性，但是，由于西方文化"空间转向"的潮流，哈金的作品在叙述上出现了明显的"刺点"——叙述空间的前景化。

米歇尔·福柯（Michel Foucault）在 1967 年发表过题为《论其他空间》（*Des Espaces Autres*）的演讲。他指出："我们身处在一个同时性的时代：这是一个并置的年代，是远近相交、内容并置的年代，是星罗散布的年代……我们对世界的体验与其说是在时间中发展的漫长生命，不如说是一个点与点相联系、各种联系相互交叉的网络……"② 之后，他呼吁人们把书写从叙事，从其线性的秩序，从时间一致性的巨大的句法游戏中解放出来。1974 年，列斐伏尔（Henri Lefebvre）在《空间的生产》（*La Production de L'espace*）中区分了"物理空间""心理空间"和"社会空间"，进一步将人们在之前给予时间、历史和社会的关注转移到空间上来。受到这一西方文化思潮的影响，西方作家纷纷将叙述重点从人物经历的时间进程转移到人物在某一空间经历某个时间的横截面。韦利的李白传出版在西方文化"空间转向"之前，因此，他的作传方法是以《新唐书·李白传》《旧唐书·李白传》《李翰林集序》和《李太白年谱》等资料为参照，按时间顺序将李白生平中的大事、轶事与相关诗歌编织在一起。正如福柯所总结的那样，19 世纪沉湎于历史，这一情形蔓延至 20 世纪，人类生活的空间性问题要么被历史吞没了，要么变成一些被归类为背景、处境、语境、社会的比喻。在韦利的李白传中，空间仍然处于背景的位置。

但是，哈金的李白传出版于 21 世纪，正是"空间转向"对全世界文学理论和文学创作产生深远影响之际。2022 年，颜桂堤指出："'空间转向'深刻影响了当代文艺理论与文学批评的思路与走向。事实上，在'空间转向'之后出现的文学空间类型是如此广泛。诸多现象与研究都以某种方式表明：空间很重要，并非因为任何事情都发生在空间之中，而是因为事件发生的地点与它们如何形成是不可分割的。"③ 在这一文化思潮影响下，哈金李白传中的叙述

---

① 田英华. 语言学视角下的传记体研究 [M]. 上海：东方出版社，2012：191.

② Foucault, Michel. Des Espaces Autres [M]. Paris：Editions de Gallimard，1994.

③ 颜桂堤. "空间转向"与当代文学批评的空间性话语重构 [J]. 文艺争鸣，2022（8）：109-115.

呈现出从时间叙述向空间叙述偏移的趋势。尽管如前文所述，在传记的细节中，叙述者不断凸显事件的时间，以便获得读者对其叙述可靠性的认可，但是，在传记的篇章结构中，叙述者并没有像传统传记那样按照出身、童年、青年、中年、晚年的时间顺序展开李白的生平。相反，他凸显的是李白在一系列空间中的社会身份和心境变化。"离家""还乡""离蜀""在京城""离京""在北方""在南方""移家东鲁""再次入京""在东北边境""南迁"……这一系列的章节名不仅仅告知了李白在"物理空间"上的移徙，还暗示了其"社会空间"和"心理空间"的移换。在传统传记中，空间只是作为传主和其他人物活动的背景，其重要性远不如叙述的时间顺序和年代的准确性，但是，在哈金的李白传中，空间被明显地前景化，被赋予了丰富的象征意蕴。家乡与外地，京城与关外，南方与北方，城市与乡野……"一生好入名山游"的李白一直在路上，在不同的空间中创作出风格各异的诗歌，也呈现出富于变化的诗人形象。

尽管韦利也指出李白是"唐代波西米亚式文人的典型"①，但他对李白生平空间转换的书写并不具有理论自觉。正如发表在伦敦大学亚非学院院刊的一篇书评所说："韦利博士以对那个时期的社会和政治注释，尤其是对当时佛教和道教的参考，给我们提供了李白漫游的生活。"② 在书评人看来，韦利对空间的叙述只是时间叙述的"注释"（notes）或"参考"（reference）。然而，在哈金的李白传中，叙述者更深刻地阐发了不同空间之于李白的意义。比如，叙述者介绍了李白妻子许氏得知他打算离开安陆前往京城时的心理活动："她理解作为一名诗人，李白需要更广阔的世界，与更多人进行交流。她明白对李白来说，长久待在妻子娘家的屋檐下无异于一种阉割。"③ 此时安陆许氏的娘家与京城长安形成鲜明对照：前者逼仄压抑，后者广阔光明。然而，在李白在长安干谒无果，颓丧地回到家中时，叙述者说李白在安陆的生活比任何其他时期都更像他一直梦寐以求的归隐生活。因为，"妻子的爱与包容为他的逆旅提供

---

① Waley, Arthur. The Poetry and Career of Li Po 701 – 762A. D.; 98.

② Anonymity. The Poetry and Career of Li Po, 701 – 762 A. D. by Arthur Waley [J]. *Bulletin of the School of Oriental and African Studies*, Vol. 17, No. 3, 1955; 621.

③ 哈金. 通天之路：李白传, 98.

了一个港湾"①。在此时，京城与安陆许氏的娘家再一次形成对照：前者繁华却疏离，后者简朴而温暖。总体而言，作者在传记全文中多次使用这种二元对立的手法进行空间的并置与比较，激发读者思考同一空间之于不同人生阶段的李白有何不同的意义。

叙述时间的整饬性是韦利和哈金李白传在叙述层面的"展面"，但是由于受到 20 世纪中后期以来"空间转向"的影响，哈金的李白传出现了叙述空间前景化的趋势。他对空间的关注形成了传记在时间整饬性这一"展面"的"刺点"，刺激读者思考传记中空间转换的深刻内涵。

小　结

由于同时受到中国传记"慕史"和西方传记"慕诗"传统的影响，阿瑟·韦利和哈金的英语李白传除了在整体上追求叙述的客观性、权威性和完整性之外，也试图追求叙述的趣味性、文学性和先锋性。两位作者都在叙述"展面"上使用了"非人格"叙述者、全知视角、时间整饬性等传记在叙述层面的一般策略。但是，值得注意的是虽然这些叙述策略可以增加读者对叙述可靠性的认可，读者在读到这些"日常状态"的叙述内容时，其体验却往往是"不好不坏"和"漫不经心"的。为了刺激读者主动阅读的兴趣，令之产生"刺痛"或"狂喜"，作者在"展面"中插入了第一人称叙述者、人物有限视角、叙述空间前景化等"刺点"，扰乱传记在整体叙述层面的正常性或庸常性，制造独特的局部风格。前人研究韦利和哈金的李白传多是从作者文化身份杂糅的角度解读其塑造的李白形象与中国本土传记之李白形象的出入，鲜少关注二者在叙述层面上与中国本土李白传的不同。本节将罗兰·巴尔特用于艺术分析的"展面"和"刺点"理论分析《李白的诗歌与生平》和《通天之路：李白传》发现：正是通过在叙述"展面"中制造"刺点"的方式，韦利和哈金在一定程度上达成了"慕史"和"慕诗"两种传记诗学传统的平衡。

①　同上，125.

第五章

跨学科研究案例

美国学派对比较文学的贡献在于承认了不存在事实联系之间的文学以及文学与其他学科之间的跨越性比较研究的合法性。在给比较文学下定义时，亨利·雷马克是这样说的："比较文学是超出一国范围以外的文学研究，并且研究文学与其他知识和信仰领域之间的关系，包括艺术、哲学、历史、社会科学、自然科学、宗教，等等。简言之，比较文学是一国文学与另一国或多国文学的比较，是文学与人类其他表现领域的比较。"①

跨学科研究是由比较文学美国学派对比较文学学科理论的一大创新和突破，它为全世界的比较文学研究拓宽了学科疆域，成为比较文学研究中的一大亮点。比较文学或者立足文学审视，或者透视其他相关学科，如音乐、绘画、雕塑、历史、社会学、语言学、心理学、哲学和教育学等，或者以其他艺术门类或学科理论来阐发文学作品和文学现象。在跨学科比较文学研究中，文学与其他学科的互释互证、互补互动极大地拓宽了比较文学研究者的视野。不过值得注意的是，跨学科研究在为比较文学研究带来极大的灵活性和自由度的同时，也为这门学科招致不少诟病。圈外人往往因不理解比较文学跨学科研究应该自始至终以文学为原点而对这种研究范式提出犀利的批评。他们认为"比较文学是个筐，什么都可以往里装"。面对这种质疑，笔者选取了下面一系列研究论文，旨在说明跨学科研究的"跨越性"应该始终保持以"文学"为一端，然后跨越到其他人文或自然学科领域，否则比较文学将真的如批评者所言，成为一个大得无所不包的、丧失学科边界的学科。如果是那样，比较文学学科终将不复存在。跨学科

---

① ［美］雷马克. 比较文学的定义与功用［M］. 张隆溪，译. 北京：北京师范大学出版社，1986：1.

研究范式最终为比较文学带来的也将不再是福音，而是瘆人的噩耗。

在这一章里，笔者选取了文学与语言学、文学与翻译、文学与人类学、文学与心理学、文学与教育学等几个被运用得最为普遍的文学跨学科研究案例，以展现文学在跨学科研究中的中心地位。

其中，"论莎士比亚戏剧中延伸隐喻的语言元功能"是作为文学与语言学的跨学科研究案例。这部分主要呈现了文学与修辞学、语用学、文体学之间密不可分的关系和联合研究的可能。

"薛涛诗作的英语译介研究"是文学与翻译的跨学科研究案例。由于比较文学研究的语言跨越性特点，翻译研究与比较文学这两个学科的交织和纠缠总是难分难解。尤其是自 1980 年苏珊·巴斯奈特出版《翻译研究》以来，她认为翻译研究是可以取代比较文学研究而独立的。1990 年她提出了翻译研究的"文化转向"，1998 年提出了文化研究的"翻译转向"。1993 年她在《比较文学》中提出了"比较文学死亡"的观点，竭力提升翻译研究的地位，引起了学界的广泛讨论。之后她的研究兴趣转向新闻与传播研究，直到 2006 年再次回到比较文学，彻底否定了比较文学与翻译研究的学科属性，认为他们都是研究文学、阅读文学的方法。苏珊·巴斯奈特对翻译研究与比较文学研究前后矛盾的态度正说明了这二者模糊的界限与暧昧的关联。事实上，翻译研究一直就是比较文学研究的一个重要分支。译介学更是与比较文学变异研究有着千丝万缕的联系。比较文学学者通过对翻译策略、翻译理论、翻译行为的研究可以发掘影响文学跨语际传播与接受的深层动因。

最后，"对川剧〈柳荫记〉'化鸟'不'化蝶'的多维解析"是文学与人类学的跨学科研究案例；《文学审美与认知：〈曼斯菲尔德庄园〉的解释漩涡》是文学与心理学的跨学科研究案例；"中华文化走出去"背景下的《大学英语专业英美文学教学》是文学与教育学的跨学科研究案例。这些案例向我们展现了跨学科比较文学为文学研究带来的盎然生机和宽阔视野。

一、 文学与语言学跨学科研究实践： 论莎士比亚戏剧中延伸隐喻的语言元功能

功能语法创始人韩礼德（Halliday）认为说话者是在通过连贯的话语（语篇功能）和别人交际（人际功能）的同时，反映周围的客观世界和自己的内

心世界（概念功能）。① 这三大功能构成了语言的元功能。作为对普通隐喻的进一步扩展或对本体的多角度喻化描述，一般书刊对延伸隐喻这一重要语言现象的研究多局限于修辞层面。本部分试结合系统功能语言学、结构主义语言学、认知语言学和接受美学相关理论探讨其语言元功能。

（一）延伸隐喻的概念功能——弥补抽象词汇的不足

语言的概念功能是指语言对人们在包括外部世界和内心世界的现实世界中各种经历、诸种观念及其相互关系加以表达的功能。然而，由于抽象词汇的缺乏，人类要表达主观世界中的概念、情绪、关系等不具象的东西时，往往会有"心有余而力不足"之感。乔姆斯基认为，人类说话的过程就是深层结构转换为表层结构的过程，也就是人们心理上的认知，经过一个投射、衍生演化成具体的语言形式的变化过程。在这一变化过程中，词汇作为载体扮演着重要的角色。词汇的丰富程度将直接影响深层结构向表层结构转化时的等值程度。当一门语言本身的词汇不够丰富，或者具体的语言使用者所具备的词汇量有欠缺时，由深层结构流向表层结构的信息量的流失就不可避免。这就出现了"词穷"而"不达意"的现象。英语，作为世界上最广泛使用的一门语言，尽管其词汇浩瀚，但是相比人类复杂的情感而言，它仍然存在许多表达的"盲点"。因此，有两个途径能使语言使用者尽可能等值地表达深层结构：一是发展词汇，增加新词。一是运用隐喻，使有限的词汇量发挥尽可能大的表达功能。认知语言学家 Lakoff 和 Johnson 提出隐喻是"通过一种事物来理解另一种事物的手段"，是源域在目标域之间的映射以及意象图式。② 根据这一理论，普通隐喻的本体和喻体之间的映射存在单一性的特点，在运用隐喻表达概念之时，可能会由于本体和喻体映射单一而使二者之间的意象图示不够清晰从而导致对喻义理解的偏差。但是，由于延伸隐喻是对普通隐喻的多角度喻化，这使语言使用者能从多维的角度最大化地接近深层结构中的心理认知。比如，在莎士比亚的悲剧代表作《麦克白》的第五场第五幕里，麦克白在众叛亲离、走投无路时说了以下富含人生哲学意蕴的台词："Life's but a walking shadow，a

---

① 朱永生，严世清. 系统功能语言学多维思考［M］. 上海：上海外语教育出版社，2001.
② 黄国文. 语篇分析概要［M］. 长沙：湖南教育出版社，1988.

poor player，that struts and frets his hour upon the stage，and then is heard no more."① 此时，麦克白对于"人生"的认识是复杂而深刻的。在把他的深层结构的"人生"这一概念投射到表层结构时，即便是莎士比亚也感到英语词汇的苍白，所以他运用了上文的延伸隐喻，将"人生如戏"这一普通隐喻进行了多角度喻化：人只是演员，命运是导演，人只能听从"命运"这个导演的安排，所以人好像是没有灵魂的影子；人的出生如戏之上场，人生经历如戏剧冲突，人的死亡如退场；在人出生的那一刻，命运就决定了他最终将要死去，人生只是闹剧一场，毫无意义。这一延伸隐喻多角度全方位地弥补了普通隐喻映射单一性的缺憾，它更准确地把麦克白在经历了繁华和凄凉之后对人生真谛的认识传达到了表层结构。

在延伸隐喻中，当源领域建立之后，其结构成分经过筛选和重组被依次按逻辑顺序映射到目标域上。这样抽象的概念被有形而具体的源领域中的结构成分逐一阐释，从而在读者头脑中形成一个完整的意象图式。因此，延伸隐喻以一种多维的、发展的、逻辑性的意象图示最大化地接近并描绘人类认知中的抽象感受，它在概念功能中最突出的作用就是弥补了语言的抽象词汇的不足。

（二）延伸隐喻的语篇功能——体现作品"形美"与"意美"的统一

根据胡壮麟的观点，语篇是不完全受句子语法约束的在一定语境下表示完整语义的自然语言。② 因此，延伸隐喻不仅具有词汇层面的概念功能，也具有语篇功能。将语篇理论运用于延伸隐喻的分析可以帮助提高读者对文学作品的审美能力。

黄国文认为语篇功能指的是人们在使用语言时怎样把信息组织好，同时表明一条信息与其他信息之间的关系，而且还显示信息的传递与发话者所处的交际语境之间的关系。③ 因此，由于延伸隐喻自身高于句子层次的特点，它的语篇功能可以体现在两个层次：一是在延伸隐喻内部的各个喻体之间的关系结构所体现出的功能，一是延伸隐喻本身在文本全文中所处的坐标所体现的功能。

① 威廉·莎士比亚. 莎士比亚全集［Z］. 北京：人民文学出版社，1994.
② 胡壮麟. 语篇的衔接与连贯［M］. 上海：上海外语教育出版社，1994.
③ 黄国文. 语篇分析概要［M］. 长沙：湖南教育出版社，1988.

比如，上文中提到的麦克白对于"人生如戏"的延伸隐喻，在第一个层次来看，也就是微观结构上来讲是向心结构。读者在阅读接受文学作品时，一方面接收到作者通过文字传达的信息而在大脑中描绘出相应的概念图示，另一方面会在潜意识中描绘这一系列喻体之间的内在关系的结构图示。因此，一方面，作者用文字表达了人生的荒诞性这一主题，这是"字里行间"中的"字"在传达意义与感情；另一方面，中心喻体与延伸喻体之间的结构也是服务于主题的：向心式的结构多维全面地概括人生的本质，这是"字里行间"的"行"，即延伸隐喻内部的语篇结构形式对于文本意义的无声补充。因此，从延伸隐喻的微观结构来看："字里"与"行间"二者相辅相成，共同服务于作品的主题。

从宏观结构上看，延伸隐喻对于作品全文也具有语篇功能。通常，出现在文章前部分和居中部分的延伸隐喻具有导入话题和承上启下的衔接功能。比如，在《无事生非》中有这样一个以把婚姻比作交谊舞为基础的延伸隐喻：

Wooing, wedding, and repenting, is as a Scotch jig, a measure, and a cinque-pace：the first suit is hot and hasty, like a Scotch jig, and full as fantastical；the wedding, mannerly modest, as a measure, full of state and ancientry；and then comes Repentance, and, with his bad legs, falls into the cinque-pace faster and faster, till he sink into his grave.

莎士比亚以舞蹈为中心喻体喻婚姻，又以苏格兰急舞、慢步舞和五步舞三种不同节拍的舞蹈为延伸喻体形象地比喻男女青年在婚姻上的三个历程及其感受：求婚时的狂热、急迫，结婚时的庄重典雅，结婚后的痛苦、后悔。这段对婚姻的精辟见解出自第二幕第一场中贝特丽丝之口。它既秉承了第一幕中对于贝特丽丝誓抱独身主义并好逞口舌之快的介绍，又为下文她与培尼狄克势必崎岖的爱情道路埋下伏笔，起到了很好的过渡作用。位于文章后部分的延伸隐喻则有概括、总结以体现作品形美之功能。如前文提到的《麦克白》第五场第五幕里的延伸隐喻位于全剧结束之际，因此，它所具备的语篇功能是概括性、归结性的，这使作品具备形态上的完整性。作者以延伸隐喻对整个事件的总结性描述使读者对其作品产生有始有终的感觉，从而体现出 Lakoff 的"经验完形"。

通过对延伸隐喻的微观和宏观两个层次语篇的分析，作者不仅可以传达作品的文字之美和意境之美，还可以体现作品的连贯之美和完形之美，从而获得"形美"与"意美"的统一。

（三）延伸隐喻的人际功能——从句法层面体现作者语气

接受美学理论认为，作者创造作品的过程即作者向读者叙述故事与传达情感的对话过程，而读者的文学接受的过程其实也就是一种读者与作者之间的心灵的对话。[①] 因此，在这一特殊形式的对话中，作为载体的延伸隐喻必然具备一定的人际功能，即表明作者态度，用语言来影响读者行为的功能。在日常语言使用中，态度主要通过语气、情态和基调得以体现。而其表现方式主要是通过情态动词（词汇层面）和语调、重音来（语音层面）来体现；然而，延伸隐喻的使用为作者在句法层面体现自己的语气提供了可信的论证。试以莎士比亚在《皆大欢喜》第二幕第七场中杰奎斯以戏剧喻人生，然后扩展到对各个人生阶段扮演的不同角色这一延伸隐喻为语料进行分析："All the world's a stage，And all the men and women merely players：They have their exits and their entrances；And one man in his time plays many parts，His acts being seven ages……"

莎士比亚以舞台为中心喻体喻世界，然后分别以平行结构构建出从婴儿、小学生、情人、士兵、法官、傻老头到耄耋之年的"七个人生阶段就如七幕戏"的延伸隐喻。从这一看似冗长的平行句法结构的延伸隐喻来看，作者在向读者传达他对人生的认识时的语气是诲人不倦、循循善诱的。与普通隐喻相比，延伸隐喻的句法结构往往更复杂，语气更具有说服力，从而具有影响读者行为的能力。通过延伸隐喻，莎士比亚对人生不同阶段的睿智而幽默的调侃语气跃然纸上，而他要劝诫世人珍惜眼前时光的人际功能也就水到渠成了。

小　结

本部分以莎士比亚作品中的延伸隐喻为语料，结合结构主义语言学、系统功能语言学、认知语言学和接受美学相关理论探讨这一修辞手法具有的语言元

---

① 金元浦. 接受反应文论［M］. 济南：山东教育出版社，1998.

功能：它具有弥补人类语言抽象词汇不足的概念功能，体现作品"形美"与"意美"相统一的语篇功能，以及从句法层面体现作者语气的人际功能。

二、文学与翻译跨学科研究实践：薛涛诗作的英语译介研究

　　唐代女诗人薛涛（公元770年—832年）①，字洪度，一生作诗500余首，留存诗作92首，是中国古代作诗和留存诗数量最多的女诗人。她的诗歌题材广泛，语言雅正清新，正如其自评"诗篇调态人皆有，细腻风光我独知"。因此，尽管薛涛的乐妓身份不见容于正统文人序列，但其诗歌的艺术成就从唐代至今得到了许多学者的高度肯定。② 薛涛诗歌不仅在国内以及日本广为流传，在19世纪以来更是得到艾米·洛威尔（Amy Lowell）与埃斯考夫人（Florence Wheelock Ayscough）、魏莎（Genevieve Wimsat）、肯尼迪（Mary Kennedy）、拉森（Jeanne Larsen）、克雷瑞（Thomas Cleary）、莫纳汉（Jean Monahan）、奥尔森（Susan Dee Olsen）等人的译介。其中，1945年魏莎的《芳水井》（*A Well of Fragrant Waters: A Sketch of the Land Writings of Hung Tu*）、1968年肯尼迪的《我与你心心相印》（*I am a Thought of You*）以及1987年拉森的《锦江诗选—— 唐代乐妓薛涛诗集》（*Brocade River Poems: Selected Works of the Tang Dynasty Courtesan Xue Tao*）作为薛涛诗歌的专门译本为薛涛诗歌在美国的传播起到了重要作用。除此之外，1995年国内薛涛研究专家张蓬舟之子张正则及其夫人季国平出版了中英文合编本《女诗人薛涛与望江楼公园》（*Poetess Xue Tao and Park of River Viewing Tower*）。作为集薛涛诗歌与旅游景点介绍于一身的通俗读本，该书与前三本美国译者翻译的薛涛诗歌专门译本一起为扩大薛涛诗歌的国际影响力及经典化做出了不可磨灭的贡献。迄今，中外学者对于薛涛诗歌的英译在时间上贯穿了整个20世纪，在文化上横跨东西文明圈，在译者主体上呈现出性别和职业差异，在译文文本和翻译策略上也体现出不同的风

---

　　① 薛涛生卒年份历来众说纷纭，据张蓬舟的考订为：生于唐大历五年（公元770年），卒于唐大和六年（公元832年）夏。

　　② 唐代元稹、王建、张为，南宋晁公武，元代辛文房以及明代杨慎、钟惺、郭炜、黄周星、周珽、胡震亨，清代纪昀、陈矩、赵世杰，近当代的傅润华、姜华、张蓬舟、郑振铎、陈文华、赵松元、朱德慈、刘和椿、苏者聪等都高度肯定了薛涛诗歌的艺术成就。

貌。本书参考勒菲弗尔（Andre Lefevere）的"操控理论"（manipulation theory)①，拟从时代背景、文化模子、译者主体的差异性入手，探讨这些因素如何制约和操控译者在翻译过程中对材料的取舍以及翻译策略的选择。

（一） 薛涛诗歌篇目选译之异

今日薛涛研究者多按1981年张蓬舟先生的《薛涛诗笺》（收入92首）为研究底本。笔者遵循目前薛涛诗歌研究的惯例，以张蓬舟先生收录的薛涛诗篇目为参照，对中外薛涛诗歌英译者在诗歌类型的选择上体现的差异进行分析，并探讨导致这些差异的根源。

1. 译者对不同体裁薛涛诗的选译

薛涛诗按体裁可以分为五言绝句、五言律诗、七言绝句、七言律诗、七言古风以及六言诗和杂言诗（《四友赞》）。

表5-1　薛涛诗歌英译篇目统计表（按诗歌体裁分类）

单位：首

诗歌类型	五言诗			六言诗	七言诗				杂言诗	伪作	合计
	绝句	律诗	小计		绝句	律诗	古风	小计			
张蓬舟本	13	2	15	1	72	2	1	75	1	0	92
魏莎译本	13	2	15	1	64	2	0	66	1	3	86
肯尼迪译本	9	1	10	0	37	1	0	38	0	3	51
拉森译本	10	1	11	0	52	2	1	55	0	2	68
张正则、季国平译本	8	1	9	0	12	0	0	12	0	0	21

从表5-1可以看出1945年魏莎译本在诗歌体裁的选择上几乎是最全面的。除了没有选入七律古风（《江月楼》），魏莎译本几乎涵盖了现存薛涛诗歌的所有类型。而其余几位外国译者都弃选了六言诗与杂言诗。译者对所译对象

---

① 勒菲弗尔认为"翻译就是对源语文本的改写"，并且"改写即操纵，并为权力服务"。这一"改写"（rewriting）超越了语言文字转换层面，体现了意识形态和诗学形态对翻译的操纵，也就是说，社会意识形态（ideology）、诗学观（poetics），还有赞助人（patronage）等诸多语言外因素，始终操纵着翻译的全过程。参见 Lefevere, Andre. "Translation/History/Culture a Sourceboo". [C]. Shanghai: Shanghai Foreign Language Education Press, 2004（b）.

的选择或放弃是译者主体的一种有意识的"创造性叛逆",是译者在文学和文化跨语际旅行中既作为源语文学与文化的接受者,又兼为经翻译变异后的源语文学与文化的发送者双重身份具有的特殊权利。换言之,译者可以通过其自身对源语素材的选择体现作为媒介的能动性与自主性。

　　从魏莎、肯尼迪、拉森和张正则夫妇诸译本对薛涛诗歌篇目的取舍来看,四个译本都青睐薛涛的五言和七言绝句与律诗。他们在篇目取舍上最大的分歧在于六言诗与杂言诗:除了魏莎,其余译者都未选译薛涛的六言诗和杂言诗。从诗歌形式来看,薛涛诗歌以五言和七言的绝句和律诗为主,六言、杂言各仅存一首。正如魏莎在其译本序言中说道:"(薛涛的诗)几乎都是几何图形般的工整,她偏爱七言或五言的形式,押韵……"① 对于大多数习惯了自由诗体的美国人来说,薛涛的五言与七言绝句或律诗是更具神秘东方特色的诗歌。六言诗与杂言诗作为薛涛诗歌中"非主流""非典型"的诗歌样式,本身不像五言及七言绝句或律诗那样具有异域特色而容易被人忽略。从诗歌内容来看,六言诗《咏八十一颗》"色比丹霞朝日,形如合浦圆珰。开时九九知数,见处双双颉颃"表面上是一首简单的咏物诗,具体所咏之对象却并不明晰。魏莎将之勉强翻译为:"Blushing like clouds about the ring sun, Shaped like the treasure gem, Ho P'u! Opened, they may be counted, nine time nine, Elated, buoyant, and blithe, set two by two."② 尽管译文忠实于原文,但主题不明无疑给读者的理解和接受造成巨大的障碍,原诗中"九九知数"和"双双颉颃"所蕴含的深意更是无法传达。实际上,这首诗的意味直到 1992 年才由陶道恕教授以中国古代民俗《九九消寒图》破解:原来此诗是唐代民间风俗的艺术再现。其中"九九知数"是指唐人描画九九八十一颗素梅,逐日点染以"数九"的文娱活动。而"双双颉颃"是指经过点染的梅与日俱增,位置不断变化,"双双"成对、上下"颉颃"。③ 因此,肯尼迪和拉森在巨大的文化障碍之前,都选择"知难而退"。而尽管在 1995 年张正则与季国平夫妇译本出版之际该诗

---

　　① Genevieve Wimsatt. *A Well of Fragrant Waters* [M]. Boston:John W. Luce Company Publishers, 1945:7.

　　② Ibid., 43.

　　③ 陶道恕. 唐代民间习俗的艺术再现——薛涛诗《咏八十一颗》试解 [M]//薛涛研究论文集. 成都:四川人民出版社,2000:142-150.

的民俗意味已经破解，但该译本的定位是"关于薛涛的通俗和入门读物，主要是写给中外游客看的"①。他们从译语接受者的文化与心理角度考虑，没有必要译介涉及深厚历史和文化意味的诗歌，因此他们的译本也没选译这首充满民俗意味的六言诗。另一首被弃选的杂言诗《四友赞》"磨润色先生之腹，濡藏锋都尉之头。引书媒而黯暗，入文亩以休休"是一首一语双关的诗谜。该诗将文房四宝笔墨纸砚分别比作"藏锋都尉""书媒""文亩""润色先生"，描写了磨墨、润笔、蘸墨和写字这四个动作②。魏莎将之译为："Tickling the belly of My Lord Pick-lice；Watching the head of Captain-with-the-spear；Led by Go-between of Quietness and Peace；Finding repose and freedom in Art's sphere."③这样的译文对于不熟悉中国文化的美国读者来说相当费解。加之"双关"这一特殊的语言现象在英语和汉语两个语系中转换时遇到的巨大的语音、词汇、句法、文化差异和思维习惯的障碍远远超出一般译者的双语能力，几乎是不具备可译性的。因此，她的后继者纷纷弃译此诗也是情有可原的。

通过分析魏莎、肯尼迪、拉森和张正则夫妇的译本对不同体裁薛涛诗的选译情况可以看出，中外译者在选译不同体裁诗歌的时候往往受到三个重要因素制约：①从诗歌原文来看，诗歌体裁是否为该国或该诗人的代表性样式，能否典型集中地体现该国或该诗人作品的突出特色。②从译语接受者的角度考虑，以该体裁为载体的诗歌所传达的内容是否会因文化模子的差异而让接受者感到太过晦涩难解甚至超出其接受范围。③从译者主体来看，译者的跨语言能力和跨文化素养是否能胜任对原文的翻译，也就是具体译者对具体原文的"可译性"考察。

2. 译者对不同内容薛涛诗的选译

薛涛诗按内容可以分为抒情诗、咏物诗、叙事诗、上节帅诗以及酬赠诗。从表5-2可以看出中外译者对不同内容的薛涛诗的选译有以下几个特点：①魏莎译本所选诗歌篇目最全面。②肯尼迪与拉森译本选译的酬赠诗比例最低。③张正则夫妇译本选译的叙事诗与上节帅诗数量最少。④美国译者的译本都选

---

① 张正则，季国平. 女诗人薛涛与望江楼公园［M］. 成都：四川人民出版社，1995：2.
② 汪秀辉. 薛涛诗解析［M］. 成都：四川师范大学电子出版社，2013：56.
③ Genevieve Wimsat., *A Well of Fragrant Waters*［M］. Boston：John W. Luce Company Publishers, 1945：57.

有少量伪作。

表5－2 薛涛诗歌英译篇目统计（按诗歌内容分类）

单位：首

诗歌类型	抒情诗	咏物诗	叙事诗	上节帅诗	酬赠诗	伪作	合计
张蓬舟本	5	29	7	19	32	0	92
魏莎译本	4	23	6	17	32	3	85
肯尼迪译本	0	15	4	13	16	3	51
拉森译本	5	19	7	16	19	2	68
张正则、季国平译本	4	10	1	2	4	0	21

（1）魏莎译本所选诗歌篇目最全

魏莎译本无论从体裁还是内容上对薛涛诗歌的译介都是最全面的。魏莎几乎翻译了她那个时代能够找到的所有薛涛诗。剔除3首伪作，另外现在公认的《朱槿花》《浣花亭陪川主王播相公暨同僚同赋早菊》和《题从生假山》三首是在1981年才由张蓬舟先生在北京图书馆的《分门纂类唐歌诗》残本中发现的。因此，按魏莎所处时代，无论是《万首唐人绝句》《全唐诗》《洪度集》或明刻《薛涛诗》所收录的薛涛诗歌数量最多不过89首。按此比例来看，魏莎夫人《芳水井》译本所译篇目已经占据当时全集的95.5%。这一数据说明，魏莎对薛涛诗歌篇目几乎没有加以"文化过滤"，而是以一种"亲善"甚至"狂热"的态度注视中国古典诗歌，满含对东方乌托邦的幻想与热爱，将几乎所有薛涛诗都译介给她的同胞。她对材料的选择并不附带译者的主观偏好，甚至也不考虑译语接受者的"文化模子"对译文接受程度的制约（从《咏八十一颗》及《四友赞》的翻译可以看出这一点）。看上去，魏莎在翻译薛涛诗的过程中比其他几位译者更为"自由"，受到的"操控"和"制约"较少。然而翻译行为不可能在"真空"中完成，那么她在翻译过程中呈现的与其他几位译者不同的特点也必然受到一些因素的影响才得以产生。首先，从译者的身份来看，作为汉学家、译者和诗人的魏莎非常热爱中国文化，尤其是传统文化。①她本人与薛涛同为女性诗人，类似的身份让她对薛涛的才情和身世充满欣赏和同情。这一点可以在她书中序言对 1934 年晚秋到成都寻访薛涛遗迹的记载得到印证："在青草蔓生的古墓上放下一个花圈，我站在秋日的阳光下，久久缅怀那位把酒吟诗的蜀中女子。"② 其次，从翻译所处时代背景来看，20世纪上半叶正值"美国诗歌复兴"时期。在这一新诗运动中表现最突出的意象派倡导积极学习东方民族的诗歌，他们渴望东方诗歌的异域之美给他们带来创作的灵感。这一时期埃兹拉·庞德的《神州集》，艾米·洛威尔与弗洛伦斯·艾斯库的《松花笺》对中国诗歌的译介让美国人民发现了光辉灿烂、令人惊叹的东方诗歌艺术。庞德说中国诗歌是"一个宝库，今后一个世纪将从中寻找推动力，正如文艺复兴从希腊人处找到推动……很可能本世纪会在中国找到希腊。目前，我们已经找到了一整套全新的价值"③。哈利特·蒙罗也指出"新诗派的最大功绩是发现了中国诗"④。在这样的历史文化背景下，魏莎与其先驱庞德和洛威尔等对中国诗歌的英译有着相同的内在驱动力：当时美国文学界内在的诗学需求。事实上，20 世纪上半叶，年轻的美国文坛希望自己的民族文学能够像政治一样摆脱欧洲母体。在其民族文学建立的过程中，他们对于欧洲母体的文学和文化具有本能的排斥心理，因此便把目光投向时间更古老、地理更偏远的东方以寻求塑造本民族独特文化的精神资源。魏莎译本所选译薛涛诗的篇目最全面这一事实正印证了廖七一教授总结的翻译文学在国别文学中占据主要地位的社会条件之一——"当一种文学还处于'幼稚期'或处于建立过程中时"⑤。

---

① 魏莎曾经出版 1927 年的《格里芬中国见闻录》 （*A Griffinin China: Fact and Legend in the Everyday Life of the Great Republic*），1934 年的《孟姜女》（*The legend of the Long Wall*），1936 年的《中国皮影戏》（*Chinese Shadow Shows*），《凋谢的牡丹：唐代女诗人鱼玄机生平及诗歌》（*Selling Wilted Peonies: Biography and Songs of Yii Hsuan chi*），以及 1945 年的《芳水井》（*A Well of Fragrant Waters: A Sketch of the Land Writings of Hung Tu*）等与中国相关的书籍。

② Jeanne Larson. *Brocade River Poems* ［M］. New Jersey: Princeton University Press, 1987: 12.

③ Ezra Pound. Renaissance ［J］. *Northern Anthology of American Literature* （11）: 1048.

④ 赵毅衡. 诗神远游——中国如何改变了美国现代诗 ［M］. 上海：上海译文出版社，2003: 13 - 15.

⑤ 廖七一. 当代西方翻译理论探索 ［M］. 南京：译林出版社，2002: 66.

（2）肯尼迪与拉森译本弃译大量酬赠诗

现存薛涛诗歌中有 32 首为酬赠诗，这些多是薛涛与当时文人雅士或官员酬唱之作。魏莎翻译了全部 32 首酬赠诗，肯尼迪只选译 16 首，拉森选译了 19 首。她们在对酬赠诗的取舍上出现了明显分歧。造成这一差异的内在根源必然与译者主体的文化心理和当时具体的社会历史语境息息相关。拉森在《锦江诗选—— 唐代乐妓薛涛诗集》的前言中说："遗憾的是过去流传的薛涛诗歌的数量是现存的五倍。很难说现存的诗歌是否代表了她诗作的典型特点，因为通常那些符合人们心中相思成病的女诗人形象或者情人间打情骂俏一语双关的诗更容易流传下来……所以此书中选译的篇目也不是非常有代表性。本书弃译了很多薛涛机敏地与权贵应酬的酬赠诗……无论诗歌本身技巧有多高，这些诗会让西方读者对诗人的阿谀奉承产生反感。"① 从拉森的"自白"来看，她弃译大量酬赠诗的原因是避免西方读者因不熟悉中国古代的唱和传统而产生误解。事实上，除此以外还有更深层的社会和历史因素影响着译者对翻译材料的取舍。

自 20 世纪 50 年代末 60 年代初以来，美国读者最青睐的中国诗歌是寒山、王维、李白等表达东方民族超逸脱俗、宁静自得、带有禅宗或道家思想的诗歌。薛涛酬赠诗中所体现的"入世"思想，与经历了两次世界大战、对社会现实感到不满而自我放逐的"垮掉一代"的精神需求格格不入。因此，受到这些民族审美偏好和社会历史条件的制约，肯尼迪和拉森都弃译了大量的酬赠诗，而保留下较多歌咏花草竹木或自然山川的咏物诗及登山访庙的叙事诗。在接下来的 20 世纪 60 年代到 80 年代，美国各种政治运动风起云涌。民权运动、同性恋运动、女性主义思潮都说明各种边缘文化和力量正奋力以各种形式反霸权、反主流以争取自身权益。薛涛的酬赠诗容易被当时的美国人看作边缘力量向主流力量的"屈从"而与当时美国大众的思想潮流相悖。所以正如拉森所担心的那样，无论这些诗技巧多么纯熟，都难免引起误解甚至反感。所以在这样的社会和历史背景之下，肯尼迪与拉森的译本大量削减酬赠诗既是顺应译语接受者的文化心理，更是符合社会历史潮流的明智之举。

---

① Jeanne Larson. *Brocade River Poems* [M]. New Jersey: Princeton University Press, 1987: 21.

(3) 张正则夫妇译本选译的叙事诗与上节帅诗数量最少

现存薛涛诗歌中共有叙事诗 7 首。其中，魏莎选译 6 首，肯尼迪 4 首、拉森 7 首、张正则夫妇仅 1 首。中外译者对薛涛叙事诗的不同态度可以通过分析中西诗学脉络得到答案。中国自《乐记·乐本篇》最早明确提出"物感说"以来，其后的《毛诗序》《文赋》《文心雕龙》《诗品序》及《筱园诗话》等诸多诗学论著都沿着"感于物而动""情动于中而形于言"的道路将中国诗歌的抒情言志传统发扬光大。因此，中国古典诗歌从《诗经》开始，经过《楚辞》《离骚》、汉魏乐府、唐诗、宋词直到元曲都具有强烈的抒情色彩。而西方自亚里士多德的《诗学》以来，"模仿说"得到贺拉斯、布瓦洛、狄德罗、蒲柏和温克尔曼等人的继承和发扬。在"艺术模仿自然"的唯物标准下，西方诗歌尤其长于叙事。从古希腊的《荷马史诗》、古罗马的《埃涅阿斯纪》、中世纪的四大史诗与但丁的《神曲》、17 世纪弥尔顿的《失乐园》、18 世纪拜伦的《唐璜》与歌德的《浮士德》到雪莱的《解放了的普罗米修斯》等均是规模宏大的叙事诗。中西诗学"物感说"与"模仿说"的分野导致了各自诗歌主流朝着"表现"与"再现"的不同方向发展，最后出现中西诗歌的一大显著区别：中国诗歌长于抒情，西方诗歌长于叙事。正是由于译者受到以各自诗学理论和诗歌创作历史为主的文化史"前文本"的影响，他们在选译诗歌篇目的时候，各自关注的焦点下意识地聚集到更切合自身文化传统的对象上。对于魏莎、肯尼迪和拉森，她们当然关注叙事性诗歌；而对于张正则夫妇而言，抒情诗才是体现中国诗歌特色的首选对象。

中美译者对于上节帅诗的选择也出现了巨大差别。薛涛留有 19 首含有"上""献"等字的赞美和歌颂历任剑南西川节度使的诗，薛涛研究者将之定义为上节帅诗，以区别于她与其他普通文人和友人之间的酬赠诗。① 魏莎选译 17 首，肯尼迪选译 13 首，拉森选译 16 首，张正则夫妇仅译两首。肯尼迪和拉森对上节帅诗和酬赠诗自相矛盾的态度不免让人费解。在 19 首上节帅诗中，三位美国译者都选译了《十离诗》。魏莎《十离诗》的英文题名为"Ten Poems of Parting with Yuan Wei-chin"，在题目下方还译出一段题记："元微之使蜀，严司空遣涛往侍。后因事获怨，远之。涛作《十离诗》以献，遂复善

---

① 汪秀辉. 薛涛诗解析 [M]. 成都：四川师范大学电子出版社，2013：72.

焉。"肯尼迪将《十离诗》中的《笔离手》的诗名译为"The Writing Brush"，而将剩余九首合译为"Nine Sad Songs for Yuan Chen"。拉森将《十离诗》诗名译为"Ten Partings"，但在对诗歌的注解中言："《犬离主》是薛涛《十离诗》系列诗的第一首作品。尽管这些诗有可能是她为恩主韦皋所作，但也很可能是她在与诗人元稹的爱情和友情破灭之后所作。"① 将这一注释与拉森前言中所说的"通常那些符合人们心中相思成病的女诗人形象或者情人间打情骂俏一语双关的诗更容易流传下来"结合来分析，不难看出无论魏莎、肯尼迪还是拉森，她们都有意或无意地把《十离诗》当成薛涛与元稹之间的"情诗"，而不是薛涛为讨好韦皋重获恩宠的"上节帅诗"。无论是有意还是无意的错误归类，这都解释了三位美国译者对上节帅诗选译的篇目比重高出意料的原因。与美国译者对《十离诗》的态度迥异，张正则夫妇译本只选译了《犬离主》一首，并补充说道："有人怀疑《十离诗》都不是薛涛诗，谓其风格卑下，与其他薛涛诗迥然不同……韦皋见了此诗，确实重生怜爱之情、惜才之意，原谅薛涛过失。"② 可见张正则夫妇在翻译《十离诗》的过程中的确受到旁人对《十离诗》真伪的存疑、学界对其诗风的评价以及相关文献对该诗来由的记载等因素的影响。因而，尽管《十离诗》语言俏皮，在中国民间流传颇广，但张正则夫妇译本只是代表性地译介了其中一首，以飨英语世界的读者。

(4) 美国译者译本选有伪作

在对薛涛诗歌的译介中，美国学者都选译了一些伪作。魏莎选译了伪作《赠杨蕴中》《落花联句》和《夜月联句》；肯尼迪选译一首"A LETTER TO KAO PIEN"，经考证薛涛并无此相应诗文。另外她也选译了《赠杨蕴中》和《落花联句》。拉森选译了伪作《牡丹》和《锦城春望》二首。《万首唐人绝句》和明刻《薛涛诗》收有《赠杨蕴中》。其中《万首唐人绝句》题注："死后作。"而《落花联句》和《夜月联句》首载于明代李祯《剪灯余话》。据载田洙随父入蜀，遇薛涛鬼魂相互唱酬。可见这三首诗都是后人假托薛涛鬼魂而作之诗，其乃伪作昭然可知。但是魏莎将它们尽数翻译，并且在对《落花联

---

① Jeanne Larson. *Brocade River Poems* [M]. New Jersey：Princeton University Press，1987：97.
② 张正则，季国平. 女诗人薛涛与望江楼公园 [M]. 成都：四川人民出版社，1995：68.

句》译介时还把这一章节命名为 "Romances Escape the Tomb" ("死后传奇"),可见魏莎对诗歌的真伪并不介意,她明知《落花联句》和《夜月联句》乃后人伪托,但由于其创作的传奇性和诗歌技艺的高超而欣然译介它们。肯尼迪在其译本的致谢中写道:"我年轻时在中国待过,在上海的一家书店里找到一本中文原文的薛涛诗集。我就靠着这些诗歌的英文翻译和一些其他更近代的资料,把它们改编而成了这本书。"① 拉森原文中用 "adapted" 而非 "translated" 来定义自己工作的性质。她还说:"(薛涛)她的诗精美典雅。她写朋友,写花,写院中的竹子。她活在自然给予她的欢乐中。"② 可见肯尼迪也并不关注诗歌的真伪。加上在她所处时代,美国的文艺潮流正盛行以敏锐的心灵感知自然山川、歌咏花草树木,因此《赠杨蕴中》和《落花联句》中表达的对时间流逝的无奈,对花朵凋零的感怀正好切合了当时的潮流而得以译介。拉森所选译的《锦城春望》除了清代《重修成都县志》有载,其他版本并没将之收入薛涛诗,《全唐诗》将之收入卓英英名下。但现据清初王士禄《然脂集例》及撰叙《历朝雅闺》考订为晚唐薛能所作。可见,拉森对伪作的态度与魏莎和肯尼迪并不一样。她在选译时并无选入伪作的主观故意。③ 然而由于译者身在美国,加之薛诗版本繁杂,要辨伪存真的确并非易事,因此无意之中选译了这两首伪作。正如拉森在前言中所说:"由于这些诗歌在付印成册之前很长时间是以手抄本流传,因此不同版本有不少差异……要想知道哪个版本是正确的是不可能的,所以我就按照最适合翻译成英文诗的标准来取舍。"④ 可见,美国学者对薛涛诗伪作的选译有的是为了增加趣味性和传奇性刻意为之,有的是出于客观条件所限而无心使然。这说明除了译者主体的主观故意,原文产生地、译语接受地的客观条件对译者的翻译行为也具有制约作用。

(二) 薛涛诗歌翻译策略之异

异化翻译法和归化翻译法是 1995 年美国翻译理论家劳伦斯·韦努蒂

---

① Mary Kennedy. *I Am a Thought of You* [M]. New York: Gotham Book Mart, 1968.

② Ibid., 1.

③ 拉森以 "The Chinese Poet Xue Tao: The Life and Works of a Mid-Tang Woman"(《中唐女诗人薛涛的生平与作品》)一文于 1983 年获得博士学位。作为学者型译者,她在原文的真伪性上态度严谨,并无选入伪作的主观故意。

④ Jeanne Larson. *Brocade River Poems* [M]. New Jersey: Princeton University Press, 1987: 21.

（Lawrence Venuti）创造出来描写翻译策略的两个术语。① 异化翻译法是故意使译文冲破译入语常规，保留原文中的异国情调。归化翻译法是尽量减少译文中的异国情调，为译入语读者提供自然流畅的译文。前者是尽可能让作者居安不动，让读者去接近作者；后者是尽可能让读者居安不动，让作者去接近读者。在理论旅行之后，中国翻译界对之产生了误读，他们往往把异化和归化看成是一个二元对立的翻译策略，简单地等同于直译和意译。而事实上在新版的《译者的隐形》中，韦努蒂对"归化"和"异化"作了进一步的阐释："'归化'和'异化'不是一对截然不同的二元对立的术语……主要是指对外语文本和外国文化的道德态度，是指由翻译文本的选择和翻译策略的选择所产生的道德影响。"② 换言之，"归化"与"异化"本身即译者所处时代的意识形态与诗学体系等复杂的社会因素和译者主体的个体情感对译者翻译策略的选择的挟制。通过分析不同译者在翻译薛涛诗歌时受到的这两股力量的撕扯所导致的译文这一表层文本体现出的不同表征，可以挖掘出潜在地制约和操控译者"脑文本"这一深层文本形成的机制。

1. 魏莎译本的"异化"策略

从 20 世纪薛涛诗歌英译的过程可以看出，40 年代魏莎翻译薛涛诗歌之时，译者在选译过程中对译入语接受者的考虑较少。她对中国诗歌的翻译策略是尽量保存中国诗歌的原有滋味。她在前言中就谈道："（薛涛的诗）几乎都是几何图形般工整，偏爱七言或五言的形式，押韵……我很快又发现它们都是用四行诗歌形式写成，于是我想：'为什么不把它们翻译成英文四行诗呢？'尽管四行诗的形式会让西方人觉得有些过时，我仍然决定接受这一挑战。"③ 从这些记载来看，就文化初创期的美国而言，异域文化的独特美感带来的吸引力是巨大的。译者往往无暇顾及本国接受者的理解能力和文化背景，他们满含热情地投入异质文学或文化的翻译介绍，希望通过他们的译介为本国文学带来

---

① 美国学者韦努蒂的《译者的隐形：一部翻译史》（*The Translator's Invisibility: A History of Translation*）一书在提出"归化"和"异化"概念后，被中国翻译界广泛运用，以阐释两种不同的翻译策略。

② Venuti, Lawrence. *The Translator's Invisibility: A History of Translation*（2nd ed.）［M］. London and New York：Routledge，2008：19.

③ Genevieve Wimsatt. *A Well of Fragrant Waters*［M］. Boston：John W. Luce Company Publishers，1945：7－8.

不一样的文学因子和诗学灵感。无论对诗歌形式还是内容，魏莎在翻译薛涛诗时都采用了"异化"策略。在文化初创期，翻译中的"异化"策略明显地体现出译入语文化对源语文化的"仰慕"甚至"屈从"。比如，她对《别李郎中》的翻译：

别李郎中

花落梧桐凤别凰，

想登秦岭更凄凉。

安仁纵有诗将赋，

一半音词杂悼亡。

Separating from Li Lang-chun

The wu t'ung leaf has fallen，Feng from Huang must part…

Perhaps it will bestill more lonely at Chin Ling…

If ever-grieving An-jen chanted this melody

One half the strain would be a dirge of sorrowing…

首先，从形式上看，虽然由于英语单词不像中国文字每个字词所占空间大小几乎相同，因此译诗形式不能完全到达原诗"几何图形般"的形式美，但比起惯常以自由诗体翻译中国古诗的译者来说，这已经是典型的保留原著特点的"异化"翻译策略了。其次，从内容来看，原文中具有中国文化意蕴或历史典故的人名或物名都以拼音形式在译文中保留。如"李郎中""梧桐""凤""凰""安仁"等。最后，从诗歌韵律来看，原文为七言绝句，隔行押韵，韵脚为"ang"。译文为了尽量保存原文的音乐性，也在第二行和第四行押韵，韵脚为"ing"。事实上，这样的"巧合"在魏莎译本中比比皆是。从魏莎译本来看，译者通过使译文不完全遵循英语语言与语篇规范，甚至选择艰涩难懂的四行诗，有意保留源语中的典故或专有名词等"异化"策略，以便为英语接受者提供一次"前所未有的阅读体验"。这种翻译策略的选择正是当时的文化语境操控的结果："与欧洲文化的剥离、创立自己的文化品格就是美国文化初次接受中国文化的文化语境。"① 这一文化语境下的"中学西渐"现象说明在文化初创和发展时期美国对中国文学和文化所寄寓的深切厚望：借中国的异质性文学因子来激活本土的民族性的诗学元素。

2. 肯尼迪译本的"改编"策略

肯尼迪在其译本的封面和致谢中两次用"adapted"而非"translated"来定义自己工作的性质是非常诚实的。首先，肯尼迪以一首名为"A LETTER TO KAO PIEN"的小诗作为其译本的首篇，其书名 *I am a Thought of You* 也是来自于此。但不幸的是，在薛涛现存诗歌中没有任何一首诗中有提及与"KAO PIEN"发音类似的人名。但通过肯尼迪译本中的第六首"HAIL, KAO PIEN"（《贼平后上高相公》）可以考订出"高相公"指高崇文。而"KAO PIEN"乃是高崇文的孙子，晚唐名将"高骈"的拼音。②

贼平后上高相公

惊看天地白荒荒，

瞥见青山旧夕阳。

信使大威能照映，

由来日月借生光。

HAIL, KAO PIEN

Hail, Kao Pien!

Such dazzling lightning bursts from you

That the distraught Cosmos

Almost cease turning.

Mountains cloak themselves in new green,

The sunset is burning in new colors.

After this day, both the sun and the moon

Must take their light from you!

---

① 董洪川. 文化语境与文化接受——试论当代美国诗歌对中国传统文化的接受 [J]. 外国文学研究, 2001 (4): 25.

② 周彦. 美国女诗人对薛涛的译介及译诗探析 [J]. 中国翻译, 2014 (6): 62.

原诗本来反映了公元 805—806 年由于剑南西川节度使韦皋暴卒，刘辟作乱，社会动荡，唐王朝派高崇文平叛，成功后封其为剑南西川节度使之事。但由于《纪异录》曾载高骈镇蜀时与薛涛交好而误导许多读者，肯尼迪之误应属受坊间谬传影响所致。考高骈任四川节度乃在僖宗乾符元年（874 年），时代远不相及。因此"HAIL, KAO PIEN"显然是将历史人物名字张冠李戴。这样明显的纰漏极有可能是因为译者认为原文的准确性并不重要，她只是借由原文寻找诗兴而借题发挥。事实上，肯尼迪译本中还有许多她的个性化创造。这些个性化的"创造性叛逆"仅从标题的翻译就可见一斑，比如：《赠段校书》被译为"So Handsome is the Prince"，《试新服裁制初成》被译为"From the Center of the Sun"，《春郊游眺寄孙处士》被译为"I Stood so Long"，《赠韦校书》被译为"Do not Compare Bean Flowers"，《送友人》被译为"The Lotus is Pale on Black Water"，《斛石山晓望寄吕侍御》被译为"The Early Sun Dissolves the Mist"等。另外，肯尼迪译本不仅收录了 51 首译诗，还收录了 5 首她自己创作的诗，分别为"Meadow""Warblers""Ride into Morning""More Precious than Grass"和"A Wreath of Four O'Clocks"。结合以上事实来看，肯尼迪译本的翻译策略更加侧重于挖掘译者主体的创造性，她的译本更像一种创造或改编。我们可以大致推测出两个原因：①从 20 世纪 50 年代到 70 年代的 20 年，中美关系处于隔离状态，因此肯尼迪的译本是薛涛诗歌四个英译本成书时代中中美文化交流的低谷时期。政治外交引发的文学文化交流障碍导致她在诗歌翻译过程中大胆地发挥如庞德翻译中国诗歌时的"疯狂想象力"，而造就了极度变形的译文。②从肯尼迪本人的经历而言，她是美国 20 世纪著名的作家、诗人、剧作家、演员，曾担任美国诗歌协会理事，20 世纪二三十年代多部百老汇戏剧的女主角。可见她生性具有浪漫主义气质、丰富的想象力和大胆的创新精神。所以在经过她"创造性叛逆"的翻译之后，许多原文中具有中国特色的诗歌形式和典故都被过滤或变形了，其结果是她的"译文"读来充满原创性美国诗歌的味道。因此，肯尼迪也认为自己是在"改编"而不是"翻译"薛涛诗。

3. 拉森的"归化"策略

归化翻译法旨在尽量减少译文中的异国情调，为译入语读者提供一种自然流畅的译文。也就是"尽量不干扰读者，请作者向读者靠近"。下面以拉森

《宣上人见示与诸公唱和》的翻译为例来分析拉森译本的特点。第一，拉森的译文从形式上看错落有致、句式长短不一，经常运用倒装句，常常在句中断句分行。这与呈几何图形般的汉语原样式相去甚远，译者有意识地把译文调整成译入语常见的自由诗体裁。第二，拉森往往在译文中补出明确的主词。中国诗歌的一大特点是主词不明，而拉森为了让薛涛的诗歌译文更加符合英文诗歌习惯，往往为诗歌译文补充出逻辑主词"I"或者"You"。这篇译文中的第二行和第四行中的"I"就是如此。第三，拉森在对专有名词的翻译中尽量使用被西方人广为接受的表达方式，以免造成理解上的"间性"。比如把"宣上人"翻译为"Monk Xuan"（姓宣的僧人），把"谯记室"翻译为"Cleric Qiao's"（谯牧师家），"禅"翻译为西方人普遍接受的"Zen"。第四，尽量避免文学或历史典故造成译语接受者的理解障碍。比如"许厨"在魏莎译本中用"Hu Tzu"来音译此名，并注解"Hu Tzu, a wonder work who caused a fountain to spring up in his study"①。然而也有人解释"许"乃"允许"，"厨"乃"参与"。② 因此，为了翻译时的方便，也为了避免异质性文化为译语接受者带来理解障碍，拉森舍弃了典故意蕴而选择按第二种解释来进行翻译。

宣上人见示与诸公唱和

许厨高斋唱，

涓泉定不如。

可怜谯记室，

流水满禅居。

On Being Presented to Monk Xuan：

A Poem to Rhyme with Those by the Gathered Nobles

Permitted to mingle in your loft study

I chant these words；

a seeping spring，

I cannot measure up.

---

① Genevieve Wimsatt, *A Well of Fragrant Waters* [M]. Boston：John W. Luce Company Publishers, 1945：66.

② 汪秀辉. 薛涛诗解析 [M]. 成都：四川师范大学电子出版社，2013：114.

Wonderful, this room,

like the learned Cleric Qiao's.

A rush of flowing waters

fills the Zen abode.

从以上几点来看，拉森的翻译策略是倾向于"归化"的。她用自然流畅的译语传递原著内容，她的译本体现了西方的强势话语权对东方文学的解构。这与魏莎译本对东方文化的"仰慕"甚至"屈从"刚好形成强烈对比。导致这种转变的深层社会因素则是美国已经度过文化初创期，完成了民族文学的确立。20 世纪 80 年代的美国无论在经济、政治还是军事上都处于世界领先地位。由此而带来的强烈的民族认同感与凝聚力折射在译者译介外国文学的翻译策略选择上，就是译者往往在强烈的"爱国主义"情愫的驱使下在深层结构上用译语文化"吞并"原著文化。由此可见，翻译不仅是一种译者主体的个人行为，受到译者个性特点的影响，它还受到译者所处时代的社会政治、经济、文化等多方面因素的操控和制约。

4. 张正则、季国平夫妇的"归异结合"策略

国内唯一的薛涛诗歌英译本《女诗人薛涛与望江楼公园》由张正则、季国平夫妇翻译。二人在该书前言中写道："汉诗英译，本是难事，要想译得形神兼备，那更是难上加难……我们并非专攻古典文学，亦非专攻英文，以外行而写此书，全因受到先父张蓬舟精神之感召，以其业未竟而西归，常思有所以继。"① 此番话有谦虚之意，更道出其翻译之目的：继承父亲遗志，以传播和发扬薛涛诗歌来纪念父亲。下面以张正则、季国平夫妇对《春望词（二）》的翻译为例解析在译者主体个体情感性因素较重的翻译过程中个体与社会两种制约因素如何达成平衡或"妥协"。

春望词（二）

揽草结同心，

将以遗知音。

---

① 张正则，季国平. 女诗人薛涛与望江楼公园 [M]. 成都：四川人民出版社，1995：4.

春愁正断绝，

春鸟复哀鸣。

Gazing at Spring II

I gather herbs and tie a knot of love,

And wish to send to my dear beloved.

When the spring sadness is never to its ending,

Why the spring birds are back to their sobbing?

除了以上译文，译者还在旁边用插图绘出了"同心结"的式样，并加注："The figure shown here is the knot of love（or knot of heart to heart）weaved with herbs"①。

张正则夫妇的译本有以下特点：①在形式上与魏莎夫人相似，以四行诗的形式基本保留原诗"几何图形般"的形式美，此乃"异化"策略的体现。②在对主词的处理上接近拉森。补充主词以符合英文诗歌习惯，此乃"归化"策略的体现。③在对具有中国传统文化意蕴语词的翻译策略上与拉森相似（拉森译本在附录中以 8 页的篇幅为每首诗的译文补充出详尽的注释），张译本用自然流畅的译入语"dear beloved"和"knot of love"翻译"知音""同心结"，然后插入绘图和注解等解释性资料，这是典型的"归化"策略。由此可见，作为中国古典文化研究者继承人的张正则夫妇在"异化"与"归化"策略的运用上受到作用于两个不同方向力量的"撕扯"。一方面要尽力保持原作风姿，以向英语世界介绍"原汁原味"的薛涛诗的艺术之美，另一方面又不得不考虑译入语接受者的审美习惯以及西方诗学传统甚至意识形态的制约。最后，张正则夫妇的译本只好在"异化"与"归化"中寻求融合之道，形成独具一格的"归异结合"翻译策略。张正则夫妇译本在翻译策略上的平衡和妥协正体现了翻译过程中译者的个体情感因素与历史、文化、经济等社会因素的相互制约与调和。

小　结

各有特色、各有侧重的薛涛诗集英译本为扩大薛涛诗歌影响力以及薛涛诗

① 张正则，季国平. 女诗人薛涛与望江楼公园 [M]. 成都：四川人民出版社，1995：42.

歌的经典化做出了重要贡献。① 本书通过以勒弗维尔"操控理论"来分析薛涛诗歌的不同译本所呈现的选篇动机、翻译策略和译者身份差异，让我们更清晰地认识到掩藏在译本背后的深沉的历史文化渊源以及译者与译本之间的敏感而复杂的联系。薛涛作为一位中国古代才、名俱佳的女诗人，英语世界对她的译介是本土文学海外传播的有机组成部分。对薛涛诗歌英译的研究有利于在译本研究的层面为我国本土文学的海外传播战略积累宝贵经验。张健教授在"中国文学海外传播研究书系"总序中指出"中国文学海外传播"的旨归之一是"希望在中国文学及其研究国际化的大趋势中为本土文学及其研究的繁荣增添新的契机、新的视野和新的活力"②。薛涛诗歌英译毫无疑问地佐证了这一项目的价值与意义：增进国际社会对中国文学的了解，促进本土文学及其研究的创造性发展，分享中华优秀文化精髓，在全球一体化语境下葆有"多元之美"。

三、 文学与人类学跨学科研究实践： 对川剧 《柳荫记》 "化鸟" 不 "化蝶" 的多维解析

2015 年 3 月 10 日，由四川省文化厅主办的"四川·川剧晋京演出周"在北京拉开帷幕。四川省川剧院复排的川剧《柳荫记》在北京长安大戏院首演，为首都观众讲述了一段充满四川风味的梁祝爱情故事。但是川剧《柳荫记》的"化鸟"结局引起了许多褒贬不一的评论。有人评价说："鸟，在形体上来说有些笨重，不如蝴蝶轻灵；就比附意义而言，蝴蝶的生命美好而脆弱、短暂，似乎更贴合梁祝的悲剧爱情故事。而在越剧中，蝴蝶意象多次出现，特别是蝴蝶扇坠作为象征之物贯穿全剧，比之川剧中出现的鸳鸯鸟来说，更加顺理成章。"③ 有人甚至以打油诗讽刺川剧《柳荫记》的"化鸟"结局："才见金山托孤，又闻梁祝化鸟。蝴蝶飞到何处？不知哪里去找。丢却经典传承，媚俗

---

① 在海内外薛涛研究者的推动下，薛涛诗歌作为我国诗歌艺术的重要组成部分，其经典地位逐步得到确立。1990 年薛涛研究协会在成都市文联、成都市社科联、成都市园林局领导下成立是薛涛诗歌经典化道路的标志性事件。

② 张健. 中国文学海外传播研究书系·总序. 如何译介 怎样研究 ［M］. 北京：中国社会科学出版社，2014：2.

③ 说说川剧《柳荫记》［EB/OL］. （2015 - 03 - 13）. http://sophymln.blog.163.com/blog/static/909725082015212111121928.

妄言创新。如此哗众取宠，逼得川剧哭坟。"① 面对诸种质疑，导演李小平在接受记者采访时回答道："别的版本的梁祝最后都是化蝶，而川剧最后是化鸟，这个意象值得挖掘，希望它能带给观众更为积极的一种美。"② 那么，"化鸟"到底是此番"青春式"新版川剧《柳荫记》的导演李小平和编剧隆学义对传统川剧《柳荫记》的创造性改编还是对原剧的沿袭和传承呢？本部分从多角度剖析川剧《柳荫记》"化鸟"不"化蝶"的深层原因和文化内涵。

（一）从剧本的文本分析看"化鸟"之铺排

川剧《柳荫记》一共十场。分别是第一场"英台别家"、第二场"柳荫结拜"、第三场"书馆谈心"、第四场"山伯送行"、第五场"说媒许亲"、第六场"英台思兄"、第七场"祝庄访友"、第八场"四九求方"、第九场"马家逼婚"、第十场"祭坟化鸟"。"鸟"这一象征意象自始至终贯穿全剧，形成一个整体象征，代表着"自由""美满"和"幸福"。

在第二场"柳荫结拜"中，祝英台夙愿得偿，离开家乡去往杭州书院求学。她唱道："出牢笼，展双翅直上云霄，从此不是笼中鸟，海阔天空任游遨。"③ 可见，祝英台对"笼中鸟"的同情和对"云霄鸟"的向往由来已久。在第三场"书馆谈心"中，老师出上联"风吹竹叶龙摆尾"，祝英台毫不思索地对出下联"雨打鸡冠凤点头"④。这句脱口而出的含有鸟意象的接对更说明她对"鸟"的体察与认同已经深入其潜意识中。除此之外，为了给"化鸟"的结局做暗示和铺垫，川剧《柳荫记》还在多处出现关于"鸟"的对话。比如在第四场"山伯送行"中，梁山伯道："微风吹动水荡漾，飘来一对美鸳鸯。"祝英台道："形影不离同来往，两两相依情意长。"行过一段路后，梁山伯道："送贤弟到河坡，漂来一对戏水鹅。"祝英台道："雄的不往前面走，雌的后面叫咯咯。"⑤ 而在第九场"马家逼婚"中，当祝英台从四九那里得知梁山伯身亡的噩耗时，她悲痛地唱道："闻他言来泪泉涌，哭一声山伯，叫一声

① "金山托孤"与"梁祝化鸟"［EB/OL］．（2015-03-09）．http://www. mala. cn/thread-11764484-1-1. html.

② 经典川剧受热捧［N］．四川频道，2015-04-08. http://difang. kaiwind. com/sichuan/dfmssy/201504/08/t20150408_ 2439628. shtml.

③ 川剧选集（第1辑）［M］．重庆：重庆人民出版社，1961：9.

④ 同前，第16页。

⑤ 同上，第26～27页。

梁兄。实指望与兄偕鸳凤，又谁知弹打鸳鸯各西东。"① 这些对话和唱段都明显地以成双成对的"鸟"的意向来象征美满的爱情与婚姻。因此，在第十场当祝英台身着白衣，在梁山伯坟前唱道："哎呀！梁兄啊！只好比断线风筝失形影，我好比笼中之鸟有翅难飞。这凄凉有谁知？……弟与兄在天愿作比翼鸟，在地愿作连理枝。决心与兄黄泉会，做一个生生死死永不离。"② 最后，祝英台跳入坟中，坟中飞出二鸟，比翼齐飞。全剧结束，幕急闭，墓内合唱："梁祝化作比翼鸟，从今以后生生死死永不离！"至此，有了前面的多处铺垫，川剧《柳荫记》的"化鸟"结局尽管与其他地方戏曲梁祝"化蝶"的结局大相径庭，但整出剧却如行云流水，毫无违和感。从剧本的编写来看，"化鸟"的结局不但不突兀，反而入情入理，顺理成章。

（二）从相关文献资料看"化鸟"之沿袭

从笔者目前所查阅到的资料来看，川剧《柳荫记》剧本大约经历了三次发展。其中，第一阶段是在清朝时期。尽管梁祝的传说自西晋开始在民间流传已有一千七百多年，而以《梁山伯与祝英台》故事为蓝本的川剧高腔剧目《柳荫记》则大约形成于清代。据 1909 年出版的傅崇矩所著《成都通览》记载，当时的成都已有《柳荫记》全本演出，这是目前见到的对川剧《柳荫记》最早的书面记载。③

第二阶段是在 20 世纪五六十年代。1952 年 10 月西南区戏曲观摩演出代表团参加了在北京举行的第一届全国戏曲观摩演出大会，川剧《柳荫记》在此期间得到阳翰笙、梅兰芳、艾青、王朝闻、马少波、吴雪等人的指导，由徐文耀执笔加工。改编后的剧本强化了人物性格，深化了反封建的主题。作为西南川剧院推出的经典川剧曲目，在进京演出取得好评后该剧本由四川省文联编辑委员会主编，于 1953 年由成都出版社出版，次年又由西南川剧院整理后由作家出版社出版。川剧《柳荫记》在 20 世纪 50 年代迎来了第一次全国范围甚至国际范围的发展机遇。首先，川剧《柳荫记》的成功导致其他剧种纷纷移植。据首演京剧《柳荫记》的杜近芳老师回忆："1952 年，北京组织了一次

---

① 同上，第 67 页。
② 同上，第 62 页。
③ 傅崇矩. 成都通览［M］. 成都：成都时代出版社，2006：155.

汇演。主演川剧《柳荫记》的两位演员也来到北京观看。周恩来总理见到他们之后，也让他们在北京演出了川剧《柳荫记》……看过川剧《柳荫记》后，周总理非常喜欢，希望京剧能够移植过来，并指定马彦祥担任编剧。"① 同年，《光明日报》对川剧《柳荫记》的"化鸟"结局评论说："至于结束处是蝴蝶、是雀子，可以依照四川地方的传说。"② 可见，川剧《柳荫记》"化鸟"的结局在第二阶段的传播中更多得到的是鼓励与包容，而非排斥与批评。除此之外，1956 年杨宪益、戴乃迭夫妇还把川剧《柳荫记》译介为英语，题名为"Love Under the Willows：Liang Shan-po and Chu Ying-tai：A Szechuan Opera"，由外文出版社出版。川剧《柳荫记》英译本的出版使其在海外的推广和传播迈出了历史性的一步。20 世纪 60 年代初川剧《柳荫记》得到持续发展：1960 年四川人民出版社出版的《四川地方戏曲选》第 1 辑和 1961 年重庆人民出版社出版的《川剧选集》第 1 辑都分别辑录了川剧《柳荫记》剧本。1963 年，由陈书舫主演的川剧电影艺术片《柳荫记》上映，为我们欣赏和研究早期原汁原味的川剧《柳荫记》留下宝贵的原始资料。以上事实可以证明，经过第二阶段的发展，川剧《柳荫记》在全国的影响力日隆，并向着国际化传播的目标蹒跚起步。

　　第三个发展阶段在 21 世纪初期。由于 1966 年到 1976 年"文化大革命"期间以"封建主义""资本主义""修正主义"的名义禁闭了川剧，那时的剧团只演样板戏。③ 直到"四人帮"倒台后，1977 年川剧重新登上舞台。但是由于 70 年代末 80 年代初国人的文娱生活由单一走向了多元：在电影、录像、跳舞、打台球等休闲方式的冲击之下，川剧在 20 世纪 80 年代初到 21 世纪初经历了较长时期的沉寂。正如李枝华所言："由于改革开放以后，各种思潮汹涌而来，本土文化、地域文化包括戏曲艺术受到了很大的冲击，恰恰在这个时候，青少年在可塑性期内没有受到戏曲艺术的熏陶，当然更不懂得如何去欣赏戏曲艺术，因而面对戏曲艺术有一种陌生感，久而久之就自觉或不自觉地冷漠、疏远了戏曲艺术。"④ 半个世纪以来，《柳荫记》随着川剧甚至中国整体戏

① 刘淼."叶杜"传人重拾《柳荫记》［N］. 中国文化报，2012 - 07 - 03.
② 关于川剧《柳荫记》［N］. 光明日报，1952 - 12 - 17.
③ 向思宇，周婷. 流浪的川剧［N］. 时代报告. 中国报告文学，2014 - 10 - 27.
④ 李枝华. 喜看新柳已成丽——观省川剧院重排的《柳荫记》［J］. 四川戏剧，1996（6）：17.

剧艺术一起陷入低谷期。面对这样的不利局面，2015 年在北京上演的四川省川剧院复排的川剧《柳荫记》引起了国内多家媒体的报道和全国广大戏迷的广泛讨论。同年 3 月 24 日，民中川剧艺术团在成都锦江剧场再演重排版《柳荫记》，进一步推动川剧《柳荫记》的复兴。可以说此次李小平的重排是川剧《柳荫记》在新时期的重要转机。

从以上文献资料来看，无论是清代，还是 20 世纪五六十年代的川剧《柳荫记》，在情节设置上均是以梁山伯与祝英台"化鸟"飞去而结束。所以，此番李小平重排版《柳荫记》的"化鸟"并非他或编剧隆学义哗众取宠的"出位之思"。一些观众对"化鸟"结局的质疑主要是由于缺乏对川剧版《柳荫记》的了解。把重排版川剧《柳荫记》的"化鸟"结局看成是对传统经典川剧曲目的颠覆和对商业效益的媚俗这一批评是可以通过梳理川剧《柳荫记》剧本这些流传下来的传世文献来正本清源的。

（三）从文物考古看"化鸟"之文化根源

艾青曾把越剧《梁山伯与祝英台》与川剧《柳荫记》作比较："假如说越剧《梁山伯与祝英台》的长处是缠绵、细腻，则川剧《柳荫记》的长处是粗犷、淳朴。"而川剧的语言"比较泼辣，有时出现一些对话和顺口溜形式的道白，俚俗得可爱"[①]。他用"粗犷""淳朴""泼辣"几个关键词概括了川剧《柳荫记》的风格特点，这也正是川人性格的典型特征。重排的川剧《柳荫记》的导演李一平认为："别的版本都是化蝶，唯有川剧是化鸟。我自己觉得化鸟这种传统深深体现了川人的性格。蝴蝶是脆弱灿烂的，但是鸟的生命比蝴蝶更长久，所以川人是以这种方式为梁祝的感情祝福。祝英台多了三分辣味儿。"[②] 他们的评论虽中肯精到，却只道出了"鸟"与"巴蜀"文化的表层关系。要探究"鸟"与"巴蜀"文明的深层联系，还需要研究者从古代遗留的文物及图像，以及作为非物质遗产的口头传说中解读出没有被文字文本记录的文化密码。

叶舒宪先生认为，掌握文化书写的多维叙事，尤其是了解"物的叙事"，

---

① 艾青. 歌剧梁山伯与祝英台——谈越剧《梁山伯与祝英台》、川剧《柳荫记》[C] //李致，主编. 四川省川剧研究院编名家论川剧. 成都：四川人民出版社，2007：106 - 128.

② 张良娟. 川剧《柳荫记》"梁祝"化鸟不化蝶 为何？[N]. 四川日报，2015 - 03 - 13.

能使当代做文史研究的学者获得的材料大大丰富起来，研究视野将随之超越前人，能够探索到的文化和历史真相也应该远远超出偏信文字记录所造成的遮蔽与束缚。① 对古代巴蜀地区最重要的考古发现来自三星堆和金沙遗址，巧合的是二者都以实物的方式向我们展示了"鸟"这一古巴蜀地区最主要的图腾。首先，鸟形象在三星堆文化中极为常见：三星堆出土了大量鸟形和鸟纹饰器物，以及与鸟相关的神树、神坛。而且作为王权和神权象征物的三星堆金杖，其鸟纹也居中心位置。其次，成都金沙遗址所出土的"太阳神鸟"金箔由4只首尾相接的金鸟环绕呈光芒放射状的日轮组成，鲜明地反映出古蜀人崇鸟敬日的文化特征。刘道军认为："无论是三星堆太阳神树上的一龙十鸟，还是金沙遗址中太阳神鸟上的四鸟绕日造型，都直观地显示出古蜀人的鸟图腾崇拜。"②

另外，从传世古籍和四川等地流传的口头传说来看，古蜀王杜宇、柏灌、鱼凫都与"鸟"有着千丝万缕的联系，这三位君王都非常崇拜鸟，甚至以鸟为图腾。③《太平寰宇记》记载："望帝自逃之后，欲复位不得，死化为鹃，每春月间，昼夜悲鸣。蜀人闻之曰：我望帝魂也。"杜宇被认为因被鳖灵推翻逃亡后复位不成，怨魂化为杜鹃鸟。《温江县志》记载柏灌氏以鸟为图腾，柏灌是"伯鹤"的讹写。《蜀王本纪》记载"鱼凫田于湔山，得仙，今庙祀之于湔"。而鱼凫是"教民捕鱼"的蜀人祖先，"鱼凫"二字即鱼老鸹，是一种捕鱼的水鸟。可见鸟在巴蜀先民民族心理中是根深蒂固的。这些考古文物发掘的实物以及古籍和口头传说都有力地证明了巴蜀文明与"鸟"之间的纽带。我们有理由推测，正是巴蜀先民把鸟这一生物当作他们的保护神和祖先，因此当产生于西晋时期的"梁祝"故事流传到四川地区时，其"化蝶"的结局才被创造性地改写为"化鸟"。这是文学在不同地域流传或旅行时由于接受方"文化模子"的不同而产生的常见现象。比较文学研究者把这种现象称为"文化过滤"。

---

① 叶舒宪. 物的叙事：中华文明探源的四重证据法 [J]. 兰州大学学报（社会科学版），2010（11）：1-8.

② 刘道军. 从三星堆青铜神树到金沙太阳神鸟 [J]. 重庆师范大学学报（哲学社会科学版），2006（5）：81-86.

③ 王晓婷. 巴蜀三星堆文化之鸟图腾崇拜原因探秘 [J]. 艺术研究，2015（9）：96-97.

（四）从田野调查看"化鸟"之民间起源

重庆铜梁区梁祝村有座祝英庙，"文化大革命"时期遭破坏之前庙里供奉梁祝像。对面与祝英庙相望的小山坡曾有一座梁山庙，后因大火，现仅剩两根山门条石残柱。该村村民至今能指出梁祝十八里相送的古道、雷打坟、化鸟等具体位置。2009 年《重庆晚报》数字报刊的记者丁香乐在采访梁祝村后查阅了清乾隆年间所修《铜梁县志》，发现了关于梁祝的两条记载："大欢喜碑，县南浦吕滩河岸祝英台书""祝英寺，位于祝英台山，宋宣和时建，明万历、清嘉庆年间修葺"。[①] 可见，关于梁祝村的传说可以至少追溯到宋代。除此之外，通过田野调查，笔者发现民间把寿带鸟（俗名紫带、白带、练鹊、尾巴练、缓带、枝花及尾鹟等）称为"梁祝鸟"。安康市林业局官网登载的田宁朝《鸟类中的梁山伯与祝英台——寿带》也印证了笔者的调查："在自然界人们看到两只长尾巴寿带鸟在一起营巢生殖，它们拖着长尾巴翩翩起舞，飘然若仙，形影不离，于是便联想到雄鸟是梁山伯变的，雌鸟是祝英台所变，传说它们是'梁山伯与祝英台'的化身，寓意着幸福长寿。"除了陕西省安康市，四川部分地区也保留了"梁祝马"三鸟的称呼。其中，一种如八哥大小，全身火红，尾巴像杜鹃的鸟被叫作"祝英台"；一种比麻雀稍大，全身白色，尾巴有二十厘米长的鸟被叫作"梁山伯"；另外还有一种土黄色，和祝英台差不多大小，短尾巴，样子不太漂亮的鸟被称为"马文才"。由于叫"马文才"的鸟一般与梁祝二鸟相隔两三米，不管是飞行还是停下玩耍都与梁、祝保持一定距离，因此民间还流传着一句歌谣："梁山伯、祝英台，马家的伢仔快些来！"

笔者结合以上调查，认为川剧《柳荫记》"化鸟"的结局还有另一种推测："化鸟"结局有可能缘起于由寿带鸟而引发重庆铜梁区梁祝村某个时期的先民的联想，认为它们就是铜梁区的"梁祝"二人的化身（梁祝村确有梁姓、祝姓人家），久而久之附和演变成梁山伯与祝英台"化鸟"的传说。

小　结

作为对中国家喻户晓的民间传说《梁山伯与祝英台》的演绎，川剧《柳荫记》的"化鸟"结局引起了许多戏迷褒贬不一的热评。本书从川剧《柳荫

---

① 丁香乐. 梁山伯与祝英台家乡在铜梁？[N]. 重庆晚报数字报刊，2009-03-17.

记》的剧本、相关文献资料、考古发现、田野调查等四个维度综合研究了川剧《柳荫记》"化鸟"不"化蝶"的文本铺排、历史沿袭、文化根源和可能的民间起源，揭示川剧《柳荫记》"化鸟"结局所承载的文化内涵。

四、 文学与心理学跨学科研究实践： 文学审美与认知——《曼斯菲尔德庄园》 解释漩涡

皮亚杰（Jean Piaget）认为人类对图形的心理认知经过了"图形内""图形间"和"图形外"三个阶梯式发展阶段。"图形内阶段"不考虑作为空间的空间，也不考虑包含所有图形的空间之内的图形变换；"图形间阶段"则需要人们按照多种对应形式在图形间建立关系；"图形外阶段"要求人们优先考虑结构。[①] 皮亚杰提出的人类对"图形"认知的三个发展阶段的结论可以启发认知诗学的"图形—背景"理论的进一步发展。在我国认知诗学研究领域，作为认知诗学模型之一的"图形—背景"理论因为能使读者对文本的多维解析成为可能而在专注文本分析的"新批评"时代广受关注。这一组相对概念在中国化之后为中国的文艺阐释做出了巨大的贡献。受皮亚杰图形认知三阶段结论的启发，笔者发现当今国内认知诗学的"图形—背景"理论的运用模式主要还停留在"图形内阶段"，以图形与背景换位这种传统模式来发现文本的新的阐释可能。鲜少有学者将"图形—背景"理论运用到"图形间阶段"和"图形外阶段"。因此，本书以简·奥斯丁（Jane Austen）的《曼斯菲尔德庄园》（*Mansfield Park*）为例把传统"图形—背景"理论的运用模式扩展到以关注图形关系为特点的"图形间阶段"和以关注整体结构为特点的"图形外阶段"；并且"内""间""外"阶段分别对应的"图形背景混合""主次图形共存"和"背景并置"三种模式相结合的新"图形—背景"理论允许悖论性的多种解释共存而无须相互取消：多义并存的"解释漩涡"与后现代解构主义张扬自由与活力、反对秩序与僵化、强调多元化差异、反对一元中心和二元对抗的核心精神一致，可以为传统文学注入现代化的生命力。

（一）"图形内阶段" 的图形背景混合

斯托克韦尔（Peter Stockwell）在《认知诗学导论》中指出："图形—背景

---

① 让·皮亚杰，R. 加西亚. 心理发生和科学史 [M]. 姜志辉，译. 上海：华东师范大学出版社，2005：73.

理论通过突出重要部分、弱化其余部分来强调感知目标。图形通常是自我包含而独立性较强的、较翔实而突出度较高的、移动的或具有移动倾向的事物。"①因此，在文学作品的文本世界中，"人物"经常成为读者注意力聚集的焦点。以《曼斯菲尔德庄园》为例，传统读者在阅读接受过程中，往往更多关注文中主要人物的性格、外貌和命运，而把人物的活动场所看作背景。因此，正直富有的埃德蒙、羸弱善良的范妮、放荡不羁的玛丽亚和茱莉亚姐妹、轻率世俗的克劳福德兄妹、见识短浅而妄自尊大的范妮母亲、性情温和但神经质的伯纳特夫人等人物都是《曼斯菲尔德庄园》中典型的"图形"。当读者把这些人物作为图形，把他们活动的环境作为背景来解读时，读者就可从作品中认识到人性的多元复杂性、人物关系的复杂微妙以及人物命运与环境的关系。范妮、汤姆、玛丽亚、茱莉亚等"图形"在曼斯菲尔德、伦敦等"背景"下的不同命运表达了作品"赞美理性，批判原欲"的精神。

但是读者具有自主调整和控制注意力的能力，可以通过弱化对人物的关注度而增加对人物活动环境的关注度，使图形和背景关系作整体互换。以《曼斯菲尔德庄园》为例，当读者把"人物"作为"背景"，而将"场景"作为"图形"解读时，全新的解读和认知将得以生成。比如，当读者把关注的焦点聚集在"环境"上时，《曼斯菲尔德庄园》中的几个地理空间便获得了超乎寻常的意义：①曼斯菲尔德庄园：富丽堂皇、明亮宽敞、名贵洁净，代表着英国精神的核心和传统的中心，象征着智慧、理性、富足和宁静。②朴次茅斯：嘈杂混乱、贫穷肮脏，作为庸俗和愚昧者的生存之地，象征着贫穷落后与知识匮乏。③伦敦：五光十色、繁荣与混乱并存，代表信仰的迷失、金钱取代上帝的新法则。④安提瓜：充满黑暗、暴动和财富诱惑的海外岛屿，作为托马斯爵士等殖民者的活动场所，代表着英国资产者的财富和权力欲望的投射之地。

由此可见，当读者放弃以人物为图形，以场所为背景的认知惯例，而有意识地对二者的关注程度做整体调换之后，《曼斯菲尔德庄园》可以被解读为一本关于一系列空间中大大小小的情境的迁徙与相互关系的小说。而曼斯菲尔德庄园本身则由奥斯丁放在横跨两个半球、两个大海和四块大陆之间的一个利害

---

① Stockwell, Peter. *Cognitive Poetics: An Introduction* ［M］. London &New York：Routledge press. 2002：15.

与关注的圆弧的中心点。① 以这种角度解读《曼斯菲尔德庄园》，曼斯菲尔德
庄园已然不再只是人物活动的一个场景或地理位置和景观，它反映了一种社会
和文化的信仰，象征着英伦气质中最本质的部分；它维护传统的、未被资本主
义工业文明污染的英国乡村价值观；它体现了前工业时代的英国社会阶层之间
温情脉脉的"宗法制"伦理关系；同时，它是殖民者在海外殖民中推行的文
化霸权的标准形态。皮尔（Willie van Peer）和格拉夫（Eva Graf）指出，对人
与空间的关系的兴趣不仅可以追溯到亚里士多德和其他古代思想家，而且康
德、牛顿等许多不同领域的精英也对此进行过深入的思考。"对于人类与空间
的研究是一项广阔而且还在发展中的研究领域，它是既求同又存异的观点、方
法和理论基础相互碰撞的一门交叉学科。"② 或许正是由于简·奥斯丁对曼斯
菲尔德庄园这一地理空间与小说人物关系的敏锐洞见，才促使她以"曼斯
菲尔德庄园"这个地理名词来命名这部被寻常读者解读为爱情小说的作品。

　　值得注意的是斯托克韦尔在《超现实图形》（"Surreal figures"）中论及图
形时指出："在背景中淡出的图形仍然可以被记起，要么被读者单方面回忆，
要么是在文本特征的某些辅助之下。这会导致一些奇异的效果，这种不在场的
图形依然是可感的（tangible），并且悖论性地被当作意味深长的在场的图形来
感知。"③ 在超现实主义绘画和雕塑的启发下，斯托克韦尔对图形的理解超越
了前人对"背景"与"前景"或"背景"与"图形"的理解，他指出之前把
"图形"与"背景"当作一个场域中的二维的做法太过简单，他建议关注图形
的边界问题："当一个对象被看成从背景中分离出来图形时，去考虑在图形边
界和图形背后正在发生什么是一件有趣的事情。"④ 关注图形边界需要观察者
做到两点：第一，当我们关注背景时，我们要注意背景的连续性，甚至当图形
的突显使得部分背景被模糊或遮掩的时候也要能假想出背景持续存在的状态；

　　① 爱德华·W. 萨义德. 文化与帝国主义 [M]. 李琨，译. 北京：生活·读书·新知三联书店，2003：84~109.
　　② Semino, Elena& Jonathan Culpeper（eds.）. Between the lines: Spatial language and its developmental representation in Stephen King's *IT* [A] //Cognitive Stylistics: Language and Cognition in Text Analysis [C]. Amserdam: John Benjamins Publishing Company. 2002：123.
　　③ Gavins, Joanna & Gerard Steen（eds.）. Surreal Figures [A] //Cognitive Poetics in Practice [C]. London: Routledge press. 2003：20.
　　④ Ibid.

第二，当我们关注在背景中运动的图形时，我们必须要持续不断地关注其变化轨迹，以便即使它的运动被阻断，我们也可以假想出图形运动的完整路径。因此，在结构主义视野下，读者对"图形—背景"理论的运用往往是要么以人物为图形、场景为背景，要么以场景为图形、人物为背景来解读文学作品。两种解读方法建构的文本世界类似于两个平行宇宙，互不干涉、各适所好，这显然是对斯托克韦尔理论的片面认识。结构主义的二元对立除了等级高低，绝无两个对项的和平共处，一个单项在价值、逻辑等方面统治着另一单项，高居"中心"和"权威"的地位。而解构主义视野下的"图形—背景"理论不仅要把等级秩序颠倒过来，还要模糊原来对立的二元的界限。斯托克韦尔对图形边界的兴趣说明"图形"与"背景"具有交织缠绕与不确定性的可能。按这样的认知模式去解读《曼斯菲尔德庄园》，原本明晰简单的主题将具有含混（ambiguity）、犹豫（hesitation）、不确定（uncertainty）的特征。事实上，以目前国内普遍运用的结构主义视野下"图形内阶段"的"图形—背景"模式解读《曼斯菲尔德庄园》，所得出的结论的确太过简单，这往往是初次阅读此书的读者的认知选择。里法泰尔（Michael Riffaterre）提倡"追溯式阅读"（retrospective reading），在前几次阅读经验的引路之下，读者可以交替地体验不同的认知模式。[①] 所以在经历以人物或场景为"图形"的初次阅读体验之后，读者有能力将"图形"与"背景"交融混合，把图形与背景分解、打碎、叠加、重组，以便在"解释的漩涡"中寻觅作品更丰富、更深刻的内涵。这将是读者在解构主义视野的"图形内阶段"构建"文本世界"的一种新的尝试。

（二）"图形间阶段"的主次图形共存

"'内'阶段特有的元素间的关系缺少必然性，或只能达到十分有限的，仍接近一般普遍性的形式。把状态理解为变换的结果，并为此局部地变换元素。"[②] 在"内"阶段，人类认识图形的过程只是局限于将关注的目光从 A 点滑向 B 点，把关注度的变换作为阐释结果改变的原因。而在"间"阶段，人

---

① Riffaterre, Michael. *Semiotics of Poetry* [M]. Bloomington & London：Indiana University Press. 1978：65.

② 让·皮亚杰，R. 加西亚. 心理发生和科学史 [M]. 姜志辉，译. 上海：华东师范大学出版社，2005：112-113.

类已经初步理解"内在地决定其固有原因的必然性"①，开始关注图形与图形之间的关系，尤其是主次关系。通常情况下，在背景不变的前提下处于被关注的突显位置的图形并非单一静止和绝对稳定的。当文本呈现两个或两个以上的不同质与量的被突显的图形时，主要图形和次要图形的差别因读者关注程度不同而得以产生和区分，主次图形的流动性转移会导致读者产生对同一作品的不同理解。以《曼斯菲尔德庄园》为例，传统读者在阅读文本的认知过程中倾向于将 19 世纪英国乡村的伦理、风俗、道德、信仰、社会和文化作为背景，将着墨较多并贯穿小说始终的范妮作为主要图形，把围绕着范妮的其他女性，比如玛丽亚、茱莉娅和玛丽作为次要图形来解读这一经典小说。因此，通过理解作者对二者反差性的命运安排，读者往往将对奥斯丁此书的写作意图解读为：幸福 = 财富 + 理性，不幸 = 利己 + 情欲。

但是，在"19 世纪乡村—范妮—其他女性群像"三者构成的文本世界中，后两者之间的主次关系是参照与被参照的关系。"参照关系"本身就是相对的、可变换的关系。因此在"19 世纪乡村"这一背景不变的情况下，读者在认知过程中对不同的主次图形的选择将对文本意义的生成产生重要的甚至颠覆性的影响。根据接受美学的观点，文学作品的意义和价值应该依赖于读者的阅读才得以存在，因此，文学接受非但不是被动的，还是掺杂着读者的主观认知和创造的审美过程。当读者面对文本所呈现的多个审美对象时，其认知过程并非杂乱而无迹可寻，而是会按照审美对照机制运行：在量或质方面可以形成对比的两件事物往往能够给读者以深刻强烈的印象，引起其审美注意。而在审美注意的过程中读者潜意识里遵循着审美清晰性原理：读者总是会对鲜明清晰的事物产生愉悦感。"对注意力的分散和对吸引因子的识别取决于格式塔原则以及其他显著的绝对因素，比如动作、生命度、功能意图、亮度和尺寸等。"②根据这些认知机制，如果把范妮和玛丽亚、茱莉娅以及玛丽相比，范妮是沉默内敛、羸弱苍白、少于行动的，而其他几位少女则健谈外向、活力十足、勇于行动。因此，在认知和审美的过程中，读者的注意力将下意识地朝着这几位鲜明清晰、动态变化的"主要图形"倾斜，在她们的谈笑逗趣、恣意放纵、敢

---

① 同上.

② Scarry, E. *Dreaming by the Book* [M]. Princeton, NJ: Princeton University Press, 2001.

爱敢恨的爱情冒险中，读者可以体验到突破封建传统道德藩篱，接受资本主义人文思想后的女性的自由理性与生命力之美。相对于她们，范妮则如同一幅在浓墨重彩的油画旁边的淡色素描，她固守封建道德、屈从于男权中心的文化和价值观，美则美矣，却沦落为苍白、平面、缺乏生命力的"次要图形"，处于背景中被读者审美遗忘的角落甚至盲点位置。从这一新的视角去观察《曼斯菲尔德庄园》为读者描画的众多女性"图形"，当代读者难免会不自觉地将范妮看作传统过时的封建道德代表、压制天然情欲的基督伦理卫道士，而把以往被批判的放纵情欲的玛丽亚诸人冠以女性平权斗士、纯真人性的坚守者的称号。尽管玛丽亚等人在追求幸福的道路上结果并不完满，但是她们如西西弗斯似地追求幸福的过程本身已经足以撼动读者的内心。因此，小说的主题和写作意图则会被解读为：幸福＝自由＋财富＋情欲。正如《简·奥斯丁研究》中的评价所言："在表现现代精神方面，《曼斯菲尔德庄园》无疑占有一个特殊位置。"① 这里的"现代精神"显然指的是玛丽亚等"主要图形"的现代"女性主义"意识，而非范妮这一"次要图形"屈从于男权文化的传统女性意识。由此可见，不同的读者由于其所处的不同接受环境和时代背景，对文本中的主次图形的认识是存在差异的。这种差异性理解正是读者在认知过程中的创造性发明，它是文学生命力与经典化的一项重要衡量指标。

"图形间阶段"的主次图形转移为读者提供了两种不同的解读可能。然而，在解构主义批评"去中心化"的视角之下，主次图形的定位绝不是这样的绝对和呆板。除了"主要"向"次要"滑落，"次要"向"主要"跃升，两种图形有时候可以不分主次而共存于背景之中。格式塔心理学曾经以奈克尔立方体为例，证明当我们看到突出的方块就不可能同时看到凹入的方块。也就是说在背景之中，图形的主次关系一旦定位便是确定的、僵化的。读者采用一种解释可能，就排除了另一种解释的可能。然而维根斯坦（Ludwig Wittgenstein）却以"鸭—兔"图为例证明有时候不可能也不必要采用这种以一个因素为中心的、排他式的解读方式，他认为鸭兔实际上并存。② 就《曼斯菲尔德庄园》而言，在解构主义批评"去中心化"视角下，读者无须过分纠

① 朱虹编选. 奥斯丁研究［M］. 北京：中国文联出版公司，1985：245.
② Wittgenstein, Ludwig. *Philosophical Investigation*［M］. London：Blackwell Publisher，2001：45.

结于对"范妮"和"其他女性群像"等图形的主次地位的置换。事实上，两个图形之间的交缠纠葛导致的双解并存才能让读者在"解释的漩涡"中流连忘返。

（三）"图形外关系"的背景并置

"图形间关系仅在于把分离的图形放入包括这些图形的同一个空间体系中，而图形外关系在于把不同的体系合并在一个唯一的整体中，把易于连接的，但不是连接在初始图形中的某些关系合并在一个同时发生的整体中。"[①]笔者认为皮亚杰在"图形外阶段"中特别强调的"体系""整体""结构"等概念正是对认知诗学"图形—背景"理论中的"背景"的另一种表述。在对文学作品的解读中，一般读者对于"背景"的理解往往局限于作品中相对于"图形"而言被弱化和忽略的对象。如在作品文本之内，相对于人物，人物活动的场景就是典型的背景。但是，这一观点显然将"背景"这一定义限制于文本的局隅之中。这种狭义理解与"接受美学"强调读者在阅读过程的重要性相悖。在强调结构的"图形外阶段"，读者对"图形"的认识应该跳出具体的图形的局隅而建立宏观的结构或体系。从认知诗学"图形—背景"理论的运用层面来看，有必要将"背景"的定义扩大到更广义的层次，把体裁、风格、主题框范等元素纳入"背景"概念。什克洛夫斯基（Shklovsky）曾指出："读者选择各种与不同类型的话语文本（诗学的、非诗学的或报告性的等）相关的阅读策略，一旦给定话语文本的读者确认其所读为诗学或文学话语，他就会立刻转移到与之相关的阅读模式，并运用与这一特定类型话语相关的阅读惯例和原则。"[②]皮尔和格拉夫在《认知文体学》一书中也指出："如果认知语言学是基于语言的使用反映了认知机制这一观点的话，那么认知文体学则试图往前进一步，也就是说，认知过程中语言使用所处的不同的文体背景也反映了认知机制。"[③]因此，文学体裁、文学风格或主题框范等因素也应该可以被看

---

① 让·皮亚杰，R. 加西亚. 心理发生和科学史［M］. 姜志辉，译. 上海：华东师范大学出版社，2005：84 - 85.

② Shklovsky, V. Art as Technique［A］//InL. Lemon & M. Reis（eds.）. Russian Formalist Criticism［C］. Lincoln：Nebraska University Press，1965：12.

③ Semino, Elena& Jonathan Culpeper（eds.）. Between the lines：Spatial language and its developmental representation in Stephen King's *IT*［A］//Cognitive Stylistics：Language and Cognition in Text Analysis［C］. Amserdam：John Benjamins Publishing Company. 2002：124.

作广义的"背景"——一个相对于文本内的文字、内容、情节而言更不易被察觉的客体。以《曼斯菲尔德庄园》为例,如果读者将文本内的文字、内容和情节作为"图形"植入不同的"背景"或"结构",其阅读过程必将产生迥异的认知和审美心理。托宾(Vera Tobin)把这种读者对文本的前理解称为"知识的诅咒"或"认知的偏见"。① 赵毅衡认为"接受者的头脑不是一张白纸,阅读不是绝对自由的,不是任凭符号文本往上加意义,接受者首先意识到与文本体裁相应的形式,然后按这个体裁的一般要求,给予某种方式的'关注'"。② 比如在对《曼斯菲尔德庄园》的解读中,当读者以"爱情故事"为"背景"理解小说的内容和情节时,读者的"认知偏见"使他更多"关注"的是曼斯菲尔庄园里男女之间的情感纠缠;当读者以"成长故事"为"背景"时,读者更感兴趣的是文中人物的思想发展轨迹与细微的心理嬗变;当读者以"后殖民主义"为"背景"时,读者更关注托马斯从事的海外殖民勾当,从而挖掘人物的殖民主义观念。因而范妮的一些话,如"我并不觉得这些晚上太长。我爱听姨父讲西印度的事,我可以接连听一个小时也不觉得厌倦。对我说来,它比其他故事更有趣"③ 都被看作"范妮外表上披着基督教平等博爱的面纱,内心里则与托马斯一样具有殖民者冷酷本质"的铁证。

"图形外关系"的背景并置导致同一读者在同一次解读中由于不同的"认知偏见"的压力,把同一文本作为"图形"置于不同的文体、风格和主题框范的"背景"中,从而对作者、作品、世界以及自身产生大相径庭的理解。"向解释敞开的文本,提供文本自携元语言因素,并且呼唤其他元语言因素……两个不同的元语言集合冲突造成'解释漩涡'。"④ 因此,在这同一个或同一批解释者的同一次解读努力中,"爱情""成长""后殖民"等不同的批评元语言集合被同时使用(因为个人经历和社会生活的复杂性决定了读者的前理解和期待视野不会是单一而是多重的)。也就是说,不同的体裁、风格、主题框范可以作为同层次的元语言集合共存于文本解读过程中。同层次元语言

---

① Tobin, Vera. Cognitive Bias and the Poetics of Surprise [A] //Language and Literature [C]. Sage publication, 2009: 1.

② 赵毅衡. 符号学 [M]. 南京:南京大学出版社,2012:139.

③ 简·奥斯丁. 曼斯菲尔德庄园 [M]. 孙致礼,译. 南京:译林出版社,2004:187.

④ 赵毅衡. 符号学 [M]. 南京:南京大学出版社,2012:236-238.

互不相让，同时起作用，导致多重解读悖论性共存，让解释无所适从。这种对文学的开放式、多元化解读的可能正是解构主义批评视野下，文学艺术令人着迷的根本原因。因此，图形不变，仅仅通过"背景"（此处指广义的"背景"）的并置就能对文本产生不同或相反的诠释，甚至制造"解释漩涡"，使传统经典文学在后现代的审美注视之下迸发新的生机。

小　结

威尔逊（Edmund Wilson）说："一百年来，英国曾发生过几次趣味上的革命，文学趣味的翻新影响几乎所有作家，惟独莎士比亚和简·奥斯丁经久不衰。"[①] 可见，奥斯丁作品的无穷魅力使人们对它的研究热潮经久不衰。另一方面，前人对经典作品的解读又必然对后辈读者的认知产生"影响的焦虑"。本书在皮亚杰对人类图形认知经历的"图形内""图形间""图形外"三个阶段结论的启发下，以《曼斯菲尔德庄园》为例探讨图形背景混合、主次图形共存、背景并置三种模式下运用认知诗学的"图形—背景"理论，对文学作品做出全新的、多维的解释，不仅能帮助读者挖掘作品新的含义和美感，实现"从解释到发现"的跨越，而且还能在解构主义视角下，以不同解读模式的冲突与共存造成的"解释漩涡"为传统经典文学注入现代化的生命力。

五、 文学与教育学跨学科研究实践：大学英语专业英美文学教学

《高等学校英语专业大纲》规定："文学课程的目的在于培养学生阅读、欣赏、理解英语文学原著的能力，掌握文学批评的基本知识和方法。通过阅读和分析英美文学作品，促进学生语言基本功和人文素质的提高，增强学生对西方文学及文化的了解。"[②] 由此可见，大学英语专业开设《英美文学》课程的目的有三：一是通过原版英美经典文学作品的选读提高语言技能，二是以英美文学作为"通识教育"的材料提升大学生的综合人文素养，三是以英美文学为窗口了解西方文化。改革开放后，我国政府提倡的"双百"方针，纠正了

---

① 伊恩·沃特. 简·奥斯汀评论集 [M]. 北京：中国文联出版公司，1985：35.
② 高等学校外语专业教学指导委员会英语组. 高等学校英语专业英语教学大纲 [M]. 北京：外语教学与研究出版社，2000.

"文化大革命"时期对外国文学，尤其是英美等资本主义国家文学一味排斥的做法。英美文学在我国的翻译引进、教学研究和国际交流等各个方面都得到了蓬勃的发展。在改革开放后三十多年里我国外国文学教学形势大好的大背景下，我国英语专业的英美文学教学也经历了最为意气风发和快速发展的黄金时期。然而，在进入21世纪后，由于我国所面临的国际国内形势的改变，20世纪"闭关自守""全面防御"或者"全面西化"等文化方针都不能满足我国在国际社会中新的政治、文化和经济建设的需要。目前我国所处的时代、国际格局、世界经济、国际关系、国际秩序和周边环境充满了变化。尽管中国在外贸、外交、安全、文化、文学、科技和全球治理等方面都朝着良好的态势发展，但是国际格局演变的复杂性、世界经济调整的复杂性、国际矛盾的复杂性和斗争的尖锐性、国际斗争的长期性和周边环境的不确定性也超过了以往任何时代。世界各国是合作发展走向共赢还是走向相反的道路，与我国是否能在国际文化与文学的交融与互鉴中争取到话语权息息相关。党的十五届五中全会第一次明确地提出"走出去"战略，十八届三中全会决定我国要在文化领域"建设社会主义文化强国，增强国家文化软实力"，"一带一路"倡议全面推动我国党和政府以开放的姿态将中华优秀文化与文学介绍给世界，实现复兴中华文化强国的伟大目标。在这样的新时期和新背景下，我国英语专业的英美文学教学不可避免地面临前所未有的挑战。如何在"中华文学走出去"的背景下调整20世纪英美文学的旧有教学目标、理念和模式，成为亟待国内该领域专家探讨和解决的重要问题。笔者从拓展英美文学的教学视野，采用比较教学的思路、尝试跨文化阐释的方法和注重文学发展的横向冲击力四个方面探讨如何变挑战为机遇，解决这一困境。

（一）以"世界文学"的视野囊括中西文学

在过去的二十年里，达姆罗什（Damrosh）、德汉（Theo D'haen）、卡迪尔（Djelal Kadir）、拉瓦尔（Sarah N. Lawall）、皮泽（John David Pizer）和托托西（Totosy de Zepetnek Mukherjee）等国际知名人文学者对"世界文学"发展提出了许多全新的认识。世界文学不仅指获得世界声誉的各国民族文学经典，也指世界主义视野观照下的民族文学研究。德汉尤其指出："过去关于世界文学的讨论几乎只是局限在几种欧洲语言的文学之内。但是世界文学应该不仅仅只指欧洲，或者西方。"① 正如他所言，如今的"世界文学"是打破了"西方中心主义"藩篱的各国、各民族优秀文学的总和。在这样的新的"世界文学"理念下，中国文学与外国文学的楚河汉界已然为更具有开放性和国际性视野的"世界文学"所囊括。因此传统的英美文学教学也应该顺应国际文学研究的潮流，不能机械地以英美国别文学为疆域画地为牢，而应该有"世界文学"的胸怀和眼界，除了讲授和传播原有的英美本土优秀文学成果，还要放眼全球，介绍其从其他国家和民族中汲取的优秀文学成果。

中国的译介学创始人谢天振教授认为艺术范畴的译作具有再创造性质，故译作是文学作品的一种独立形式、译者是译本作者，又因为依据作者国籍判断作品国籍，所以翻译文学理应归属民族文学。尽管谢天振所提出的关于翻译文学的归属问题引发了一些翻译界前辈的质疑，然而在比较文学研究领域，他对翻译文学归属的新认识与曹顺庆教授所提出的比较文学变异学有异曲同工之妙：文学从一国传播到他国必然会经历语言层面的变异、译者的"创造性叛逆"以及接受国文化语境差异所引起的"文化过滤"或者"他国化"。因此从比较文学变异学角度来看翻译文学的归属的话，被英国学者霍克斯（David Hawkes）翻译为英语作品的《红楼梦》（*The Story of the Stone*）当然应该和莎士比亚的伟大作品一样同属英国文学不可或缺的一部分。2016 年 7 月，美国宾夕法尼亚州立大学语言与文学学院著名的比较文学教授托马斯·奥利弗·毕比（Thomas Oliver Beebee）教授在四川大学国际周课程《文学翻译与世界文学》中讲道："文学翻译是民族文学得以产生的基础，但是在文学史上翻译作品却很少被纳入目的语民族文学的范畴中。"在接受笔者关于他对谢天振翻译文学归属的看法的采访时，他回答道："我赞成谢的观点。这个问题是一个有关多元系统的问题。由于翻译文学更多的是对其目标文本产生影响，因此，把翻译文学归属为目的语的民族文学是一个更好的选择。"如图 5 - 1 所示，伴随着国际文学交流的日益频繁，翻译文学在民族文学中的比例还将增加。在世界文学这样一个多元系统中，翻译文学的归属将对我国外国文学和中国文学的教学和研究都产生不容忽视的影响。

---

① D'haen，Theo. *The Routledge Concise History of World Literature*［M］. Hoboken：Taylor & Francis. 2011：27.

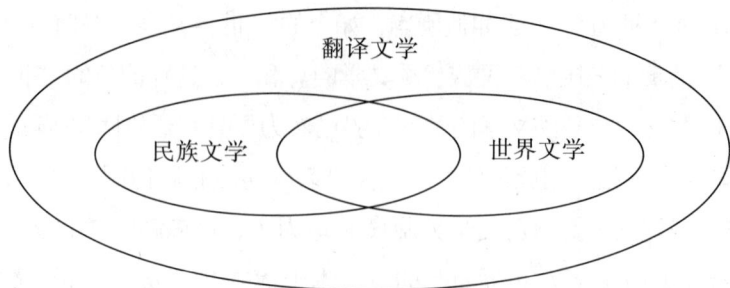

图 5 - 1

　　我国目前的英美文学教材还是以国别文学为纲，介绍的是英美两国的重要作家和作品。在这样的教学视野和教材纲目的局囿之下，教师难以施展拳脚，将传统的英美文学教学与"中华优秀文化走出去"战略相结合。然而，在国际新的"世界文学"研究大潮中，无论是英美文学还是中国文学都绝对不是文学世界中非此即彼的"两极"。"西方中心主义"或"东方中心主义"都不是学习和研究人类文学的正确态度，只有在"世界文学"的宏大视野中通过翻译文学融汇中西、打通英美文学与中国文学的固有壁垒，才能在"和而不同"的包容的治学精神指引下真正探寻到人类文学的"共同的诗心"，领略各个民族最宝贵而独特的文学景观。因此，只有把经翻译后的他国、他民族文学纳入英美文学范畴，易言之，只有确立经过翻译后的中国文学在英美文学教学中的合法地位，广大高校英语专业英美文学教师才可以名正言顺、理直气壮地将英美文学与中华优秀文学的海外传播以及海外汉学研究的重大成果结合起来。一方面，培养学生的英语语言能力和增进学生对英美国家文学文化的了解；另一方面，避免传统英美文学教学中过分地"长他人志气，灭自己威风"的弊端，保存高校英语专业学生对祖国文学和文化的自信心。我国比较文学学会前会长乐黛云女士从《国语·郑语》中记载的史伯的哲学思想"和实生物，同则不继"中提炼出中国比较文学研究的范式与理想——"和而不同"：在全球一体化中倡导中国文学以自身的异质之美融入世界文学大家园。不盲目跟风，不盲目地一味"西化"而丧失本民族文学之魂。总的说来，新时期的英美文学教学需以"世界文学"的胸怀与视野，以"和而不同"的立场融汇中外文学，改变不合时宜的旧有学科领域意识，通过确认经翻译后的中国文学在英美文学课程中的合法地位，高等学校可以以英美文学教学为阵地，为"中华文化走出去"战略的实施在国门之内、在青年知识分子阶层打好基础。

（二）以"文学比较"的思路贯通中西文学

在确立了翻译后的中国文学在高校英语专业的英美文学教学的合法性之后，我们需要探索一系列能够在传播英美优秀文学和文化的同时也能弘扬中华优秀文学与文化的"双赢"路径。笔者认为肩负着大学英语专业学生语言技能训练和"通识教育"双重任务的英美文学课程可以通过"文学比较"的思路，为师生营造自由民主的学习氛围，开展中西文学比较的讨论。

在中外文学交流史中，中西文学比较的例子俯仰皆是。比如，1954 年周恩来总理参加日内瓦国际会议时带去了越剧电影《梁山伯与祝英台》，以宣传中国悠久的传统文化和展现新中国成立后的文艺新气象。他在请柬上写道："请你欣赏一部彩色歌剧电影——中国的《罗密欧与茱丽叶》。"这一匠心独运的介绍使得这部中国拍摄的彩色戏曲影片在国际社会大受好评。诚然，中国的越剧与西方的歌剧大相径庭，而《梁山伯与祝英台》和《罗密欧与朱丽叶》也并非完全雷同，但是正是借助这样"同中有异、异中有同"的比较，周总理巧妙地让中国文学和文化走出国门，在国际社会展现了新中国的"文化软实力"。又如，艾米莉·狄金森（Emily Dickinson）作为美国最重要的女诗人，在西方文学界享有崇高的声誉。哈罗德·布鲁姆（Harold Bloom）在《西方正典》中认为她处于"经典的中心"[①]。然而，中国对这样一位享誉国际的伟大诗人的译介情况却非常不如人意。直到 20 世纪 80 年代，江枫译《狄金森诗选》（湖南人民出版社，1984 年，选译 216 首）和张芸译《狄金森诗钞》（四川文艺出版社，1986 年，选译 104 首）的出版才比较正式地开启了狄金森的中国之旅。这比中国翻译界对其同时代的英美作家的译介滞后了半个多世纪。刘保安认为，国内对狄金森译介滞后的主要原因有二：一个原因是狄金森诗作内容的情调不是太适合于 20 世纪上半叶的中国国情，当时，中国一直面临的主要问题是民族的独立和国家的统一，狄金森的诗即便译介过来，也不可能与当时的国人在思想上产生共鸣；另一个原因是狄金森在美国诗坛上的地位直到20 世纪五六十年代才真正确立下来，而六七十年代的中国正处于"文化大革

命"时期，无暇研究狄金森。① 就在国内对狄金森不甚了解且兴趣不大的背景下，谭大立、董洪川、孙叶红、杨善寓、李嘉娜、周杰等学者将她与李清照、陶渊明、顾太清、冰心、席慕蓉等中国诗人进行比较：在中外诗歌表层意蕴相似处探寻中西文化根源的深层异质性；在文化根源深层异质性中寻求中外诗人在诗歌主题、语言技巧、审美格调等方面的"共同诗心"。通过中西比较，他们在狄金森作品被译介到中国的初期不同程度地提高了狄金森及其诗歌在中国的声誉。经过三十年左右的苦心经营，狄金森在中国的经典地位业已确立。如今在英美文学课程中讲授狄金森诗歌时已经不会再感觉困难重重，这多亏了前辈学者们以文学比较的方式拉近了狄金森与中国文学的距离。近年，学者沈睿更是以"中国的狄金森"来推介中国当代女诗人余秀华，帮助余秀华借助这一称号在全媒体时代成功地实现"草根逆袭"。

以比较的方法拉近中外文学的距离的例子不胜枚举：普鲁斯特的《追忆似水年华》被冠以法国的《红楼梦》的称号，余秀华则被认为是中国的艾米莉·狄金森，莫言和马尔克斯经常被相提并论等。在以往的文学比较中，具有跨国、跨民族、跨语言、跨文明的文学往往只有在具有同源性或同质性时才具有可比性。然而，自比较文学中国学派的比较文学变异学理论创建以来，通过比较而探寻文学异质性和文学传播中的变异性的价值为实现中西文学的比较研究搭建了一座更为宽阔的桥梁。广大高校英美文学教师可以采取比较文学中的"影响研究""平行研究""变异研究"和"总体文学研究"等模式，引导学生对英美文学和中国文学的同质性、异质性、变异性以及互补性等问题进行思考，培养学生对全球文学与文化共同体的宏大意识，肩负传承与传扬中华优秀文学与文化的崇高使命。

当然，在英美文学教学中的比较不是目的而是手段。事实上，文学比较无论在中国还是在海外都曾经是一种被普遍采用的手段，其目的无外乎是借他山之石以攻玉。而在当前"中国文化走出去"背景下，英美文学教学中运用比较文学的思路进行中西文学比较则主要是为了达成"以中扬西""以西彰中"和"中西互促"的目的。上文中将狄金森与李清照进行比较是为了"以中扬西"，但是随着狄金森在国际范围内文学声誉的不断攀升和经典地位的确立，

---

① 刘保安. 近五年来国内的狄金森研究综述 [J]. 外国文学研究，2004（5）：154-158.

将狄金森与余秀华进行比较则是为了"以西彰中"。如果有一天，经比较研究后的李清照、狄金森和余秀华诗歌都得以跻身世界诗歌之林，成为被国际认可的"世界经典"，那么文学比较的终极目标"中西互促"也就达成了。

（三）以跨文化阐释的方法打通中西文论

20 世纪初以来，形式主义、新批评、现象学、阐释学、接受美学、结构主义、解构主义、精神分析、后殖民主义、西方马克思主义、新历史主义和生态批评等西方当代文论对我国的文学评论从话语到言说方式都产生了巨大影响。我们开始以"浪漫主义"概括李白诗歌风格，以"现实主义"概括杜甫诗歌风格，用"象征主义"来言说传统的比兴手法，对莫言的作品冠以"魔幻现实主义"的称号……在西方文论的冲击之下，坚守中国传统文论话语和言说方式者要么被视为狭隘的文化民族主义者，要么被看作食古不化的文化保守主义者。曹顺庆先生看到了这一趋势扩大化将导致的严重恶果，远见卓识地指出了中国文论"失语症"的危机，认为"中国现当代文艺理论基本上是借用西方的一整套话语，长期处于文论表达、沟通和解读的'失语'状态。"[①]具体来说，就是中国文论在近代被迫从直观体验式的"感悟性知识质态"整体切换为逻辑分析性的"理念知识形态"后，文艺理论界根本没有自己的文论话语，没有一套自己特有的表达、沟通、解读的学术规则。那么，在西方文论业已在中国造成"喧嚣与躁动"的现实情况下，在为着中华民族伟大复兴而推动"中华文化走出去"的战略背景下，英美文学教学要如何化解二者的矛盾，在中西文学分析中寻求话语和言说方式的最佳搭配与平衡呢？

事实上，历史已经证明中西文论之间的交流并不能只是"从西到中"或者"从中到西"的单向阐释，只有在多元文化语境中实现跨文化的双向阐释，才能真正实现不同文明之间文学的互证互释、互补互通。20 个世纪的用西方文论话语和言说方式解读中国文学的"以西释中"的阐释方式导致中国文学几乎沦落为西方理论的注脚。而看似"天经地义"的以西方文论话语和言说方式解读西方文学的"以西释西"的阐释方式，又很难使西方文学在中国生发新枝。所谓"根干丽土而同性，臭味晞阳而异品"，西方文学在中国环境中的传播与接受不应该脱离其赖以生存的新的理论环境。因此，正是基于这样的

---

① 曹顺庆. 文论失语症与文化病态［J］. 文艺争鸣，1996（2）：50-59.

历史背景和现实语境，我国高校英语专业的英美文学课程完全可以尝试跨文化双向阐释：以西方文论介入海外汉学；以中国文论，尤其是中国古典文论介入西方文学。在此两种阐释方法中，尤其是后者可以成为我国大学英语专业英美文学教学深入探索的方向。

就古典文论而言，从《文赋》《文心雕龙》《诗品》《二十四诗品》《沧浪诗话》到《人间词话》，众多的文论著作涌现和流传了许多诸如"隐秀""风骨""远奥""典雅""清新""俊逸""雄放""沉郁""意境""性灵""滋味""境界"等经典的文论话语。而从言说方式来看，中国古典文论擅长从儒、释、道等哲学入手，以闲谈散论的体式和直觉感悟的方式言说文学的风格、境界和技巧。以狄金森的诗歌分析为例，中国学者王敏琴以"见山是山，见水是水""见山不是山，见水不是水"和"见山只是山，见水只是水"分析狄金森诗歌中闪烁的禅、宗、证道的三个层次。① 康燕彬则更加多维地尝试以中国话语和言说方式解读狄金森的诗歌。她不仅用道家思想来阐释狄金森的诗歌，还探寻了狄金森诗歌中的佛教影响源，以及狄金森诗歌中的东方想象，引起了海内外狄金森研究者的广泛关注。

无论是以中国文学来印证西方文学批评理论，还是以中国传统文论来阐释西方文学作品，都是多元文化背景下促进中西文学交融的有效途径。在解构主义提倡阐释多样性的国际文学研究大潮中，作为中华优秀文化重要组成部分的中国传统文论可以在分析西方文学时展现出其不同于西方文论的异质阐释力，学生也可以在跨文化阐释的过程中一方面学习了解西方文学中包含的情感和艺术技巧，另一方面领略到中国古典文论的特殊魅力。

曹顺庆教授在《世界文学发展比较史》的绪论中指出："如果说横向的'通变'或曰'继承与创新'为文学史纵向发展的重要规律，那么各民族文学横向的'移植'与'变异'则为文学横向发展的重要规律。"② 目前国内的英美文学教材仍然是在国别文学的框架下以历时性线索介绍英美文学各个时期的重要作家和作品。但是，正如曹顺庆教授所言，文学发展的驱动力应包括纵向与横向两个基本力量。传统的英美文学教材显然只关注文学的纵向发展而忽略

---

① 王敏琴. 闪烁在艾米丽·狄金森诗歌中禅宗证道的三个层次 [J]. 世界文学评论, 2012（2）：225-228.

② 曹顺庆. 世界文学发展比较史 [M]. 北京：北京师范大学出版社, 2006：18.

了其受到的横向冲击力。事实上，文学发展中的那些跳跃性、突变型以及断裂性多与文学的横向发展密切相关。学生只有比较全面地了解纵横交错、经纬交织的文学推动力量和阻滞力量才能真正认识英美文学发展的规律。

事实上，英美文学绝不是在真空中凭空发生和孤立地发展。在其发展历史中，它们除了受到本国的各种因素的影响，也受到了来自他国的影响因素。中国作为曾经的世界文明古国和如今正在崛起的现代化大国，其文学与文化自然会对英美文学产生重大影响。比如，英语诗歌中的"商籁体"一直被认为始于意大利西西里岛。但是公元13世纪的意大利在文化上落后于近东文化，它的许多文学和文化都是从东罗马和阿拉伯的大食文化传过去的。然而在希腊和阿拉伯诗歌中都没有发现十四行诗这种诗体。相反，在阿拉伯的大食帝国的东边，也就是中国却存有年代更早的十四行诗。比如：李白的《嘲鲁儒》和《月下独酌》便具有典型的早期意大利十四行诗特色。因此，"商籁体"极有可能发源于中国，经由阿拉伯人传到意大利，而后传入英国。① 更明显的例子则是庞德吸收中国古典诗歌元素而开创了美国"意象派"，进行诗歌革命。这是我国文化对英美文学产生横向冲击的典型案例。

过去的英美文学教学由于缺乏对文学发展的横向动力的观照，教师没有机会介绍中华光辉灿烂的文学文化对英美文学发展所产生的重要影响，而从改革开放到20世纪末的社会舆论导向和科学研究"一面倒"地宣传西方文化对中国当代文化的影响，对于中华文化对西方文化的影响的宣传和研究则难得一见，这不利于增进学生对我国的本土文学与文化的自信。通过在英美文学课程中补充中华文化与文学对英美文学的影响的相关内容，一来可以促进广大高校教师在教学与科研中充分发掘更多的中华文化产生海外影响的相关材料和证据，二来可以弥补现有教材只重文学的纵向发展动力而忽略横向动力的缺憾。

小 结

2015年3月28日，国家发展改革委、外交部、商务部联合发布了《推动共建丝绸之路经济带和21世纪海上丝绸之路的愿景与行动》。② "一带一路"

---

① 卢婕. 比较文学视阈下的中英爱情诗歌研究 [J]. 牡丹江大学学报，2015 (5)：48-50.
② 推动共建丝绸之路经济带和21世纪海上丝绸之路的愿景与行动 [EB/OL]. (2015-06-27). http：//news. xinhuanet. com/finance/2015-03/28/c_ 1114793986. htm.

建设愿景和行动文件特别强调加强不同文明之间的对话，求同存异、兼容并蓄，和平共处、共生共荣。我国高校英语专业学生作为中西文化与文学交流的重要储备人才，既要充分吸纳和了解西方文化与文学，也要积极推进中国文学加入"世界文学"大家庭，推动中国文学的国际化与经典化，促进"世界文学"和"人类文明"共同体的共建与共享，为全世界人民传承和创造宝贵的精神文明产品。我国高校英语专业的英美文学课程在教学目标和理念上需以"世界文学"的视野囊括中西文学，在教学模式上可以采取"文学比较"的思路贯通中西文学，用跨文化阐释的方法打通中西文论和注重文学发展的横向动力，以便实现这一宏伟目标。

六、 文学与艺术跨学科研究实践： 传记电影与经典化建构——以狄金森传记电影 《宁静的热情》

在美国文学史上被称为"阿默斯特修女"的艾米莉·伊丽莎白·狄金森（Emily Elizabeth Dickinson 1830—1886）为后世留存下近 1800 首诗歌。作为一个极端私人化写作的诗人，她生前默默无闻，但是，随着她的诗歌被发现和出版，她用诗意的语言"写给世界的信"引起了世界越来越大的兴趣和关注。目前她的诗作已经被翻译为二十余种语言。仅仅在中国就有江枫、张芸、关天曦、吴钧陶、吴起仞、木宇、孙亮、王晋华、蒲隆、马永波、周建新、王宏印、屠岸、章燕、康燕彬、田振明、徐淳刚、石历、董恒秀、赖杰成、王柏华等学者的二十几个版本的诗集出版。可以说，狄金森的诗歌声誉是"大鹏一日同风起，扶摇直上九万里"。她超越时代的卓越诗歌艺术、惊人的创作能力和传奇般的隐士生活使她被公认为"美国最重要的女诗人"以及与惠特曼和爱伦·坡比肩的公认的"美国三大文豪"之一。然而，由于诗人本身与外部世界的联系甚少，加之她刻意的隐居避世，外界对她的生活可谓知之甚少，通过电影来塑造这样一位神秘而才华横溢的传奇女诗人，让广大观众走进她矛盾而敏感的内心被看作是一项"不可能完成的任务"。

阿莱达·阿斯曼（Aleida Assmann）认为在媒介技术和文化记忆的关系中存在几次划时代的变革。第一次是文字的出现，这促使人类对世俗的永恒，对在后世记忆中第二次生命的渴望诞生；然后是图像档案，这被用来支持人类的"视觉回忆能力"；然后是摄影术的发明，"将电影以及声音载体收录进来意味着档案作为中间储存器的又一次扩展"，"数码储存系统这种新媒介导致的档案的重组具有更深远的意义"①。就以狄金森为题材的转记性影视作品而言，它们无疑是对传统的记忆储存的一次革命。它们正在以史无前例的影响力和规模形成关于狄金森的文化记忆，其效率和效果将是前人的书本传记无法比拟的。

"文学经典以电影改编形式获得关注，成为影像改编的重要资源，经典从此又有了新的生命形态。20 世纪中期，随着电视的产生和普及，文学经典的影像传播更是成为一个重要的传播途径。"② 但是，由于狄金森的作品形式是诗歌而非更容易和更适合改编为影像作品的小说或者戏剧，因而电影和电视剧制作人转而将目光投向了狄金森本身。通过将人物生平与作品交融结合的方式，一方面介绍了文学经典创作者，另一方面深化了人们对文学经典的认识。

伴随着狄金森的文学地位与日俱升，从 20 世纪 50 年代末开始，美国就开始制作一些与狄金森相关的音频和视频。1956 年 3 月，美国放映了由洛伊丝·内特尔顿（Lois Nettleton）和詹姆斯·麦克安德鲁（James Macandrew）主演的黑白电视剧《艾米莉·狄金森》（*Emily Dickinson*），讲述她扑朔迷离的爱情故事。到了 20 世纪 70 年代，凯德蒙唱片公司甚至录制了一盒名为《艾米莉·狄金森自画像》（*Emily Dickinson, a Self-Portrait*）的磁带探索狄金森的诗歌和心灵秘境。进入 21 世纪后，将狄金森的作品或生平以影音形式呈现出来的作品数量更多：2000 年纪录片《伟大的女性作家：艾米莉·狄金森》（*Great Women Writers: Emily Dickinson*）介绍了狄金森的生平和诗歌成就。2002 年斯纳克音乐公司录制了一张名为《这与我的心》（*This and My Heart*）的音乐唱片。2009 年影片《艾米莉·狄金森与埃尔维斯·普雷斯利在天堂》（*Emily Dickinson and Elvis Presley in Heaven*）则颠覆了狄金森的传统形象，让美国著名摇滚明星埃尔维斯·普雷斯利在天堂与狄金森成为邻居，影片中的狄金森教他诗歌技艺，而他则将狄金森的诗歌以歌曲形式演唱出来。2011 年纽约电影传媒集团拍摄了名为《艾米莉·狄金森简传》（*Emily Dickinson: A Concise Biography*）的纪录片。2016 年诞生了传记电影《宁静的热情》（*A*

---

① ［德］阿莱达·阿斯曼. 回忆空间：文化记忆的形成和变迁［M］. 潘璐译，北京：北京大学出版社，2016：358.

② 蒋承勇. 外国文学经典生成与传播研究［M］. 北京：北京大学出版社，2019：7.

Quiet Passion）。2017 年音乐剧《艾米莉·狄金森的秘密生活》（*The Secret Life of Emily Dickinson*）又接踵而至。然而，在以上这些视听作品中，最获观众认可的则是传记电影《宁静的热情》，因为它完成了对一位隐居的传奇诗人的生平和心灵探索的"不可能完成的任务"。英国主流报纸《卫报》（*The Guardian*）和《独立报》（*The Independent*）都盛赞电影《宁静的热情》为"营造情绪的杰作"（Masterpiece of Mood）。《纽约客》（*The New Yorker*）的理查德·布洛迪（Richard Brody）也称之为"大师之作"，还说它将成为特伦斯·戴维斯（Terence Davies）导演的最佳代表作。布洛迪甚至宣称，要是这部影片能在 2017 年之前在美国发行的话，他会把它置于 2016 年最佳电影榜首的位置。[①] 在影评网站"元评论"（Metacritic）中，该影片的得分为 77 分。[②] 辛西娅·尼克松（Cynthia Nixon）因为在此影片中的精彩表演获得第 52 届美国国家影评人协会奖最佳女主角提名。

（一）《宁静的热情》的感情基调

伴随着狄金森文学地位的急速提升，她的文学影响力也自然而然地跨越了国家、语言及民族的界限。在 21 世纪的世界文学中，狄金森的诗歌已经成为具有普世性价值的精神财富。因此，在这种新的历史条件下，把狄金森的故事搬上大银幕已经是水到渠成。2012 年 9 月 10 日，媒体发布消息说辛西娅·尼克松将会在特伦斯·戴维斯导演的一部传记电影中饰演狄金森一角。[③] 2015 年 5 月，经过了漫长艰难的筹备过程之后，这部名为《宁静的热情》（我国香港地区译为《爱美丽的今生》）的狄金森传记影片才在比利时开始制作，最终于 2017 年在美国上映。

要以电影的方式再现狄金森这位神秘莫测的女诗人对于导演、编剧和演员来说都不是易事。狄金森是患有社会焦虑症、癫痫症，还是情感障碍？狄金森是女同性恋者、女性主义者、宗教激进派，还是性先驱者？狄金森的诗歌为什么可以支持几乎所有的文学理论，几乎可以满足各种诗歌品味？……观众无不抱着解决这些疑问和谜团的期待而进入影院。因此，要恰当地呈现诗人形象和

---

① Brody, Richard. The Best Movies of 2016 [N]. The New Yorker. Condé Nast, 22 December 2016.

② A Quiet Passion Reviews [DB/OL]. Metacritic, December 15, 2016.

③ Roxborough, Scott. Toronto 2012: Cynthia Nixon to Play Poet Emily Dickinson (Exclusive) [N]. The Hollywood Reporter. 8 June, 2015.

尽量回答观众疑问，同时避免因诗人隐居生活的单调而导致电影乏味就成为电影主创人员的一大难题。不过，值得庆幸的是，在导演、演员和编剧的共同努力之下，尽管这部电影还远远不能解答观众的所有疑问，但至少它成功地使这位活在"神话"中的女诗人有了烟火气息，而且或俏皮、或优美、或忧愁、或深邃的多元语言风格也使观众不至于在这部长达 126 分钟并缺乏激烈的戏剧冲突的电影中感到过于沉闷。

影片的命名恰如其分地反映了狄金森一生的生活状态：从外在来看，她终身未嫁，甚至从青年时代就开始隐居，过着与世无争的"宁静"生活。王羲之《兰亭集序》言："夫人之相与，俯仰一世。或取诸怀抱，悟言一室之内；或因寄所托，放浪形骸之外。"此二者"趣舍万殊，静躁不同"。狄金森是典型的前者，她如一株深谷幽兰默默盛开在人迹罕至之处；然而从内在来看，她的心灵从来没有一刻停止过充满"热情"的战斗和渴望。她渴望亲情、友情、爱情，渴望精神独立、灵魂自由和文学艺术。她在自己"宁静"的一生中为着这些目标而战斗不息。对于传记电影导演而言，要塑造一位生活波澜壮阔、人际关系复杂的名人显然比塑造一位波澜不惊、人际关系单纯的名人更为容易。然而，狄金森却恰好是后者中的典型。不仅如此，她还在宁静的外表之下掩藏着火山一般热情的内心。要避免观众对影片中心人物的误解，导演必须首先为影片确立一个明显的基调。英国电影导演特伦斯·戴维斯为这部传记电影确立的情感基调不是为狄金森所失去的东西而哀悼。而是为狄金森所拥有的东西而纪念她。因此，虽然从表面上看，整部电影除了狄金森与其好友布法姆在俏皮的谈笑中出现明丽的亮色之外，其他部分的色调均是黑白灰三色为主，令人颇感沉闷压抑。但是，值得一提的是，如果说在电影的后半部随着父亲的离世、与哥哥的争吵、好友步入婚姻、沃兹沃斯的搬迁等事件，狄金森逐渐被夺走了亲情、友情和爱情，甚至原本健康的身体的话，那么在"失去"的同时她也在更明显地成长为一位精神独立、灵魂自由的旷世诗才。导演在狄金森生活中的"失"与"得"之间进行了潜在的对比。观影者如果不能把握导演在这一比较中心理天平偏向何方，那么这部电影就会被误解为一部关于一个终其一生尖酸刻薄的老姑娘如何孤独至死的无聊故事。只有在把握了导演的情感基调之后，观众才能与勇敢冲破严酷的宗教压迫和父权压抑的诗人形成情感共鸣。对于该影片的感情基调的理解将直接影响观众对影片结构的认知。表面上看来，这部影片是先扬后抑，从青春至暮年，生活逐渐艰难。但其精神内核却是先抑后扬，主角经历了无数的磨难和隐忍，最终以自己超常的智慧和毅力获得灵魂自由。

（二）《宁静的热情》的人物关系

除了介绍狄金森的生平、思想和作品的发展变化之外，导演还介绍了狄金森身边的重要亲人和朋友。尽管狄金森从青年时期就开始隐居，以外部关系了解狄金森生活和内心的路径数量极其有限，导演还是尽可能利用有限的人物关系去展现狄金森生活的时代背景和社会风貌。在这部影片中，导演着重构建了以下几位与狄金森有关系人物。一是父亲爱德华（凯斯·卡拉丁饰演）：一位在阿默斯特上流社会少见的具有自由主义倾向的律师和宗教怀疑论者。影片中的父亲对女性和女性地位的看法相当传统，对子女的管教相当严格。比如，在狄金森兄妹与父亲欣赏一位女演员演唱歌剧时，狄金森兄妹都对女演员的精彩表演报以热烈的掌声，唯有父亲不动声色。他甚至直言不喜欢看到女人上台表演，就算她颇有表演天赋，也不该以这种方式展现自己。二是哥哥奥斯丁（邓肯·达夫饰演）：一位因背叛妻子而受到狄金森指责的兄长，一位因没有在美国内战冲锋陷阵捍卫民主而自责的北方绅士。三是母亲洛克诺斯：一位在身体和心理上都很孱弱的传统女性，不仅需要丈夫的保护，甚至需要子女的照顾。她说："我的生命就像一场梦一样过去，似乎我从来都没有参与过一般。"这句话很好地概括了狄金森母亲的性格特点。四是嫂子苏珊·吉尔伯特（乔迪·梅饰演）：一位传统北方女性的典型代表，默默忍受着丈夫的背叛来换取家庭的和睦，是与狄金森惺惺相惜的知音。五是妹妹维尼（珍妮弗·埃勒饰演）：忠诚地守护和照顾家人，甚至在狄金森去世后张罗着为她出版诗集。六是沃兹沃斯：当地颇受尊敬的牧师，狄金森的精神恋爱对象。狄金森甚至将自己的诗歌交与他分享。但是这段单相思因为沃兹沃斯的搬家和维尼对狄金森的严词劝导而结束。七是梅布尔（诺薇米薛·伦斯）：奥斯丁的婚外情人，虽然从来没有亲眼见到狄金森，但却对这位传说中的神秘女诗人异常着迷。1856年艾米莉去世后，她接受了拉维尼亚的委托，与狄金森的文学导师希金森一起编辑了第一本狄金森诗集。电影对梅布尔与奥斯丁的情感纠葛的再现基本上忠实于历史资料，与耶鲁大学的斯特林纪念图书馆（Yale's Sterling Memorial Library）至今保存的二人留下的相关日记和信件内容相符。唯一有所不同的是，在以往的传记作品中，梅布尔与奥斯丁的婚外情得到了狄金森姐妹的默许。然而在这部传记电影中，狄金森却对梅布尔和奥斯丁的越轨行为痛加指责。总而言之，电影以狄金森为中心，以狄金森亲朋为联结点，编织了一张19世纪新英格兰小镇的社交网络。狄金森被置于这张网络之中，不再是一个与社会和时代全然截断关系的古怪隐士。她顽强地拒绝皈依、离群索居、终身不婚、抗拒公开发表诗歌等种种谜团也可以得到比较合理的解释。

（三）《宁静的热情》的结构技巧

与其他大多数传记电影一样，《宁静的激情》也少不了以时间为线构建出影片的纵向结构。影片在时间上的跨度约为40年。电影伊始，年轻的狄金森（艾玛·贝尔饰演）是一位不可知论和自由主义者。她在一个严苛的女子清教徒基督教学校里因拒绝皈依而备受煎熬，幸运的是父亲及时赶来把她接回位于马萨诸塞州阿默斯特的家。由于狄金森是一位隐居诗人，电影的剩余部分几乎完全发生在狄金森家里。然而，无论是在学校还是在家里，狄金森对强加在她身上的宗教信仰都持反抗态度。在传统清教徒看来，人有"原罪"，人要皈依上帝方可得到救赎。然而，影片中的狄金森却绝不盲从和屈服于外在的压力。无论是在霍山女子学院老师的威压之下，还是在牧师要求她跪下之时，她都傲然地遵循自己的内心：她认为人性非恶，何来原罪？而且如果真有上帝，上帝也不该是总以威胁和压迫来对待世人。狄金森始终认为人性本善，人可以通过自我克制、自我完善而远离地狱，到达天堂。

电影的气氛有明显的由轻松幽默向深沉压抑的转向。电影的上半场充满了欢声笑语。狄金森与朋友瑞琳·布法姆（凯瑟琳·贝利饰演）是一位机灵多智的女教师和激进的女权主义者。狄金森与她的谈论总是妙语连珠而引人深思。在这段时期，狄金森甚至还发表了一些诗歌，她心态是开放而快乐的。然而，随着原本坚持女性人权的好友布法姆最后温顺地屈服于像《傲慢与偏见》中的夏洛特·卢卡斯与柯林斯般的世俗婚姻并搬家离开，狄金森的个人悲剧也就接踵而来。在电影的下半场中，她的生活逐渐变得苦涩多于欢乐：她暗恋的有妇之夫沃兹沃斯搬家离开，她深爱的父亲撒手人寰，母亲中风，哥哥背叛苏珊，鲍尔斯恶言批评她的作品，身体健康状况恶化，内心矛盾加剧……种种因素都使得她的作品越来越尖锐，不再拥有对未来的浪漫憧憬。最后，狄金森知道婚姻会压制她的创造力而选择了终身孤独。这部电影启发观众认识一个真相：天才不得不在孤独的钝痛与思想的自由这对难以调和的矛盾之间做出抉择。

这部电影从纵向来看是按时间发展顺序将狄金森的生平分为三个阶段：少女时期（狄金森作为诗人的萌芽时期）、青年时期（狄金森作为诗人的发展时期）和隐居时期（狄金森作为诗人的成熟时期）。以时间为纵向结构可以让观者比较容易地了解到狄金森作为一位诗人的成长历程。然而，这样的结构也显得过于机械，因为将任何一个人的生平按照几个时期而简单粗暴地截断都是既不够人性化也不科学的。因此，该影片在纵向的时间结构之外还为观众呈现出另一种结构类型——以"事件"为单元的横向结构。

而从横向来看，这部影片则由几十个大大小小的事件构成。从关于狄金森的传记研究可知，由于狄金森的诗歌和生平都如同"谜"一般，许多相关事件或是被虚构而成，或是由诗歌"阐发"而知，这对于电影导演和编剧而言是一个极大的挑战。除了以诗人的"成长历程"为主线之外，导演和编剧似乎很难挖掘到另一条能够贯穿始终的副线。因此，编剧只得从玛莎·狄金森·毕安奇（Martha Dickinson Bianchi）、米德森特·托德·宾厄姆（Millicent Todd Bingham）、马积高·詹金斯（Macgregor Jenkins）、杰伊·利达（Jay Leyda）、大卫·希金斯（David Higgins）、理查德·休厄尔（Richard B. Sewall）、阿尔伯特·捷尔比（Albert Gelpi）、约翰·科迪（John Cody）、辛西娅·格里芬·沃尔夫（Cynthia Griffin Wolff）和托马斯·赫伯特·约翰逊（Thomas Herbert Johnson）、阿尔弗雷德·哈贝格（Alfred Habegger）和林德尔·戈登（Lyndall Gordon）等重要的狄金森传记作家的作品中选取了一些看上去琐碎但实际上非常具有典型意义的事件。而导演则尽可能在有限的放映时间中选择和剪辑出几十个狄金森生平中的经典瞬间，试图用一滴水来反映整个太阳的光辉。

在事件的横向轴上，我们可以看到许多表面上波澜不惊而事实上对狄金森影响深远的"小事"：霍山女子学院的宗教压力、狄金森一家关于女性天赋的讨论、伊丽莎白姨妈对拒绝皈依的狄金森兄妹的暴怒、狄金森与布法姆关于女性教育和宗教问题的讨论、狄金森父亲禁止奥斯丁参加内战、狄金森与苏珊夜谈文学、布法姆结婚、沃兹沃斯搬家、父亲离世、狄金森开始隐居、狄金森病情加剧、狄金森神秘的精神恋爱、母亲中风离世、鲍尔斯对她诗歌的批评……这些横向结构上的事件就像一粒粒珠圆玉润的珍珠被串联在了纵向的时间轴线之上。观众既可以从整体上去了解狄金森生平的几个重要转折，也可以从单个的事件中去了解狄金森思想中的方方面面比如，她对家庭与爱情、性别差异、美国内战、宗教自由、诗歌艺术、名望与出版的看法等。

（四）《宁静的热情》的画外音

如果说这部影片从纵向和横向两个维度为狄金森画出了一幅肖像画的话，现在这幅画像虽然栩栩如生，却还缺乏灵魂。由上可知，观众从纵横的两条线索所能了解的只是一些琐碎的生活细节或者笼统的生活分期。而对于像狄金森这样一位具有丰富思想和诗意灵魂的女性作家而言，这样的一部文学名人传记必然是肤浅而失败的。幸运的是，导演明智地预见了这一危险，因此，他以大量画外音的方式插入了狄金森的一些诗歌以表现她内心的痛苦和心灵发展之历程。这些诗歌在影片中起到了画龙点睛的神奇作用。原本只是二维图形的扁平的狄金森形象借助其作品立马鲜活而有了灵气和灵魂。中国古典小说有一种独特的结构方法——"草蛇灰线"。无论是《红楼梦》还是《水浒传》，故事的主线就如同草中之蛇、灰里之线，似断似续，形断实续。文章断而不断，连而不连，起伏照应。作者用不易被人发现的各种暗伏和遥应作为暗示，巧妙地处理人物和情节之间的微妙关系，就像草蛇行过留下的痕迹，灰线弹出的印记。《宁静的热情》在结构上就具有"草蛇灰线"的特点，而其"伏脉千里"的画外音就是狄金森的终身事业——诗歌。

按照在片中出现的顺序，笔者将影片引用到的狄金森作品罗列如下，根据每首诗歌插入的事件节点，观众不仅可以借助事件进一步理解狄金森诗歌的意蕴，更可以通过诗歌和事件的结合洞察狄金森内心那波浪壮阔的斗争。

1. For each ecstatic instant/为每个狂喜的瞬间

2. The Heart asks Pleasure – first –/心要欢愉 — 首先 —

3. I went to thank Her –/我去感谢她 —

4. I reckon – When I count at all –/我看 — 要我估算 —

5. I'm Nobody! Who are you? /我是无名之辈！你是谁？

6. To fight aloud, is very brave –/喊声震天拼搏厮杀固然勇敢 —

7. There is a word/有一个字

8. Victory comes late −/胜利姗姗来迟 —

9. If you were coming in the Fall，/如果你要在秋天来

10. We outgrow love, like other things/我们长大了不再需要爱，像别的东西

11. The Dying need but little, Dear，/临死的人需要很少，亲爱的，

12. Look back on Time, with kindly eyes −/回头把时光观望，用亲切的目光 —

13. Of so divine a Loss/关于一个如此神圣的损失

14. We never know we go when we are going −/当我们走的时候我们从来不知道我们走了—

15. He fumbles at your Soul/他摸揣你的灵魂

16. This World is not conclusion/这个世界并非结论

17. Our journey had advanced −/我们的路程推进了—

18. My life closed twice before its close −/我的生命结束前已结束过两次 —

19. Because I could not stop for Death −/因为我不能停步等待死亡

20. This is my letter to the World/这是我写给世界的信

根据每首诗歌插入的事件节点，观众不仅可以借助事件进一步理解狄金森诗歌的意蕴，更可以通过诗歌和事件的结合洞察狄金森内心那波浪壮阔的斗争。

小　结

"文学经典的建构，一般不是一蹴而就的。她必须拥有成为经典的内蕴，经历时间和空间的检验、过滤、筛选，特别是经过后世接受者的积极参与、诠释抑或改造。"① 如果说狄金森的经典化部分得益于几代美国传记作家的精心打造，那么在所有传记的类型中，传记电影当之无愧是最新颖和最直接的表现形式。然而，由于狄金森隐居的生活方式和对出版的抗拒态度，狄金森传记作

---

① 慧普. 文学经典：建构、传播与诠释［J］. 文学遗产，2018（4）：15 − 25.

家所把握的可靠资料极其有限。狄金森的传记电影制作方只能将自己对于狄金森的想象"投射"到历史中真实的狄金森身上。这种虚构的想象与历史事实相互交融的手段对于传记电影来说具有很大风险。然而，在传记电影《宁静的热情》中，导演通过采取确立明显的感情基调、充分挖掘人物外部关系、巧妙利用时间和事件搭建双重结构以及大量植入画外音等手段成功地再现了一个令人信服的狄金森形象。这部传记电影必将推动狄金森诗歌进一步走向世界，获得更多读者的认同和喜爱。

第六章

变异研究案例

变异研究是在比较文学从法国学派到美国学派，再到中国学派的"涟漪式"发展过程中，由中国比较学者所探索的一种跨文明的比较文学研究范式。这种研究突破了法国学派建立在"同源性"基础上的流传学、媒介学、渊源学影响研究三模式，也超越了美国学派建立在"类同性"基础上的平行研究和跨学科研究。

比较文学变异学是指对不同国家、不同文明的文学现象在影响交流中呈现出的变异状态的研究，以及对不同国家、不同文明的文学相互阐发中出现的变异状态的研究，并由此探究比较文学变异的规律。变异学研究的重点在求"异"的可比性，研究范围包括跨国变异研究、跨语际变异研究、跨文化变异研究、跨文明变异研究、文学的他国化研究等方面。变异学可以解释许多令人困惑的学术问题，例如：翻译文学是否是外国文学、创造性叛逆的合理性问题、西方文学中国化的理论依据问题、比较文学阐发研究的学理性问题等。比较文学变异学是一个新的学术视野，是中国学者提出的比较文学学科新理论。它的重要意义有以下几点：（1）弥补西方比较文学学科理论的重大缺陷，引领西方比较文学走出危机，重获生机；（2）奠定东西方不同文明文学与文化比较的可比性与合法性；（3）走出"X＋Y"的中国比较文学研究困境；（4）丰富与深化全世界比较文学研究。

在这一章里，笔者选取了《"尤利西斯"形象的变异》《艾米莉·狄金森的"中国化"》《薛涛诗歌英译的变异研究》《薛涛诗歌英译的文化过滤》《跨文明视野下的玛土撒拉与彭祖》等五篇论文，论述了变异学中的"文化过滤""他国化""误读"等重点问题。

一、形象变异研究实践： "尤利西斯" 形象的变异

哈罗德·布鲁姆在《西方正典：伟大作家和不朽作品》第三章

《但丁的陌生性：尤利西斯和贝亚特丽丝》中说道："从荷马到尼科斯·卡赞札基斯，尤利西斯/奥德修斯的形象经历了许多西方作家异乎寻常的修饰再造，其中有品达、索福克勒斯、欧里庇得斯、贺拉斯、维吉尔、奥维德、塞内加、但丁、查普曼、卡尔德隆、莎士比亚、歌德、丁尼生、乔伊斯、庞德以及华莱士·斯蒂文斯。"① 值得注意的是，西方作品中的"尤利西斯"的形象各不相同，每一位尤利西斯形象的塑造都是不同作者自身的情感因素、心理特质和思想哲学等"个人无意识"的结晶，更是他们在创作所处时代的社会、经济、政治、意识领域下"集体无意识"的产物。通过梳理西方文学对尤利西斯形象的塑造与嬗变，我们可以理清西方文明圈在几个重要的文化转型时期的人文观念的传承与变革。这对于研究西方文学和文化非常必要。

（一）荷马史诗中的"尤利西斯"：世俗人本精神的初创者

古希腊－罗马文学是西方文学与文明的两大源头之一。荷马史诗作为古希腊文学的辉煌代表，对西方人文观念的形成产生了不可估量的影响。柏拉图在《理想国》里曾提到，荷马教育了希腊人。柏拉图的评价具有至少以下两个内涵：①荷马史诗具有百科全书的性质，具有为古希腊人提供学习当时社会生活与技能的教材与范本的重要意义；②荷马史诗所塑造的众多英雄形象从精神层面寓言式地表达了古希腊时期人们信仰的普遍真理，体现了那个时代人们广为接受的"神—原欲—人"三位一体的世俗人本意识。荷马史诗所具有的第二个层面的重大意义，使得这部伟大史诗被看作西方文明人文精神的起源。所以，作为荷马史诗中的重要组成部分，《奥德赛》所塑造的英雄奥德赛（罗马名为"尤利西斯"）对于西方文明圈的人文观念的形成理所当然具有开创性意义。

荷马史诗中的奥德赛用木马计攻下特洛伊，带着财宝与奴隶返回故土，不料在海上遭遇大难导致十年漂泊与历险，最后凭借非凡的毅力与才智终于与妻儿团聚，重登伊达卡国王宝座。奥德赛被塑造为一位为维护个人私有财产，为维护个人权利和荣誉而斗争的英雄。黑格尔说："民族精灵的集合过程构成一

---

① ［美］哈罗德·布鲁姆. 西方正典：伟大作家和不朽作品［M］. 江宁康，译. 南京：译林出版社，2011：50－77.

系列的形态，这一系列的形态在这里包括整个自然以及整个伦理世界在内。"①
因此，奥德赛作为古希腊史诗时代流传下来的传奇人物，既是作品中叙述的个
体的人，又代表着当时时代烙印标记的普遍人性：他是民族的整体——"民
族精灵"的体现。或者说，他的活动集中体现了该民族的整个社会关系及其
与自然的关系，体现了人民普遍接受的人文观念。因此，奥德赛的痛苦与困
惑、行动与命运、顺从与抗争都是西方人对人类童年时期的自由、浪漫与乐观
精神在文学世界的生动再现。奥德赛带着财宝历经千险胜利返回故土与亲人团
聚的故事形象地体现了西方文明中个人意识的萌芽与觉醒。将奥德赛与中国古
典名著《西游记》中唐僧师徒历经八十一难而取得真经的故事进行比较可以
看出，奥德赛（作为古希腊时期西方人的"民族精灵"）的一切行动和思想的
出发点和归宿点都是为了个人的荣誉和欲望。这与唐僧为了国家、民族乃至全
人类的命运而历险所体现出的中国儒家忧国忧民思想在本质上是大相径庭的。
所以，奥德赛体现的是"生命意识""人本意识"和"自由观念"，"（这）是
古希腊古罗马文学的基本精神，以后也成了欧洲文学与文化的基本内核"。②
"把人作为衡量一切事物的标准，不断探寻人的生命的意义与价值；这种执着
的探寻精神，乃西方文化演变的深沉内在动因。"③ 蒋承勇教授在《人性探微：
蒋承勇教授讲西方文学与人文传统》中为西方思潮流派更迭相继的发展模式
提炼出一条清晰的线索：人文精神和人本传统。而《奥德赛》正是西方关于
"人"的理解的发轫之作，它对西方文学与文化的深沉而持久的影响力直到现
在也不容忽视。

（二）维吉尔笔下的"尤利西斯"：理性意识的觉醒者

古罗马人文史诗《埃涅阿斯纪》被认为是对荷马史诗的传承和模仿，这
一点已经得到学界公认。史诗的前半部分写埃涅阿斯的海上冒险，有明显的模
仿奥德赛海上漂泊回家的时间结构，并且二者都经历游历地府，在宴会上追叙
前七年的际遇，都有铁匠神应女神之请而为之铸造铠甲，举行葬礼竞技等情
节。所以维吉尔笔下实际上刻画了两个奥德赛：一个是变形为埃涅阿斯的

---

① ［德］黑格尔. 精神现象学 ［M］. 贺麟，王玖兴，译. 上海：上海人民出版社，2013：90.
② 郑克鲁. 外国文学史 ［M］. 北京：高等教育出版社，1999：14.
③ 蒋承勇. 人性微探 ［M］. 北京：中央编译出版社，2014：1-3.

"奥德赛",一个是维吉尔作品中人物口中谈论的由荷马所塑造的"奥德赛"。维吉尔对这一显一隐两个"奥德赛"的态度有天壤之别:在《埃涅阿斯纪》中,埃涅阿斯(奥德赛之变形)作为罗马统治者的神化形象,在神的授意下奔赴罗马,战胜敌人,克制情欲,最终建立神圣的罗马城。埃涅阿斯是罗马时期的"民族精灵",他体现了"神—理性—人"三位一体的世俗人本意识的萌芽(这种人文观在中世纪的基督教文学中发展到了极致)。而荷马所塑造的奥德赛在维吉尔笔下不再是象征智慧与勇力的英雄,反而沦落为处处遭受指责的反面人物。"维吉尔不愿意直接指责尤利西斯,他便把这一工作转交给了他笔下的人物,这些人物把《奥德赛》的主人公界定为狡诈欺骗之徒。"维吉尔对两位奥德赛的态度的反差正体现了古希腊与古罗马文学中所呈现的微妙的"通变"关系——古罗马人对于古希腊人文观的批判性继承与发展。在继承荷马史诗中所表现的强烈的个体意识和世俗人本意识的基础之外,古罗马人糅合了自身独特的敬神、爱国、仁爱、公正等文化品格以及他们对文治武功、集权国家和对个体自我牺牲精神的崇拜,表现出较强的理性意识、集体意识和责任观念。

荷马史诗与维吉尔笔下的奥德赛形象存在着"英雄"与"反英雄"的巨大冲突。从其深层内涵来看,作为西方人文观中世俗人本精神和理性意识的初创者,他们分别表达了西方人文观中"个体"与"集体","原欲"与"理性"的矛盾状态。正是为了在此二者中寻求到较佳的平衡以维系西方精神文明的健康发展,西方文学才出现了流派林立、思潮更迭的现象。一言以蔽之,从古希腊罗马文学肇始,西方文学中先后出现的中世纪文学、人文主义、古典主义、启蒙主义、浪漫主义、现实主义、现代主义以及后现代主义,无不是在"个体"与"集体","原欲"与"理性"的人文观念的高扬与反拨、纠正与调试中萌生与消亡。

(三)但丁笔下的尤利西斯:神权压抑下个体精神的捍卫者

在文艺复兴前期,作为中世纪的终结和现代资本主义纪元的标志性人物,新旧交替时代的诗人但丁在《神曲·地狱篇》里创造性地改写了荷马笔下奥德赛的结局:尤利西斯在历经艰难险阻之后并没有到伊萨卡家中去寻找妻子,而是离开喀耳刻以便突破阻拦,探索未知的险境。在《地狱篇》第二十六章里,尤利西斯在年迈力衰之际到达了赫拉克勒斯设立界标禁止通行的地方仍向同伴呐喊："我们历经千难万险到达了西方，到了这短暂的守望时刻，我们绝不能放弃历险，要在太阳的照耀下探寻那渺无人烟的世界。想一想你们的根源，你们生来不是行尸走肉，而是要追寻美德和知识。"① 诗句的字里行间充溢着人类永不满足的求知的激情，蕴含着打破中世纪蒙昧主义，高扬人的个体精神的战斗激情。然而不容忽略的是但丁却将尤利西斯安排在地狱的第八层。这层地狱是专门为那些运用天赋的聪明才智为坏事出谋划策的人准备的。在但丁看来，导致尤利西斯远游过程中意外频发、最终遭遇海难身亡的原因，正是上帝惩罚尤利西斯的原罪——傲慢和对人类智慧的盲目自信。《神曲》中体现的但丁对尤利西斯的复杂感情把中世纪末期这一新旧交替时代西方人文观的二重性展露无遗：尤利西斯体现了中世纪末期西方人在理智与情感上的矛盾态度。一方面严厉地批判中世纪的蒙昧主义，热情赞美个人才智和自由意志，反对宗教禁欲主义，肯定世俗幸福和爱情；另一方面，又从宗教观点出发，把勇于探索、具有探索精神的尤利西斯当作异教徒罚入候判所。《神曲》中的尤利西斯形象充分地说明了中世纪神学思想对西方人文观的深沉禁锢和人文主义思想曙光初放之际的艰辛。

（四）丁尼生笔下的"尤利西斯"：资本主义文化的先驱者

阿尔弗雷德·丁尼生是 19 世纪英国维多利亚时代著名诗人，他的名篇《尤利西斯》作于 1833 年秋，即诗人的挚友 Arthur Henry Hallam 去世后不久。丁尼生说："这首诗是在失落感与所有逝去的东西的启发下写成，但是生活还得抗争到底。"② 这首五音步抑扬格的无韵诗以戏剧独白的形式重申了但丁在《神曲·地狱篇》中讲的尤利西斯精神。丁尼生诗中主人公古希腊英雄尤利西斯抛弃故土，将扬帆于海洋和未知的神秘的世界视为人生的归途。诗中写道："I cannot rest from travel；I will drink/ Life to the lees；all times I have enjoy'd."（"我不愿在人生的道路上停止不前/我要饱尝人生的辛酸。"）③ 他和同伴在外面闯出了惊天动地的功绩，建立了卓著不朽的功勋，体验过极大的痛苦，也品尝过巨大的欢乐。然而尤利西斯认为这一切还不够，在诗歌的结尾，诗人借独

① ［意］但丁. 神曲·地狱篇 ［M］. 田德望，译. 北京：人民文学出版社，2002：57-79.
② 戴继国. 英国诗歌教程 ［M］. 北京：对外经济贸易大学出版社，2005：124.
③ 同上。

白表达了尤利西斯的心声："Made weak by time and fate, but strong in will/ To strive, to seek, to find and not to yield."① 可见，丁尼生笔下的尤利西斯身上体现出的品质正为那个时代指明了精神世界的道路：追随心灵的呼唤，做真实的自我，勇敢地去面对、去奋斗、去拼搏，永不屈服。这首诗不仅反映了丁尼生个人巨大的勇气，更是当时那个动荡不安的时代里人们的共同渴望。维多利亚时代被认为是英国工业革命和大英帝国的峰端。这个时期的大英帝国走向了世界之巅，它的领土达到了 3600 万平方公里，经济占全球的 70%，贸易出口更是比全世界其他国家的总和还多上几倍。在经济和政治实力全速发展的时代浪潮中，丁尼生的《尤利西斯》在形象塑造上虽然与但丁《神曲》中的尤利西斯别无二致，在其精神内涵上却有着巨大的差异：丁尼生诗中的尤利西斯不再是中世纪末、文艺复兴初期对未来充满怀疑，在思想上对"守旧"与"创新"无法确切定位的迷途羔羊。此刻的尤利西斯俨然是打破了中世纪藩篱，接受了人文主义洗礼的资本主义文化先驱者形象。可以说，丁尼生笔下的尤利西斯是对笛福笔下的鲁滨孙的人文思想的直接继承。他完全有理由与鲁滨孙共享"资产主义新人"的美誉。马克斯·韦伯在《新教伦理和资本主义精神》一书中指出：早期资本主义精神的动力不是——至少不仅仅是——贪婪、欺诈、剥削，而是吃苦耐劳、锐意进取、勤奋克己的精神。在当代政治话语体系中，资本主义者的形象往往邪恶无比，然而在 17、18 世纪，物质文明极不发达的情况下，愿意冒着生命危险背井离乡地去荒蛮探险谋生的资本主义新人往往是一批最勤劳勇敢的人，也是由当时最进步的人文观念武装着头脑的人！

（五）詹姆斯·乔伊斯笔下的尤利西斯：信仰失落的西方文明的精神流浪者

爱尔兰意识流文学作家詹姆斯·乔伊斯于 1922 年出版长篇小说《尤利西斯》。小说以时间为顺序，描述了苦闷彷徨的都柏林小市民广告推销员利奥波德·布鲁姆于 1904 年 6 月 16 日一昼夜之内在都柏林的种种日常经历。全书共分为三部分十八章，表面上每章内容晦涩凌乱，实则有意识地将荷马史诗作为小说现代题材的"潜文本"，使两者之间形成平行对应关系。与史诗《奥德赛》中的英雄人物截然不同，乔伊斯在《尤利西斯》中塑造的现代版的"尤

---

① 同前注。

利西斯"是一个反英雄形象。奥德赛英雄式的海上历险变成了布鲁姆在都市街巷的游荡，揭示了布鲁姆在都柏林社会的边缘身份，刻画了现代人由精神瘫痪和灵魂空虚造成的自我异化。但布鲁姆平庸猥琐又自恃清高，胆小怯懦又热心血性，苦闷彷徨又充满希望，饱含无奈又期待奇迹。他的颓废和矛盾反映了20世纪初西方世界作为个体的"人"的孤独、迷茫和绝望。

高尚而又鄙俗，勇敢而又怯懦，有文明教养而又优柔寡断，理智宽容而又欲念丛生，抱负远大而又自我沦陷。种种悖论性的精神特征共同形塑"布鲁姆"这位现代版的"尤利西斯"形象。而导致他性格上诸多矛盾的根源则是："他身上秉承了西方优秀文化的传统，代表着人类社会未来发展的文明之光；而他生理和心理的病态特征和根本原因，又全面体现了西方社会的痼疾，全面揭示了现代社会人性异化的悲剧。"① 乔伊斯笔下的"尤利西斯"赋予平庸琐碎的现代城市生活以悲剧的深度，使之成为象征人类经验的神话或寓言。他不再是世俗人本精神的初创者与理性意识的觉醒者，不再是神权压抑下个体精神的捍卫者与资本主义文化先驱者，他只是一个信仰失落的西方文明中孤独的精神流浪者。他要表达的现代西方人文思想是正如艾希利·弗洛姆的名言："20世纪的精神病比19世纪更为严重，尽管20世纪资本主义出现了物质的丰盛。"② 事实上，资本主义在西方经历了几个世纪的发展后在20世纪实现了物质丰盛，但当把"物"奉为上帝而将精神的上帝驱逐之后，物质的丰盛不仅没有解决其思想上的危机，反而催化了其人文思想中的非理性思潮，加重了人的危机意识与异化感，使人真切地感受到生存的荒诞感。可以说，乔伊斯笔下的"尤利西斯"凝结着现代人对自身价值与命运的深沉思考。它蕴含着对西方资本主义文明的批评，也饱含对新的"上帝"（西方新的人文观念）重临的期待。事实上，20世纪后期，在经过"否定之否定"后，西方文学对上帝与理性的新的信仰正是西方文学人文观念在传统人本意识上更高的回归。

小 结

尽管西方作家都塑造了传奇人物"尤利西斯"，各个时期作品中的"尤利

---

① 胡媛. 现代人精神发展的不朽史诗——试论《尤利西斯》中布鲁姆形象的精神特征 [J]. 南京航空航天大学学报（社会科学版）2003（3）：57.

② [美] 艾希利·弗洛姆. 健全的社会 [M]. 孙恺详，译. 北京：中国文联出版公司，1988：101.

西斯"形象却各不相同。维柯把世界历史分为"神祇时期""英雄时期""人的时期"与"颓废时期"。根据这样的分期来分析"尤利西斯"形象嬗变的动因与规律，可以看出：在"神祇时期"的荷马史诗中，自然界的每个方面都被赋予意图或精神，而尤利西斯是那个神权时期世俗人本精神的隐喻式表达；在"英雄时期"的《埃涅阿斯纪》中，尤利西斯作为时代的精英分子，转喻式地表达了贵族时代人类理性意识的觉醒；但丁处于"英雄时期"与"人的时期"的交替之际，《神曲》中的尤利西斯介于转喻与提喻之间，是神权压抑下个体精神的捍卫者，在神权与人权的"漩涡"中挣扎；在"人的时期"的丁尼生诗歌中，贵族精英与下层民众共享某种人性，特殊向一般滑落，部分向整体升华。丁尼生诗歌中的尤利西斯是理性时代资本主义文化的提喻式表达；在"颓废时期"的詹姆斯·乔伊斯的《尤利西斯》中，布鲁姆这位"现代版尤利西斯"是对信仰失落的西方文明的反讽式表达。由此可见，人类历史按比喻—转喻—提喻—反讽修辞四格退化决定了"尤利西斯"形象的"四体演进"路径。赵毅衡教授认为："历史朝着反讽演进是符号行为的必然……可以认为四体演进是历史退化论，因为崇高感消失了，让位给怀疑论；也可以认为这是进步，是任何一种表意方式必然出现的成熟化过程……任何一种表意方式，不可避免地走向自身的否定。"① 因此，乔伊斯的"尤利西斯"的反讽意味不但不会将这一形象推进到自身毁灭的结局，反而可能把"反讽当成人类文明的出路"。总的来说，通过梳理西方文学对尤利西斯形象的塑造与嬗变，我们可以理清西方文明圈在几个重要的文化转型时期的人文观念的传承与变革。这对于研究西方文学和文化具有重大意义。

二、 他国化研究实践： 艾米莉·狄金森的 "中国化"

自 20 世纪 80 年代以来，伴随着美国诗人艾米莉· 狄金森诗歌在世界文学的经典化历程进入以"多样化"和"全球化"为特征的第三阶段，艾米莉·狄金森在中国也逐步跻身于外国文学的经典作家行列，成为中国人文社会科学领域炙手可热的研究对象。通过三十多年来的译介、比较研究以及跨文明阐发研究，作为文学接受者的中国学者构建出一个不同于英语世界的艾米莉·

---

① 赵毅衡. 符号学 [M]. 南京：南京大学出版社，2012：219 – 220.

狄金森的诗歌世界。

（一）艾米莉·狄金森"中国化"之旅路径之一：译介

美国文学批评家布鲁姆曾把阅读一部经典比作遇见一个"陌生人"，"一种诡秘的震惊而不是期待的满足"。他认为狄金森是一个让人足够吃惊的"陌生人"，因为"除莎士比亚之外，狄金森所表现出的认知的原创性超过了自但丁以来的所有西方诗人"①。因此，像艾米莉·狄金森这样一个极具个性的"陌生人"试图要穿越中西异质文明的壁垒而把其文学之种播撒到中华大地并开花结果，其文学旅程的艰辛程度显然比其他西方作家更甚。

艾米莉·狄金森的中国之旅始于译介和翻译研究，这与其同时代的其他西方作家传播到中国的情况相同。然而，不同的是，作为一名生活于19世纪，在1890年至1945年间就在英语世界声誉日隆，逐步奠定了经典地位的诗人，狄金森在中国的译介情况却非常不如人意。事实上，中国的20世纪20至40年代的译介因为受到当时整个国家时局与翻译环境的影响而异常繁荣。根据廖七一教授的统计，在"翻译年"（1935）前后，中国的英美文学作品译介量迅速飙升，1933—1937年五年间，英美文学作品翻译多达307件，而1938—1942年150余件，1946—1948年每年都近百件。② 然而就是在这样汹涌的西学浪潮中，除了1949年3月袁水拍翻译的《现代美国诗歌》选译了5首，狄金森的诗歌在我国的翻译鲜见片帆只影。在接下来的20世纪50至70年代整整20年里，狄金森在中国更是芳踪难寻。刘保安认为，国内对狄金森滞诗歌译介滞后的主要原因是"狄金森诗作内容的情调不是太适合于20世纪上半叶的中国国情。当时，中国一直面临的主要问题是民族的独立和国家的统一。狄金森的诗，即便译介过来，也不可能与当时的国人在思想上产生共鸣"③。张跃军则认为狄金森在西方被深入研究的历史相对较短，其诗歌被认为是小巧有余而大气不足，她随遇而安的写作态度和极具个人化的写作方式且诗歌数量巨大导致作品质量不够均衡也是狄金森诗歌在当时的中国颇受冷落的原因。④ 从以

---

① Harold Bloom. *The Western Canon: the Books and Schools of the Age* [M]. New York, San Diego, London: Harcourt Brace &Company, 1994: 291 - 309.

② 廖七一. 当代西方翻译理论初探 [J]. 南京：译林出版社，2000：64 - 65.

③ 刘保安. 近五年来国内的狄金森研究综述 [J]. 外国文学研究，2004 (5)：154 - 158.

④ 张跃军. 艾米莉·狄金森在中国的译介 [J]. 中国翻译，1998 (6).

上两位学者的研究来看，中国自身的历史原因与艾米莉·狄金森诗歌的特色和创作方式是导致国内相当长时期对她的诗歌译介滞后和重视程度不足的原因。

直到 20 世纪 80 年代，《狄金森诗选》（湖南人民出版社，1984 年，选译 216 首）和张芸译《狄金森诗钞》（四川文艺出版社，1986 年，选译 104 首）出版，才比较正式地开启了狄金森的中国之旅。这比起中国翻译界对其同时代的英美作家的译介滞后了半个多世纪。20 世纪 90 年代，伴随着西方文艺思潮在中国的"解冻"，狄金森诗歌的翻译得到了较快发展。尽管在这十年里，关天曦译《艾米莉·狄金森诗选：青春篇》、木宇译《最后的收获：埃米莉·迪金森诗选》、吴钧陶译《狄更生诗选》以及江枫译《狄金森名诗精选》等著作由于选材重复导致其诗歌翻译书目不到 500 首，不足其诗歌总数的三分之一，但他们的翻译都为狄金森的中国之旅披荆斩棘，立下汗马功劳。不少中国的狄金森研究者和爱好者都是由于他们的译介和译序或译后记中对狄金森的综合评述才得以管窥狄金森这位谜一样的"陌生人"，从而走上狄金森的研究之路。

21 世纪中国的狄金森译介空前高涨，其中最重要的突破是 2014 年上海译文出版社出版的蒲隆翻译的《狄金森全集》的面世。该套全集完整编译了约翰逊主编与富兰克林主编的两个版本的狄金森诗全集，译者不仅注释说明了两版的差异，还详尽考证了每一首诗的写作背景。全集的第四卷为约翰逊主编的狄金森书信选集译文，收录了女诗人整个创作生涯中最有价值的书信和背景考证。该全集的出版被认为是狄金森在中国的传播和接受的里程碑。迄今，在中国大陆和台湾、香港地区一共出版发行了 19 个狄金森译本单行本和 1 套全集。她的诗歌还被收入中国出版的各类世界经典文学丛书甚至青少年语文学习的教材中。狄金森的中国之旅耗时一个甲子，从在文学选集中初露头角，到单行本的众芳争春，到全集的艳冠群芳，她的诗歌在中国学者眼中逐渐从陌生变得熟悉、从平面变得立体、从拒斥变得亲善。可以说，译介活动是狄金森中国之旅最早的行进线路。通过译介，狄金森的文学之种被播撒到华夏大地的各个角落，尤其是中国人文学者的心中。

（二）艾米莉·狄金森"中国化"之旅路径之二：比较研究

艾米莉·狄金森在中国的接受一方面得益于译介活动引起的学术兴趣和关注，另一方面得益于中国学者积极地寻求推广其影响力的有效途径。为了让远道而来的狄金森不至于受到冷落，中国学者采取了比较研究这一颇为高效的推介方式。

1985 年，江枫在《啊，杰出的艾米莉·狄金森！》一文中把狄金森与惠特曼进行比较，首开从比较视角研究狄金森的先河。二者是美国同一时期的著名诗人，在美国被看成是诗坛的"双子星"，但惠特曼诗歌在中国的传播和接受却比狄金森更早、更广，江枫敏锐地借用了中国对惠特曼诗歌的了解和喜爱来推动狄金森诗歌在中国的传播。他说，狄金森和惠特曼都对诗歌的传统规范表现了不驯的叛逆姿态，但二人的风格迥异，如果说惠特曼的诗风主要特征是"豪放"，那么狄金森的艺术气质也许近乎"婉约"。① 江枫借用惠特曼在中国的知名度推介狄金森的诗歌，同时又采用"婉约"这一中国传统文论词汇来概括狄金森诗歌的风格以拉近狄金森与中国读者的距离。他的比较研究兼用了"以西扬西"和"以中促西"的两种方式来推动狄金森在中国的传播和接受。《中国文学翻译史》编者说江枫是"中国全面介绍这位美国现代女诗人的第一人"②。事实上，他也是中国的狄金森研究先驱之一。在中国的狄金森研究初期，学者们多是沿着他开创的这两条比较研究的路径前行。

走"以西扬西"之路的有张傲华，她把艾米莉·勃朗特与艾米莉·狄金森比作"开在荒原上的两朵奇葩"③，通过比较她们的生活方式、性格、文学创作等方面的相似之处而发现她们在各自的荒原所创造的作品的奇异和带给世界的奇妙震撼。由于两位女作家姓氏和时代相同，且都成就斐然，除张傲华之外，王桢也对二者进行了比较研究，她指出"两人的个性与文学历程也有着发人深思的相似性"④。王桢通过对二者的人生经历和作品的接受境遇的比较研究得出结论：她们都明显地表现出自我幽闭的特点。由于艾米莉·勃朗特在英语世界小说界中的突出地位，张傲华与王桢的比较研究提升了狄金森在中国的知名度。除了将狄金森与惠特曼和勃朗特进行比较，李秀娟还将她与美国著名诗人罗伯特·弗罗斯特进行了比较研究。尽管李秀娟的研究是对"以西扬

① 江枫. 啊，杰出的艾米莉·狄金森！[J]. 春风译丛，1985（1）：242 – 250.

② 孟昭毅，李载道. 中国文学翻译史 [M]. 北京：北京大学出版社，2005：453.

③ 张傲华. 开在"荒原"上的两朵奇葩——艾米莉·勃郎特与艾米莉·狄金森比较研究 [J]. 襄樊职业技术学院学报，2005（6）：64 – 67.

④ 王桢. 艾米莉·勃朗特与艾米莉·狄金森 [J]. 贵州民族学院学报（哲学社会科学版），2006（4）：107 – 109.

西"比较研究路子的一种沿袭,但是她也做出了一定的突破:她在对二者诗歌的自然和死亡主题的对比分析时不仅总结了其表层主题和深层主题的相似性,还挖掘出了狄金森与弗罗斯特死亡诗歌深层主题中的异质性:"狄金森的死亡诗侧重于对死亡本身的诠释而弗罗斯特仅仅是以死亡为叙述主线来剖析人与人之间的关系。"① 在此之后,李雪梅将狄金森与约翰·多恩的诗歌中的死亡主题的差异性进行了比较。她指出艾米莉·狄金森的诗歌创作是受到了约翰·多恩的影响,但是"他俩从各自的不同视角去演绎同一个主题,使读者对同一个主题有不同的认识和感悟"②。张长辉将狄金森与爱伦·坡的死亡主题诗歌进行对比,发现二者由于生活环境的差异,对于死亡的理解迥然不同,"对于埃德加·爱伦·坡而言,死亡传达着一种感觉:'阴森恐怖、冰冷悲哀、冷酷无情。'而对狄金森而言,死亡是一种逃脱。是另一种形式的永生,给人带来希望,死神像个绅士、朋友甚至爱人"③。张蕴琪把威廉·华兹华斯与艾米莉·狄金森的诗歌置于生态女性主义视角下进行对比研究。她认为:"华兹华斯始终未摆脱人类中心主义和男权中心主义的束缚,忽视了自然和女性的主体地位,没有完全实现生态女性主义的生态观及女性观。艾米莉·狄金森继承了华兹华斯尊重自然,与自然和谐相处的生态观,并在此基础上进一步发展了该观点,使之更靠近生态女性主义倡导的生态观,推翻了华兹华斯诗歌中狭隘的女性观和男性中心主义。"④ 以上学者的研究都将狄金森与在中国已经享有盛誉的一些欧美作家进行异同比较,通过他们业已获得的声誉来助推狄金森在中国的传播与接受。

走"以中促西"的比较研究之路的先驱有 1986 年谭大立在《社会科学》上发表的《一样痛苦两种风格——李清照词与狄金森诗的不同表现手法》和1994 年董洪川在《四川外语学院学报》上发表的论文《艾米莉·狄金森与李

---

① 李秀娟. 艾米莉·狄金森与罗伯特·弗罗斯特对比研究——诗歌表层主题和深层主题的相似性与相异性探析 [J]. 社科纵横,2007(7):167-168.

② 李雪梅. 约翰·多恩和艾米莉·狄金森诗中"死亡"主题之比较 [J]. 河南广播电视大学学报,2009:(3)41.

③ 张长辉. 异样的死亡:解读埃德加·爱伦·坡与艾米莉·狄金森 [J]. 时代文学,2010(4):61-62.

④ 张蕴琪. 生态女性主义视角下威廉·华兹华斯与艾米莉·狄金森诗歌对比研究 [J]. 湖南省社会主义学院学报,2015(4):68-69.

清照》。前者认为狄金森与李清照的诗歌都是抒发无尽的痛苦和描绘"寸断"的愁肠的诗，因此她们才能历经时间洪流的淘洗而流传至今，但是二者对愁苦的表现手法大相径庭，这种差异源自中美两国深刻的文化传统和民族心理差异。① 后者先是沿用了把狄金森在美国诗坛的地位与惠特曼相提并论的惯例，然后将狄金森与李清照进行互为参照系的比较，研究她们在不同文化传统中诗歌艺术的异与同："由于她们分别是两种根本不同的文学传统的代表，她们的创作在一定程度能较为集中地反映各自传统的特点，将她们对照研究，更能清楚地窥见她们各自文学传统的某些本质特征，更为重要的是，由于她们生长于两种相去甚远的文化传统之中，因而，在比较研究中找到它们的共同点，对于以'寻求人类文学创作共同文心'为神圣目标的比较文学研究，应该说，是有十分积极的意义的。"② 继他们之后还有多位学者将狄金森与李清照进行比较研究，根据中国知网统计，从 1986 年到 2016 年的 30 年间，仅题目中含有"狄金森"与"李清照"两个关键词并进行比较的论文就有 19 篇之多，而内容中涉及二人之比较的中文文献更是多达 364 篇。其中影响较大的有米丽娜的《艾米莉·狄金森和李清照爱情诗的女性意识比较》和罗乐的《比较艾米莉·狄金森与李清照作品中的孤独情怀》。前者以同质性可比性进行比较研究，发现二者虽然"生活的时空毫无重叠，但她们都以自由、大胆、自主的性格，用女性独有的细腻情怀为我们抒写了大量打动人心的爱情诗句。她们的爱情诗词不仅表达了她们对爱情这一人类最美好情感的向往，也彰显了女性自我，表达女性大胆叛逆，渴求平等的女性意识"③。而后者以异质性为可比性进行比较研究，认为由于西方人常把爱情和时间、永恒联系在一起，赋予其哲学上的意义，因此狄金森自然受到了这样的文学文化传统的熏陶，其爱情诗中所表达的孤独感是"慕"而不得的孤独。而在中国的文化传统里，女性被长期排斥在社会政治生活之外……女子在感情上的失落使她们痛苦，但她们作为男子附庸的社会地位使她们完全不能反抗。她们只能"怨"，期盼、等待丈夫的眷

---

① 谭大立. 一样痛苦 两种风格——李清照词与狄金森诗的不同表现手法 [J]. 社会科学，1986（7）.

② 董洪川. 艾米莉·狄金森与李清照 [J]. 四川外语学院学报，1994（2）：20-33.

③ 米丽娜. 艾米莉·狄金森和李清照爱情诗的女性意识比较 [J]. 西南民族大学学报（人文社会科学版），2011（A2）：34-36.

顾。所以，李清照的孤独是等而不得的孤独。[①]

除了以上学者将狄金森与李清照进行比较研究以达到"以中促西"的目的，孙叶红、杨善寓、李嘉娜、周杰等学者还将她与陶渊明、顾太清、冰心、席慕蓉等中国诗人进行比较：在表层意蕴相似处中探寻文化根源的深层异质性；在文化根源深层异质性中寻求中外诗人在诗歌主题、语言技巧、审美格调等方面的"共同诗心"。他们的比较研究在不同程度上无一例外地提高了狄金森及其诗歌在中国的声誉。但是值得注意的是，随着狄金森在国际范围内的文学声誉的不断攀升和经典地位的确立，中国学者的狄金森研究开始出现了"以西彰中"的反向比较研究。他们往往依托狄金森的文学声誉来推介中国的本土作家，比如：2013年，刘向的《探微余华与狄金森的死亡主题文学》通过对中国先锋作家余华与狄金森的死亡主题作品的跨时空比较分析，表明余华作品中体现的当代作家对社会边缘人群生存状态的人文关怀与狄金森死亡主题诗歌对生存意义和生命价值的恒久关切如出一辙。更明显的例子是学者和诗人沈睿直接以"中国的狄金森"来推介中国当代女诗人余秀华，她说："她是中国的艾米莉·狄金森，余秀华的诗歌是纯粹的诗歌，余秀华是生命的诗歌，而不是写出来的充满装饰的盛宴或家宴，而是语言的流星雨，灿烂得你目瞪口呆，感情的深度打中你，让你的心疼痛。"[②] 尽管对于"中国的狄金森"这顶帽子，西川、韩东、杨黎、赵野、巫昂、俞心樵等当代诗人甚至余秀华本人都一致认为不合适，韩东说这不过是广告用语，俞心樵则直击要害，说这是缺乏对现当代诗歌史和一些杰出诗人尤其是对其他女诗人的了解所致，但是客观地评价全媒体时代经典传播案例的余秀华"草根逆袭"的成功现象，它的确与"狄金森"这一"帽子"不无关系。

总的来说，以比较研究为路径的艾米莉·狄金森的"中国化"之旅经历了"以西扬西""以中促西"和"以西彰中"三个阶段。通过前两个阶段的比较研究，狄金森在中国的知名度与美誉度得到公认。在第三阶段，业已在中国确立经典地位的狄金森被用以"反哺"中国文学，成为中国作者叩响本国

① 罗乐. 比较艾米莉·狄金森与李清照作品中的孤独情怀 [J]. 安徽文学（下半月），2008（9）：30-33.

② 徐萧. 余秀华的诗写得很好，但别急着扣"中国狄金森"的帽子 [N]，（2015年1月16日），http://news.163.com/15/0116/18/AG3O1TR000014SEH.html.

和世界文坛的"敲门砖"。

（三）艾米莉·狄金森"中国化"之旅路径之三：跨文明阐发研究

中国学者早在 20 世纪初就开始"援用西方理论与方法，以开发中国文学的宝藏"，但是直到 1976 年台湾学者古添洪和陈慧桦才冠以这种研究范式以一个专门的名称——"阐发法"。① 大陆学者陈惇、刘象愚在此基础上进一步完善了该理论，将之发展为"双向阐发法"，强调"阐发研究绝不是单向的，而应该是双向的，即相互的"②。当狄金森诗歌进入中国，尤其是 21 世纪中国之后，随着中国综合实力的加强和国际地位的提升，中国的文学研究一改 20 世纪一味追随西方理论，以西方理论阐发中国文学的"单向阐发"，而开启了以中国理论阐发西方文学的另一个阐发向度。狄金森诗歌的跨文明阐发研究既是中国学者试图打破 20 世纪"以中就西"和"以西释中"而导致中国文论失语症的魔咒，重新彰显中国理论的阐释力和东方智慧的尝试，也是中国传统文化建设的有机组成部分，还是中国要在国际文学研究领域争夺"话语权"的有效措施。

康燕彬指出："钱锺书、茅于美、林建隆、陈元音等学者都曾指出狄金森诗歌在思想内涵、创作方式上与道家、禅宗、中国古典诗词的契合。"③ 张汉良教授在复旦大学召开的狄金森国际研讨会"狄金森在中国——翻译的可能性与跨文明视野"的开幕致词中指出："跨越语言界限的文学接受总是充满诱惑而又险象环生，狄金森诗歌进入汉语系统为我们提出了一个艰巨的任务，因其外来性、异质性以及作为解释工具的背叛性，它将再一次彰显一种语言系统成为元语言（meta-language）的客体语言将会发生什么。"④ 从以上两位学者的话来看，前者把跨文明阐发当作狄金森"中国化"之旅的一条可能路径，而后者则干脆将之视为必经之途。

康燕彬在狄金森诗歌的本土化研究中大胆尝试了跨文明阐发研究并做出了

---

① 古添洪，陈慧桦. 比较文学的垦拓在台湾. 台北：台湾东大图书公司，1976：1-2.

② 陈惇，刘象愚. 比较文学概论（修订版）[M]. 北京：北京师范大学出版社，2000：136.

③ 康燕彬. 狄金森的东方 [J]. 外国文学，2012（9）：33-39.

④ 杨俊建，张珊. 2014 年艾米莉·狄金森国际研讨会纪要 [J]. 中国比较文学，2015（2）：215-218.

重要贡献。她是第一个探讨狄金森对佛教思想吸收的可能性的中国学者，也是以佛教思想阐发狄金森诗歌的先行者。除此之外，她还以道家借"鹪鹩"表达的生命智慧阐发狄金森诗歌中的"鹪鹩"意象所蕴含的"知足寡欲、无用之大用等消极智慧"。① 在她的《狄金森的东方》一文中，她认为狄金森的悠闲、静观、清静无为等思想，其实是在推崇东方人的心态与境界。除了康燕彬，史迹、颜健生等学者也尝试采用老庄哲学解读狄金森及其诗歌。前者发现很多狄诗都体现了"崇尚自然""无为而无不为""天地有大美而不言""法天贵真""万物与我为一"等老庄哲学观念。② 后者发现诗人善于运用文字的组合和符号的衔接表达内心世界与自然万物的和谐，并通过"以物观物"进入"物我相融"的精神境界，并且从追忆孩童的天真状态中寻求到一种"返璞归真"的心灵的归属。③ 除了以佛家和道家思想阐发狄金森诗歌，王敏琴在《闪烁在艾米丽·狄金森诗歌中禅宗证道的三个层次》中还尝试以禅学解读狄金森诗歌。她提出狄金森在禅修前"见山是山，见水是水"的境界，修禅后"见山不是山，见水不是水"的境界，开悟后"见山只是山，见水只是水"的境界，论证了艾米丽·狄金森诗歌中闪烁着禅宗证道的三个层次，从而证明艾米丽·狄金森已有某种程度的开悟，同时说明了她被同时代的人称为"怪人"的原因。④

自 21 世纪第一个十年以来的短短几年时间内，以东方智慧对狄金森诗歌进行跨文明阐发已经成为中国狄金森研究中的一道独特风景。尽管巨大的中西文化壁垒导致这些跨文明阐发研究中有可能还遗留下待商榷之处，甚至有"强制阐释"之嫌，但学界对这一研究的前景大都持乐观态度。用东方美学解读和翻译狄金森对中国学者来说是一项充满诱惑和挑战的研究。事实证明，经历了跨文明阐发研究后的狄金森才有可能从美国的狄金森脱胎成"中国化"

---

① 康燕彬. 狄金森诗歌鹪鹩意象的跨文明阐释 [J]. 东北师范大学学报（哲学社会科学版），2013（2）：119-122.

② 史迹. 以老庄哲学论狄金森诗歌研究 [J]. 西南民族大学学报（人文社会科学版），2011（10）：171-175.

③ 颜健生. 狄金森诗歌中的道家思想观照 [J]. 西南农业大学学报（社会科学版），2011（11）：139-142.

④ 王敏琴. 闪烁在艾米丽·狄金森诗歌中禅宗证道的三个层次 [J]. 世界文学评论，2012（2）：225-228.

的狄金森，才有可能更充分地融入中国的文化血液，糅合中国的智慧基因，成为建设中国文化的有机组成部分。

小 结

从 20 世纪 80 年代至今，艾米莉·狄金森的中国之旅已经历时三十多个年头。中国学者主要通过译介、比较研究以及跨文明阐发研究三条路径助推艾米莉·狄金森的"中国化"之旅。以译介为基础，以比较研究为主力，以跨文明阐发研究为先锋，中国的狄金森研究因为其背景、目的、范式的不同而走出了一条不同于英语世界狄金森研究的道路。正如刘勰《文心雕龙》所言："故论之方，譬诸草木，根干丽土而同性，臭味晞阳而异品矣。"在中国学者独辟蹊径的移植之后，在沐浴了中华文化的阳光雨露之后，艾米莉·狄金森诗歌已经成长为一株不同于美国的，盛开在中华文苑中的奇葩。

三、 翻译变异研究实践： 薛涛诗歌英译的变异研究

薛涛是我国唐代著名女诗人，一生作诗 500 余首，留存于世 92 首，是我国创作和留存诗歌数量最多的女诗人。她的诗歌主要经由三个版本的专门译本被介绍到英语世界：1945 年译诗 85 首的魏莎（Genevieve Wimsatt）的《芳水井》（*A Well of Fragrant Waters: A Sketch of the Land Writings of Hung Tu*）、1968年译诗 51 首的肯尼迪（Mary Kennedy）的《我与你心心相印》 （*I Am a Thought of You*），和 1987 年译诗 68 首的拉森（Jeanne Larson）的《锦江诗选——唐代乐妓薛涛诗集》 （*Brocade River Poems: Selected Works of the Tang Dynasty Courtesan Xue Tao*）。魏莎的薛涛诗歌译本因其时间最早、译诗最多、介绍最详等原因而最具有学术研究价值。本书以魏莎的薛涛诗歌英译本为例分析中国古典诗歌经由译介在海外传播时发生的变异，并探析产生这些变异的根源。

曹顺庆先生在其英文专著 The Variation Theory of Comparative Literature （《比价文学变异学》）中提出："Whenever there is a cross-language，a change of time and space，or confrontation of civilizations，Variation must be there， therefore, seeking for homogeneity is just a utopian ideal and academic illusion. "①（只要有跨语言、时空的改变，或者文明的冲突发生，变异就必然发生，因此寻求同质性只不过是个乌托邦式的理想和学术幻想。）薛涛诗歌的翻译不仅跨语言，也具有跨时空和跨文明等特质，因此不可避免地产生了各种形态的"变异"。通过文本细读和对比研究，笔者发现导致译者对原文信息进行添加、省略、重构、误译、汇编等"变异"现象的主要原因有以下三方面因素：译者审美偏好、文化差异和语言差异。

（一）译者审美偏好导致的变异

当译者试图将中文古典诗歌翻译为英语诗歌时，大部分译者会选择迎合其目的语读者，也就是文学传播中的受众或接受者。大部分英语世界的读者习惯的是被翻译为自由体英语诗歌的中国古诗，无论事实上中国古诗在形式上和诗节韵律上与自由体英语诗歌的差异如何之巨。然而，魏莎的薛涛诗英译却是一个少见的例外。当魏莎读到薛涛诗歌的原文之后，她立刻被其异域之美和奇特的诗歌形式吸引。她发现中国古诗的诗节大都是整齐的四行，呈现出几何图形一般的工整，偏好用七言或五言并押韵。所以她决定要把薛涛诗翻译为四行诗体的英语诗。在《芳水井》的前言中她是这么说的："Though well aware that this form is somewhat outmoded in the west, to many minds suggesting the impress of a conservative day, I accepted the challenge. In the original these stanzas are regular and rhymed four-lines. Let them so appear in the translation. "（尽管我知道这种形式在西方从某种程度上来说是老旧过时的，对很多人来讲，它给人以保守时代的印象，但是我愿意接受这个挑战。这些原文中的诗节是以规整而押韵的四行诗体呈现的，我就让它们在译文中也保留这个样式吧。）② 在尽量保留诗歌原貌的原则之下，魏莎为了使英译后的薛涛诗也如"几何图形般的工整"，不得不删减一些原文中的次要信息。比如在《酬文使君》（"Answering Wen Shih-chun"）的翻译中，"延英晓拜汉恩新，五马腾骧九陌尘"被翻译为：

---

① Cao Shunqing. *The Variation Theory of Comparative Literature* [M]. Heidelberg, New York, Dordrecht, London, Springer, 2013：107.

② Genevieve Wimsatt. *A Well of Fragrant Waters* [M]. Boston：John W. Luce Company Publishers, 1945：7.

Receiving long continued grace in Yen Ying Hall!

Through dust of the Nine Street with Five Steeds galloping!

　　首先，英译后的诗句因为缺主语而在语法上不完整。汉诗英译的传统做法是译者为中国古诗补充主语以符合英语的思维习惯。但是魏莎为了保持诗歌原有风味，在译文中有意地保留了原文的残缺状态。她的解释是："This absence of a grammatical element to which the western ear is attuned often lends to translations from the Chinese that aloof and exclamatory air which I have preferred to its alternative, an over-emphasis on the personal note, and subservience to Western grammatical arrangement."① （缺乏这个西方读者习以为常的语法元素经常会使从中文翻译过来的英语诗显得拥有一种疏离而令人惊叹的风味，比起另一种选择，一种过分强调对人物的关注和对西方语法规则的驯服来说，我更偏爱前者。）从魏莎的解释中我们可以清楚地了解她的美学偏好是东方神韵，一种"言不尽意""大美无言""只可意会不可言传"的诗情，所以她在上面诗句的英译中省略了主语"You"或者"Thou"，为诗歌营造一种雾里看花的神秘美感。事实上，在她的整本诗歌翻译中主语都鲜有片帆只影。

　　除了主语，其他的一些信息也被删减了。比如原文中的"晓"作为时间状语，表示事件发生在清晨。"汉"作为形容词，原意是"汉代的"，但是由于唐朝廷对汉代文化的极度认可和推崇，唐诗中被经常借以用来指代"大唐的"，暗示大唐是如大汉一般的盛世。"新"作为副词，表示"最近地"。魏莎的译文为了在形式上尽可能保持几何的工整，不得不将这些信息都省略了。郑海凌认为："文学翻译是艺术化的翻译，是译者对原作的思想内容与艺术风格的审美把握，是用另一种文学语言恰如其分地完整地再现原作的艺术形象和艺术风格，使译文读者得到与原文读者相同的启发、感动和美的享受。"② 在魏莎的翻译过程中，其本人的审美偏好产生了不容忽视的影响，在这些影响之下，薛涛诗歌的英译在语义上产生了偏移和失落，在风味和神韵上却得到较忠实的传达。

---

　　① Genevieve Wimsatt. *A Well of Fragrant Waters* ［M］. Boston：John W. Luce Company Publishers，1945：8.

　　② 郑海凌. 文学翻译学 ［M］. 郑州：文心出版社，2000：39.

(二) 文化差异导致的变异

由源语文化与目的语的文化差异而导致的文学翻译变异现象是最为常见的。这些变异主要体现为译者出于对受众的异质文化接受能力考虑而刻意进行的"创造性叛逆",译者自身跨文化素养不足而对原文中文化内涵判断失误,以及文化移植中文化模子导致的文化过滤。

1. 文化差异下的"创造性叛逆"

为了使当时对中国文化知之甚少的美国读者能够接受和理解薛涛诗,魏莎的翻译中采用了一些"创造性叛逆",尽管当时这个术语还没被埃斯卡皮(Robert Escarpet)发明出来,中国的谢天振教授也还没有将之引入"译介学"而被广泛谈起。

在《赠韦校书》("Answering Courtesan Wei")一诗中,"芸香误比荆山玉,那似登科甲乙年"被译成:

Bean flowers, though sweet, can not compare with Ching Shan jade!
When shall new blooms like those of Chai I year arise?

在上面的译文中,"登科"这个表示"古代科举时代被政府录取"的中国古语被翻译成"bloom"(开花)。显然,魏莎是从整体上把握诗句,领悟到诗歌传达的意味后,以更通俗易懂的方式传达了薛涛的自谦和对他人的赞美:薛涛把自己比喻为芸豆,而友人则是珍贵的荆山玉,从智慧上讲,朋友如同登科的举人,而她却绝不可能在相近时期能登科。由于西方的文化模子中并无类似于科举的传统,"登科"一词的文化意蕴与内涵难以让不了解中国文化的英语文化背景读者理解,因此魏莎将之异译为"开花"。薛涛自谦自己和朋友不是相继盛开的花朵,不可同日而语。这样的翻译在语义上与原文相差甚远,但是从语用上讲,二者都成功地传达了自谦与赞美。"开花"作为一个普遍性的经验,远比仅仅适用于中国古代的"登科"这一比喻更易接受和理解。谢天振在《译介学》中指出:"翻译总是一种创造性叛逆。"[①] 而叛逆的作用就是帮

---

① 谢天振. 译介学 [M]. 上海:上海外语教育出版社,1999:141.

助作品的传播和接受。为了帮助英语受众更好地接受中国古典诗歌，魏莎不得不把一些太过艰深的、承载历史和文化内涵的信息过滤掉，改用一些常识性的词汇来表达相近的情感。

2. 文化差异导致的误译

在《试新服裁制初成》（"Trying on a Newly Finished Gown"）中，"春风因过东君舍，偷样人间染百花"被译为：

> Spring winds have trespassed, prowling through the Genii's bowers,
> Bringing to earth this pilfered Hundred-flowers design.

"东君"在中国是司春之神。在希腊神话中对应的神是珀尔塞福涅（Persehnone），只不过东君是男性，而珀尔塞福涅是女性并掌管冥界。在上面的译文中，魏莎用"genii"一词来翻译"东君"。《牛津高阶英汉双解词典》对"genii"的解释是"spirit or goblin with strange power（in Arabic stories）"（阿拉伯故事中拥有神奇力量的精灵或妖精）。陆谷孙主编的《英汉大词典》中的解释是"genii"又作"jinni"，意思是"（神话故事中用魔法召唤来的）魔仆"。显然，这个词尽管能唤起西方人对于神秘东方的想象，但这一想象很容易让人联想到诸如《天方夜谭》（*One Thousand and One Nights*）中《渔夫与魔鬼》（"The Fisherman and the Jinni"）中恩将仇报的凶魔，或者《阿拉丁与神灯》（"Aladdin's Wonderful Lamp"）中"阿拉丁"的"魔仆"灯神（genie of the lamp）和戒指神（genie of the ring）形象，远远不是中国的"春神"所引发的万物复苏、百花竞艳的联想。从"春神"变异为"魔仆"，译文给读者创造了一种错误的"幻象"。

在《酬祝十三秀才》（"Answering the Successful Candidate, Chu Thirteen"），中，"浩思蓝山玉彩寒，冰囊敲碎楚金盘"被译为：

> Great merit! Blue Hills jade is deep colored and cold!
> The Crystal Heart shatters the Gold Plate of Ch'u!

"冰囊敲碎楚金盘"暗含了一个中国古代地理书《三辅黄图·未央宫》中

记载的典故。据说"董偃以玉晶为盘，贮冰于席前，玉晶与冰相洁。侍者谓冰无盘，必融湿席。乃拂玉盘坠，冰玉俱碎"①。薛涛在原诗中以这个典故鼓励楚十三秀才不要因为他人的闲言碎语而焦虑，因为他们就像董偃的侍者，不辨"冰""玉"，不识贤才。魏莎由于不了解这个典故，其译文成了"The Crystal Heart shatters the Gold Plate of Ch'u！"（水晶心砸碎楚国金盘）。可见译者对源语言文化了解不足是导致译文变异的重要原因。

王向远在《翻译文学研究》中指出原文内涵的宽度和广度、译者对原文理解的深度和角度都会决定译者以不同方式"异译"原文，从而导致译文呈现各种各样的差别。② 由于译者对文化差异认识不足导致译者对原文理解有误所引发的变异与由译者对受众文化模子的考虑而引发的变异是不同的。前者是无意而无益的，后者是有意而有益的。比较文学学者应该在译本的多样性中发掘出阻碍文学跨文明传播的不利变异，为中国文学的海外传播提供前车之鉴。

3. 文化差异下的文化移植

在处理文化差异时，译者通常在"归化"或"异化"中选择立场。魏莎的翻译倾向是尽量让原作变动不居，将读者移到原作面前，因而在译文的形式和意象中都尽可能地保持中国诗歌的异域之美。她在译文中将大量中国的地名、人名、物名都以拼音的形式保留下来。比如，在《别李郎中》（"Separating from Li Lang-chun"）中"花落梧桐凤别凰，想登秦岭更凄凉"被译为：

The Wu t'ung leaf has fallen, Feng from Huang must part…

Perhaps it will be still more lonely at Chin Ling…

不仅地名"秦岭"以拼音形式保留，甚至"梧桐""凤"和"凰"等物名都以拼音形式保留。正如奈达（Eugene A. Nida）在《语言与文化——翻译中的语境》（*Language and Culture: Contexts in Translating*）中强调的，翻译不仅仅是与语言相关的问题，语言总是文化的一部分，因此"翻译是一种转

---

① 何清谷. 三辅黄图校释 [M]. 北京：中华书局，2005.
② 王向远：王向远著作集 翻译文学研究 [M]. 银川：宁夏人民出版社，2007：161.

换"的说法不仅指语言符号的转换，还指语言作为载体和这个载体所承载的信息的转换。它是两种文化的沟通与移植。本雅明（Walter Benjamin）也说语言与它承载的信息就像果肉和果皮般密不可分。因此，直接将一些词汇移植到接受者的文化语境中对于保持原文的艺术性和文化内涵可能是收效甚微的。梧桐是凤凰栖息之地，因此有人把它译为"phoenix tree"，是祥瑞之兆。同时它作为在秋季最早落叶的树木，经常引发伤感和离愁，同时又是悲伤的意象。勒弗维尔（Andre Lefevere）在《文学翻译：比较文学中的实践与理论》（*Translating Literature: Practice and Theory in a Comparative Literature Context*）中讨论过"梧桐"的翻译："对于在中国很常见的梧桐树的翻译，简单地翻成'wu t'tung tree'，可以达到保留异域风情的效果。但是，如果译者把它翻译成目的语读者所熟悉的一种树的名称，那么他们事实上在使外来文化归化于本土文化。"① 在初期的积累过程中，译者的此类翻译可能会引起读者的误读，但是这并不能让我们否定译者试图将异质文化移植到目的语文化的最初尝试所具备的价值。事实上，一个世纪以来，由于"梧桐"不断地以拼音形式保留，不断地被注释和阐发，它已经成为一个英语读者较为熟悉的中国意象。

除了"梧桐"，魏莎将"凤凰"也按拼音翻译进入英语诗歌，而不是以英语读者惯用的"male and female phoenixes"。在中国文化中，"凤"是雄鸟，"凰"是雌鸟。凤和凰在空中比翼双飞象征着爱情与婚姻幸福美满。薛涛的诗句原文中用梧桐花落、凤凰分别来暗指李郎中丧偶的巨大悲痛。英语文化背景中的凤凰却是"永生"的象征。因此，在英语译文中，由于接受者的文化模子的差异，原文中的深层含义几乎丧失殆尽，甚至有遭到曲解与误读的可能。不过，随着"Wu T'ung"和"Fenghuang"这样的中国舶来词不断地以拼音形式出现在英语文学作品中，越来越多的英语读者了解到了这些词汇后面的文化意蕴。可见，译者对原文中某些部分内容的移植是有价值的，它是跨文明文学传播初级阶段的有益尝试，并且由于它可以使译文具有"陌生化"的美感而对译者和读者都充满诱惑。

（三）语言差异导致的变异

不同语言在词法、句法和语音上都呈现出各自的特质。汉语与英语在语言

---

① Andre Lefevere. *Translating Literature: Practice and Theory in a Comparative Literature Context*. Beijing：Foreign Language Teaching and Research Press，2006.

层面上的巨大差异必然导致英汉文学的双语转换比起其他处于同一语系的双语转换更加困难重重。

1. 词汇层面的变异

中文和英文中都存在大量的同音异义和同形异义（homonymy）、同义（synonymy）以及上下义（hyponymy）关系的词汇，这为译者带来了许多艰巨烦琐的工作。古语有言："失之毫厘，谬以千里。"当译者翻译这些词语时，他们很容易由于疏忽而犯错，从而导致译文与原文大相径庭。

同音字是困惑译者的一个重要因素。在《春郊游眺寄孙处士》（"Strolling the Countryside in Spring and Sending a Poem to the Recluse Sun"）中，"何事碧鸡孙处士，伯劳东去燕西飞"被译为：

Besides what muted stream lies Sun Chun-shih at rest?
The shrike flies to the east, the swallow to the west.

据《益州记》记载："成都之坊，百有二十。第四曰碧鸡坊。"然而从读音来看"碧鸡"（biji）与"碧溪"（bixi）非常相似。魏莎作为习惯表音文字的英语使用者，她极有可能一时疏忽，误把"碧鸡"当"碧溪"，因此，译文中才有"a muted stream"这一与原文毫无关系的内容。而且从译文来看，把"何事碧鸡孙处士"理解为"孙处士现在躺在哪一条静寂的小溪旁"显然欠妥。因为结合上下文来看，这是薛涛春日出游赏花，而她的好友孙处士未能同行，因此薛涛寄诗以表遗憾。中国古代由于乡土观念浓厚，喜好将地名和人名相结合以指明对象。比如《三国演义》中刘备为"平原刘备"，张飞为"燕人张翼德"，赵云为"常山赵子龙"。因此，原诗的意思应该是：身居碧鸡坊的好友孙处士不知有何要事，竟然与我劳燕分飞，各处一方，未能同赏春景。不过，由于《唐音统鉴·洪度集》与《万首唐人绝句》中记载的这句诗都是"何事碧溪孙处士，伯劳东去燕西飞"，甚至连《全唐诗》也都如是记载，只不过在注释部分指出另一个版本是"何事碧鸡孙处士，伯劳东去燕西飞"，因此，对于此诗译文的另一个推测，是作为外籍译者的魏莎对原文版本了解不全。正如另一位薛涛诗译者拉森所讲："要想知道哪个版本是'正确的'根本不可能，所以我只有按照'能产生最优秀的英语诗'为标准来选择版本。"①对于外籍译者来说，以"能产生最优秀的英语诗"为依据无疑是最常见，也是最方便的版本选择方式。

同义词是困惑译者的另一个语言现象。由于对两种语言的了解不足，译者经常将原本意义相同的两个词翻译成完全无关的内容。比如，在《柳絮咏》（"Willow Catkins"）中，"二月杨花轻复微，春风摇荡惹人衣"被译为：

Peach petals at the Second Moon are light and frail,

By spring gusts whirled about, to any garment clinging.

在中文里，"杨花"和"柳絮"本是同义词。比如，李白的诗句"杨花落尽子规啼，闻道龙标过五溪"，描写漂泊无定的杨花（柳絮）、叫着"不如归去"的子规（杜鹃鸟）以表达飘零之感、离别之恨。薛涛通过批评柳絮随风飘荡、没有固定方向，表达"元稹爱情不坚贞的讽刺和由此给自己造成的巨大痛苦的愤恨"②。魏莎将之译为"peach petals"（桃花），完全偏离了诗歌主题"柳絮咏"。

此外，一首名为《鸳鸯草》的诗歌题目被译为"mandarin ducks in the grass"，容易让英语读者误解为在"草上的鸳鸯"。事实上"鸳鸯草"是"金银花"的别称，英文名为"honeysuckle"，因其花朵两两相对而得名。据《益部方物略记》："鸳鸯草春叶晚生，其稚花两两相向，如飞鸟对翔。"③由于对题目所指对象的张冠李戴，薛涛这首咏植物的诗，被翻译成了咏鸟的诗。"绿英满香砌，两两鸳鸯小。但娱春日长，不管秋风早"被译为：

In sweet green grasses by the stair

Mandearin ducks-a darling pair!

Basking in lengthened spring tide days,

---

① Jeanne Larson. *Brocade River Poems*. New Jersy：Princeton University Press，1987.

② 汪辉秀. 巴蜀第一才女薛涛诗解析 [M]. 成都：四川师范大学电子出版社，2013：22.

③ 张而今. 情思·才调·风度——谈薛涛诗的审美魅力 [J]. 贵州大学学报（社会科学版），1990（2）：44.

Spare coming fall no thought, no care.

仔细推敲原文和译文，原文中的"香砌"就是"香阶"，翻译成"stair"也无不可。但是译文中一对鸳鸯鸟在长满绿叶的阶梯上这个画面就显得不合常理。如果魏莎知道"鸳鸯草"就是"金银花"的话，她有可能会豁然开朗：长在阶梯旁的金银花，如同鸳鸯两两成对，在春天里尽情绽放，哪管秋风何时来！

从词汇层面上讲，上下义词的不当使用也容易导致译文出现变异。通常，上义词更笼统，下义词则更为具体。比如"茱萸"是一种在中国重阳节人们爬山登高时佩戴着用以"辟邪"的植物。然而，在《九日遇雨》（"Encountering Rain on the Ninth Day of the Ninth Month"）中，"茱萸秋节佳期阻"被译为"Unplucked the grasses, rains have spoiled the Autumn Feast"。把"茱萸"翻译为"grass"（草），用上义词"grass"（草）来表达更为具体的下义词"cornel"（茱萸）的含义不仅不能传达"茱萸"所承载的中国传统文化，也没有体现译者"创造性叛逆"所要表达的特殊含义。纽马克（Newmark）认为任何翻译行为都会导致原文意义的丧失，其中有些丧失是由于"欠额翻译"（undertranslation）所致。译者在翻译中用更笼统的词汇表达更精细的词汇才能传达的内容对原作和读者来说都是一种遗憾。

2. 句法层面的变异

汉语和英语在句法上也有巨大差异。比如，汉语没有英语中的助动词以及动词的曲折变化以指明时态，因此人们主要通过语序、状语或上下文来推测时间。汉语的这一特点给汉诗英译带来了很多困难。比如，在《池上双凫》（"Birds on the Pool"）中，"更忆将雏日，同心莲叶间"被译为：

Of single mind, of undivided past,

To their one heart the very leaves attest.

在中文里的"忆"有两层含义：一是现在通用的"回忆"，二是古时表"臆度"含义。比如《论语·先进》中"赐不受命，而货殖焉，忆则屡中"讲子贡辞官从商，猜测行情，屡猜屡中。因此，上面的诗句原本意思是"我假想着这对鸟儿快要去哺育幼鸟的情形，在并蒂的莲叶之间同心相应"，然而，魏莎的译文把"忆"理解成了对于"undivided past"（长相厮守的过去）的"回忆"，这就无法解释为什么原文中用到表将来时间的"将"字了。"忆"暗指过去，而"将"又指向未来。时间上的不确定性和自相矛盾导致她在翻译时感到困惑，索性用一般现在时态来翻译，既不反映过去，也不体现将来。

小　结

朱光潜在《谈翻译》中认为："大部分文学作品虽可翻译，译文只能得原文的近似，绝对的'信'只是一个理想，事实上很不容易做到。"① 德里达（Jacques Derrida）在《巴别塔》（*Babel*）中也表达了类似的观点。既然跨文化文学传播中发送者与接受者在美学、哲学、语言学以及文化渊源等方面存在如此众多而深刻的差异，完全忠实地翻译是不可能的，那么在目前多元文化共存的现实中，承认异质性的存在，承认变异的常态性，可以帮助我们以宽容的心态和科学的精神去理解文学跨文化传播中的阻碍、误解和变形。事实上，文学跨文化传播变异的必然性并不否认文学跨文化传播的意义与价值。相反，它证明国家的或民族的诗歌和诗学元素可以激发异质文明的诗性想象。变异是一把双刃剑，在对源语文学扭曲和砍戮的同时，又在不同的时空维度生发"新枝"，甚至从外而内地促进其在本土文学的地位的提升。由于海外学者的译介，薛涛逐步由"巴蜀才女"跃升为"中国文学史第一女诗人"。② 在薛涛诗歌和生平的启发下，加拿大作家伊芙琳·伊顿（Evelyn Eaton）于1969年创作了小说《请君试问东流水》（*Go Ask the River*）（此书在1990年和2011年再版）。1983年美国学者珍妮·拉森（Jeanne Larson）以《中国诗人薛涛：中唐女性的生活与著作》（"The Chinese Poet Xue Tao：The Life and Works of a Mid-Tang Woman"）获爱荷华大学博士学位。2008年碧翠丝·霍尔兹·伊鲁明（Beatrice Holtz Ilumin）以《汝见我心：李冶、鱼玄机、薛涛选篇中的神圣与荒淫》（"You see my heart. The sacred and the erotic in the selected works of

① 朱光潜. 谈翻译 [J]. 华声，1944（4）：9-41.
② 王增辉. 中国文学史第一女诗人——薛涛 [C]//成都薛涛研究会. 第八次学术研讨会论文汇编. 成都：成都薛涛研究会，2012：7-10.

T'ang Dynasty poetesses：Li Ye，Yu Xuanji，and Xue Tao"）获帕西菲卡研究生院博士学位。1991 年吉恩·莫纳汉（Jean Monahan）以书有（译薛涛《寄旧调致元微之》）的诗集《手》获得鸵鸟出版社举行的诗歌大奖。这些事实都证明，经由海外传播之后的薛涛诗歌和薛涛形象尽管与其本土形象有所"变异"，但海外翻译者和学者的辛勤耕耘也是薛涛诗歌从巴蜀走向中国，从中国走向世界的有效途径。

四、 文化过滤研究实践： 薛涛诗歌英译的文化过滤

"文化过滤"作为比较文学变异学的一个重要概念，是"文学交流中接受者的不同文化背景和文化传统对交流信息的选择、改造、移植、渗透的作用，也是一种文化对另一种文化发生影响时，接受方的创造性接受而形成对影响的反作用"①。文学翻译本质上是译者作为"中介"在两种语言范围内实现异质文化的对话与交流，因此文学翻译必然涉及文化过滤。文化过滤在中国诗歌典故的翻译中尤为明显，中西文化背景的巨大差异、诗歌对语言精练简洁的严格要求、典故意义本身在流传中被改变或遗忘、译者本身的跨文化能力有限等因素都会导致诗歌典故翻译中出现明显的文化失落、扭曲与变异。薛涛是以"工为诗"②"精翰墨"③ 而闻名古今、蜚声中外的唐代女诗人。她的很多诗歌都巧妙地运用了典故来达到委婉表意、言简意赅、形式优美、意味隽永的目的。本书以不同的薛涛诗歌英译本对典故的翻译为例分析中国古典诗歌翻译所面临的文化过滤难题及译者所采取的补偿机制。

（一） 直译加注的"文化过滤"补偿策略

刘勰在《文心雕龙·事类》里诠释"用典"："事类者，盖文章之外，据事以类义，援古以证今者也。"④ 薛涛作为中国古代著名的才女之一，饱学而才富，对于典故的运用自然是"表里相资""用旧合机""用人若己"。但是她诗歌中丰富的典故却成为其诗歌跨文化传播的一大障碍，既为译者忠实准确地翻译出原文意蕴带来挑战，更为身处异质文化环境的文学接受者带去了极大

① 曹顺庆. 比较文学教程（第二版）[M]. 北京：高等教育出版社，2010：98.
② 张蓬舟. 薛涛诗笺 [M]. 北京：人民文学出版社，1983：47.
③ 彭芸荪. 望江楼志 [M]. 成都：四川人民出版社，1980：98.
④ 周振甫. 文心雕龙今译 [M]. 北京：中华书局，2015：339.

的理解上的困难。对于这些颇具难度的典故翻译，译者尝试运用直译加注的方式以便对跨文化文学传播中因"文化过滤"而引起的原文信息的变形、增值或减损做出补偿。

1. 与原文意义相符的直译加注策略

以《酬雍秀才贻巴峡图》"感君识我枕流意，重示瞿塘峡口图"① 为例，薛涛以"枕流"暗指归隐江湖、寄情山水。《世说新语·排调》记载孙楚年少时欲隐，语王武子"当枕石漱流"，误曰"漱石枕流"。王曰："流可枕，石可漱乎?"孙曰："所以枕流，欲洗其耳；所以漱石，欲砺其齿。"② 后人因此用"枕流"表示隐居之意。薛涛诗句意思是雍秀才看出了薛涛的归隐之意，因而赠巴峡图以示其山川之壮美，赞叹其归隐之意的明智。1945 年魏莎（Genevieve Wimsatt）在其翻译的薛涛诗集《芳水井》（*A Well of Fragrant Waters: A Sketch of the Life and Writings of Hung Tu*）中将该诗句翻译为："Thank you for recognizing Flowing Pillow hopes, In picture giving sight of Pa Channel anew."③ （谢谢你识出我流枕之意，再次向我展示巴峡图的风光。）她的译文忠实于薛涛诗句的字面意义，但是对于西方读者而言"Flowing Pillow"（流动的枕头）则难免令人费解甚至引起误读。从原文到译文，这首薛涛诗在跨文化文学传播中遭遇了典型的"文化过滤"。典故中包含的中国历史故事和中国文人纵情山水、傲岸泉石的传统情怀都在译文中丧失殆尽。导致此处译文中出现文化过滤的主要诱因则是接受者的文化构成——西方文化传统或叶威廉先生提出的西方文化模子。但是，值得注意的是，接受者所处的地域时空、社会历史文化语境以及民族心理在译者翻译过程中选用文化过滤的补偿策略时起到了重要作用。作为女性诗人和汉学家的魏莎翻译出版薛涛诗集的时候正逢 20 世纪上半叶美国诗歌复兴运动。当时的美国民族心理是对东方民族的诗歌满怀向往，渴望东方诗歌的异域之美给他们带来创作的灵感。因此，在这样的地域时空、社会历史文化语境以及民族心理的影响下，面对经过异质文化"过滤"之后在译文中被扭曲变形的"漱石枕流"这一典故，魏莎选用了直译加注的

---

① 张正则，季国平编. 女诗人薛涛与望江楼公园 [M]. 成都：四川人民出版社，1995：98.
② 刘义庆. 世说新语 [M]. 青岛：青岛出版社，2010：322.
③ Genevieve Wimsatt. *A Well of Fragrant Waters*. Boston：John W. Luce Company Publishers，1945：66.

方式使之得到最大限度的补偿。褚雅芸指出："典故有着丰富的，源远流长的文化背景和历史背景。每种典故都有其具体的来历出处，它能引起读者的联想，激发读者的想象力。翻译典故要尽量准确地译出其联想意义，否则就失去典故的作用了。仅用直译法去翻译典故，译语读者当然不知所云，更无法去联想了。"① 因此，为了尽量还原被文化过滤之后的"漱石枕流"所蕴含的中国传统文化信息，魏莎通过直译之后的注释补充道："As is so often the case in Hung Tu's writings, here the inner meaning is overlaid with allusions which eclipse its significance to the casual eye, whether Western or Occidental. In this instance the allusion can readily be traced to one Sun Ch'u, a young visionary of Shansi who announced to the worldlings of his circle that he was determined to 'wash his mouth with the rocks and pillow his head on the running stream.' Since the utterance of his desire the term, Flowing Pillow, has been used in reference to the hermit lot, though occasionally it is employed in connection with travelers."② （洪度的诗歌中经常出现这样的例子，内在的意味被典故所掩盖。无论是西方还是东方读者，如果不细心研究，这些典故的重要性就容易被视而不见。在这个例子中的典故可以追溯到山西的一个年轻梦想家孙楚。他对周围的俗人宣称他决定要"漱石枕流"。从此以后他所说出的"枕流"一语就表示隐居之志，尽管有时这一词语也被用在旅行者身上。）从这个例子来看，魏莎用直译加注的策略翻译薛涛诗歌的典故的确能让西方读者在读完直译后的疑惑涣然冰释。事实上，由于汉语诗歌本身具有语言凝练的特点，汉诗英译必然极大地受到篇幅的限制，不可能像其他记叙文类的翻译那样用解释性的译文来传达典故中蕴含的深层文化内涵，因此，在英译薛涛诗歌的典故时，魏莎对"漱石枕流"典故直译加注的策略很好地保存了汉语诗歌语言凝练、以少总多、意在言外的特点，同时又规避了跨文化交际中诗歌典故的意义被过滤掉的风险。

2. 与原文意义不符的直译加注策略

值得注意的是尽管直译加注几乎成为汉诗英译中处理典故时最广为采纳的

---

① 褚雅芸. 也谈典故翻译中的欠额补偿——兼与乐金声先生商榷 [J]. 中国翻译，2000 (4)：64-67.

② Genevieve Wimsatt. *A Well of Fragrant Waters*. Boston：John W. Luce Company Publishers，1945：65.

策略，译者在使用这种策略时也尽量以严谨的考证和扎实的跨文化能力为基础，然而，由于中西文化模子的巨大差异，译者在对译文进行直译加注时往往还是会因为自己的偏见或不当"前理解"的制约而不能达成以注释补偿"文化过滤"带来的跨文化文学传播障碍的初衷。

比如在《酬祝十三秀才》中，为了劝慰祝十三秀才不要因为科举考试失利而灰心，薛涛写道："浩思蓝山玉彩寒，冰囊敲碎楚金盘。"① 这一诗句运用了《三辅黄图》中的典故："董偃以玉晶为盘，贮冰于席前，玉晶与冰洁。侍者谓冰无盘，必融湿席。乃拂玉盘坠，冰玉俱碎。"② 薛涛以侍者不识货而打碎冰晶洁白、坚实得如同楚国金盘一般的玉盘暗指当时之人未能慧眼识才俊，导致楚秀才春闱榜上无名。③ 惯于以直译加注的策略处理典故的魏莎将该诗句翻译为："Great merit! Blue Hills jade is deep colored and cold! The Crystal Heart shatters the Golden Plate of Ch'u!"④（了不起！蓝山的玉颜色深邃、玉质冰洁！水晶般的心打碎了楚国的金盘！）毋庸置疑，西方读者在读了这样的译文后难免不一头雾水。因此，魏莎在译文后补充了一些说明性的文字。她解释道这些深奥的典故就如同薛涛诗歌中的"golden stumbling blocks"（黄金绊脚石），因此要理解薛涛诗作的内涵必须要了解其诗句中涉及的典故的意义。她对这一典故的注解是："Here she flatters young Chu Thirteen that his accomplishments, rare as the jade of Lan Shan, have subjugated the lovely maiden of the Ch'u State, under whose sobriquet, Golden Plate, she designates herself."⑤（薛涛以此夸赞年轻的楚十三，认为楚秀才的成就如同蓝山的宝玉一般珍贵，使得楚国一名昵称为"金盘"的可爱少女对他倾心，以身相许。）从这个例子来看，如果说魏莎的译文让读者对薛涛诗歌原意感到一头雾水的话，那么她的解释可谓是越描越黑，将读者引到更为迷雾茫茫的歧路上去了。由于中西文化的巨大差异，加之典故的意义在流传中渐渐被遗忘或扭曲，有些典故即便对母语读者来说都难以

---

① 张正则，季国平. 女诗人薛涛与望江楼公园 [M]. 成都：四川人民出版社，1995：95.

② 何清谷. 三辅黄图校释 [M]. 北京：中华书局. 2005：45.

③ 汪辉秀. 巴蜀第一才女薛涛诗解析 [M]. 成都：四川师范大学电子出版社，2013：95.

④ Genevieve Wimsatt. *A Well of Fragrant Waters* [M]. Boston：John W. Luce Company Publishers，1945：44.

⑤ Genevieve Wimsatt. *A Well of Fragrant Waters* [M]. Boston：John W. Luce Company Publishers，1945：45.

理解，更别说是对于作为第二语言使用者的外籍译者了。外籍译者在翻译中国传统文学作品中的典故时，其理解往往与原作者用典的原意出现偏差。此时如果译者不做考证而贸然采用直译加注的翻译策略就会明显地暴露译者翻译的失误，引发读者对原作者的误读。1987年拉森（Jeanne Larsen）的《锦江诗选——唐代乐妓薛涛诗集》（*Brocade River Poems: Selected Works of the Tang Dynasty Courtesan Xue Tao*）在翻译该诗句时也采用了直译加注的策略。她的翻译为："Your grand thoughts have the gloss /and coolness/ of Blue Mountain's marble jade/ or a bag of ice /smashed to shards/ on a golden plate from the south."① （你伟大的思想如同蓝山宝玉或者被敲碎之南方金盘里的冰块那样光彩和冰洁。）拉森的译文较忠实地传达了典故的隐含意义，并且保留了诗歌语言应具备的简洁与深度。对于异质文化的读者而言不难体会诗句中的赞美和劝慰之意。但是如果仅仅做以上的直译，薛涛诗句中典故的深层意义就难免部分地失落与变形了。为了弥补这一遗憾，拉森在附录中加注补充了如下信息："Blue Mountain was located just south of the imperial capital. Its 'jade' and the crystalline bits of ice on a gleaming plate from the ancient southern region called Chu suggest a poetic sensibility of dazzling splendor: an older contemporary of Xue's compared the scenes evoked in poetry to the elusive sunlit mists rising off the marble of Blue Mountain."（蓝山位于帝国首都之南。蓝山之玉与南方古国楚国闪闪发光的盘中所盛的冰粒让人想到诗人的显著诗才与敏锐的诗意：薛涛同时代的一位前辈曾将诗意萌发的场景比作蓝山玉石在日照下薄雾缭绕上升的景象。）从拉森的注释来看，她把此句典故的出处错误地追溯到了唐代诗人李商隐的"蓝田日暖玉生烟"。因而她错误地认为薛涛用这一典故的目的是赞美楚秀才的诗意，而没有正确理解到薛涛是以这一典故讽刺世人就像董偃的侍者一样有眼不识冰与玉，安慰楚秀才不必因科举失利而气馁。根据比较文学变异学的观点来看，"文化过滤"不只是一种文化对另一种文化的单向影响，译者对"文化过滤"的补偿事实上是接受方对文学影响的发送方产生反作用的过程，因而那些在"文化过滤"之后发生的变异、变形和转化都可以被看作文化交流中生成的"新质"而取得存在的合理性。因此，无论是魏莎把"楚金盘"误

① Jeanne Larson. *Brocade River Poems* [M]. New Jersey: Princeton University Press, 1987: 86.

释为"楚国一名昵称为'金盘'的可爱少女",还是拉森把"蓝山"误释为"蓝田",这些注释虽然不可避免会引起"误读",但正如庞德的中诗英译一样,这些原本对"文化过滤"的不当补偿仍然有可能激发异域民族对中国传统诗歌的疯狂想象力,从而使中国的诗学元素在异域文学生发新枝。另外,根据海德格尔和伽达默尔等人的"新阐释学",理解不仅具有主观性,而且受制于某种先在的"前理解"。因此,从魏莎和拉森的译文注释来看,因为受到"前理解"的影响,她们对于"浩思蓝山玉彩寒,冰囊敲碎楚金盘"的解释虽然与薛涛本人的用意南辕北辙,然而,在"新阐释学"的观照下,那些因偏见或"前理解"而使译者在"文化过滤"的补偿中给出与原著意义不符的注释也不再是一无是处的"谬误",因为阐释的目的或理解一个文本的意图不再是找出文本中不变的意义,阐释活动是在超越中回返去蔽的运动过程。

由以上例子可知,直译加注是翻译文化意蕴深厚的典故时补偿由"文化过滤"引起信息不对等现象的一大良策。直译可以较好地保留原文典故的字面意义而不破坏诗歌的精练简洁;加注可以补充典故的来源、内涵、作者用典的目的等相关信息,达到丰富诗歌内涵的目的。直译加注的翻译策略尤其适用于对生僻费解的典故的翻译,尤其是那些由古代故事、神话、传说、寓言形成的"事典"的翻译。更重要的是,传统观点认为由于译者的偏见、不当"前理解"或跨文化能力不足导致译文出现错误注释,会令译文谬误泛滥、以讹传讹而成为跨文化文学传播沟通理解的阻滞点。但是在比较文学变异学和"新阐释学"的视野中,哪怕译文注释与原文意义不符,直译加注也可以成为促进接受方文学产生新的文学增长点的有效方式。这一颠覆传统的观点是在解构主义启发下,顺应世界文学批评理论经历"作者—作品—读者"中心转移的新洞见。

(二) 字面意义与隐含意义并置的"文化过滤"补偿策略

薛涛在《采莲舟》中写道:"兔走乌驰人语静,满溪红袂棹歌初。"① 诗句中的"兔"代指月亮,"乌"代指太阳。薛涛巧妙地借用了中国古代关于月亮和太阳的故事和传说,用"兔走乌驰"表示时光流转,白天过去夜幕降临。中国民间流传的嫦娥奔月的故事认为嫦娥在月宫以玉兔为伴。中国远古时代神

---

① 张正则、季国平. 女诗人薛涛与望江楼公园 [M]. 成都:四川人民出版社,1995:101.

话传说中的太阳是长有三足会飞翔的金乌。对于熟悉中国传统文化的读者而言，这首诗中的用典可谓平凡之中见惊奇，质朴之中蕴魅力。但是，这句诗的意味与构思的巧妙在英语译文中却很难再现。魏莎将之翻译为："The Moon Hare leaps, the Gold Crow flits, and all is still; Humming their boating song, the Red Sleeves trail the stream."① 魏莎显然认识到了"Moon"与"hare"的关系，但是考虑到她的西方读者对中国传统文化的了解有限，如果直译为"hare leaps"，难免让西方读者费解。而如果将原文异译为"the Moon leaps"，译文又损失了形象性、民族色彩和联系意义，显得过于直白，诗意全无。因而，魏莎最后采取将异化翻译与归化翻译策略相结合的方法，将典故的字面意义与隐含意义并置，激发异质文化读者对二者关系的兴趣与思考。而对于"乌驰"的处理，她在原文基础上增加了"金色"（gold）这一信息。与前文"the Moon leaps"联系和对比，即便是异质文化的读者也能较容易地推测出"the Gold Crow"（金色的乌鸦）应该是指金光四射的太阳。1968 年肯尼迪（Mary Kennedy）的《我与你心心相印》（I am a Thought of You）则将之翻译为"The Golden Crow flies low. In the autumn evening, the fish are leaping. There is a rabbit in the moon, pounding an elixir to make lovers immortal."②（金色的乌鸦低飞。鱼儿在秋夜里跳跃，月亮里有只兔子在捣药，想让情人们能长生永恒。）肯尼迪的翻译在语言上不如魏莎的翻译精简，在内容上由于把虚化的时间概念处理成情节性的玉兔捣药求长生，虽然怀有传播中国传统文化的初衷，但是这种不当的添加事实上扭曲了原文的意义。由于没有月与兔的对照，"金色的乌鸦低飞"也很容易被误解为与"鱼儿在秋夜里跳跃"一样同为现实景象的描写。而另一位译者拉森，沿袭了魏莎开创的翻译模式，将"兔走乌驰人语静"的典故翻译成"The moon-hare runs, the sun-crows flies, human chatter stills"③ 她的翻译在形式上保留了原文对偶（antithesis）的特点，并且由于在"moon-hare"和"sun-crows"中创造性地使用了连词符，其典故的字面含义与隐含意义得到更加紧密的融合。

---

① Genevieve Wimsatt. *A Well of Fragrant Waters* [M]. Boston: John W. Luce Company Publishers, 1945: 30.

② Mary Kennedy. *I am a Thought of You* [M]. New York: Gotham Book Mart, 1968: 16.

③ Jeanne Larson. *Brocade River Poems* [M]. New Jersey: Princeton University Press, 1987: 74.

通过对比以上三个译本对薛涛这一典故的处理方法，我们不得不承认在跨文化文学传播中，诗歌典故翻译中的文化过滤几乎是不可避免的，像肯尼迪那样在诗歌译文中对典故背景做过多添加和补充，不仅会破坏诗歌语言的凝练性，而且容易误导读者过度关注典故背后的情节纠葛与人物关系，不利于读者对诗歌本身的艺术性和思想性做出正确把握。魏莎与拉森在将归化翻译与异化翻译结合后把典故的字面意义与隐含意义并置的方法可以成为一种有益的借鉴，为不可避免的诗歌典故翻译的文化过滤提供有效补偿。字面意义与隐含意义并置的策略适用于使用频率高且易于为异质文化读者理解接受的典故的翻译。它既能在一定程度上达到精简译文字数的目的，又可以激发目的语读者对源语典故包含的异域文化的兴趣。通过译者反复地将一些常见典故的字面意义与隐含意义并置，源语典故甚至有可能实现"他国化"，在目的语国家中生发文化与文学的新枝。

（三）字面含义先于隐含意义的"文化过滤"补偿策略

薛涛在《试新服裁制初成（二）》中写道："春风因过东君舍，偷样人间染百花。"[①] 诗句的意思是她所试穿的新衣图案美丽，就像是春风吹过春神东君的房屋，把春神屋子里的花纹图案偷下人间后浸染的百花一般。对于熟悉中国古典诗歌，尤其是唐宋时期诗歌的读者来说，很容易理解诗句中的"东君"就是中国的春神。比如陆游《落梅》、张耒《踏莎行·阳复寒根》、李清照《小重山·春到长门草青青》和贺铸《天香·烟络横林》都用"东君"来指春神。由于这一典故在唐宋诗词中被运用得极广，因此英语世界的译者都能准确地把握其典故的隐含意义。魏莎将之翻译为："Spring winds have trespassed, prowling through the Genii's bowers, Bringing to earth this pilfered Hundred-flowers design."[②]（春风侵入精灵的凉亭，为大地带去偷来的百花图案。）在这个译本中，"东君"被译为"genii"。魏莎的意译法省却了加注的麻烦，使得译文一气呵成、酣畅淋漓。但是，《牛津高阶英汉双解词典》对"genii"的解释是"spirit or goblin with strange power（in Arabic stories）"（阿拉伯故事中拥有神奇

---

① 张正则，季国平. 女诗人薛涛与望江楼公园 [M]. 成都：四川人民出版社，1995：102.

② Genevieve Wimsatt. *A Well of Fragrant Waters* [M]. Boston：John W. Luce Company Publishers，1945：33.

力量的精灵或妖精）。对于西方读者而言，这个词所对应的是《一千零一夜》（*One Thousand and One Nights*）中《渔夫与魔鬼》（"The Fisherman and the Jinni"）中的妖魔或者《阿拉丁与神灯》（"Aladdin's Wonderful Lamp"）中的魔仆。毋庸置疑，将"胆小如鼠"翻译为"as timid as a hare"（胆小如兔）、将"雨后春笋"翻译为"spring up like mushrooms"（雨后蘑菇）、将"亚洲四小龙"翻译为"Four Asian Tigers"（亚洲四小虎），这些以准确的目的语文化对应物替代容易引起误解的原文内容可以令异质文化读者在理解原文时事半功倍。但是，从"春神"变异为"妖魔"或"魔仆"，典故翻译中以不贴切的文化对应物直接替代原文内容则会让接受者理解原文事倍功半。须知"意译典故必须以忠实于原文为前提，也就是说译文必须与原文中典故所表达的意义在质上一致，在量上相等或相差无几"①。

肯尼迪对此句的翻译是："Blown to earth on a wind of spring, a hundred flowers fall from magic gardens to edge the sleeves, to sprinkle the daring skirt."②（春风吹过大地，百花从魔法花园飘落到袖口、洒在新潮的裙子上。）肯尼迪放弃了对"东君"的字面意义的翻译，只保留了其隐含意义——"春天"。她的译文不会引发异质文化读者的误解，但是，"Blown to earth on a wind of spring"（春风吹过大地）这样直白的译文明显地丧失了诗歌的意境，令薛涛诗句原文中的诗意大打折扣。拉森的译文是"East winds blowing past the palace of Spring's Lord/ stole these designs for human realms to dye a hundred flowers."③（东风吹过春神的宫殿，为人间偷来图案为百花染色。）译文以"Spring's Lord"指代中国的春神东君不得不说是一个较好的权宜之计。与魏莎勉为其难地选择不恰当的文化对应物，或者肯尼迪只保留典故隐含意义的做法不同，拉森的译文只保留了典故的字面意义。在字面意义与隐含意义难以兼顾、欠额翻译难以避免的情况之下，通过对薛涛这一诗句的翻译案例分析，笔者认为保留字面意义，舍弃隐含意义，摒弃不当文化对应物，可以算作一种"两害相权取其轻"的明智之举。这一策略尤其适用于那些使用频率高但渐已丧失其原有联想意义的，取自人名、物名、地名、宫殿名、官职名等专有名词的"语

---

① 胡泽刚. 谈谈典故的翻译 [J]. 中国翻译, 1988 (5)：24 - 25, 33.
② Mary Kennedy. *I am a Thought of You* [M]. New York: Gotham Book Mart, 1968：15.
③ Jeanne Larson. *Brocade River Poems* [M]. New Jersey: Princeton University Press, 1987：39.

典"的翻译。薛涛诗歌要走出国门，外国译者要把薛涛诗歌"拿过去"，译者在翻译其典故时采取更加尊重原文所体现的文化传统的异化翻译策略，要比以目的语文化对应物翻译薛涛典故的归化策略更为恰当。

小　结

从薛涛诗歌的典故英译来看，汉语诗歌中的典故文字虽然简洁凝练，却包含丰富的内容，蕴含着深刻的寓意和文化内涵。诗歌的翻译并不局限于信息的传递，而是涉及文化内涵的传播，因此在进行诗歌典故英译时，"文化过滤"是译者必须要考虑到的一个重要因素。薛涛诗歌的三位美国译者对"文化过滤"进行补偿时选用了直译加注、字面意义与隐含意义并置以及字面意义优于隐含意义等三种策略。她们的翻译实践为我们推动中国古典文学的海外传播提供了有益借鉴：在典故翻译中译者首先要探寻其文化渊源，理解其文化内涵，然后根据不同的情况灵活地选择对"文化过滤"的补偿策略。直译加注的策略有利于保存汉语诗歌语言凝练的特点，尤其适用于生僻或难以被异质文化读者理解的"事典"的翻译。而且在比较文学变异学和新阐释学的观照下，即使与原文不符的注解仍然具有激发异质文学生发新质的作用；字面意义与隐含意义并置的策略可以激发异质文化读者对源语典故意义的兴趣，从而推动该典故在目的语中的接受，它适用于使用频率高且易于为异质文化读者理解接受的典故的翻译；字面意义优于隐含意义的策略则适用于一些使用频率高但渐已丧失其原有联想意义的专有名词构成的"语典"的翻译，当译者不得不在字面意义和隐含意义中取舍时，它不啻一种"两害相权取其轻"的权宜之计。

五、　平行研究与变异研究之结合：跨文明视野下的玛土撒拉与彭祖

《圣经·创世纪》中的成语"像玛土撒拉一样老"（英语为"as old as Methuselah"，法语为"Vieux comme Mathusalem"），喻义为"龟龄鹤寿"。有人认为这个成语与汉语成语"寿同彭祖"的意思类似，因为"中西文明中最能代表长寿的两个人物非玛土撒拉和彭祖莫属"。① 然而，值得我们注意的是，刘勰在《文心雕龙》中提出："根干丽土而同性，臭味晞阳而异品。"法国汉

---

① 张粲. 源自《圣经》人物的法语词汇及短语［J］. 法语学习，2015（4）：54-57.

学家弗朗索瓦·于连也指出:"虚假的普世主义其实是一种思想的同一化,而思想的同一化则会产生刺激民族主义滋长的反作用。"① 因此,本书拟以玛土撒拉与彭祖的比较研究为例,分析二者在表层相似性掩盖下的不同接受境遇,在充分认识到文明异质性的前提下力求"打通"中西文明。

(一) 西方文化中的玛土撒拉

"玛土撒拉"作为一个可以至少追溯到 14 世纪的历史悠久的虚构人物,它在西方社会的接受境遇具有历史长、频率高、范围广、内涵多等特点。尤其从感情色彩来看,在不同的时代和社会背景中,它有时是"高龄者"的中性隐喻,有时带有"老朽昏聩"或"无能无为"的贬义色彩,有时又具有"古老而纯真"的褒义色彩。

1. 玛土撒拉作为"高寿者"的中性隐喻

由于玛土撒拉是《圣经》中活了 969 岁的最高寿的老者,因此他最突出的"高龄"的意义首先得以保留和承袭下来。比如,生长在美国西南部高山区的刺果松或狐尾松(学名 Pinus longaeva)以长寿而著称,是地球上最古老的树木之一。其中一棵生长在美国加利福尼亚州白山古刺果松森林中的松树经取样年轮计算至 2017 年已有 4848 年的寿命,西方人昵称它为玛土撒拉。② 事实上,不仅这棵如今被认为世界上最高龄的树被命名为"玛土撒拉",就连它所处的加利福尼亚因约郡国家森林公园的那片小树林也被称为"玛土撒拉小树林"。西方人除了把世界上最古老的树昵称为"玛土撒拉",他们还以这个昵称来称呼人类迄今发现的最古老的星球。人类发现的位于太阳系之外,离地球约 12400 光年的行星"PSRB1620 − 26b"约有 127 亿年历史,被认为是迄今人类发现的最古老的星球,但是由于它的官方名字太过生僻,美国宇航局(NASA)在一次发布会上将之简称为"玛土撒拉"。③ 由于这一昵称很好地突显了该星球令人匪夷所思的悠久历史而获得西方人的普遍接受。

西方大众传媒也频繁使用"玛土撒拉"这个典故。笔者查找到西方的影视

---

① 弗朗索瓦·于连. 新世纪对中国文化的挑战 [J],二十一世纪,1999:58 − 62.
② "Ancient Bristlecone Pine Natural History". USFS. Retrieved March 11, 2013.
③ Britt, Robert Roy (2003). "Primeval Planet: Oldest Known World Conjures Prospect of Ancient Life". Space. com. Retrieved 2013 − 12 − 19.

作品和电视连续剧从 10 世纪 30 年代至今对这一典故的引用情况（见表 6-1）：

表 6-1

序号	年代	片名	国家	引用典故情况
1	1936	The Green Pastures《绿色的牧场》	美国	That's why we call old Mr. Gurney's mammy "old Miss Methuselah"...那就是我们为什么把格尼先生的妈妈叫"老玛土撒拉"……
2	1963	Spencer's Mountain《史家山》	美国	Remember that handsome old bull, Methuselah? What did I say? Old Reliable, that's Methuselah.还记得那头漂亮的老牛玛土撒拉吗？我说什么了？老朋友，那是玛土撒拉。
3	1963	The Twilight Zone: Ring-A-Ding Girl《暮光之域：打电话的女孩》	美国	You mean old Methuselah?你的意思是老玛土撒拉？
4	1968	Lebenszeichen《生命的标记》	西班牙	She's as old as Methuselah.她老得像玛土撒拉。
5	1976	The Muppet Show: Rita Moreno《布偶剧：丽塔·莫瑞诺》	美国	Back since the days of old Methuselah.从老玛土撒拉的时代开始。
6	1986	Murphy's Romance《墨菲的浪漫史》	美国	Come on. Tell me. How old? On bad days, as old as Methuselah.快，告诉我，有多老？在糟糕的日子里，老得像玛土撒拉。
7	1996	The Preacher's Wife《传教士之妻》	美国	Now some of these ornaments are old as Methuselah.现在有些装饰老得像玛土撒拉。
8	1997	Comedian Harmonists《红唇别恋》	德国	Once you're as old as Methuselah。一旦你老得如玛土撒拉。
9	2003	Chicago《芝加哥》	美国	Back since the days of old Methuselah从老玛土撒拉的时代开始。
10	2005	Cockneys《伦敦佬》	英国	How old was Methuselah? - Methuselah was 969.玛土撒拉有多老？——玛土撒拉有 969 岁。
11	2005	Their Eyes Were Watching God《凝望上帝》	美国	You be round this store till you old as Methuselah, You still won't learn nothin'你在这店里待到玛土撒拉的年纪，你也学不到什么东西。

序号	年代	片名	国家	引用典故情况
12	2009	Halloween Ⅱ《万圣节Ⅱ》	美国	I wanna thank the both of you for making me feel as old as Methuselah. 谢谢你们让我觉得自己老得像玛土撒拉。
13	2009	Águila Roja: Buscando al asesino de niños《怪侠红鹰：寻找孩童杀手》	西班牙	Surely you'd never get rid of your own stuff, even if it's old as Methuselah,
14	2011	Christmas at Downton Abbey《唐顿庄园圣诞节》	英国	I feel as old as Methuselah! 我觉得自己老得像玛土撒拉！
15	2013	Felidae《猫》	德国	He was about as old as Methuselah, but he looked even older than that. 他快老得像玛土撒拉了，但是他的外表看上去比玛土撒拉还要老。
16	2015	Madea's Tough Love《玛蒂亚艰难的爱》	美国	Both of y'all old as Methuselah. Please shut up. 你俩都老得像玛土撒拉了，请闭嘴。

由以上例子可知，西方文化中的"玛土撒拉"最重要的象征意义就是"高龄"。在大多数情况下，它并无感情色彩偏好，只是作为历史悠久或者寿命绵长的中性隐喻表达。

2. 玛土撒拉作为"老迈无能者"的贬义代名词

《马克思恩格斯全集》第 8 卷中《科苏特和马志尼。——普鲁士政府的诡计。——奥地利和普鲁士的通商条约。——记载了马克思说的一段话："你们看，在玛土撒拉的内阁这个最高评议会里的'老朽无能者和自由主义少壮派'之间是多么地和谐一致。伦敦的一切报刊都同声愤斥阿伯丁和上院。"① 在这段话中，马克思在文中借用"玛土撒拉"来暗指内阁成员老龄化现象严重，讽刺联合内阁的首相阿伯丁是一个"老朽无能者"。又如，在雨果的《悲惨世界》中，马吕斯看到贵族沙龙中人们"评论时势，臧否人物。对时代冷嘲热讽，不求甚解。遇事大惊小怪，转相惊扰。各人把自己仅有的一点知识拿来互相炫耀。玛土撒拉教着厄庇墨尼德。聋子向瞎子通消息"②。雨果也用"玛土

---

① 孟宪强. 马克思恩格斯著作中的文学典故 [M]. 长春：吉林人民出版社，1986：17.
② 雨果. 悲惨世界 [M]. 李玉民，译. 长春：中央编译出版社，2011：622.

撒拉"来指代"老朽昏聩的人"，让"玛土撒拉"来指导在岩穴中沉睡了五十九年的"厄庇墨尼德"（Epiménide），无异于"聋子向瞎子通消息"。

为何玛土撒拉这位《圣经》故事中的老寿星会遭到马克思和雨果的揶揄和嘲弄呢？难道尊老敬老不是一种普遍性的人类美德吗？要解开这个疑问需要我们跨越异质文化的障碍，全面地认识玛土撒拉在西方文化中的意蕴。

《圣经》记载："玛土撒拉活到一百八十七岁，生了拉麦。玛土撒拉生了拉麦之后，又活了七百八十二年，并且生儿养女。玛土撒拉共活了九百六十九岁就死了。"① 由此可见，玛土撒拉是拉麦的父亲，也即诺亚的祖父。亚伯拉罕、雅各、大卫都是他的后裔。尽管《圣经》中记载的人物普遍高寿，比如，以挪士享得 905 岁，该南 910 岁，玛勒列 895 岁，拉麦 777 岁，但是，活了969 岁的玛土撒拉是被公认的有文字记载以来寿命最长的人。《圣经》对"玛土撒拉"的生平记载不多，但是却对他名字的来历和含义进行了说明。"玛土撒拉"的字面意义是"他死后会有上帝公义的审判"或"他死了就是世界的末日"。玛土撒拉的名字反映了他父亲以诺的信仰。以诺在玛土撒拉出生的时候得到了人类将被洪水审判的启示，因此，为了广传洪水审判的信息，他就给儿子起名叫"玛土撒拉"，以劝诫人们弃恶扬善，不要令上帝对人类感到绝望。不过，在《圣经》故事中，尽管以诺和诺亚千方百计试图阻止这场灭顶之灾，大洪水还是不可避免地发生了，而且它的确在玛土撒拉去世之日如期而至吞噬了世界，唯有诺亚一家八口人上了方舟得以幸免。可见，在西方文化中，"玛土撒拉"这个人物或名字不仅仅与人类向往的"长寿"紧密相连，它还与人类畏惧的"末日审判"息息相关。玛土撒拉这个文化符号中蕴含的一吉一凶的两种象征正如一个硬币的两面难以截然分开。因此，尽管玛土撒拉享有了人类向往的高寿，但是他所引发的关于"末日审判"和"大洪水"等不祥的联想意义使得西方人在运用玛土撒拉的典故时有时会选择其负面意义而不是正面意义。易言之，西方人运用"玛土撒拉"典故时的消极选择正体现了基督教"末日审判"观念对西方文化的深刻而广泛的影响。

另外，从马克思和雨果对"玛土撒拉"这一典故的运用可以看出，玛土撒拉的象征意义除了"老迈、老朽"的负面意义，还有很明显的"无能、昏

<hr />

① 圣经. 上海：中国基督教三自爱国运动委员会，中国基督教协会，2016：5.

聩"的意味。事实上,《圣经》中关于玛土撒拉的记载很少,只在家谱中顺带提及。他的一生是漫长而无为的,既没有"生得伟大",也没有"死得光荣",就连他的长寿也并不是由于他积极锻炼或专研养身之道而得。《圣经》故事的创作者之所以让他享有如此长的寿命,只是为了彰显上帝对人类的宽容和怜悯。因为正如上文所说,玛土撒拉名字的原意是"他死后会有上帝公义的审判"。上帝见到人类种种恶行本来已经心生怒意,但是他还怀有一丝希望,期待人类悬崖勒马重拾信仰,因而他再三地推迟了大洪水发生的时间。为了不与先前的神谕相悖,上帝只好不断地延长玛土撒拉的寿命,使他成了人类历史上最长寿的人。由此可见,《圣经》赋予玛土撒拉超长的寿命并不是为了宣扬玛土撒拉本人的精神或力量,而是体现上帝对人类的极大宽容和非凡的耐心。这就像摩西的神力并不属于自己一样,玛土撒拉的长寿不能为他自己带来任何光环,他一切的功绩和非凡的长寿都只能属于并归因于至高无上的上帝。正是由于《圣经》故事刻画玛土撒拉这一人物形象的初衷是彰显神恩而不是颂扬玛土撒拉本人,因此,西方文化中的老寿星玛土撒拉尽管得享高寿,却经常沦落为被揶揄和嘲弄的对象,成为并无真才实干却倚老卖老的碌碌之辈的代表。

3. 玛土撒拉作为"古老纯真"的褒义象征

爱尔兰剧作家萧伯纳(George Bernard Shaw)曾创作了一部名为《回到玛土撒拉》("Back to Methuselah")(又名《回到麦修色拉》《千岁人》或《长生》)的剧本。该剧包括"最初""巴那柏斯弟兄的福音""事情的发生""老绅士的悲剧"和"思想所能达到的境域"等5卷。剧本的时间跨度从公元前4004年到作者所处的"当代"(该书的出版年1921年),又写到未来的公元2170年,直至公元3000年,最后一幕是公元31920年。杜鹃和拜文钰在《萧伯纳名剧〈千岁人〉的互文性解读》中指出,萧伯纳用标题一方面表达了回到长寿时代的愿望,因为长寿可以令人获得成熟的经验,拯救丢失的文明的希望;另一方面,萧伯纳还借此倡导人们回到创世纪之初的和谐社会生活中去。① 易言之,在萧伯纳眼中的玛土撒拉时代是一个古老而纯真的乌托邦。在《老绅士的悲剧》("Tragedy of an Elderly Gentleman")中,老绅士从巴格达来到长寿者们的居住地寻求神谕。他不想重回"什么都不真实"的丑恶世界苟

① 杜鹃,拜文钰. 萧伯纳名剧《千岁人》的互文性解读 [J]. 四川戏剧,2016(6):81-83.

活，当他被告知他会因丧气而死时，他回答道："如果我回去，我就会厌恶和失望而死，我选择一个比较高尚的危险。"① 老绅士宁愿付出生命的代价也要坚持留在玛土撒拉的时代。在萧伯纳的戏剧中，玛土撒拉是一个"高龄"的中性隐喻，也不是被人诟病的老朽无能者的象征，他蕴含着"古老而纯真"的意蕴，是美好和纯真在萧伯纳所处的污垢的社会现实中的最后幻象。

事实上，任何一个文化符号的意义都不是一成不变的。在 21 世纪消费型大众文化的阐发下，玛土撒拉寓意中的褒义色彩正逐步更为广泛地运用于西方社会的方方面面，尤其是被运用于商品推广。比如，创于 1874 年的路易十三干邑于 2016 年 9 月向全球发布的首款瓶装香槟酒就被命名为"路易十三玛土撒拉"。2017 年 3 月，全球奢侈品旅游零售业的领军者 DFS 集团在新加坡举办的第六届"传世佳酿"品鉴会在精选系列中的 27 款精选干邑及威士忌精品中也包括这个世界首款水晶瓶 6 升装干邑。之所以这款传世佳酿被冠以"玛土撒拉"之名，一是由于传说中玛土撒拉是世界上第一位种植葡萄的人，因而对于葡萄酒业而言他是值得纪念和尊重的先辈；二是由于玛土撒拉非凡的高龄会使熟悉西方文化的消费者联想到香槟的酿造历史悠久——葡萄酒的酿造时间愈是悠久，其酒体也愈趋稳定，因为尽管香槟的品质并不只由酿造时间的长短决定，但是酒庄或酒商的酿造历史越久，二次发酵人工控制越好，出产的香槟品质会越优质稳定，同一批次出产的香槟品质也更加一致，消费者购买起来自然更加放心。由此可见，法国葡萄酒业界将这款特殊而精美的酒瓶命名为"玛土撒拉"是利用了消费者对这个名字的正面联想和它蕴含的"古老而纯真"的褒义色彩。正如商家所宣传的那样：传说玛土撒拉曾是世界上最长寿的人，这一点最符合路易十三的气质。因为它需要用多达 1200 种"生命之水"调配而成，最短的陈酿也要 40 年，它"超越时间的界限，散发出世纪永恒的光辉"。②

（二）华人文化中的彭祖

与玛土撒拉在西方文化的多重境遇不同的是，被称为"中国的玛土撒拉"

---

① 萧伯纳. 圣女贞德・千岁人［M］. 胡仁源，译. 武汉：湖北人民出版社，2010：384.

② 路易十三 LE MATHUSALEM 九月起在哈洛德百货独家销售两月［EB/OL］. http://www. prnasia. com/story/153724 - 1. shtml?from = singlemessage&isappinstalled = 1.

的彭祖在华人文化圈的接受境遇却比较单一。历史上除了道教中的灵宝派曾对彭祖"唯欲度身，不念度人"有微言，我国的不同时代和地域对彭祖的评价几乎全都是正面的。从先秦、两汉和魏晋的记载到唐诗宋词、明清小说、野外杂传、民间传说，彭祖就像一个胡适口中的"箭垛式的人物"①，无数文学创作和民间创造的智慧就像数不清的箭射到草人身上一样，只是这些箭不但不损害作为靶子的草人，还不断地加重它的分量，丰富它的形象。需要注意的是，尽管我国历代雅士与俗众对彭祖持一致推崇的态度，但是在自新中国成立以来的新的彭祖文化研究热潮中，彭祖的形象也在发生明显的变异：在当代文化语境下，彭祖正从清静无为善于养生的道家偶像向着积极入世利国利民的儒家圣贤偏移。

1. 彭祖作为道家先驱和道教神仙

道家的杰出代表人物列子在提及彭祖时说："彭祖之智，不出尧舜之上，而寿八百。"② 可见彭祖非凡的长寿已经在战国初期就引人注目。具有浓厚道家思想的屈原在《楚辞·天问》中对彭祖的记载是："彭铿斟雉，帝何飨？受寿永多，夫何久长？"③ 由此可知战国时期彭祖以食补养生而获长寿的故事已经广为人知。除了列子和屈原，战国时期的道家旗手庄子更是分别在《大宗师》《逍遥游》《齐物论》《刻意》中提及彭祖。庄子笔下的彭祖不啻为道家的理想人物——因为得天地自然之"道"而获长寿。蔡靖泉通过全面地梳理和分析先秦文献对彭祖的相关记载，并结合上博楚简《彭祖》的考古发现，利用文学人类学的"二重证据法"得出结论："纵观战国文献中记述的彭祖，其作为道家人物的偶像，主要体现为修身养性，清净无欲，好道得道，和味健体，导引摄身，寿龄七八百，古今无人及；其作为道家文化的象征，主要体现为道家宣扬的修身节欲、养性清净、取法天地、顺应自然、饮食益寿、导引延年的养身文化、长寿文化。"④ 可以说，他运用科学的研究方法分析充足的资

---

① 陈广忠. 道家先驱与养身论——彭祖考 [J]. 安徽大学学报（哲学社会科学版），1997（1）：47-51.

② 卢润生，戚云龙. 彭祖研究文献稽考 [M]. 北京：中国文联出版社，2013：210.

③ 同上，第5页。

④ 蔡靖泉. 楚人宗祖·道家偶像·道教神仙——彭祖的形象演变与文化象征 [C] //彭祖文化纵横谈。北京：中国文联出版社，2013：12.

料得出的这一结论是颇具说服力的。陈广忠在《中国道家新论》中也提出道家或者道教之所以能成为我国古代传统文化的支柱之一，必然经历了一个长期孕育发展的过程，而彭祖就是中国道家发展的早期代表人物之一。① 简言之，春秋战国时期，彭祖已经被当作道家先驱和偶像。

在列子、屈原和庄子留下的文字资料基础上，刘向、干宝、葛洪等人将之进一步阐发和发展。尤其是葛洪在其想象丰富、记叙生动的志怪小说集《神仙传》中对彭祖修道、服食、吐纳等养生理念的阐发更是使彭祖作为道家先驱的地位得到了进一步确认。葛洪在《神仙传》中描述彭祖的性情特点是："少好恬静，不恤世务，不营名誉，不饰车服，唯以养生治身为事。""然性沉重，终不自言有道，亦不作诡惑、变化、鬼怪之事，窈然无为。"② 可见，葛洪笔下的彭祖被塑造成道家所倡导的"清静无为"的典范。彭祖能与天地齐寿的主要原因也被归结于他不汲汲于名利，不违背自然和社会，能够顺应外部世界的变化而做到克制外欲、清神静心、天人合一。自葛洪《神仙传》以后，在华人文化圈中，彭祖的名字几乎难以与追求长生不老、成仙通神的道教思想分割开来。宋代苏轼在《濠州七绝·彭祖庙》中写到彭祖采服云母的传说："空餐云母连山尽，不见蟠桃著子时。"其弟苏辙和诗云："不知亦解餐云母，白日登天万事轻。"③ 兄弟二人均提到了彭祖以道家服食云母之法以求长生。到了明代，衷仲孺在《武夷山志卷四·仙真篇》中言及彭祖道："隐居幔亭峰下，得养生秘术。茹芝饮瀑，乘风御气，肤如处女，颜若舜英。"④ 清代蒲松龄在《聊斋俚曲集·蓬莱宴》中写道："华山顶上玉井莲，花开十丈藕如船。凡人哪得吃一片！彭祖吃了一片藕，整活人间八百年。人人皆说不曾见。若捞着饱叨一顿，就成了大罗神仙。"⑤ 在这首俚曲里，彭祖被看成"大罗神仙"，也就是道教所称的三十六天中最高一重天中的神仙。可见，在秦汉之后，彭祖的形象被塑造成了养生长寿的道教神仙。

经过中国历代哲学家和文学家的阐发和演绎，彭祖的形象由战国时期精通

①　陈广忠. 中国道家新论 [M]. 合肥：黄山书社，2001：1.

②　葛洪. 神仙传 [M]. 上海：上海古籍出版社，1990：6-8.

③　卢润生，戚云龙. 彭祖研究文献稽考 [M]. 北京：中国文联出版社，2013：266.

④　同前，第30页。

⑤　同上，第277页。

道学的道家先驱演变为秦汉后被普遍认可的养生长寿的道教神仙。在华人文化圈，彭祖与道家思想的关联历史悠久，在无数华人的心中，彭祖都是当之无愧的道家偶像。

2. 彭祖作为上古先贤和儒家圣人

到了近现代，彭祖的形象不断丰富和升华。根据由李家骥回忆，由杨庆旺整理的《我做毛泽东卫士十三年》一书的记载，毛泽东在1952年视察徐州期间大谈彭祖的身世、功绩与影响，全面肯定和高度评价了彭祖。书中毛泽东对彭祖的评价是："彭祖为了开发这块土地付出了极大的辛苦。他带头挖井，发明理论烹调术，建筑城墙。传说他活了800年，是中国历史上第一位长寿之人，还留下了养生著作《彭祖经》。"① 毛泽东是新时期从儒家视野看待彭祖的第一人：他把彭祖对国家社会的现实贡献放在了个人得道修仙之前；他更看重的是彭祖作为"人"而不是"神"对中华文明的重要意义。在毛泽东对彭祖进行开创性的现代性阐释之后，越来越多的现代作家从这一思路出发，他们将原有的历史文献和神仙故事融会贯通后，以新历史主义的视角将彭祖还原到中国上古的历史语境中，突显他为家国人民所做出的不朽功绩。

朱浩熙在《彭祖传奇》一书中设"大彭国"一章专门介绍彭祖率领百姓为大彭国修建都城的情形和彭祖治理大彭国的指导思想。在遇到流民蜂拥，有人阻止流民进城之际，彭祖说："大彭建国，百姓为本。建国兴国，全赖人民。不管先来还是后到，都是我大彭国民。"② 在这本书中，朱浩熙不仅创造性地记叙了彭祖受尧帝所封创建和治理大彭国的事迹，他还广征博采民间传说，介绍了彭祖开发武夷山和巴山蜀水的逸闻趣事。他说彭祖在那里"治山治水，种植养殖，修炼养身，指导当地百姓生产生活，同百姓相处得很融洽"③。

峻冰和迪鑫两位作家以更接近历史故事而不是神话故事的创作方式撰写了长篇章回体演义小说《彭祖传奇》。他们不仅突出了"彭祖寿八百，养生第一功"，更强调了他"五朝国栋才，妙理医术精"。由彭飞、陈立柱、朱浩熙和

---

① 李家骥. 我做毛泽东卫士十三年 [M]. 北京：中央文献出版社，1998：216-217.
② 朱浩熙. 彭祖传奇 [M]. 北京：作家出版社，2015：65.
③ 同上，第194页。

彭开富合作编著的《先贤彭祖》则将彭祖刻画为一位"为帝皇之臣，恪守职责，功绩卓著；处君王之位，施行仁政，普惠民生"① 的儒家典范。

自新中国成立以来，现当代中国人形塑的全新的彭祖形象是"武略文韬辅帝王，一杯雉液挽尧康。彭城执柄千秋旺，仁政施民万户昌"②。为人臣，极尽忠良；为人君，则极尽仁爱。彭祖的核心精神从道教的"清静无为""修身养性"向着儒家的"仁义礼智信"偏移。彭祖文化这棵千年古木在新的历史条件下生发了新枝。在新中国对彭祖形象的改造和阐发之后，目前的彭祖身兼双重身份：他既是中国本土传统宗教道教的先驱，更是心怀天下，奉行"民为贵，社稷次之，君为轻"，施行"仁政"的上古儒家贤哲。

（三）玛土撒拉与彭祖形象差异探源

为什么玛土撒拉在西方文化中的意义和意味具有如此的多义性和不确定性？为什么彭祖在中华文化中虽然始终保持着受人尊崇的精神偶像地位，却发生了从道家偶像向儒家圣贤的偏移呢？毫无疑问，不同地域和时代的思想风貌和文化气候作用于神话人物、历史人物或文学人物时，其符号意义都难免发生变异。文化符号在跨文明传播时必然发生变异，这是文化符号在物理空间移动时难以避免的命运。比如，当"as old as Methuselah"或"Vieux comme Mathusalem"被译为"寿同彭祖"时，原本附加在玛土撒拉形象上的贬义或褒义等多重意蕴就被"过滤"掉，而只剩下一个中性的"长寿"的意味了。同理，当中国的"寿同彭祖"被译为"as old as Methuselah"或"Vieux comme Mathusalem"时，彭祖身负的中国历代知识分子对道家和儒家理想的投射也被剥离得荡然无存，只剩下单薄的"龟龄鹤寿"之意。另外，从玛土撒拉和彭祖的例子来看，文化符号不仅在空间的横向坐标轴的移动中会产生变异，在时间的纵向轴线的变动中亦然。中国比较文学"变异学"的首倡者曹顺庆教授提出："以异质性和变异性为基础的跨文明研究是比较文学新的研究方法，为比较文学的发展树立了新的目标和价值标准。"③ 因此，对于比较文学学科而言，中西不同文明中的长寿代表玛土撒拉和彭祖形象的异质性是很有研究价值

---

① 彭飞，陈立柱，朱浩熙，彭开富. 先贤彭祖 ［M］. 北京：中国财富出版社，2016：序言.

② 同上.

③ 曹顺庆. 异质性与变异性——中国文学理论的重要问题 ［J］. 东方丛刊，2009（3）：1-15.

的。但是这种价值不应仅停留在通过表面形象和接受境遇的差别比较以满足读者猎奇的需要，而是在于透过这些表面的差异去深入挖掘中西文明基因的深层异质性，为跨文明文学和文化互证互识、互补互通搭建桥梁。通过深入思考玛土撒拉与彭祖在两个文明中的形象差异和接受境遇的差别，笔者认为导致其差异性的根源在于中西文明传承方式之异。玛土撒拉和彭祖是西方和中国最具长寿意味的两个文化符号。玛土撒拉在西方文化中既有中性，也有贬义和褒义色彩，而彭祖在华夏文明中尽管发生了从道教先驱到儒家先贤的偏移，却始终保持受人尊崇的地位。二者境遇差异之根源在于中西文明传承和发展的方式之异：西方以斗争和解构推动文明的发展；中国偏好以承袭与扩展延续文明的发展。

1. 西方文明传承方式：斗争与解构

纵观西方文明史，它总是在不断的斗争与解构中试图找到文明传承与发展的有效路径。从希腊神话这一被看作西方文明起源的隐喻性介绍来看，地母盖亚（Gaia）生下了天空乌拉诺斯（Uranos）、海洋蓬托斯（Pontus）和山脉乌瑞亚（Ourea）。但是天空乌拉诺斯蛮横地压覆在地母盖亚身上，不停与之交配，使得克洛诺斯（Cronus）、瑞亚（Rhea）、欧申纳斯（Oceanus）、泰西斯（Tethys）、许珀里翁（Hyperion）、忒亚（Thea）、谟涅摩绪涅（Mnemosyne）、伊阿珀托斯（Iapetus）、克利俄斯（Crius）、忒弥斯（Themis）、菲碧（Phoebe）和科俄斯（Coeus）等十二位泰坦诸神只能一直停留在母亲体内不能诞生。后来盖亚授意克洛诺斯阉割了父亲乌拉诺斯，并推举他做了新一代的神王。但是乌拉诺斯诅咒克洛诺斯也将被自己的孩子推翻，于是克洛诺斯在他的子女出生之际就将他们吞进肚里，只有宙斯幸免于难。宙斯成年后果然推翻了以克洛诺斯为首的泰坦诸神成为第三代神王。这种"弑父"与"杀子"母题的故事在希腊神话以及包括"俄狄浦斯王"在内的希腊悲剧中极为常见。希腊文化发源和孕育出的西方文明尽管在日后的文明进程中逐渐摆脱了这种父子相残的伦理乱象，但是就文化层面而言，西方文化史就是一部丰富阔大的弑父思想史。亚里士多德的"吾爱吾师，更爱真理"，尼采所说的"上帝死了"等言论无不体现精神意义上的"弑父"。正是在这种弑父文化的传统之下，西方文明长期处于新旧思想的激烈交锋之中。尤其是在酒神狄奥尼索斯所象征的"自由精神"与太阳神阿波罗所代表的"理性精神"的交战中寻找平衡。从历史上看，古希腊文明崇尚自由意志，希伯来文明则推崇理性与克制。这两种不同的精神内核在其后的文艺复兴和新古典主义、浪漫主义和现实主义、现代主义和后现代主义中持续碰撞和激荡。正是在不断的斗争与解构的过程中，西方文明不断地突破前人局隅，发现文化"新大陆"。玛土撒拉形象的变迁正好反映出西方文明"推陈出新"的传承方式：不断摧毁旧有偶像，竖立新偶像；不断推翻传统阐释，赋予新意义。自作为人类始祖中的"高寿者"在《圣经》中诞生以来，玛土撒拉一会儿被贬低为老迈昏聩之徒，一会儿又被赞美为古老而纯洁的圣人。他在西方文化中的接受境遇完全受到西方文化中的酒神与太阳神之战的影响。当酒神占上风时，人们总是倾向于打破一切禁忌，狂饮烂醉，放纵欲望。玛土撒拉作为一个匍匐和仰仗上帝的神力才得以长寿，缺乏个体精神的高寿者，他的高寿必然只会招致雨果等人无情的嘲笑；而当太阳神占上风时，人们则提倡避免情感的泛滥，服从理性和秩序。玛土撒拉作为上帝忠诚的预言者，他遵守教条和法规，他思想的纯洁性则为他赢得萧伯纳之流的赞誉。正是西方文明一贯以来的以斗争与解构的方式来推动文明的发展的传统决定了不同时代玛土撒拉在西方接受境遇的云泥之别。

2. 中国文明传承方式：承袭与扩展

在华夏文化里，人们有强烈的血统认同感。把中华民族凝聚起来的一个重要因素在于人们对于自己宗族的共同记忆。中华民族内心的"崇父"心理不仅体现在对"肉身之父"的"父为子纲"的伦理教喻中，更体现在对"精神之父"——中国传统经典的皈依与传承上。纵观华夏文明史，它总是偏向于"依托经典而建构意义"①，在继承中发展。在绝大部分的历史时期中，尤其是在中国古代的历史文化与社会心理之中，"依经立义"是中华文明传承和发展的优先选择方式。"以学界熟悉的典籍为依托，设立其先验合法性并由此生发自己的观点的话语生产范式与意义生成方式。"② 易言之，中国的文明传承偏好"建构"而不是"解构"。我们传承文明的主要方式不像西方以"长江后浪推前浪，前浪死在沙滩上"那样以剧烈和震荡的方式，在不断地破坏先前文化的基

---

① 朱供罗. 论《文心雕龙》"依经立义"的思想基础 [J]. 昆明学院学报，2015（5）：137.
② 曹顺庆，王庆. 中国传统学术生成的奥秘"依经立义" [J]. 中州学刊，2012（5）：187－192.

础上重塑新偶像。我们更擅长的是"涟漪式"的发展，在前人文明的积淀之上阐发和延伸自己的新意。于是彭祖这样一位"箭垛式"的偶像得以诞生。历经数千年的岁月风霜，他极少遭到质疑和批判，而只是随着时代的变迁，被添加了新的偶像内涵。

（四）小结

玛土撒拉和彭祖这两个西方和中国最具长寿意味的文化符号在不同文化土壤里的接受境遇根源于中西文明在文化传承方式上的巨大差异。西方文明多以斗争和解构的方式推陈出新。这导致玛土撒拉这一文化符号意义的多变性、不确定性，甚至意义的瓦解与断裂；华夏文明多以承袭与建构的方式延续和发展古老的华夏文明。在这样的传承方式之下，彭祖这一文化符号的内涵得以不断丰富，在不同的历史时期始终以华夏文化之父的身份受到推崇。

第七章

与世界比较文学研究的交流互动

　　由于比较文学学科本身具有的跨国、跨民族和跨文明的特点，中国的比较文学研究从一开始就与国外的文学研究密切相关、互动频繁。只是在"文化大革命"这一特殊历史时期才被迫中断了与国外的学术交流与互动。等到改革开放的春风把学术研究的寒霜吹散，我国的比较文学研究也恢复了与世界比较文学研究的交流与互动。这些交流与互动让中国比较文学界看清了自己在新的国际比较文学研究局势下的机遇和挑战，唤醒了中国比较文学界在经历了漫长的休眠期后要加快赶上并超越国际比较文学研究的雄心壮志。事实上，对国际比较文学研究发展动态的及时了解以及国内高规格的学术交流活动的开展，正是比较文学中国学派能在国际比较文学研究身陷重重危机时逆势发展的重要原因。

一、　"中国比较文学三十年与国际比较文学新格局"学术研讨会综述

　　2015 年 12 月 26 日，"中国比较文学三十年与国际比较文学新格局"学术研讨会在深圳大学隆重召开。中国比较文学学会会长曹顺庆教授、清华大学王宁教授、上海外国语大学谢天振教授、深圳大学胡经之教授、北京师范大学王向远教授、复旦大学杨乃乔教授、暨南大学黄汉平教授等国内著名比较文学专家学者与比较文学青年学者齐聚深圳大学，参加了本次学术研讨会。大会首先由深圳大学副校长李凤亮致欢迎辞。李校长回顾深圳大学在中国比较文学几个重要发展阶段所结下的不解之缘：1985 年，作为"特区大学、窗口大学、实验大学"的深圳大学是中国比较文学学会成立大会暨首届年会召开之地，是中国比较文学的扬帆之地。2005 年夏，深圳大学借地蛇口海上世界举办中国比较文学学会 20 周年暨第八届学术研讨会，深圳大

学与中国比较文学学会携手共谋发展。2015 年，在中国比较文学及学会"三十而立"之际，深圳大学与中国比较文学一起回首与前瞻，迎接国家文化和文学研究更大的发展。

（一）曹顺庆教授做《比较诗学开创新格局》的发言

四川大学文学与新闻学院院长、中国比较文学学会会长、长江学者曹顺庆教授在大会致辞并作了《比较诗学开创新格局》的主题发言。在总结了原有的"简单类比"和"求同模式"研究范式对比较诗学的禁锢之后，曹顺庆教授提出我们应该开创影响研究的比较诗学。这要从清理西方理论的中国元素和关注理论旅行与变异两方面入手。

1. 曹顺庆教授总结原有的比较诗学平行类比研究的成就与问题

曹顺庆教授指出比较诗学在法国学派的影响研究中几乎没有，这一研究范式是在 20 世纪 50 年代美国学派的平行研究诞生之后才得以产生和发展的。在国外，厄尔·迈纳、刘若愚、叶维廉等比较文学的楷模在比较诗学领域做出了重要贡献。在国内，从 20 世纪 80 年代起，先后有多本比较诗学相关著作问世，该领域的成绩也非常引人注目，包括童庆斌教授、杨乃乔教授等人都有相关著作出版。尽管国内比较诗学研究取得了一定成就，一些问题却不容忽视。其中一个问题就是"简单类比"，比如将老子与柏拉图做类比。另外一个问题是"求同模式"，以前的国内比较诗学基本上是西方理论与中国理论，或者其他东方理论与中国理论的简单比较和求同。对钱锺书、朱光潜、宗白华等学术大师尽管有差异性比较，但总的来说都以求同模式来进行中西诗学比较。正如法国学者弗朗索瓦·于连对钱锺书先生的批评：钱锺书先生只看到同，忽略了差异，是一个重大失误！曹顺庆教授认为，显然，中西文学与文论是有共同性的，不同文明的文学是有可比性。但是，仅仅强调同是不够的。不同文化之间存在根本的差异，在许多方面无法兼容，跨文化比较诗学研究绝不是为了简单的求同，而是在相互尊重、保持各自文化个性与特质的前提下进行平等对话。在进行跨文化比较诗学的研究时，如果只"求同"不"存异"，势必会忽略不同文化的独特个性，忽略文化的复杂性与多样性，最终使研究流于肤浅。因此，曹顺庆教授提出比较诗学的差异性研究是将来的一个重要的方法论上的突破。

2. 曹顺庆教授提出开创影响研究的比较诗学之路

曹顺庆教授提出我们应该开创影响研究的比较诗学。这主要从清理西方理论的中国元素和关注理论旅行与变异两方面入手。

（1）清理当代西方理论的中国元素

曹顺庆教授指出，影响研究的比较诗学在当代是不多见的。比如，有人就当年余虹对海德格尔的研究评论说："余虹因为太'海德格尔'而'海德格尔'了。"但是对于海德格尔理论中的中国元素却没人清理，事实上，1946 年海德格尔与华裔学者萧师毅一同翻译过《老子》。海德格尔对老庄思想非常熟悉，但对他思想中的老庄的影响却没人提起。再比如大名鼎鼎的德里达。德里达在巴黎高师读过中国历史，他说："我对中国的参照，至少是想象的或幻觉式的，就占有十分重要的地位。当然我所参照的不必然是今日的中国，但与中国的历史、文化、文字语言相关。所以，在近四十年的这种逐渐国际化的过程中，缺了某种十分重要的东西，那就是中国，对此我是意识到了的。尽管我无法弥补。"然而尽管德里达的思想里也有中国元素，但这一点至今也无人清理，这一点连德里达本人都深感遗憾。如果我们有人进行这类的比较诗学的影响研究，这不仅是比较诗学的突破，而且将会改变当代很多人对海德格尔、德里达等西方思想的崇拜。因为他们不纯粹是西方智慧，而是一种中西方融合的思想智慧和诗学智慧。

（2）关注理论的旅行与变异

理论的旅行与变异是比较诗学的学术前沿。原来的古代文论的现代转化以及文论的"失语症"其实都是理论旅行中的变异问题。今天讲西方文论的中国化，比如王国维的《人间词话》用西方文论的话语，但以诗话、词话的话语方式来评论。他实现了西方文论的"中国化"，但其中有很多变异的东西。

再比如说中国文学理论的"西方化"。我们一直困惑中国文学理论为什么总是"低人一等"。中国文论总是被人诟病为零碎、散乱、只言片语、不成体系。有人甚至认为《文心雕龙》是印度文化的产物，是中国文论中的怪胎。《闲情偶寄》的体系性和全面性也往往被人忽视。中国既然是有体系的，但是为什么总被评价为"无体系"。这实际上就是一个理论旅行和变异的问题。

曹顺庆教授指出，西方理论的中国化和中国文论的西方化都不必设"围墙"和"栏杆"。早年，印度文化传入中国成为中国的"禅宗"。西方文论、西方文化或外国文化的"中国化"恰恰是我们文化创新的重要路径。比较诗学如果要开创新格局一定要关心这些问题:现当代有些人有这样的偏见,他们认为中国古代文论是"死去的"文论,是秦砖汉瓦,是博物馆里的东西。现实并非如此,事实上,古代文论仍然有活力。但因为我们的文学史撰写和学者的观念而把它判定为"死亡"。比如,很多人现在还在写古典诗词,而创作古典诗词所需要的理论肯定是中国的古典文论,因为声律、对仗、练字、押韵是中国古典文论的特色。因此,不能完全拿外国的文学理论来指导中国的文学创作。但是我们所有的现当代的文学史教程不允许现当代人写的古典诗词进入现当代文学史教程,连鲁迅、郁达夫、郭沫若的古典诗词都不能收录。这甚至造成人们误会中国古代文论真的已经"死亡"。消除这些偏见或误会都是比较诗学的重任。只要我们对这个目标有明确的认识,只要我们的比较诗学做得好,中国文论作为构建世界三大文论体系(西方文论、中国文论、印度文论)的重要组成部分,一定能大放异彩!

(二)其他与会学者围绕比较文学四个主题进行研讨与交流

曹顺庆教授的发言获得与会学者一致认同,并启发参会者围绕着"中国比较文学发展与国际比较文学新格局""中国比较文学三十年:进展与挑战""比较文学中国学派的建构"和"国际比较文学新视野"四个议题展开了深入而细致的讨论与交流。

1. 对"中国比较文学发展与国际比较文学新格局"的研讨

研讨会第一场主题为"中国比较文学发展与国际比较文学新格局",由孟昭毅主持,张辉评议。谢天振、王宁、杨乃乔、周启超、季进等学者围绕该议题,结合自身学术研究的实践与理论探索与与会者分享了他们的见解。

上海外国语大学谢天振教授作了"比较文学与翻译研究的交汇"的主题发言。谢天振教授提出"译介学"在最近三十年成为国内比较文学、外国文学、中国现当代文学的研究热点是因为它顺应了当前人文学科的跨学科研究走向,与发生在翻译研究和比较文学研究领域的文化转向和翻译转向不谋而合。他结合西方翻译研究文化转向的历史渊源、文化背景、最新趋势,针对国内比较文学的最新发展现状进行了探讨。

清华大学王宁教授作了"比较文学的民族性与世界性"的主题发言。他分析了国际比较文学的趋势，认为当今全球化时代，中国经济的飞速发展使得中国成为一个政治大国和文化大国，这推进着中国文学走向世界的过程。比较文学"中国学派"的形成已经水到渠成。即便如此，要突破国际比较文学界存在的"英语中心主义"的霸权地位仍需要我们一方面坚持比较文学的民族性，立足比较文学的中国性；另一方面还要认识到这一学科的世界性特征，努力将中国的比较文学成果通过英语的中介推向世界。

复旦大学杨乃乔教授作了"比较文学的诉求：全球文学史观与学科理论体系的构建"的主题发言。首先，他指出比较文学在科研方面的研究定位在于中国古典学与西方古典学的汇通性研究，这可以终结长久以来学界对比较文学只能滞留于近代以来中外文学作家作品的人物形象或叙事情节的平浅比较的印象。其次，他指出比较文学在教学方面要坚持做比较文学的学科理论建设。他的《比较文学概论》（第四版）在体系性和案例分析的前沿性与准确性上都比之前更为完善。而且该著作把"比较"作为比较文学的学科理论设定在本体论上进行构建，而不是简单地视为比较文学研究的方法论。

中国社会科学院周启超教授作了"外国文论与比较诗学"的主题发言。他从比较文学学界对于"民族性"与"世界性"的关系的反思引出法国学者卡萨诺娃对"文学世界"的勘察。卡萨诺娃对民族文学在"文学共和国"里的身份认同，以及民族文学与民族之外的文学语境、世界文学语境之间复杂的互动机制的探讨构建了"民族文学的文化空间"理论：一种旨在探索"世界文学空间生成机制与运作机理"的"文学地理学"。周启超教授认为将文学定义为与政治标记完全不同的领土和边界对于执着于梳理某些大国文学对小国文学、大作家对小作家之创作的"影响轨迹"的比较文学学者的思维定式是一个挑战。这种见解挑战当代比较文学研究中的"简化"——将文学实践重新直接政治化，也挑战当代比较文学研究中的"放大"——将不同民族文学之间的差异放大。"文学世界"概念的提出有助于开阔我们观察"世界文学"的视野，更新比较文学学者的思维。

苏州大学文学院季进教授作了"夏氏兄弟书信的意义"的主题发言。他从 1947 年到 1965 年夏志清与夏济安兄弟的 600 多封信件中留下的关于家常、感情、文学、电影、时政等交流内容谈起，指出这批书信为我们提供了透视那一代知识分子心路历程的珍贵史料。他认为这些书信具有四个方面的价值和意义：作为情感史的价值；作为学术史的意义；作为文化史的材料；作为个人史的文献。

2. 对"中国比较文学三十年：进展与挑战"的研讨

研讨会第二场主题为"中国比较文学三十年：进展与挑战"，由郁龙余教授主持，王宁教授评议。孟昭毅、程爱民、汪介之、王向远、郁龙余等学者从学科层面和个体案例共同勾勒出了中国比较文学三十年的发展道路。

天津师范大学孟昭毅教授作了"中国比较文学30年的主题学研究"的主题发言。他回顾了国内外主题学研究的历史。总结中国主题学在30年间呈现出的两种趋势：第一，以王立和刘守华先生为代表的利用西方主题学理论研究中国文学和民俗学以及王春荣的新时期文学的主题学研究。第二，以叶舒宪等人为代表从文学人类学领域对主题学的研究。孟昭毅教授还指出自20世纪以来，主题学的理论研究也有新的发展：孙景尧主编《比较文学经典要著研读》、大卫·达姆罗什的《新方向比较文学与世界文学读本》中跨文化比较的主题学问题、张汉良提出的"发生学的接触"与"类型学的平行"的主题学学理基础是主题学理论建设的新成果。

南京大学程爱民教授作了"美国华裔文学博士论文探析"的主题发言。程爱民教授总结了从1981年到2014年中国内地关于美国华裔文学的研究情况，尤其分析和比较了从1999年至今中国和美国学者撰写的美国华裔文学研究的博士论文在数量、研究视角等方面的差异。通过比较，程爱民教授提醒年轻学者避免重复性和低层次研究，鼓励国内的相关研究对该领域的一些热点问题做更深入的掘进，如全球、本土与离散、记忆与历史、身体与欲望、自传与小说、叙事与纪实、美国华裔文学教学中的读者与听众问题、中国在美国华裔文学中的形象、文学与媒体的交叉、文学挪用与翻译、族裔互涉等。

南京师范大学汪介之教授作了"文学接受的不同文化模式"的主题发言。汪介之教授以20世纪以来俄罗斯文学在中国的接受为例总结了文学接受的三种思路与取向：新与旧、进步与发动、光明与黑暗的二元对立模式；彻底解构、全面颠覆的模式，但其内核仍然是"政治正确与否"的二元对立模式，与前一模式的区别仅仅在于"政治"价值取向的置换。"求实—科学化"模式，遵循、实践与追求的是彻底摒弃从政治视角检视文学的思维定式，从活生生的文学现象特别是作品文本自身出发，从文学的人文内涵和艺术品位的视角评价文学。

北京师范大学王向远教授作了"'译文学'的概念与体系"的主题发言。他从"译文学本体论"层面提出并界定了"译/翻""可翻不可翻/可译不可译""迻译/释译/创译"三组概念，以此作为译文生成的概念。他还提出并界定了"归化/洋化/融化""正译/误译/缺陷翻译""创造性叛逆/破坏性叛逆"三组概念，以此作为译文的评价与研究的概念。论证这些概念范畴之间的逻辑关系，可以形成"译文学"的完整理论体系，确立"译文学"的学科定位。

深圳大学郁龙余教授作了"季羡林比较文学论纲"的主题发言。他提出季羡林比较文学理论的出现标志着比较文学中国学派的正式形成。在发言中，郁教授以"一花八叶"来概括季羡林先生的比较文学理论："一花"指"以建立比较文学中国学派为总纲"；"八叶"指"以批判西方中心主义论""赞同印度故事中心说""百姓是故事文学的创造者""本土化和民族化是故事流传的必然""文化交流是源，比较文学是流""文学交流促进世界各民族友谊""一国之内也可以有比较文学""东方综合，而西方分析"等八大观点。

3. 对"比较文学中国学派的建构"的研讨

研讨会第三场主题为"比较文学中国学派的建构"，由季进教授主持，周启超教授评议。黄汉平、张晓红、徐扬尚、葛桂录、肖四新等学者就该主题进行了发言和交流。

暨南大学黄汉平教授作了"中国比较文学的新拓展"的主题发言。他总结了"中国比较文学研究终身成就奖"获得者饶凡子教授的世界华文文学研究的历程与特点。黄汉平教授指出世界华文文学与比较文学虽然是两个不同的学科，但两者之间有许多内在的学术关联。饶凡子教授的世界华文文学研究从理论到实践都运用了跨文化视野的比较文学方法论，从而提升了这一学科的学术品位，推进了世界华文文学学科的发展，而世界华文文学研究反过来也为中国比较文学研究拓展了新的学术空间。

深圳大学张晓红教授作了"佛克马的比较文学观"的主题发言。她分析佛克马在经典构成与重构、文学功能与文学成规、比较文学和比较文学史观以及文化交往等方面的代表性著述，对其文学研究的思想谱系进行梳理，并观照佛克马文论在中国学界的接受和研究现状。

南通大学徐扬尚教授作了"比较文学中国学派的必要与可能"的主题发

言。他认为中西语文及其书写和言说的中西文化的差异性，导致跨文明的、植根语言文字而又超越语言文字的话语模式转换问题。这要求中国学者立足中国文化语境，贯彻中国文化话语，体现中国文化特性的比较文学言说。也就是说比较文学中国学派的建立是必要与可能的。

福州师范大学葛桂录教授作了"中国比较文学的实学思维、人文关怀与历史担当"的主题发言。他从我国学者在中外文学关系研究领域取得的成绩谈起，提出在把握中外文化相互碰撞与交融的精神实质的对话中要具体实在地探讨外国作家如何接受中国文学和文化的影响；要在不同文化语境中，展示中外文学家、思想家、哲学家对相关的思想命题所进行的同步思考及其所做的不同观照；要从外国作家作品在中国文化语境下的传播与接受着眼，探析外国文学与文化在中国文化范式中的改塑和重整。

广东外语外贸大学肖四新教授作了"从学科层面反思比较文学"的主题发言。他提出对比较文学学科发展史进行总结与梳理的一个新视角：从学科层面去反思比较文学。比如对中国三十年以来译介学、主题学等发展情况的梳理可以让我们更加准确地把握比较文学中国学派在这三十年里的成长。

4. 对"国际比较文学新视野"的研讨

研讨会第四场主题为"国际比较文学新视野"，由黄汉平教授主持，葛桂录教授评议。钱超英、朱崇科、卢婕、江玉琴等学者就比较文学的研究实践和学科理论发展进行了展望。

深圳大学钱超英教授作了"流散研究三提议"的主题发言。他指出移民－流散研究方法的基本特色是跨界综合。在内部与外部关系上，流散研究可引入"非领地化"概念，打通内外之隔、华洋之隔和学科之隔。在时空关系上，移民的一个解释模型是时间向空间飘逸和跳转，需使"地理"和"历史"在相互垂直扩展中实现自觉的扭结。在乐观与悲观的关系上，悲剧性的历史文化承担和伴随生活成功或挫败的英雄主义奋斗精神相互错杂的感悟，使流散美学接通后现代精神。

中山大学朱崇科教授作了"流散诗学及其边界"的主题发言。他以钱超英教授的澳华文学研究作为剖析对象，分析了钱超英教授在澳华文学研究中问题意识的洞见和可能不见，同时亦找寻他度可能。他在肯定钱超英教授在流散文学研究坚持本土与外来的双重辩证、发展流散性与移民性的内在关系的问题意识的前提下，对"新华人文学""西方主义""流散背后的霸权话语"等问题提出了与钱超英教授不同的观点。

成都信息工程大学卢婕副教授作了"'易一名而含三义'与比较文学中国学派三十年发展"的主题发言。她指出"易一名而含三义"是对《易经》的题解，它阐释了中国式思维的特点，也悄然影响到我国比较文学学者在文学比较实践和学科理论建设等许多方面的思考。"易简"思想体现在中国比较文学学者对"可比性"问题的思考中。中国比较文学学者对"可比性"的认识从无意识的混沌状态发展到对"同"与"异"两极的思考，再进而衍生出对"类同性""同源性""变异性""异质性与互补性"四象的思考。"变易"思想体现在研究实践和学科理论建设中。在研究实践中，我国比较文学学者在近三十年里进行着并还在继续两个研究方向的转变：从对外国作品和文论在中国的译介与影响研究到对中国文学与文化的海外传播研究；从对国外的汉学研究到以他者的立场关注国外学者对其自身本土文学的研究。在学科理论建设中，中国比较文学学者既不照搬西方，也不全盘推翻西方理论体系，而是"涟漪式"发展建立自己的学科体系。"不易"思想体现在中国比较文学学者对"跨越性"的理解中。中国比较文学学者始终坚持把"跨越性"作为比较文学的基石，避免"比较文学"失去自己特有的边界而为浩瀚的文学研究所淹没。"易一名而含三义"对比较文学中国学派的重要意义在于它揭示了我国比较文学学者的运思习惯，让我们撩开面纱、拨开迷雾看清中国比较文学三十年来发展的实质，更重要的是让我们在理性地认知自己的思维习惯之后有可能去做出新的突破和发展。

深圳大学江玉琴副教授作了"比较文学与青年文化研究"的主题发言。她首先回顾了国际青年文化研究的历史，然后提出在全球化时代消费文化在全球传播并产生本土的青年文化形态，这使得青年文化研究不仅着眼于比较文学的影响研究，更着力于将青年文化整合进整体的世界文化系统中。中国青年文化研究需要更好地融合青年文化与文学、社会、阶层等问题的思考，还要将青年文化研究纳入城市文学、城市文化与都市现代性的思考中。

当日下午，由王宁教授举行该次学术研讨会闭幕式。闭幕式上首先由各分组代表发言小结，然后由谢天振教授对本次大会所有议题进行点评和总结。最后，主持人江玉琴副教授宣布本届大会圆满结束。本次大会是中国比较文学学科发展到"而立之年"的回顾与展望，为比较文学领域三代学人总结了该学科研究实践和学科理论建设中的成就和不足，为下一阶段该学科的发展提出了新的思路与视角，是一次富有成效而且具有历史意义的会议。

二、 历届中美双边比较文学国际学术研讨会概况及第七届研讨会外方代表发言概要

中美双边比较文学国际学术研讨会是改革开放后我国在文学研究领域与国外相关专家进行学术交流的重要平台，自 1983 年以来已经举办了 7 次，集结了国内外比较文学研究的重要学者，为中美乃至世界的比较文学研究掌舵护航。

"第一届中美双边比较文学国际学术研讨会"于 1983 年 8 月 29 日到 31 日在北京万寿宾馆召开，由中国社会科学院外国文学研究所、文学研究所和美中学术交流委员会联合发起。中美比较文学学者汇聚于此，交流了比较文学的研究成果，并畅谈了研究体会。中国社会科学院副院长钱锺书教授为会议致开幕辞，并强调："在这种讨论会里，全体同意与否不很要紧，而且似乎也不该那样要求。讨论者大可以和而不同，不必同声一致。"本次会议经过三天的对话，取得了巨大的成功，沟通了两国学者的学术研究，增进了比较文学学者之间的友谊，为今后两国学者间交流比较文学研究的成果打通了一条渠道。

"第二届中美双边比较文学国际学术研讨会"于 1987 年 10 月 24 日到 11 月 11 日在美国普林斯顿大学、印第安纳大学、洛杉矶加州大学依次召开。大会由普林斯顿大学比较文学系主任孟尔康教授主持，中方被邀请的学者有杨周翰、王佐林、贾植芳、孙景尧、卢康华、应锦襄、乐黛云、萧兵、张隆溪、刘象愚等。会议议题原拟为"历史与文学""接受与翻译""传统与创新"等，但比较集中讨论的是"文学、历史和文学史"。与会学者对各自论题展开了深刻的讨论与交流并取得了圆满成功。乐黛云教授认为这次大会"给中国比较文学学者一个广泛接触世界的机会"。据乐黛云教授回忆："1988 年，我们在杨周翰先生的主持下积极展开第三届中美双边比较文学会议的准备，征集了大会论文，文集定名为《多种文学、多种历史、多种文学史》（*Literatures, Histories, Literary Histories*）。这次会议因特殊情况未能召开，于 1990 年将论文

汇集成册，分'叙事，历史与文学史''神话与意象：接受和翻译''传统：新与旧'三个部分，英文版已于 1989 年由辽宁大学出版社正式出版，并由哈佛大学等著名大学收藏。"

"第三届中美双边比较文学国际学术研讨会"由清华大学和美国耶鲁大学共同发起主办，于 2001 年 8 月 11—14 日在清华大学举行。大会主题为"比较文学的全球化：走向新的千年"。会议讨论的议题集中在下列几个方面：①比较文学在西方和中国的历史回顾；②中西方文论比较研究；③文化研究及其在中西方的不同形态；④后现代、后殖民理论及其东西方变体；⑤全球化及其对未来人文科学的影响；⑥中西方重要理论家比较研究；⑦20 世纪中美文学交流探讨；⑧比较文学与文化研究的冲突与共融。出席本次会议的有来自中美两国主要高校和科研机构的专家学者，其中中美双方分别派正式代表 15 人和 10 人，充分体现了两国学者在比较文学和文学理论领域内的平等对话和交流。中方代表团团长为国际文学理论学会秘书长、清华大学比较文学和文化研究中心主任王宁，顾问为资深学者乐黛云和钱中文；美方代表团团长为耶鲁大学比较文学系主任麦克尔·霍魁斯特，顾问有资深学者和中国研究专家希利斯·米勒和孙康宜、布劳德海德、孙景尧、曹顺庆、王宁、蔡振兴、希利斯．米勒、钱中文、麦克尔。霍魁斯特、叶舒宪、达德利·安德鲁、毛思慧、刘辛民、孙康宜、乐黛云、张平功、肖鹰、赛瑞斯·哈姆林、孙艺风、吉野健司、詹姆斯·沃希、张旭东等中外学者先后在会上作了重要发言。

"第四届中美双边比较文学国际学术研讨会"由美国杜克大学和中国清华大学共同发起主办，于 2006 年 10 月 6 日至 8 日在美国杜克大学举行。大会讨论的主题为"文学与视觉文化：中国视角与美国视角"（Literature and Visual Culture：Perspectives from China and the US）。据悉，该次会议是中美著名大学共同在美国举办的首次专门讨论文学和视觉文化的高规格学术研讨会，出席会议的有来自中国和北美诸多高校、科研机构的文学、文化以及传媒研究领域的二十多位专家、学者。出席会议的美方代表团由美国艺术与科学院院士、杜克大学威廉·莱恩比较文学讲座教授、清华大学客座教授弗雷德里克·詹姆逊领衔，成员包括简·根斯（杜克大学）、刘康（杜克大学）、吕彤林（加拿大蒙特利尔大学）、布鲁斯·罗宾斯（哥伦比亚大学）、司各特·赛维特（杜克大学）、肯尼斯·苏林（杜克大学）、戴维·普莱茨（杜克大学）、徐钢（伊利诺斯大学）等；中方代表团由中国比较文学学会副会长、清华大学比较文学与文化研究中心主任、杜克大学中国传媒研究中心客座研究员王宁领衔，团员包括陈永国（清华大学）、周宪（南京大学）、胡亚敏（华中师范大学）、王逢振（中国社会科学院）、周宁（厦门大学）、徐德金（南开大学）、生安锋（清华大学）等。

"第五届中美双边比较文学国际学术研讨会"于 2010 年 8 月 12 日到 14 日在上海举行，由上海交通大学人文艺术研究院主办，哈佛大学比较文学系和清华大学比较文学与文化研究中心共同协办。会议主题为"走向世界文学阶段的比较文学"（Comparative Literature：Toward the stage of World Literature）。普利斯米勒、苏源熙、大卫·达姆罗什和马丁·普契纳等美方学者与张隆溪、王宁、谢天振、叶舒宪等中方学者就此议题展开了广泛深入的切磋交流。

"第六届中美比较文学双边讨论会"于 2013 年 5 月 2 日至 4 日在美国普渡大学举行。会议由清华大学比较文学与文化研究中心和美国普渡大学比较文学与宗教研究中心共同发起主办。会议讨论的主题为"比较文学、宗教与社会：跨文化的视角"（Comparative Literature，Religion and Society：Cross-Cultural Perspectives）。会上，王宁和美国著名汉学家、中国文学翻译家葛浩文（Howard Goldblatt）分别代表中美两国学界作了主题发言。王宁从全球化的视角探讨了世界主义的崛起以及在世界文学领域内的反映，提出了中国学界的积极对策。葛浩文基于自己长期从事的中国文学翻译经验，论证了中国当代文学在世界文学中的地位以及莫言荣获诺贝尔文学奖所产生的积极意义。

"第七届中美双边比较文学国际学术研讨会"由四川大学和美国宾州州立大学联合主办，于 2016 年 7 月 2 日至 3 日在中国四川成都京川宾馆召开。来自美国宾州州立大学、美国华盛顿大学、美国杜克大学、比利时鲁汶大学和清华大学、北京师范大学、南京大学、香港中文大学等中美多所高校的 300 多名学者，围绕"跨文化语境中的比较文学"主题，对比较文学的前沿研究、世界文学与比较文学、比较文学与文学翻译、文学与其他学科等问题进行了深入探讨。中国比较文学学会会长曹顺庆说，每次中美双边比较文学国际学术研讨会都继承了中美双方比较文学界平等对话的传统，在主题和探讨领域进行了深刻、广泛、有力的拓展，推动了中美双方比较文学学科的发展。美国宾州州立大学教授、美国《比较文学研究》主编托马斯·毕比认为，中美双边比较文学国际学术研讨会的举行，为推动中西方比较文学的发展交流和对话提供了一个重要的平台。成都市副市长傅勇林在大会致辞，中国比较文学学会前会长乐黛云发来贺信。此次会议成功地继承了中美双方比较文学界以及更为广泛的文学研究界的平等对话传统，参会的中方代表与外方学者就跨文化和数字化时代的比较文学、世界文学、比较诗学等热点话题进行了深度沟通。

（一）托马斯·毕比教授主题发言

托马斯·毕比教授从西方传统的伦理批评入手，进而探讨了伦理批评在西方的发展以及"世界文学"中蕴含的新伦理价值。他认为个体人物与行为的伦理会经过延伸和接触成为作品的伦理，而作品的伦理进一步延伸成为作者的伦理从而指向读者。因此，传统的伦理批评通常是判断一部作品中的人物与行动是否符合道德标准，而后现代主义的新伦理批评最突出的变化是伦理运动的轨迹全然走向了反面。新伦理批评不是从文本指向读者，而是从读者指向文本。读者对文本的判断类似于读者对"他者"的判断。按照华莱士的话来说，读者应当展现出"开放性与专注性，悬置和放空自我，敏于接受文本的他异性"。毕比教授回顾了歌德（Goethe）、黑格尔（Hegel）、马克思（Marx）、奥尔巴赫（Eric Auerbach）、谢平（Pheng Cheah）、凯思琳·柯玛尔（Kathleen Komar）等人对"世界文学"的不同理解。他指出在"世界文学"概念的起源与发展变化的过程中，丹尼尔·雅各布森（Daniel Jacobson）所提出的伦理研究是非常适用于世界文学的。他强调在进行"世界文学"研究与教学时我们不能放弃伦理阐释的维度。这种新的伦理阐释不是对世界文学中的某些作品或对世界文学这一实体本身进行伦理判断，而是从读者的伦理角度去阅读"世界文学"，是一种基于读者反应论、阐释学和解构主义的批评方法，它重新思考"世界文学"的读者，即伦理主体，对"他者"的伦理责任，即读者在阅读行为中是否自愿地约束、悬置、放空自我来体验他异性。

（二）马歇尔·布朗教授主题发言

马歇尔·布朗教授的论文是对西方"后理论"时代的反思。他指出"追逐理论"（going after theory）事实上概括了西方学者对理论既"追"（going after）又"逐"（going against）的矛盾纠缠的历史。通过对西方理论发展的梳理与介绍，他总结出西方学者对理论的四种态度。第一种是"前理论"（extheory）的态度：那些因反对理论而名声大噪的西方学者，如尼古拉斯·罗伯尔、弗雷法里克、克鲁斯、约翰·塔里斯、米克·博文奇－雅各布森、米尔物·本·米迦勒等在提出"打倒理论"之前都曾是研究弗洛伊德、拉康以及解构主义的理论家。理论一直伴随着我们并总是遭到抵制。因此，大卫·辛普森（David Simpson）将反理论运动追溯到 18 世纪，他认为我们从没进入后理论时代，因为我们一直就在反对理论。费什（Fish）也坦然承认反抗理论就是追求理论，反抗某种理论的前提就是你预先承认了这个理论。第二种是"抵制理论"（against theory）的态度：有些西方学者不像"前理论"中的批评家那样在反对理论之前自己本身就是理论家，他们从一开始就反对理论。他们渴望走在理论之前，从而消灭理论、忘记理论。布朗教授从 Daphne Patai 于 2005 年出版的《理论帝国：异见集》（*Theory's Empire: An Anthology of Dissent*）一书的前言中对理论的肆意攻击谈起，认为该书的编者是在暗示读者去构建一个回到理论恶魔诞生之前的乌托邦，但同时又否认他们是在号召读者回到过去。布朗教授指出在 Patai 于 1977 年获得博士学位之时，对理论的抵制早已开始，而且人们也已经有了可以去反抗的理论存在。事实上你可以"追"也可以"逐"理论，但是你不可能走在理论之前，否定它的存在。第三种是"抛弃理论"（without theory）的态度：采用全然对理论无知的态度进行阅读和批评实践。布朗教授认为没有阅读行为是完全纯然无知的。在阅读之前你必然具备了一些基本常识。而作为批评家，如果抛弃批评理论是否还可以从事批评活动是值得怀疑的。Helen Vendler 是不用批评理论而进行批评活动的典型代表，但是她缺乏个性，只把自己当成作者传声筒的"反自我意识"（anti-self-consciousness）的批评方式是非常有局限的。第四种是"后理论"（post-theory）的态度：Thomas Docherty、Nicholas Birns、D. N. Rodowick、Terry Eagleton 以及 Jane Elliott 和 Derek Attridge 等人纷纷出版关于"理论之后"（after theory）的著作。他们在书中提倡追寻理论，回归理论，但是需要注意的是理论的回归并不是回到它表面上的原点。事实上，"抵制理论"一直没有完全反对作为方法和原则的理论，而只是反对一些被确定性描述所指的"理论"，只要我们廓清对"理论"的误解，它仍然是我们期待回归的家园。

（三）西奥·德汉教授主题发言

西奥·德汉教授的论文指出歌德在发明"世界文学"这一术语时正值德

国分崩离析之际，歌德提出的"世界文学"其实就是日耳曼民族和德语可以在其中举足轻重的"世界文学"。而自 19 世纪中叶以来，"世界文学"越来越成为比较文学学科不可或缺的一部分，不过这个术语却局限于欧洲文学或西方文学。从这个层面上讲，当时的"世界文学"是以欧洲的或者西方的视阈构建的世界文学体系。20 世纪末，随着新千年的转折以及地理政治局势的变化，尤其是"冷战"的结束与"全球化"的现实，歌德所提出的"世界文学"含义已经发生巨大改变，世界文学研究已经开始以不同于以往的方式重新构建这个世界，中国在"世界文学"版图中的角色与地位也正在发生改变。德汉教授不仅试图把地理政治研究与对世界在不同时期如何"构造世界文学"（Worlding world literature）的探讨紧密结合，他还提倡像 Lincoln Paine 以及 Peter Frankopan 那样把交通、商业甚至疾病等元素都纳入影响"世界文学"的构建的因素加以考察。他认为所有历史上对"世界文学"的不同书写实际上都是在以不同方式构建"我们"当下这个时代所生存其中的世界。就这一点来看，我们与歌德并无二致。

（四）塞萨尔·多明戈教授主题发言

塞萨尔·多明戈教授的论文题为《跨越世界文学的瓦尔特·司各特》。多明戈教授从探讨"世界文学"这一概念如何在 19 世纪上半叶应用于西班牙语世界，以及追溯司各特小说在后殖民时代的西班牙语世界的译介两方面来分析瓦尔特·司各特在西班牙语世界的接受情况。

首先，多明戈教授提出了他对"世界文学"的定义："世界文学"是世界文学的碎片，是形成世界的某种有机整体的内在关联相互沟通的世界语言的文学部分。跨越政治、文化和社会差异，"世界文学"赋予世界一种"大同"之感。其次，他对 1823 年到 1850 年在古巴、英国、法国、墨西哥、西班牙以及美国等地发行的 37 家出版社翻译出版的 109 部司各特小说的具体情况进行细致的分析，发现西班牙和法国是司各特小说出版的主要国家，马德里、巴塞罗那和巴黎是出版地排名的前三甲。以这些数据分析为依据，多明戈教授探讨了作者、出版者和读者权利对文学作品的跨文化旅行可能会产生的影响。

小　结

从本次大会的外方学者代表的发言来看，"比较文学"研究正在走向"世界文学"研究;"比较诗学"的研究也正在走向"世界诗学"研究;作为文学研究领域的一门专门学科,在"泛文化"研究大潮与"后理论"时代的喧嚣中,外方学者对"文化研究"纷纷选择了接纳和容忍的态度,对"文学理论"衰退的危机纷纷采取了回归理论的策略。这或许正应了一句话:"如何让一滴水永远不干涸,唯一的办法是让他流向大海。"在比较文学研究受到各种"泛文化"研究和"后理论"危机的冲击之下,只要我们坚持在"世界文学"和"世界诗学"的研究中以文学为本位,以比较为方法,"比较文学"的身份危机就不会招来质疑。

三、 宾夕法尼亚大学比较文学教授托马斯·奥利弗·毕比教授采访录

托马斯·奥利弗·毕比(Thomas Oliver Beebee)是美国宾夕法尼亚州立大学语言与文学学院著名的比较文学与德语教授,为数不多的荣获"艾德温·厄尔·斯帕克斯教授"(Edwin Erle Sparks Professor)荣誉称号的杰出人文学者,世界顶级人文学术期刊《比较文学研究》(*Comparative Literature Studies*)的主编。毕比教授的主要研究领域是翻译研究、世界文学以及文学实证研究。他的成果丰硕,著述等身。代表性的学术专著有 1994 年由宾夕法尼亚州立大学出版社出版的《类型的意识形态:类型不稳定性的比较研究》(*The Ideology of Genre: A Comparative Study of Generic Instability*)、1999 年由剑桥大学出版社出版的《欧洲书信体小说》(*Epistolary Fiction in Europe*)、2008 年由哈佛大学出版社出版的《美国的千禧年文学,1492 – 2002》(*Millennial Literatures of the Americas*,1492 – 2002)以及 2012 年由帕尔格雷夫·麦克米伦出版社出版的《翻译模仿:在翻译的暗箱里》(*Transmesis: Inside Translation's Black Box*)。2016 年 7 月,毕比教授应中国比较文学学会(CCLA)和四川大学之邀,参加在四川成都举办的"第七届中美双边比较文学国际学术研讨会"以及 2016 年四川大学 UIP 国际实践周项目。笔者作为毕比教授参会和国际周的专职助理,在协助他处理参会以及授课事宜期间,就"文学伦理""翻译研究"以及"世界文学"等几个热点问题与他进行了平等自由、轻松愉快的口头交流和书信访谈。笔者希望借这次交流的机会向毕比教授介绍中国学者对上述问题的看法和观点,同时也希望把毕比教授的学术观点介绍给国内相关领域

的专家和学者。

卢婕：毕比教授，你好！你是西方著名的比较文学学者，在这次"第七届中美双边比较文学国际学术研讨会"中，你更是作为美方代表，成为搭建中美比较文学学术交流桥梁的关键人物。但是由于中美两国文明的异质性，中国人文学者对你的学术渊源与学术成就的了解还相当有限。能否请你简单地介绍一下你的主要研究领域和成果呢？

毕比教授：中国学者对我的了解多是因为我是季刊《比较文学研究》（*Comparative Literature Studies*）的主编，以及"作为世界文学的文学"（"Literatures as World Literature"）系列丛书的发起人。其实，我最初的学术生涯是致力于 18 世纪欧洲历史研究以及文类研究，之后转向了翻译研究。我出版的第一本著作是研究塞缪尔·理查逊（Samuel Richardson）的《克拉利莎》（*Clarissa*）的德语与法语翻译，而我最新出版的《翻译模仿：在翻译的暗箱里》是一本把翻译行为与后殖民研究结合起来的著作。除了翻译理论研究，我曾翻译过巴西作家莫阿西尔·斯克利尔（Moacyr Scliar）的《卡夫卡之豹》（*Kafka's Leopards*），以及与吴庆云合译中国作家白桦的小说《远方有个女儿国》（*The Remote Country of Women*）。

卢婕：你在"第七届中美双边比较文学国际学术研讨会"上做的主题报告《世界文学的伦理》（The Ethics of World Literature）中提到了自 20 世纪 90 年代以来比较文学界越来越热的一个话题——世界文学。你回顾了歌德（Goethe）、黑格尔（Hegel）、马克思（Marx）、奥尔巴赫（Eric Auerbach）、谢平（Pheng Cheah）、凯思琳·柯玛尔（Kathleen Komar）等人对"世界文学"的不同理解。在介绍"世界文学"概念的起源与发展变化的过程中，你提出丹尼尔·雅各布森（Daniel Jacobson）所提出的伦理研究是非常适用于世界文学的，并且认为在进行世界文学研究与教学时我们不能放弃伦理阐释的维度。能否请你谈一谈什么是文学中的伦理研究或伦理阐释？

毕比教授：在西方，"伦理"这个词是一个需要靠直观感悟而不是靠严格定义去理解的词。我认为伦理与系统化、规范化以及劝导人们的正当行为有关。我们所熟悉的"伦理批评"通常就是判断一部作品中的人物与行动是否符合道德标准。比如探讨安提戈涅（Antigone）坚持掩埋哥哥遗体的行为到底是出于道德正义，还是出于反抗乱世政治的目的。再比如，我们都知道玛格丽特·米切尔（Margaret Mitchell）的小说《乱世佳人》（*Gone with the Wind*）在 1937 年获得普利策奖和美国出版商协会奖，而 1939 年根据该小说拍摄的电影也在世界各地文化与商业上获得极大的成功。但中国却很少有人知道 1976 年哥伦比亚广播公司（CBS）的"卡罗尔·伯内特秀"（"Carol Burnett Show"）对这部名著进行仿拟（parody），题名为《乱来佳人》（Went with the Wind）。原著中人物的名字被做了戏谑性的改动，Scarlett 被改为 Starlet、Ashley 被改为 Brashley、Melanie 被改为 Melody、Rhett 被改为 Ratt、Prissy 被改为 Sissy。最重要的改动是，书中原来由 Rhett 对 Scarlett 所说的"坦率地说，亲爱的，我一点也不在乎"（Frankly, my dear, I don't give a damn）被改为当 Starlet 向 Sissy 抱怨 Brashley 和 Ratt 都离她而去时，黑人女仆 Sissy 给了 Starlet 一记响亮的耳光，并说出这句经典台词。这部恶搞原著的喜剧短片就是典型地从伦理批评的角度来看《乱世佳人》。《乱世佳人》中的种族主义思想被无情地揭露并遭到了坚决的抵制。事实上，西方对文学作品中的人物与行为进行道德评价的历史非常久远。从柏拉图（Plato）的《理想国》（*Republic*），经由高尔吉亚（Gorgia）的《海伦颂》（*Encomium of Helen*）延续至今。从逻辑上看，似乎是个体人物与行为的伦理会经过延伸和接触成为作品的伦理，而作品的伦理被进一步延伸成为作者的伦理从而指向读者。因此，那些伟大的作者似乎都应该是伟大的道德教育家和宗教圣徒。不过值得我们思考的是：作品人物的伦理就是作者的伦理吗？在一部包含多个人物和行为伦理的作品中，哪一个才是文本的伦理呢？文本的伦理与作者的伦理、与读者的伦理是一致的吗？后现代主义的新伦理批评不仅对以上问题提出质疑，最突出的变化是伦理运动的轨迹全然走向了反面。新伦理批评不是从文本指向读者，而是从读者指向文本。读者对文本的判断类似于读者对他者的判断。按照华莱士的话来说，读者应当展现出"开放性与专注性，悬置和放空自我，敏于接受文本的他异性"①。

　　卢婕：你的主题报告《世界文学的伦理》是否是把世界文学作为一个比具体某部文学作品更复杂宏阔的文本，从而对它进行伦理批评呢？它与一般的对文学作品进行的伦理批评有什么不同？

---

① Wallace, Cynthia R. *Of Women Borne: A Literary Ethic of Suffering* [M]. New York: Columbia University Press, 2016.

毕比教授：首先，世界文学并不是一个文本，而是一个文本关系的网络，因此，由世界文学所引发的伦理自然是系统的而不是个体的。其次，我所说的从伦理批评的角度看待"世界文学"指的是从后现代主义的新伦理批评的角度，即从读者的伦理角度去看世界文学，而不是对世界文学中的某些作品或对世界文学这一实体本身进行伦理判断。《歌德谈话录》中歌德在与艾克曼（Eckermann）谈论中国文学时说他所阅读的中国小说塑造的中国人在思想、行动、感受方面都和德国人十分相似，只是中国的一切都比德国显得更明理、纯洁和道德……这段谈话由此引发了著名的关于"世界文学"的构想："现如今民族文学已不具有意义。世界文学的时代即将到来，然而我们每一个人应该为加速其的到来做好工作。"[①] 从新伦理批评来看，我所关注的问题是，歌德口中的"我们每一个人"到底是指谁？是否包含了作者、批评家、教师、学生、读者等？为什么我们"必须"要促成"世界文学"的到来？是因为艾克曼对他者的狭隘见识促使歌德对包括中国文学在内的其他文学感到亏欠吗？从读者的伦理来看，自"世界文学"这一词被歌德创造之初，歌德，作为一名中国文学的读者，展现了他对"他者"的开放性与包容性。这就是"世界文学"所应有的伦理，也是"世界文学"在当下"全球化与本土化"（Glocalization）的焦虑中具有的价值。"世界文学"通过跨文化比较为我们提供对文学的更充分的理解，而知识分子是有道德义务去关注世界如何看待他们的作家的。因此，谢平认为歌德的"世界文学"是一种对待"他者"的伦理方式，读者经由"世界文学"走向"他者"而为"他者"带去"安慰"。丹尼尔·雅各布森也认为通过翻译通常不太被重视的作品，一部文学作品展现出之前被埋没的价值，这让读者感到快要把握到一种不同于自己既有的视角，从而使读者变得更感同身受和豁达开明。因此，从伦理视角来看"世界文学"是一种基于读者反应论、阐释学和解构主义的批评方法，它重新思考"世界文学"的读者，即伦理主体，对"他者"的伦理责任，读者在阅读行为中是否可以自愿地约束、悬置、放空自我来体验他者性，以及由此产生的伦理效果。关于这一点，你可以参阅希利斯·米勒（J. Hillis Miller）的《阅读的伦

① J. W. von Goethe. *Conversations with Eckermann* ［M］. trans. John Oxenford. North Point Press, 1994.

理》（*The Ethics of Reading: Kant, Eliot, Trollope, James, and Benjamin*）一书。

卢婕：你在四川大学国际周课程"文学翻译与世界文学"中说到文学翻译是民族文学得以产生的基础，但是在文学史上翻译作品却很少被纳入其民族文学的范畴中。事实上，关于翻译文学的归属问题在中国一直存在争论。中国的译介学创始人、《中国比较文学》主编谢天振教授认为"艺术范畴的译作具有再创造性质，故译作是文学作品的一种独立形式、译者是译本作者，又因为依据作者国籍判断作品国籍，所以翻译文学归属民族文学"①。不过他的看法遭到了许多学者的质疑与反对。请问你在这个问题上持什么观点呢？

毕比教授：我赞成他的观点。这个问题是一个有关多元系统的问题。翻译文学的确与其源文本有联系，哪怕源文本根本不在乎这一点；翻译文学对源文本来说的确有意义，它却不可能返回源文本。由于翻译文学更多的是对其目标文本产生影响，因此，把翻译文学归属为目的语的民族文学是一个更好的选择。瓦尔特·本雅明（Walter Benjamin）在《译者的任务》（"The Task of the Translator"）中说翻译对某些作品而言至关重要，这并不是说翻译行为对于原作本身具有重要意义，而是指原作的某些内在的特殊意蕴需要通过译作而显露。很明显，译作无论多么完善，也无法影响原作，尽管译作可以通过翻译而同原作紧密地联系在一起。事实上，正因为译作对原作是无足轻重的，它才更为紧密地同原作联系起来。我们不妨把这种联系视为天然的，或者更进一步，把它视为译作同原作间的生命线。正如生活的表象虽与生活的现象密切相关却对之不构成任何重要性，译作也以原作为依据。不过它依据的不是原作的生命，而是原作的来世（after life）。

卢婕：你把对翻译文学的归属问题上升到了哲学的高度。但是，既然文学翻译可以使源文本获得"来世"，这难道不是"返回源文本"的表现吗？为什么还把译本的归属与原著的来源切断而以目的语的归属为准呢？

毕比教授：是的，翻译文学可以使源本获得"来世"。但是这种"来世"仍然是一种已然消失的生命，我用这个词不是指事实上的某个个体的死而复活，而是指它的生命以其子孙后代的方式得到延续。这些后世子孙（翻译文

---

① 苏敏. 从译介学角度论翻译文学归属：试与谢天振教授商榷［J］. 读与写（教育教学版），2013（5）.

学）对于父母（源文本）来说就是它的"来世"，但是作为后世子孙的翻译文学都具有独立的生命，他们是独立的个体，所以它们可以脱离源文本的归属而在多元系统中获得新的归属的权利和身份。我在《翻译模仿：在翻译的暗箱里》中提出，就文学翻译而言，源文本从暗箱的一端输入，这个暗箱就像一个神秘的机器，源文本在暗箱中被加工改造，目标文本从暗箱的另一端输出。输出的成品与原材料虽有联系，却已经发生巨大变化。你看这张图，我用白色和黑色来标示"输入"和"输出"的目的就是提醒读者去关注源文本与目标文本之间的差异性而不是相似性。

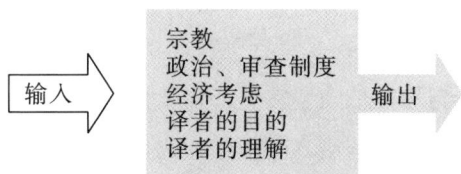

卢婕：你的"暗箱"比喻太有趣了，但是既然是"暗箱"，你又是靠什么看见其中的内容呢？

毕比教授：我在《翻译模仿：在翻译的暗箱里》中提出了一个全新的概念："翻译模仿"（transmesis）。这个词是我发明的，它由"翻译"（translation）与"模仿"（mimesis）两个词构成的。我把它定义为"翻译模仿"（the mimesis of translation），我知道这个定义是明显的"同义反复"（tautological），因此我会举例让你更好地理解这个概念。我知道大家都很熟悉西方的"模仿说"。作家，比如陀思妥耶夫斯基（Dostoevsky）、巴尔扎克（Balzac）、西奥多·德莱赛（Theodore Dreiser）等，就像手握镜子或相机在捕捉周围的一切，用他们的作品模仿和反映现实。我的"翻译模仿"指的是小说的翻译行为也是对现实的模仿和反映。通过分析小说中涉及的翻译行为，我们可以看见那些原本不易被察觉的现实。首先，作品中对日常翻译行为的叙述，作为一种"翻译模仿"，是一种典型的后殖民作家运用的小说策略，用以模仿和反映他们所被强加的双语制现实。比如，塞尔维亚作家米洛拉德·帕维奇（Milorad Pavic）在《自传》（*Autobiography*）中回忆到他十五岁时正值第二次世界大战，在家乡被德国占领期间他被迫学会德语，后来他遇到一位俄国军官，那位军官又教他说俄语。这个例子是不是说明文学作品中涉及的在双语或多语之间的翻译行为深刻地再现着后殖民的现实呢？其次，"伪译"（Pseudo-translation），作为"翻译模仿"中的一个重要类型，也是对现实的模仿与反映。比如，在《堂吉诃德》（Don Quixote）中，叙述者声称发现了阿拉伯历史学家阿梅德（Cide Hamete Benengeli）的一本名为《堂吉诃德传》的书，于是借着翻译把这个故事讲给大家听。这本小说的百分之八十的内容都是"伪译"。另一个"伪译"的例子是《天方夜谭》中我们都熟悉的阿拉丁神灯这个故事。在阿拉伯语的原故事集中这个故事根本不存在，是法国译者安东尼·嘉兰（Antoine Galland）在翻译该故事集时自己创作加入集子的。我举这两个例子是为了说明小说的"伪译"现象，帮助我们认清藏在翻译"暗箱"中平时却被我们忽视了的东西。《堂吉诃德》的"伪译"事实上从某种程度上反映或模仿了西班牙与阿拉伯的现实：公元 8 世纪阿拉伯人入侵西班牙后对其持续了长达将近八个世纪的统治，阿拉伯人的语言、思想和文化对西班牙产生了重大影响。而对阿拉丁神灯的"伪译"则更可能是出于经济原因，由于《天方夜谭》（The Thousand and One Nights）成了当时的畅销书，人们想要读到更多的此类故事，于是译者就假托翻译之名而开始了自己的创作。第三，另一种"翻译模仿"是"翻译倒构"（Translational Backformation）。它与"伪译"刚好相反，作者的作品并非经翻译而来，读者却明显感到整个作品中叙述的内容应该是发生在说另一种语言的地区或国家。比如《哈姆雷特》（Hamlet）中的人物本应该说丹麦语，《罗密欧与朱丽叶》（Romeo and Juliet）中的人物本应该说意大利语，莎士比亚却直接用英语来讲述。再比如第一位获得美国国家图书奖的华人作家哈金（Ha Jin）的作品《等待》（Waiting），讲述的是一位叫孔林的军医近二十年间的感情故事：孔林受家庭安排娶了没有文化但很贤惠的妻子淑玉，由于两地分居，感情平淡，孔林后来爱上了护士吴曼娜而决心与淑玉离婚，但淑玉不接受。根据军队里的规定，如果分居满 18 年，婚姻可以自动解除。因此，孔林在离婚不能实现，爱情近在眼前却又遥不可及的等待中蹉跎岁月。贯穿全书的是严峻的党性原则对人性的约束。这部作品反映的内容百分之百是 20 世纪特殊年代的中国现实，但作者以英语把它写下来。"翻译倒构"是我提出的一个复杂难懂的术语，意思是我们要通过阅读文本而去重构它所模仿的场景，去想象说另一种语言的地区或国度的现实。而导致作者采用"翻译倒构"的手法去创作小说的原因则很可能是政治或审查制度。

简单来说，我通过对作品中各种各样的"翻译模仿"方式看到了隐藏在翻译行为这个"暗箱"中的东西：宗教、政治、审查制度、译者意图、译者阐释等。顺便提一句，我觉得《道德经》之所以能够成为被译成外国文字发行量最多的中国文化名著，就在于它本身意义的不确定性所导致的译者阐释的多样性。

卢婕：文学作品中的翻译现象真是令人眼花缭乱。但是通常情况下，人们更常谈到的却是翻译的技巧或者译者的地位，以及译文质量的评价标准等问题。请问你可以谈谈对这几个问题的看法吗？

毕比教授：首先，就翻译技巧或者翻译标准而言，我主要谈谈"从读者到文本"和"从文本到读者"两类。以纳博科夫（Vladimir Nabokov）对普希金（Alexander Pushkin）的《奥涅金》（Onegin）的翻译为例，纳博科夫认为《奥涅金》中的用韵是不可译的，并且他用大量的脚注来对《奥涅金》进行说明和评论。这就是典型的"从读者到文本"的译法。纳博科夫作为一名俄裔美籍作家和译者，他的目的是让读者尽可能地接近《奥涅金》。我们知道《奥涅金》在俄国文学史上作为俄罗斯民族经典文学的地位是毋庸置疑的，但是事实上令人感到意外的是，民族经典并不理所当然的是世界经典，令人遗憾的是这部作品在世界文学中的经典化程度显然远远低于其在本民族的经典化程度。因此，作为民族心理的一种补偿，纳博科夫的翻译把源文本作为一种"确定性"，他曾说他想让书页中的脚注如同高耸入云的摩天大楼一般直抵这一页或那一页的顶端，只留一句诗行，在注释和永恒之间熠熠生辉。从这里我们可以窥见他希望以注释把读者带到文本面前，让世界仰望俄罗斯的民族经典文学的翻译动机。同样是翻译《奥涅金》，美国的俄语教授詹姆斯·法伦（James E. Fallen）却成功地把"奥涅金诗节"翻译成了格律英语诗。他的翻译是典型的"从文本到读者"。以读者为"确定性"，把作品移到读者面前。

另外，说到民族经典并不理所当然的是世界经典，我必须要补充的是，这一点反之亦然。比如世界经典文学《天方夜谭》根本不被看作阿拉伯民族的经典文学，《天方夜谭》的第一次出版是在法国，然后由于它在法语、英语、德语版本的流行和经典化才被重新翻译成阿拉伯语回到阿拉伯世界。因此，在很长一段时间里，作为"世界经典"的《天方夜谭》并不是阿拉伯的民族经典。博尔赫斯（Jorge Luis Borges）在谈到《天方夜谭》的不同翻译版本时体现了与纳博科夫截然不同的翻译观。博尔赫斯认为文学作品不是一个固定不变的像纪念碑一样的东西，文学作品是不断变化的，一部作品就像一个谜，它可以拥有无限多的答案。他评价说理查德·伯顿（Richard Burton）的翻译语言古奥华丽但生气勃勃，具有"直接从阿拉伯文翻译过来并加以评论"的特色。马德鲁斯（Joseph Charles Mardrus）的翻译对东方极力渲染，保留了所有情欲的描写，"并不是翻译，而是在介绍原书"。利特曼（Littman）译本则是将"难以言表的污秽"译成了"贞节"，将"阿拉伯诗歌"译成了"西方诗歌"。尽管如此，博尔赫斯认为伯顿"无与伦比"，马德鲁斯"最值得一读"，利特曼"最优秀"。就这一点来看，我的观点和博尔赫斯一样。翻译标准是一个开放性的问题。对于一部作品，我们可以说所有的译本都是好的，同时又都是不好的；并且由于时间和环境的变化，原本好的译本可能被认为不好，原本不好的译本又可能被认为是好的，这是一个动态的过程。

卢婕：你在讲解文学翻译的时候提出了几组悖论，比如，在西方，译者曾被称作"叉舌"（fork tongue）（这和中国古代把译者称为"舌人"很巧合），但同时你又说《古兰经》认为上帝为每个民族都派去了通晓本民族语言的先知（prophet）。很显然"叉舌"这个称谓是一种对译者具有怀疑和轻蔑意味的称谓，而"先知"通常会被奉为神灵而得到尊重。你怎样看这样一组对译者身份界定的矛盾说法呢？

毕比教授：首先，我需要说明的是"先知"本身并不是神明，他只是神明的"代言人"（spokesman）；而且在西方很多文学作品里，你都可以看到"先知"并不一定会得到尊重，他们中很多人甚至遭到杀戮。其次，我要说的是关于"叉舌"这样一个称呼的确关系到一个很重要的问题，即被给予翻译服务的对象对译者立场的怀疑问题。既然译者具有分叉的两种语言能力，而被译者双方都不能通晓另一方语言，那么译者的立场是否完全中立以及译者是否恰当准确地翻译了自己的内容就容易招致怀疑。因此我倾向于用"协调者""斡旋者"（mediator）这个词来界定翻译者。翻译者在世界精神产品的贸易中进行协调和斡旋去促进这种精神产品之间的交易。

卢婕：就"可译性"这一点，你谈到一切作品都可译，但又没有什么是可译的；诗歌是不可以被翻译的，但诗歌又必须被翻译。你如何解释这些悖论呢？

毕比教授：华莱士·史蒂文斯（Wallace Stevens）写过一首名为《十三种方式看黑鸟》（13 Ways of Looking at a Blackbird）的诗。这首诗启发了艾略特·温伯格（Eliot Weinberger）写出《十九种方式看王维》（19 Ways of Looking at Wang Wei）。在这本书里，艾略特·温伯格介绍并评价了 19 种对王维著《鹿寨》的翻译。这些五花八门的翻译方法到底说明了可译性还是不可译性呢？诗歌到底该不该被翻译呢？事实上，翻译当然不是从一本字典跳到另一本字典的问题。对于诗歌翻译来说，翻译是对诗歌的重塑。而无论对哪一首诗，不同的读者会有不同的阐释，甚至即使同一个读者在不同的年龄和心境中也会对同一首诗作不同的解读。博尔赫斯说一首诗可以是一个有关翻译的图书馆这个比喻真是再恰当不过的了。因此我对你的问题的答案也许显得模棱两可（ambiguous）：由于对作品阐释的多样性导致对任何作品的翻译都是多样性的，它们徘徊在可译与不可译之间，但是诗歌的翻译是必需的，因为它为使用另一种语言的民族或地区带来新鲜元素。比如埃兹拉·庞德（Ezra Pound）的《华夏》（"Cathay"）对中国古诗的误译为具有古希腊罗马传统的西方文明带来了东方的诗学财富。庞德把李白的《玉阶怨》（The Jewel Stairs' Grievance）翻译为："The jewelled steps are already quite white with dew, / It is so late that the dew soaks my gauze stockings, / And I let down the crystal curtain /And watch the moon through the clear autumn." 庞德在注释中补充道："The poem is especially prized because she utters no direct reproach."（这首诗由于她不直接发声说出她的怨恨而尤其值得称道）如果你对这首诗进行"回译"（backtranslation），我相信你很难把它还原到李白《玉阶怨》的原文。但正是在这种"误译"中，庞德受到了中国古典诗词的启发而生发出"诗歌意象"的理论，为东西方诗歌的互相借鉴做出了卓越贡献。

卢婕：毕比教授，你举的关于庞德的例子让我想起你画的一幅关于文学翻译与世界文学关系的图表。在这个图表中"文学翻译"与"世界文学"有一部分是重叠的。能否请你谈谈文学翻译是如何帮助原本属于一个地区或民族的文学被纳入"世界文学"范畴的呢？

毕比教授：是的，"文学翻译"与"世界文学"的关系可以用下面这个简单的图表来体现。但是这个图表并不仅仅体现翻译对于民族文学进入世界文学的推动力，也体现了世界文学研究对于民族文学进入世界文学体系的推动力。

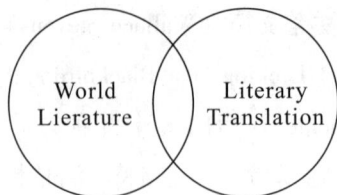

以中国文学加快步入世界文学之林为例，美国俄克拉荷马大学（University of Oklahoma）的孔子学院和美国《当代世界文学》（World Literature Today）杂志社共同主办的"中国文学海外传播"工程以及它们在美国创办的《今日中国文学》（*Chinese Literature Today*）就是倚靠"世界文学"研究大潮而把中国文学中的民族经典推广到海外并进一步被纳入"世界文学"范畴的。当然，就算是中国文学体量大、成就不凡，它也需要寻求或者创造一系列的传播媒介——翻译者、批评家、教师等，他们需要对把中国这些激动人心的作品传播给海外读者这一事业充满热情并技艺精深。在这些传播媒介中，文学翻译显然是最重要的组成部分。在美国蓬勃发展的汉语教学以及各大高校开设的亚洲研究课程都为培养跨文明翻译人才奠定了物质基础。我认为另一个有趣的问题是我们到底应该翻译或重译中国古代的重要作品还是专注于反映当今中国社会现实的当代中国文学。目前在宾夕法尼亚州立大学，我们用英语开设了单独的中国当代文学和电影的课程。我们也开设了亚洲文学经典的阅读课程，其中包含不少中国古典名著。

卢婕：在文学的跨文化旅行中，无论是译介还是接受都会发生诸多变异。我的导师，比较文学与世界文学研究专家曹顺庆教授在 2013 年出版了全英文著作《比较文学变异学理论》（*The Variation Theory of Comparative Literature*）。你觉得他的理论对翻译研究和比较文学研究有什么价值呢？

毕比教授：比较文学变异学理论可以提供一套术语，把许多当代比较文学研究的方法与方法论与传媒研究以及翻译研究连接打通。变异研究改变了曾经把理念、主题、母题以及角色等看成祖父的旧手表在代代相传中形状和重量维持不变的影响研究的陈旧观念。变异学理论所关注的文学、理论、哲学等如何在"旅行"中发生变异的问题是对传统的影响研究的完善。事实上，正如我在前面提过的，一个人不会两次读到同一首诗，世间本就没有不发生变异的"原本"。

卢婕：毕比教授，你在这次会议中参加了关于"跨文化对话：数字化时代的比较文学"的圆桌讨论。能否请你谈谈你对"互联网＋"与文学的未来这个话题的看法呢？

毕比教授：毫无疑问，互联网使学者在获取和理解其研究对象的过程和结果上更快捷、更广泛了。过去由于交通和住宿的高昂花销可望而不可即的很多文献资料现在变得足不出户就唾手可得。现在，花上一个小时就可以搜集到堆积如山的关于一个作者或主题的评论。而且，由于有了 Polycom、Skype 以及其他网络通信模式，学者们跨文化之间的合作也变得更容易了。但是，事实是我们越走得快，就越落后。这尤其体现在以下几方面：首先，我们还没有与互联网、社交媒体以及虚拟现实科技所催生的新的图书馆形式与时俱进。其次，文学现在可能囊括从网络独载小说到多人电子游戏等多种样式。因为，游戏和文学一样是一种塑造世界的模式。正是这种最新的传媒形式提醒我们阅读其实正沦落为一种残存的文化习惯。最后，我们还不知道如何像解读诗歌一样去解读流行歌曲。简而言之，文学的内涵伴随着互联网的兴起已经发生了巨大改变，而我们对它的理解却踯躅不前。我们需要发明一个新词来替代"文学"（literature）这个旧术语。这个新词应该能表达数字化时代包括形形色色的媒介在内的更广泛的意义，以便我们获取人们对"文学"的更宽广的认识。

卢婕：非常感谢你就"文学伦理""文学翻译"以及"世界文学"所提出的新颖独到的见解。希望中美两国在比较文学与世界文学研究领域能有更多的互动与交流。

四、"互鉴与交融：首届多元文化与比较文学全国学术研讨会"概述

"互鉴与交融：首届多元文化与比较文学全国学术研讨会"于 2016 年 10 月 14 日至 16 日在上海交通大学召开。此次研讨会由上海交通大学多元文化与比较文学研究中心、华东师范大学外国文学与比较文学研究所、《当代外语研究》杂志编辑部、《中国比较文学》杂志编辑部、上海市外文学会、上海市比较文学学会共同举办。来自全国各地的 200 多位教师与学者参会，就外国文学与比较文学研究的前沿问题进行探讨。研讨会分为学术报告和小组讨论两种形式。

在上海交通大学副校长张安胜教授致欢迎辞之后，上海市外文学会会长叶兴国教授在开幕式上阐释了此次研讨会以"互鉴与交融"为主题的原因：目前我国所处的时代、国际格局、世界经济、国际关系、国际秩序和周边的环境充满了变化。尽管中国在外贸、外交、安全、文化、文学、科技和全球治理等方面都朝着良好的态势发展，但是国际格局演变的复杂性、世界经济调整的复杂性、国际矛盾的复杂性和斗争的尖锐性，国际斗争的长期性和周边环境的不确定性也超过了以往任何时代。世界各国是合作发展走向共赢还是走向相反的道路与文化与文学的互鉴息息相关。因此，此次研讨会不仅是为了多元文化和比较文学研究本身，更是为了民族复兴和建立更加公正合理的全球治理环境等宏大事业的实现。上海交通大学外国语学院院长胡开宝教授在开幕式的致辞也指出我们目前的全球化语境呼唤不同民族和不同文化之间的相互理解、包容与借鉴。因此，作为不同文学之间沟通的桥梁的文学与文化研究，尤其是比较文学和多元文化研究具有重要意义。

在 10 月 15 日和 16 日两天的学术报告中，中国社科院荣誉学部委员吴元迈、清华大学王宁和王敬慧、华中师范大学聂珍钊、华东师范大学陈建华和金雯、中国人民大学郭英剑、江西师范大学傅修延、东北师范大学刘建军、上海外国语大学虞建华、查明建和张和龙、上海师范大学朱振武、澳门大学龚刚、杭州师范大学殷企平以及上海交通大学尚必武、彭青龙和都岚岚等国内知名专家学者与参会者交流了他们的最新研究成果。总的来说，这些学者呈现的文化和文学研究都呈现出一种"全球本土化"（Glocalization）焦虑。学者在全球化所展现的"世界主义"文学美好愿景与多元文化所体现的"民族主义"文学的多元之美中做出不同的选择，提出不同的主张。有主张"和而不同"，保持中国文学特性的呼声；有主张"不同而和"，将中外文学融会贯通的倡议；还有认为"民族性"与"世界性"，或者"民族主义"与"世界主义"，也即"和"与"不同"二者并不矛盾的观点。

（一）"和而不同"视野下的中外文学研究

我国比较文学学会前会长乐黛云女士从《国语·郑语》中记载的史伯的哲学思想"和实生物，同则不继"中提炼出中国比较文学研究的范式与理想——"和而不同"：在全球一体化中倡导中国文学以自身的异质之美融入世界文学大家园。不盲目跟风，不盲目地一味"西化"而丧失本民族文学之魂。

　　在本次大会中，刘建军教授的发言"维系方式差异与东西方文学分野"谈到东西方异质文明下二者维系方式存在巨大差异。刘建军教授认为西方维系方式是"长江后浪推前浪"式的更迭。经由了"血缘维系—信仰维系—理想维系—普适性维系"几个在时间轴上的明显发展演变阶段。而东方的维系方式，尤其以中国为代表，是一种"涟漪式"的发展，后浪并不完全压倒前浪，是一种层进式的扩展。东方的维系方式经历的是"家族—氏族—部族—民族—国家"的发展阶段。这几个发展阶段不像西方的几个阶段有明显的节点，它们是难以截然断代的。维系方式的不同很大程度上决定了东西文学的不同，因此，中国的文学从根源处来讲自然而然与西方文学"不同"。

　　朱振武教授从文学外译的困顿与出路谈起，比较海外汉学家和中国本土译者对中国文学的海外传播所产生的国际影响。他认为霍克斯译的《红楼梦》在英语世界备受好评，而杨宪益先生的译本却遭到冷遇，并不能说明杨先生的译本质量不佳，而是因为当时以"异化"翻译策略翻译《红楼梦》还为时过早。放在如今多元文化并存的时代里，杨先生的译本更好地保留了中国文学独特的魅力与神韵，更能满足西方读者了解中国文学的欲望。在目前以多元化为特色的时代里，"中国文学走出去"战略应该鼓励中国本土译者将中国的优秀文学作品原汁原味地介绍出去。朱振武教授从文学外译的角度切入"多元文化"环境中翻译文学对本民族文学的海外传播所应采取的恰当策略——"和而不同"。

　　殷企平教授的发言"英国文学中的音乐与共同体形塑"介绍了1840年至1910年间英国文学史中描写的音乐事件、音乐场景和音乐意象。他认为这些描写都作为公共领域的构建和公共文化建设的一部分强烈地呼唤着英国的民族认同感。在这些音乐事件、场景、意象背后是世代文学家为塑造英国共同体的努力。殷企平教授从外国文学研究的角度切入了英国对待"多元文化"的立场。显然，英国共同体的形塑正是英国要维系自身的民族和国家身份，要坚持"和而不同"的文化立场。

　　都岚岚教授的发言"法国女性书写理论在中国的变异"以曹顺庆先生的变异学为理论依据分析西苏和伊利格雷所倡导的法国女性书写理论在旅行到中国之后在概论上发生的浮动。她认为在进入中国后，该理论在女性文学创作中转变为私人化写作，随后又在商业语境下被窄化为"身体写作"，甚至畸变为

"下半身写作"。从这个层面来看，都岚岚教授的观点是，在多元化背景中，如果盲目地去追随或拙劣地模仿另一个国家或民族的文艺理论，有可能导致本国对该理论"消化不良"而出现不适症状。没有什么文学理论是普适性的，理论旅行中变异作为常态必然存在。因此，在文学理论的学习和引进中要注意其原生地"不同"的文化背景与渊源。

《论语·子路》中讲："君子和而不同，小人同而不和。"君子可以与周围的人保持和谐融洽的关系，但他对待任何事情都必须经过自己大脑的独立思考，从来不愿人云亦云，盲目附和；小人没有自己独立的见解，只求与别人完全一致，而不讲求原则，却不能与别人保持融洽友好的关系。以上学者的发言认为"和而不同"体现了儒家思想的深刻哲理和高度智慧，在多元文化并存的今天，我们仍然可以继承和发扬这种智慧，恰当地处理"世界主义"与"民族主义"、"一体化"和"多元化"、"全球化"和"本土化"、"和"与"不同"等冲突在文艺领域中表现出来的冲突与抗争、纠缠与撕扯。

（二）"不同而和"视野下的中外文学研究

"不同而和"是目前多元文化现状中文学研究的另一种普遍立场。它倡导不同意见、主张、利益兼容并蓄，和谐发展。持这一观点的学者甚至认为"不同而和"是"和而不同"发展到高级阶段的理想状态。在尊重和理解差异的基础上，最后消融差异，达到"世界大同"的至善境界。

虞建华教授从作家的族裔身份谈起，批评了我国外国文学研究中对作家族裔身份的一般认定方式。他认为以血统论、塑形论、认同论和表现论来认定族裔作家的身份是有失偏颇的。族裔作家文化身份"选择"是受到其主观因素的影响的。而当今的中国外国文学研究常常忽略了族裔作家身份的表演性和临时性。因此，我们在对族裔作家文化身份研究中应避免受"本质主义"思想的钳制，要把它看作一个动态的、临时的和杂糅的建构过程。虞建华教授指出传统的按生物界定分类的血统论、强调后天因素的塑形分类法、按身份主体主观倾向或愿望表达的认同分类法以及按文本"表现"的文化和情感倾向分类的表现法在多元文化的今天越来越不合时宜，经不起理性的追问。身份不是先在的、稳定的、完整的、中性的、自然的东西，而是历史的、语境的、相对的建构，是动态的捏造和修正的过程。身份不是事实的存在，而是一种想象，主要是族裔作家的自我定义和自我定位。身份不是界限分明的，也没有纯洁、远古的状态，而早已身不由己地卷入了文化杂合之中。从虞建华教授的发言来看，不同族裔作家的身份认定不应局隅于论证其作为族裔作家的"不同"，或者其民族性和特殊性。我们应该更多地注意到多元文化在交流与碰撞中，族裔作家在自我定位时的身份杂糅———一种从"不同"而走向"和"的建构趋势。

查明建教授从文学性、互文性与文学间性论证了比较文学与世界文学的互动关系。他认为比较文学研究使世界文学的文学性、经典性得到挖掘、凸显和共现；世界文学为比较文学对"共同诗心和文心"的追求提供思想资源和学术启迪。查明建教授从比较文学与世界文学双相互构、共生共荣的关系谈起，表达了世界文学或总体文学在多元文化背景中打破民族、国家甚至文明的藩篱的理想。他指出西方比较文学界的多位著名学者都提倡以"世界文学"作为学科理想和研究方法拯救在西方"日薄西山"的比较文学学科。他们的"世界主义"视野、胸怀、理想和方法值得中国学界学习。查明建教授的发言高度赞扬"世界主义"对于比较文学研究乃至整个中外文学研究的价值。他倡导文学研究者从不同国别文学的研究中最终寻找到全世界文学交汇的中心——共同的诗心和文心。

王敬慧教授以 1905 年澳大利亚学者 E．W．科尔在"排华"盛行时出版的《中国人性格好的一面》为例，分析了文化歧视的根源与实质。从科尔对待异质文化的态度探讨当今多元文化并存现实之下解决难民危机和异质文化之间的理解困顿的可行之路。她认为科尔著作中展现的"善良""爱"与"同情"在今天仍然具有处理多元文化冲突的实际价值。她以费孝通先生的名言"各美其美，美人之美，美美与共，天下大同"结束自己的发言，赢得全场与会者的热烈掌声。王敬慧教授的发言既有科学的学术研究精神，又有感性的情感感染力，向与会者表达了一个由"不同"而最终走向"和"的多元文化和睦共荣的美好愿景。

《论语·阳货》中讲"性相近也，习相远也"，人性本来是相近的，因为教养和各自生存环境的不同变化和影响，每个人的习性才产生差异。从这个层面来说，文学作为人学，作为对人性的探索，最终必然会从"习相远"回溯到"性相近"的终点。在世界主义视野下对全人类的共同人性和文心的探索应该是任何时期、任何国家的文学研究者的终极目标。以上学者的发言或多或少地体现了他们欲把文学当作超越国界、超越政治、超越利益的纯艺术研究对象的理想。他们的发言更多体现的是一种放弃"不同",拥抱"和"的诉求。

(三) 对"和"与"不同"的辩证理解

在本次大会对多元文化现状中中国的文学研究究竟应走向"不同"还是走向"和"这一激烈讨论中,还有第三种声音。他们以辩证的眼光看待"全球本土化"焦虑中的文学发展现实,提出了对前两种观点兼容并蓄的观点。

吴元迈教授认为:"两者互相联系,互相影响,是互动的,是相反相成不可分割的客观过程。"在经济全球化的时代条件下,在信息时代里,在交通工具日新月异之时,人们不仅生活在民族中,同时也生活在世界中。首先,"和"与"不同"交互纠缠是生活使然,也是文学理论的选择。其次,民族性与世界性均有积极和消极之分。换言之,单纯地谈"不同",或片面地追求"和"都是不恰当的。只有在"和"与"不同",或者"世界性"与"民族性"中那些积极向上的、进步的、杰出的,才能成为我国文学研究的内涵与对象。另外,历史和实践已经证明,"世界的"可以成为"民族的","民族的"也有可能成为"世界的"。最后,我们仍然需要清醒地认识到一个事实:即便是真正的民族的或世界的,也不一定成为真正的民族的或世界的。它们需要经过一定历史和实践的选择和考验,需要过程和际遇。吴元迈教授围绕"世界性"与"民族性"的关系,以大量事实论据说明了二者的辩证关系。他的论证看似吊诡,却提醒当今文学研究者需要树立的一个重要学术意识:在文学交流日益频繁,在互联网促使信息交流日益便捷的多元文化时代,不可将"和"与"不同"截然对立与分解。

王宁教授则指出,在当今的西方世界,随着全球化进程的加快,学者们越来越倾向于建构一种全球化的学术理论话语,于是"世界主义"再度浮出历史的地表,并逐渐成为人文社会科学界的一个热门话题。从表面上看,这种打破民族—国别界限的世界主义与一些有着强烈民族主义概念的术语,诸如爱国主义和民族主义是截然相反的,但是,实际上从事文化和文学研究的学者在研究世界主义这个话题时既需要关注全球化所导致的文化趋同走向,同时也不可忽略文化上的多元化或多样性。"不管是世界主义还是全球主义,都无法脱离特定的民族和国际,很难想象一个连自己的民族和国家都不热爱的人会有宽阔的世界主义胸襟;同样,一个大力鼓吹世界主义的人会在自己的民族和国家遭到外来侵略时无动于衷。"从王宁教授的发言来看,尽管他更偏向于追求和研究文学创作和理论批评中的"普世价值"和"永恒真理"，但他并不主张将主"和"的世界主义与主"不同"的民族主义或爱国主义人为地割裂开来。在不同的历史语境中，"和"与"不同"都有其不可替代的价值。

彭青龙教授以澳大利亚文学为例比较分析了西方多元文化主义与东方多元一体思想。他认为进入 21 世纪以来，人类文明形态、进程以及东西文明兴衰关系的焦点之一是西方文明的衰落和东方文明的崛起。事实上，西方国家所宣称的"多元文化主义失败"只是其企图恢复具有排他性的欧美中心论的借口。在众多探索多元文化发展的国家和地区中，大洋洲近五十年的多元文化实践不仅促进了社会的和谐稳定，而且带来了各民族文化和文学的发展繁荣。自 20 世纪 70 年代取消"白澳政策"，实施尊重差异和平等权利为目标的多元文化政策以来，澳大利亚白人作家、土著作家、新移民作家以不同的文学思想和艺术风格彰显弥合民族矛盾、向往美好生活的民族心理。东方智慧中的"多元一体"中的"多元"指不同民族有不同起源、形成、发展的历史，在文化上表现出相互区别的多样性和差异性；"一体"指整体性、共同性和一致性，是各种文化交流融合化过程形成的共同体意识，主要体现在国家利益和民族认同等方面。中华文明的优秀文化历来倡导"和而不同""以和为贵"，其本质兼容并蓄，尊重差异，追求内在的和谐统一，而不是表象上的相同和一致，如果只强求"同"，而不谋求"和"，就会令矛盾、冲突激化，结果就会导致共同的灾难。因此，在充满矛盾与冲突的今天，"和而不同"、"以和为贵"的东方智慧应该可以成为建构"多元一体"的多元文化理论话语体系的重要思想。彭青龙教授的发言对"和"与"不同"进行了辩证的解释，他希望澳大利亚在尊重差异的基础上获得民族融合，易言之，在"不同"中谋取"和"的成功经验，以及中国自古的"不同"与"和"并重的智慧可以成为解决文明冲突的有益借鉴。

小　结

在精彩纷呈而发人深省的主题发言之后，参会学者在"文学翻译研究""比较文学研究""外国文学研究"与"多元文化研究"等几个分会场进行了小组讨论。讨论主题涉及文学与文化理论、叙事学、女性文学、中外文化关系、比较文学、英国文学、美国文学、澳大利亚文学、加拿大文学、日本文学、德国文学、法国文学、世界文学、文学翻译和跨文化交流等诸多文学研究的重点内容。参会者在聆听了专家们对多元文化文学研究立场宏大高远而又擘肌分理的辨析之后纷纷结合自己的研究领域阐发了多元文化时代中自己对"和"与"不同"的最新理解。大会正如其主题所示的宗旨那样，通过对话与沟通，最后达成了"互鉴与交融"的目的。

五、 中国比较文学第十二届年会暨国际学术研讨会会议综述

2017 年 8 月 17—20 日，中国比较文学学会第十二届年会暨国际学术研讨会在河南开封开元大酒店隆重举行。本次大会由中国比较文学学会主办，河南大学文学院和《汉语言文学研究》编辑部共同承办。会议的主题为"比较文学视野中的世界文学"。来自中国社会科学院、北京大学、清华大学、中国人民大学、北京师范大学、复旦大学、南京大学、四川大学、美国纽约大学、普渡大学、夏威夷大学、法国巴黎第四大学、以色列特拉维夫大学、墨西哥墨西哥学院、韩国崇实大学、香港中文大学、香港城市大学、澳门大学、辅仁大学等 168 所海内外高校与科研机构以及北京大学出版社、中国人民大学出版社、科学出版社、福建教育出版社、河南大学出版社等出版机构的 500 余位专家学者出席会议。

大会于 8 月 18 日上午开幕，中国比较文学学会荣誉会长乐黛云教授、国际比较文学学会前会长博登斯（Hans Bertens）教授、普林斯顿大学贝尔曼（Sandie Bermann）教授以及中国社会科学院副院长张江先生发来了贺信。其中，乐黛云教授提出希望青年学者们在以后的比较文学发展道路上要更有所担当，重视中国文化生命的根和种子，促进文化多元共生，各民族和谐共处。她进一步强调了一贯坚持的文化交流的原则——"同则不继，和实生物"，希望大家一起为国家多多做贡献。"铁肩担道义，妙手著文章。"博登斯教授和贝尔曼教授则通过贺信表达尽管此次未能参会，但是他们热切地希望能在 2019 年的国际比较文学大会（ICIA）上与中国同仁共商世界文学与比较文学研究和发展的大计。

开幕式由学会秘书长、北京大学张辉教授主持。在开幕式上，河南大学党委书记关爱和教授对各位专家学者的到来表示热烈的欢迎，他介绍了河南大学建校一百多年来的光辉历史，指出这次大会的主题与习近平总书记提出的

"人类命运共同体"理念紧密契合，"在比较文学的视域中研究世界文学，才能更好地见其细密、识其精深、得其整体、望其久远；在对世界文学的研究中，比较文学才能更好地务其实、固其本、求其真、致其远。"中国比较文学学会会长、四川大学曹顺庆教授致开幕词并围绕上任之初提出的"五个一工程"来总结学会工作：中国比较文学学会在 2016 年 7 月成功获得国际比较文学学会第二十二届年会的承办权；2017 年春，学会正式启动申请计划，将努力推进"比较文学与世界文学"学科成为一级学科；三年来学会坚持贯彻并完善管理制度，完成了民政部年审，成为合格的国家一级学会；学会积极理顺与各省级学会和二级学会的关系，并做好学会会员工作；筹备 2017 年年会并保证年会顺利召开。会议承办方、河南大学文学院院长李伟昉教授在欢迎词中介绍了河南大学文学院的历史与现状，指出年会主题"比较文学视野中的世界文学"，就是要倡导不同文化文学之间的相互交流、平等对话、互通互鉴、和谐发展，希望通过年会的学术平台，各位与会代表能展示个人观点，分享他人思想，共同推动比较文学学科的发展。

　　致辞结束后，曹顺庆教授以"变异学：比较文学理论新话语"为题开启了本届年会的专场学术报告。他在报告中阐述的主要观点有以下三点：其一，走向世界文学的中国比较文学是比较文学中国话语的世界亮相；其二，变异性、异质性首次成为比较文学可比性基础；其三，文化与文学的变异是文化创新的重要途径。他指出中国比较文学学会在 2016 年 7 月举行的维也纳大会上成功获得 2019 年国际比较文学学会第二十二届年会的主办权，王宁教授在国外发表大量高质量学术论文并当选为欧洲科学院院士，乐黛云荣誉会长提出比较文学"和而不同"的比较文学理论与方法、谢天振教授提出的译介学理论与方法、叶舒宪教授提出的文学人类学理论与方法以及他提出的变异学理论与方法等中国比较文学学者在比较文学学科理论上做出的创新都标志着中国比较文学走向世界，在世界比较文学研究领域取得重要的成就和产生巨大影响。变异学作为比较文学学科重要的创新理论一经提出就引起了全世界范围的广泛关注。国际比较文学学会前主席佛克马（Douwe W. Fokkema）教授在为曹顺庆教授的英文专著 *The Variation Theory of Comparative Literature* 撰写的序言中指出："变异学理论是对于单方面强调影响研究的法国学派和受到新批评启发关注美学阐释却遗憾地忽视了非欧洲语言地区的文学的美国学派的回应。"国际比较文学学会前会长博登斯（Hans Bertens）教授在写给曹顺庆教授的信件中指出他很享受阅读曹顺庆教授的变异学著作的过程。曹顺庆教授的论辩与博学使得这本著作和研究具有巨大价值。多明戈（Cesar Domingue）和苏源熙（Haun Saussy）等编者在 2015 年出版的 *Introducing Comparative Literature: New Trend and Application* 一书中多次提出变异学是中国比较文学研究对世界比较文学学科理论的重要贡献。他们赞同曹顺庆教授提出的变异学是"比较文学的一种必然研究方向"。欧洲科学院院士德汉（Theo D'haen）认为"《比较文学变异学》将成为比较文学发展的重要阶段，以将其从西方中心主义的泥潭中解脱出来，拉向一种更为普遍的范畴"。哈佛大学达姆罗什（David Damrosh）教授则认为曹顺庆教授对变异的强调提供了一个很好的视角，一则超越了亨廷顿式简单的文化冲突模式，再者也跨越了普遍的同质化倾向。曹顺庆教授提出变异学理论体现了比较文学的中国话语观，变异性、异质性首次成了比较文学可比性的基础，文化被他国化以后必然会参与接受国文化的更新与再创造，这是变异学发现的一条文化创新规律。

中国比较文学学会副会长、清华大学/上海交通大学王宁教授做了题为《全球化进程中的中国文化与文学发展走向》的学术报告，他指出要对世界文学进行重新解读，正视中国的"现代性"，世界文学的概念进入中国以来不仅有助于中国作家了解外国文学，更能促进中国文学走向世界。王宁教授指出当今世界的不少人都认为，中国是最受益于全球化的国家之一，这一点不仅体现于中国经济的飞速发展，更体现于中国文化和文学的走向世界。本文作者继续以往对全球化问题的研究，从三个方面来论证全球化在中国的实践实际上是依循一种全球本土化的方向发展的：现代性这个从西方引进的概念在中国的实践过程中逐步形成了一种可与全球现代性的宏大话语对话的具有中国特色的另类现代性，并且消解了所谓"单一现代性"的神话；汉语的普及将有助于中国文化的海外传播，但是汉语也将如同英语一样发生某种形式的裂变；世界文学的概念进入中国以来不仅有助于中国作家了解外国文学，更能促进中国文学走向世界。这一切都是全球（本土）化带给我们的宝贵契机，抓住这个契机就能有效地推进中国文化和文学走向世界的进程。

上海外国语大学谢天振教授在题为"回到严复：再释'信达雅'——兼论文化外译理论的探索与建设"的报告中，重新讨论了严复的"信达雅"标准，并分析了梁启超、陈康、吴献书等人对"信达雅"的误读，指出严复的本意实为求"达"而不是"信"。谢天振教授对"信达雅"的重新解读有利于我们重新认识中国传统翻译思想的发展脉络，发现傅雷的"神似"说、钱锺书的"化境"说与"信达雅"说之间的内在的呼应关系，并为建设当今文化外译理论提供了理论资源。

北京大学讲席教授、博古睿研究院学者、美国夏威夷大学荣休汉学家安乐哲（Roger T. Ames）教授用"儒家与'非神'的宗教"（Confucianism and A-theist Religion）重申中国传统中的"宗教性"问题。他以法国著名汉学家 Marcel Granet 所提出的"中国智慧完全不需要一个关于上帝的理念"一语为引子，用许多鲜活的例子说明，人类的宗教情感本身就是一种宗教意义的驱动力，它被理解为一种展开的和包容的灵性，可在家庭、社会和自然世界的定性活动中实现。人类既是生活在其中的世界的一种来源，也是启发这个世界的圣秘（numinosity）的参与者。他认为中国古代哲学所强调的"自然而然"（self-so-ing）是将自然视为一个自我繁衍和自我转换的圣秘（numinosity），这正是"天人合一""和而不同"等"关系性"观念的逻辑基础。在这个意义上，儒教可以被看作一种"非神"的宗教。

中国人民大学刘小枫教授以"历史哲学与中国文明的思想负担"为题，指出中国文明迄今仍然面临欧洲历史哲学的压力，中国思想界应摒弃西方历史哲学思路，不应再试图将之变成自己的哲学。北京大学张辉教授在《文学与思想史研究的问题意识》的报告中，以王国维、鲁迅与中外文学经典的联系为出发点，梳理了比较文学视野中文学与思想史研究的传统，呼吁激活"如何说"与"说什么"之间的关联，重建比较文学的人文学品格。

大会其他的主题学术报告有：国际比较文学学会会长、香港城市大学张隆溪教授的《尚待发现的世界文学》；学会副会长、中国人民大学杨慧林教授的《"我是"的重构与世界文学的"发生"》；北京师范大学方维规教授的《"世界文学" vs. "全球文学"：何为经典?》；浙江大学周启超教授的《新世纪16年来世界文论界研究热点》；学会副会长、上海外国语大学宋炳辉教授的《对话与认同之际：比较文学的人文品格与当代使命》；学会副会长、中国社会科学院/上海交通大学叶舒宪教授的《文学人类学三十年——回顾与前瞻》；山东大学（威海）韩国学院金柄珉教授的《抵抗与想象：国际友人柳子明的中国体验叙事》；南京师范大学汪介之教授的《俄罗斯文学的特质及它在世界文学中的地位》；南开大学王立新教授的《希伯来神话的两大类别及其特征》；副会长、北京大学/南方科技大学陈跃红教授的《老话题的新思路：当代高科技条件下的人文与科技关系再思考》；美国普渡大学托托西（Steven Totosy）教授的《大数据与文学研究》；以色列特拉维夫大学阿尔方达里（Idit Alphandary）教授的《对后人类视域中人道主义罪行与叙事限度的回应》；河南大学李伟昉教授的《朱东润〈莎氏乐府谈〉价值论》；天津师范大学孟昭毅教授的《当前比较文学研究的跨界方法》；学会副会长、中国人民大学高旭东教授的《谁是世界文学：英语世界还是非英语世界?》；南京大学何成洲教授的《作为事件的世界文学》。大家从各自的独特角度切入世界文学问题，展现了比较文学跨学科、跨语言、跨文化的学科品格，多视角多方位地回顾历史，面对现实，思考未来。

除了在 8 月 18 日上午、19 日上午和 20 日下午举行了七场大会专题学术报告，本次会议还设立了分组讨论。十二个分组在三个半天同时举行了六十场分组会议。大会主办方根据与会的五百余名学者提交的论文内容，选出了"比较文学变异学""比较诗学的新问题与新方法""走向世界的中国现当代文学""中国译介学与世界文学""比较文学与东亚文学研究""世界文学观念中的区域、民族与文化""文学人类学的中国途径与问题""世界文学经典重读与文学史建构""美国华裔、亚裔文学研究""世界文学与中国河南作家群""文学人类学的中国路径/'一带一路'与中外文化交流""宗教研究与比较文学"等 12 个分议题。与会学者在分组主持人的组织下就各分议题展开口头陈述。陈述结束后的专家点评和同行评议都非常富有启发性。此外，大会还专门开设了"青年论坛"和"人工智能与人文学科"自由论坛两个专场论坛，为与会学者创造更多自由展示和思想碰撞的平台。丰富多彩的活动形式和兼收并蓄的议题内容满足了不同来源和层次的学者的期望。

最后，在大会期间，中国比较文学学会召开了全体会员代表大会，宣布了理事会换届原则，选举并通过了学会第十二届新增理事会成员名单。在随后举行的第十二届理事会第一次会议上，理事们选举了新一届常务理事会。现任中国比较文学学会会长曹顺庆教授光荣卸任，他指出中国的比较文学研究经历了追随国外比较文学和与之对话的"跟着干"和"对着干"两个阶段，现阶段的中国比较文学应该成为中国人文学科在世界人文研究领域冲在最前面的学科。我们需要提出更具有普适性和引领性的学科理论，中国的比较文学研究应该努力跃上"领着干"的第三台阶。清华大学和上海交通大学王宁教授被推选为新任会长。王宁教授发表就职讲话，承诺将带领第十二届理事会及常务理事们做好两件大事：承办好 2019 年国际比较文学学会第二十二届年会和继续努力推进"比较文学与世界文学"升格为一级学科。

8 月 20 日下午，曹顺庆教授主持中国比较文学学会第十二届年会暨国际学术研讨会闭幕仪式。学会副会长兼秘书长、北京大学张辉教授宣布新一届学会理事会换届改选结果。最后，广西大学外国语学院副院长关熔珍教授作为下一届年会的承办方代表介绍了广西大学基本情况，邀请与会学者 2020 年相聚广西南宁再襄盛举！

第八章

21 世纪以来中国比较文学研究的转向与创新

　　改革开放以来，中国比较文学得到了复兴。在七八十年代，古添洪、陈鹏翔、朱维之、季羡林、杨周翰、贾植芳、黄宝生等学者提出创建比较文学"中国学派"的倡议。在其后十几年中，孙景尧、孟昭毅、曹顺庆、叶舒宪、李达三（John J. Deeney）、王晓路、李伟昉、张晓红、纪建勋、熊沐清、支宇、徐京安、王富仁、徐颖果、代迅、邓楠、毛莉、段燕、杜萍等学者从中国国情、文学研究的机遇与挑战，以及中国比较文学独特的研究方法、理论和目标等方面论述了创建比较文学"中国学派"的必要性。但是，严绍璗、乐黛云、王宇根、王向远、韦斯坦因（Ulrich Weisstein）、佛克玛（Douwe Fokkema）等学者认为"中国学派"的提出违背了比较文学应有的"世界胸怀"，或者至少时机还未成熟。因而，就比较文学"中国学派"的争论持续到了 21 世纪。进入 21 世纪之后，中国特色社会主义建设进入新时代，中国政府启动了中华文明探源工程，提出了建设"人类命运共同体"、坚定"文化自信"、推动中华优秀文化"走出去"、促进"文明交流与互鉴"，以及为世界奉献"中国方案"等科教文化战略思想。在这一新的时代召唤之下，中国比较文学学者以更加明显的文化自觉和文化担当，开拓出了具有"中国特色"的比较文学研究领域、方法和理论。21 世纪的中国比较文学研究出现以下几个转向和创新，在世界比较文学研究领域更加明显地彰显出比较文学"中国学派"的独特性。

一、　影响研究中的转向

（一）从"西学东渐"到"东学西传"的转向

　　由于受到西学浪潮的影响，20 世纪复兴后的中国比较文学影响研究主要注重探讨西方文论和文学对中国的影响。从文论来看，形式主义、新批评、现象学、阐释学、接受美学、结构主义、解构主义、精神分析、后殖民主义和西方马克思主义等西方当代文论纷纷在 20 世纪被译介到中国，为中国传统文学理论模式和观念带来了理念、体例、范畴等各个方面的巨大冲击。从文学作品来看，日本、苏俄、法德和英美的小说、戏剧和诗歌作品也纷纷抢滩登陆中国，不仅霸占了中国普通读者的书架，更是影响了一大批 20 世纪的中国文学创作者，令他们的作品或多或少地呈现出外来影响的痕迹。20 世纪"西学东渐"的现实为中国比较文学影响研究提供了一片沃土。从根本上而言，在 20 世纪的中国，无论从事"中国现当代文学"还是"外国文学"研究都离不开比较文学的影响研究，尤其是西方对中国的影响研究。但是在 21 世纪之后，这一研究趋势出现了明显的转向。不少中国学者开始关注中国文论和文学对西方的影响，也就是"东学西传"问题。

尽管早在 20 世纪 90 年代，乐黛云和钱林森便开始编写"中国文学在国外"大型丛书，黄鸣奋也开始在多家学术期刊上发表了包括《英语世界中国古代文论研究概览》《美国华人中国古典文学博士论文通考》《英语世界唐诗专题译、论著通考》和《英语世界中国民间文学研究概览》在内的系列论文。这些尝试展现了中国比较文学影响研究的关注点有从"西学东渐"转移到"东学西传"的趋势，但是，这种逆流而上的研究模式，要么被人解读为是为了满足狭隘的民族自尊心和文化沙文主义，要么被认为是为了促进中国文学和文论发展而采用的"激将法"。真正对"东学西传"问题进行系统而深入的探讨，并以实现中西诗学"对话"为目的的研究出现在 21 世纪之初。王晓路的专著《中西诗学对话——英语世界的中国古代文论研究》恰好在世纪之交应运而生，引发了全国范围的广泛关注。在这部著作中，作者以明确的学术担当和巨大的文化自信，指出中国比较文学未来的研究方向和使命应该是"将中国古代文论中富有生命力的术语加以整理和翻译，不断地，有系统地推出，使西方世界对此有所了解并逐步熟悉"①。多年以后，在回顾中西比较文学研究的重要发展阶段时，曹顺庆和李斌撰文肯定了王晓路在这一领域中展现的引领学术方向的气魄。他们认为，由于过去在中西诗学交流过程中往往是以"以

---

① 王晓路. 中国诗学对话——英语世界的中国古代文论研究 [M]. 成都：巴蜀书社，2000：226.

西释中"为主流，这种不对等关系造成了中国文论的全面"失语"。但是，王晓路的研究"试图打破不对等，与西方文论展开平等对话"①，从这一层面而言，王晓路通过系统梳理和总结中国古代文论对西方的影响而打破了西方的话语独白，做出了中国意欲与西方"对话"的有益尝试。2012年，曹顺庆主持的教育部社科基金重大投标项目"英语世界中国文学译介与研究"立项，在他的指导下，一大批比较文学博士研究生纷纷以"英语世界"的中国文学文论为研究对象，开展了"东学西传"的影响研究。在这之后，这种模式被进一步拓展到法语、德语、西班牙语世界。除此之外，2015年由钱林森和周宁主编的17卷《中外文学交流史》丛书对于坚定文化自信，建设文化强国也做出了重要贡献。这套丛书被认为是中国比较文学学者在影响研究领域最具实绩的标志性成果。王金黄认为《中外文学交流史：中国—北欧卷》"以广博的跨学科视角，极尽可能地复原和展现双方文学交流的史实，从而整体呈现二者文脉的思想渊源和精神链接"②。周云龙认为《中外文学交流史：中国—法国卷》"着力尝试突破既有的'影响研究'范式，展示了一种双向交流、互看互释的研究观念与方法"③。叶向阳认为《中外文学交流史：中国—英国卷》"既见识了树木，也领略了森林，既把握了现象（事实），也由表及里，看到了其成因、演变过程、后果、效应及由此引发的各种文学、文化问题"④。林温霜认为《中外文学交流史：中国—中东欧卷》"填补了中东欧文学研究以及中国—中东欧文学交流史研究的空白，将对今后中国各领域学者研究中东欧提供参考，也对一般读者了解中东欧奉献了一本普及读物"⑤。从以上学者的评论来看，《中外文学交流史》丛书可以被当之无愧地看作21世纪至今，中国比较文学研究者在"东学西传"影响研究领域中的扛鼎之作。总体而言，在21世纪的中国比较文学影响研究中，以曹顺庆、赵毅衡、钱林森、周宁、葛桂录、

① 曹顺庆，李斌. 近年中国比较文学研究概述 [J]. 中州学刊，2013（8）：166-171.

② 王金黄. 中外文学关系研究中的交流史还原问题：以《中外文学交流史：中国——北欧卷》为例 [J]. 中国比较文学，2018（4）：206-209.

③ 周云龙. 比较研究的"后欧洲"困境——以钱林森《中外文学交流史：中国—法国卷》为例 [J]. 文艺研究，2018（2）：152-160.

④ 叶向阳. 评葛桂录著《中外文学交流史——中国—英国卷》（2016）——兼论英国作家中国题材创作的阐释模式以及中英文学交流史的写法 [J]. 国际汉学，2017（4）：183-195.

⑤ 林温霜. 影响与互鉴：中国—中东欧文学交流的历史和未来——《中外文学交流史·中国—中东欧卷》出版座谈暨学术探讨会综述 [J]. 中国比较文学，2017（2）：214-218.

季进、程弋洋为首的中国比较文学研究者一方面彰显了中华文化的巨大国际影响力，另一方面致力于打破西方学者长期以来形成的"西方中心主义"，为中西文学的交流与互鉴做出了巨大贡献。

（二）从"实证性研究"到"非实证性研究"的转向

在 2000 年陈惇和刘象愚主编的《比较文学概论》中，比较文学的基本类型被划分为影响研究、平行研究、阐发研究、接受研究四大类。在论及"影响研究"时，编者认为"无论哪一方面进行的研究，研究者都要以事实考订为核心，但仅仅停留在事实考证、筛选上的研究，只能是影响研究中的最初级阶段……更重要的工作应该是以事实的研究为基础，进一步探讨作家在创作活动中如何把外来因素和民族的传统以及自己的创作个性相结合，锻铸出崭新的艺术品"①。从以上论述来看，中国的比较文学从 21 世纪之初便呈现出与以影响研究见长的法国学派的显著区别：由于中西两个文明圈在物理世界和精神交往两方面的距离，以"实证"为特色的比较文学影响研究在跨越中西两个文明圈时难以施展拳脚，故而陈惇和刘象愚一方面肯定了实证研究之于影响研究的重要意义，另一方面却引导中国比较文学研究者关注那些更为隐秘的，或许无法实证的，导致"崭新的艺术品"得以生成的元素。

在 2002 年由杨乃乔主编，乐黛云为顾问的《比较文学概论》中，编者在介绍法国学派的影响研究时指出，影响研究"必须是在文献学与考据学的实证主义基础上展开"，"在方法论上与中国清代的乾嘉学派崇尚的经学或朴学有着共同的方法论意义"②。不过，在分析影响研究的主要内容时，编者注意到了"媒介学"中的"文字媒介"事实上"相当复杂"，因为，大多数作家都是通过译作来接触外国文学。这些译作"固然有直接从原文翻译的，也有通过第三国的文字转译的，另外还有节译、编译、译述、误译、漏译等等情况。再者，译者的水平也有高下之分，这就使译本的情况更加复杂"③。在字里行间，编者毫不隐瞒地表达了有些"文字媒介"难以实证的苦恼。

2006 年，由曹顺庆主编的《比较文学教程》是另一本对中国比较文学发

---

① 陈惇，刘象愚. 比较文学概论 [M]. 北京：北京师范大学出版社，2000：114.
② 杨乃乔. 比较文学概论 [M]. 北京：北京大学出版社，2002：63.
③ 同上，171.

展产生重要影响的学科教材。编者按照"实证影响研究""变异研究""平行研究"和"总体研究"将比较文学的研究领域划分为四大板块。从编者在研究领域中将"影响研究"前冠以"实证"二字可以看出编者意欲将"影响研究"细分为"实证"与"非实证"两大类别的用意。另外，编者还明确地指出"随着学科的发展，影响研究已不再是单纯的实证性的'国际文学关系史'研究了，而开始关注文学影响中的美学因素和心理学因素"①。结合其对"影响研究"的分类来看，编者意欲将"文学影响中的美学因素和心理学因素"纳入"非实证影响研究"的意图非常明显。

2015 年，马克思主义理论研究和建设工程重点教材《比较文学概论》出版。该教材由曹顺庆、孙景尧和高旭东担任首席专家，由王宁、王向远、刘耘华、邹建军、陈跃红、孟昭毅、徐新建、谢天振等国内著名比较文学研究者参与编写，是一部既具有普遍学理意义、又具有中国特色的比较文学创新教材。从对影响研究的介绍来看，其创新性在于该教材不仅以"国际文学关系与相互影响"替代了原来习以为常的"影响研究"的提法，而且，在介绍这种研究的特点时并不只是将法国学派影响研究的模式整体移植到中国语境，而是在总结中国近年来在影响研究中的得失，辩证地关注了这种研究模式的一体两面。编者以"科学性与审美性""实证性与非实证性""同源性与变异性"三对相对概念，"在一定程度上弥补了法国学派影响研究学科理论上的缺憾，论证了国际文学关系与相互影响是复杂的、辩证的影响关系"②。

21 世纪以来，中国的比较文教程对"影响研究"的定义的发展演变，直接引领着从事"影响研究"的中国比较文学学者在研究对象、研究目的、研究方法等方面发生转变。从研究对象来看，21 世纪的影响研究不仅研究文学渊源、流传、借代、模仿和改编的事实证据，也探索一些不清楚、不确定、不可称量的"精神性的存在"。从研究目的来看，21 世纪的影响研究不再仅仅是一种"誉舆学"，以论证某种文学与文化在他国的声誉、成就和影响为目的，而是以促进文明的交流与互鉴为目的。从研究方法来看，由于 21 世纪的影响研究日益关注文学流传中的误读、信息的增添与失落、形象的扭曲和变形、文

---

① 曹顺庆. 比较文学教程［M］. 北京：高等教育出版社，2006：59.
② 曹顺庆. 比较文学概论［M］. 北京：高等教育出版社，2015：62.

本的变异等难以实证的因素，因此，除了通过搜集材料、鉴别、考证等以实证为基础的研究方法之外，学界对于"非实证性研究"的态度愈发宽容。易言之，非实证性研究作为实证性研究的有益补充，是 21 世纪中国"影响研究"在研究方法上的一大发展。

（三）从"外国文学"到"国际汉学"的分流

除了从"西学东渐"到"东学西传"的转向，21 世纪的中国比较文学研究还出现了从"外国文学"到"国际汉学"分流的转向。

2000 年，聂珍钊在《外国文学研究》发表《外国文学就是比较文学》一文。文章提出："无论从定义上看，还是从发展历史、课程设置和教材内容上看，外国文学在本质上就是比较文学。它同比较文学不是相互对立的，而是相互依存的，互为一体的。"① 尽管聂珍钊在当时只是提出了他的一家之言，并没有得到大多数在中国从事外国文学研究的学者的认同。但是，身份与研究对象的特殊性已经决定了中国学者的外国文学研究必然具有比较文学所强调的"跨越性"。事实上，21 世纪以来，中国的外国文学研究日益向着比较文学靠拢，呈现出被比较文学同化的态势。这一态势不仅体现在学术研究层面，也体现在我国高等教育的学科设置层面。2017 年，国务院学位委员会批准高等院校在外国语言文学一级学科下开设"比较文学与跨文化研究"二级学科。蒋承勇认为，这一事件与 1997 年国务院学位委员会批准在中国语言文学一级学科下设置"比较文学与世界文学"二级学科形成呼应，因为"比较文学与跨文化研究"二级学科的设置说明"文学研究不宜过于局限于一国一域的视野和单个作家的自说自话，而要有'大文学'或文学研究的世界主义格局、理念与眼光……"② 他提出的"大文学"理念与比较文学研究中提出的"总体文学"和"世界文学"在内涵上多有重叠。2021 年，金莉也敏锐地意识到了 21 世纪以来中国的外国文学研究呈现出了"跨文化、跨国别研究"的新趋势。她指出："21 世纪以来我国的外国文学研究日益表现出多元化的趋势。随着全球化的发展，许多拥有多国移民的国家，其文学创作的跨文化、跨国别现象非

---

① 聂珍钊. 外国文学就是比较文学 [J]. 外国文学研究，2000（4）：117－124.
② 蒋承勇. 走向融合与融通——跨文化比较与外国文学研究方法更新 [J]. 外国语，2019（1）：103－110.

常突出，已经成为文学研究的新热点。我国的外国文学研究非常重视这一现象，取得了积极的成果。"① 从聂珍钊、蒋承勇、金莉等国内知名的外国文学研究专家的论述来看，21世纪以来中国的外国文学研究愈来愈被楔入比较文学研究领域之中。

中国的外国文学研究在20世纪改革开放之后曾一度呈现"井喷"一般的学术繁荣景象。这一方面是由于国家大力提倡引进西学以为我所用，另一方面还受到中国高等教育扩招的影响。在改革开放后的中国高等教育学科和课程设置中，不仅外国语学院设置了各种在阅读和研究原著基础上提升语言能力的外语类语言文学专业，中文院系也开设了在阅读和研究译著基础上提升文艺鉴赏能力的外国文学课程。这种"异质"而"同构"的设置促使国内以外语和中文专业师生为主体的外国文学研究主体快速膨胀。值得注意的是，尽管中国的外国文学研究在改革开放到20世纪末这段时期取得了大量丰硕的成果，我们还是必须正视一个严峻的问题：研究主体的膨胀和研究对象的重叠已经导致中国的外国文学研究遭遇瓶颈。不少专家都发现，作为中国比较文学研究重要组成部分的外国文学研究已经陷入了以某一西方理论或视角分析某一外国作家、作品、流派的圈圈，乏善可陈，乏新可陈。面对这一学科发展的危机，早在2001年，乐黛云便预见性地指出：汉学研究和比较文学研究的迅速靠拢可以"为中国比较文学的发展提供了崭新的前景"②。随后，国际汉学在21世纪以来的发展以事实证明了乐黛云的前瞻性。以张西平、顾俊、李学勤、徐志啸、王晓路、吴伏生、贾晋华、王广生为代表的大量中国学者将目光投向了宇文所安（Stephen Owen）、薛爱华（Edward Hetzel Schafer）、顾彬（Wolfgang Kubin）、安乐哲（Roger T. Ames）、柯睿（Paul W. Kroll）以及早期传教士对中国文学与文化的研究。《国际汉学》《清华汉学研究》《世界汉学》《汉学研究》《国际中国文学研究丛刊》《中国学》等学术刊物快速成长为中国文化和人文学术走向世界的桥梁。不少原本从事外国文学研究的学者在国际汉学蓬勃发展势头的感召之下，转而从事海外汉学文献和汉学家思想的研究工作。21世纪的中国比较文学研究出现了从"外国文学"到"国际汉学"分流的转向。

① 金莉. 21世纪外国文学研究刍议 [M]. 当代外语研究，2021（2）：8-15.
② 乐黛云. 国际汉学研究的新发展与比较文学的前景 [J]. 四川外语学院学报，2001（1）：1-2.

如果说中国的外国文学研究由于是由中国学者从事对外国文学的研究而在研究者身份和研究对象中呈现了一次"跨越"的话，国际汉学则在研究者身份和研究对象中呈现出至少两次"跨越"：海外学者将中国文学和文化作为研究对象是第一次跨越，同时这第一次跨越又被作为研究对象被中国学者所研究，这是研究者和研究对象的第二次跨越。这种基于"研究之研究"的研究范式本身蕴含了更为复杂和丰富的跨越性。2018 年，王宁指出："在过去的几十年里，随着中国经济的飞速发展，世界上出现了一股汉语热。既然国际英语文学早就成了一门学科，国际汉语文学迟早也将成为一门学科。因此，有必要由中国学者领衔编写一部新的国际汉语文学史。"① 编写"新的国际汉语文学史"要求编写者深谙中国的语言、文学和文化，还需要具有一定的外语教育背景，因此，这一使命必然将由中国的比较文学研究者来完成。21 世纪以来，从中国比较文学研究所呈现的从外国文学到国际汉学的分流来看，国际汉学极大地拓展了中国比较文学研究者的学术视野，为一些原本以外国文学为研究阵地的学者打开了新的窗口。但是，值得注意的是，国际汉学本身是一个综合性和跨越性极强的研究，除了对研究者跨语言和跨文化能力的基本要求之外，它还需要研究者具备相当的历史、哲学、美学以及社会学等学养，否则，国际汉学就会有可能出现曹顺庆所担心的"唯西方汉学是从的倾向"②。

二、 平行研究中的转向

(一) 从"求同研究"到"和而不同"

平行研究本是美国学派为了打破法国学派在比较文学研究领域的霸权而探索的一种新的研究模式。作为老牌欧洲文学强国的法国，总是可以通过实证找到法国文学"流传"到他国后产生的影响，或者以"溯源"的方式在他国文学找到其与法国的渊源。但是，这种基于"同源性"为可比性的影响研究却对美国极为不利。考虑到美国的文学传统底蕴并不深厚，若以实证的方法来进行"誉舆学"的探索，美国总是作为影响的接受者，较少有作为影响的放送

---

① 王宁. 比较文学在中国：历史的回顾及当代发展方向 [J]. 上海交通大学学报，2018 (6)：110 – 117.

② 王晓路. 北美汉学界的中国文学思想研究 [M]. 成都：巴蜀书社，2008：序言.

者的情况，美国学者意识到法国学派的影响研究对于美国的文化建设并无裨益。在这种情况下，1958 年，韦勒克（René Wellek）在《比较文学的危机》中批判了法国学派影响研究中民族主义的文化优越感。1962 年，雷马克（Henry H. H. Remak）提出"比较文学是一国文学与另一国或多国文学的比较，是文学与人类其他表现领域的比较"①。在他的定义中，比较文学应该包括没有事实联系的跨国文学以及文学与其他学科之间的平行比较。20 世纪复兴后的中国比较文学借鉴了美国学派的平行研究模式，进行了大量对中外文学作品中的主题、人物、情节、写作手法的平行比较实践。但是，这种研究模式在中国却日益显示出"水土不服"的迹象。美国和欧洲各国虽处于不同大洲，但从文化根源来讲，都起源于两希文明，同属"西方文明圈"，因此，以"类同性"为可比性的平行研究所得出的结论往往可以令人信服。但是中国与西方各国在文化上的异质性远远大于同质性，因此，生拉硬扯地进行以"求同"为目的的平行比较的话，要么其结论勉强，要么就意义不大。这种脱胎于美国学派的平行比较研究模式日益受到中国学界的质疑。20 世纪 90 年代初，杨周翰、季羡林和谢天振都注意到了这种浅层比附研究的危害。1994 年，谢天振严厉地批评了这种"X 与 Y 模式"的平行研究②。为了解决平行研究"南橘北枳"的问题，饶芃子建议开展世界华文文学的比较研究，曹顺庆建议研究世界各民族文学理论中的共同文学规律。前者欲以拓宽比较文学的研究领域，后者欲以促进比较文学研究向纵深发展，来消除中国比较文学平行研究的弊端。这两种建议都对日后的中国比较文学发展起到了非常重要的指引作用。

　　平行研究在中国的确有"水土不服"的迹象，但是其研究方法中仍然有合理的因素。1996 年，乐黛云在《左传》中发掘出中国传统文化核心概念——"和而不同"。她认为"'和而不同'在某些方面弥补了文化相对主义的不足"③。之后，她在多次论述中强调了该概念对于比较文学的意义。在一次访谈中，她说道："欧洲的比较文学强调的是欧洲各国文学的联系性、相通

---

① Henry. H. H. Remak. "Comparative Literature, Its Definition and Function"［M］. Newton P. Stallknecht and Horst Frenz, *Comparative Literature*：*Method and Perspective*. Southern Illinoise University Press，1961：3.

② 谢天振. 中国比较文学的最新走向［J］. 中国比较文学，1994（1）：13.

③ 乐黛云. 文化相对主义与"和而不同"原则［J］. 中国比较文学，1996（1）：22 - 28.

性，而中国比较文学则在相通性之外，更强调差异性和对比性。着重在从差异的比较中认识自己，在彰显自己的过程中，学习他人，从而发掘出两者之间应有的更深层的共同质素。"① 从她的话语来看，中国的平行研究当然不能只是"求同"，还需"存异"，更要"和而不同"。"和而不同"中的"和"是比"求同"中的"同"更高层次的存在。

2012 年，中共十八大明确提出要倡导"人类命运共同体"意识之后，以乐黛云为首的中国比较文学研究者更是加大力度对平行研究进行了必要的改造。中国的平行研究一方面保留了美国学派以"类同性"为可比性的比较，还增加了对"差异性"的比较和对"异"与"同"的追根溯源。简言之，中国的比较文学平行研究是以"和而不同"为指导方针，一方面在平行比较中发现中西文学"共同的文心"，另一方面承认中西文学的"间性之美"与世界文学生态的多样性。21 世纪的中国比较文学平行研究不仅重"求同"，也重"存异"，从同与异两个维度论证建构文化层面的"人类命运共同体"的途径。2021 年，刘耘华进一步论证了平行研究的巨大价值，在朱利安（Francois Julien）提出的"不比较"（不做一般意义上的平行比较）的倡议的启发下，他提出了"超越比较"的建议。所谓的"超越比较"就是"既有'比较'，也有'不比较'，从而把自我与他者摆放在二者'之间'，让彼此有一个'面对面'的空间"②。在刘氏看来，"超越比较"既是一种平行研究的方法，也是一种比较文学的理想。21 世纪以来，世界各种异质文学文化交流日益频繁，数字人文开启"远程阅读时代"新篇章，这些现实正使得"间距"和"之间"变得日益广阔和深远，因此，承认和注重"间性"的"和而不同"的比较方法必将成为行之有效的平行研究新方法。

（二）从"纯文学研究"到"文学跨学科研究"

美国学者亨利·雷马克在 1961 年发表的论文《比较文学的定义和功用》使得跨学科研究成为比较文学平行研究的重要内容。文学与艺术（如绘画、雕刻、建筑、音乐）、哲学、历史、社会科学（如政治、经济、社会学）、自

---

① 乐黛云，蔡熙. "和而不同"与文化自觉：面向 21 世纪的比较文学——中国比较文学学会会长乐黛云教授访谈录 [J]. 中国文学研究，2013（2）：105-110.

② 刘耘华. 从"比较"到"超越比较"——比较文学平行研究方法论问题的再探索 [J]. 文学评论，2021（3）：150-157.

然科学、宗教等都是雷马克所鼓励的平行研究范畴。至此，比较文学的"跨越性"在"跨国""跨语言""跨民族"的基础上增加了"跨学科"。值得注意的是，21 世纪以来中国比较文学研究者所强调的跨越性与彼时的美国学者所强调的并不雷同。基于中国作为一个多民族国家的社会现实，中国学者认为将"跨民族"作为比较文学的特征并不恰当。另外，中国和西方各国文学之间的比较远远超越了国别文学比较的意义，实现的是跨文明的交流与互鉴，因此，21 世纪中国比较文学研究者立主将"跨文明"作为比较文学的重要特征。

从孔子"兴于诗，立于礼，成于乐"的论述开始，中国文化自古就有消弭学科差距，注重学科交融的倾向。从苏东坡论王维诗和画为"诗中有画，画中有诗"以及鲁迅言《史记》为"无韵之《离骚》"的评论来看，中国的文学跨学科研究并非新近的发明，不过，真正将文学的跨学科研究视为比较文学研究的重要内容的历史并不悠久。

1988 年，王宁发文指出，"超学科比较文学研究除了运用比较这一基本的方法外，它还必须具有一个相辅相成的两极效应。一极是'以文学为中心'（韦勒克语），立足于文学这个'本'，渗透到各个层次去探讨文学与其他学科之间的相互渗透和相互影响关系，然后再从各个层次回归到'本体'，求得回归了外延的本体。另一极则平等对待文学与其相关学科及其他艺术门类的关系，揭示文学与它们在起源、发展、成熟等各阶段的内在联系及相互作用。然后在两极效应的总合中求取'总体文学'的研究视野"①。王宁及时地将国外比较文学的跨学科研究动态介绍到国内，并以文学与文化、文学与社会科学、文学与边缘学科、文学与其他艺术为例，论证了文学跨学科研究的广阔空间以及它对于总体文学和比较文化研究的意义。次年，乐黛云与王宁主编了《超学科比较文学研究》，作者在文中详尽地论述了文学与哲学、语言学、宗教、文化、音乐等相邻学科的关系。已故的杨周翰教授在该书的"序"中写道："乐黛云、王宁同志先行了一步，他们主编的这本《超学科比较文学研究》为我国的比较文学学者指出了一个新的研究方向，也许对我国的比较文学事业会起到某种推动作用。"② 事实正如杨周翰所期望的那样，在乐黛云和王宁的引

---

① 王宁. 比较文学：走向超学科研究 [J]. 文艺研究，1988（5）：143 – 148.

② 乐黛云，王宁. 超学科比较文学研究 [M]. 北京：中国社会科学出版社，1989.

领之下，21 世纪以来的中国比较文学中的跨学科研究可谓异军突起，杨慧林和蒋述卓促进了文学与宗教学研究的融合，曾繁仁与鲁枢元在文学与生态环境的跨界研究领域中结出硕果，陈跃红将文学研究与数智技术相结合，叶舒宪引领文学与人类学碰撞出思维火花，这样的例子数不胜数。除此之外，2017 年，高旭东还出版了《跨学科研究》一书。作为国内比较文学跨学科研究最全面系统的著作，该著作不仅在理论概述部分对跨学科研究的历史、现状及未来走向进行了评述，还以丰富的案例论证了文学与艺术、人文、社会科学、科学技术、生态环境、宗教六个板块的跨越式比较的可能。

2020 年 11 月 3 日，教育部新文科建设工作组发布了《新文科建设宣言》。郭才正认为推动新文科建设："首先是将人文科学内部打通，真正做到文史哲不分家；其次是人文科学与社会科学之间打通；再次是真正拥抱和融入新技术，将新技术前景和技术趋势纳入文科体系之中。"① 由此可见，中国比较文学研究中的由"纯文学研究"到"文学跨学科研究"的转向正是新文科求"新"之路径，也是国家培养具有大视野、大格局、大胸怀的新时代文科人才的路径。

三、 比较诗学研究中的转向

从比较诗学来看，20 世纪复兴后的中国比较诗学主要是单向阐释，阐释的方法主要是"以西释中"和"以今释古"。以西方理论来解读中国文论和作品在某些情况下的确能达到"以他山之石而攻玉"的效果；对某些中国经典作品和文论的"现代性阐释"也的确起到了重构和传承经典的作用。但是，在 21 世纪，随着中国综合国力的增强，人们日益认识到这种"以西释中"或者"以今释古"的做法乃是一把双刃剑："以西释中"虽能别求新声于异邦，但同时也会使中国文化沦为西方理论的注脚；"以今释古"虽然能为中国古代文论注入新的阐释力，但这种做法却有"买椟还珠"之嫌，在新的时代语境之中，中国古代文论的价值被附着在"现代性"上而不是"古代文论"这一本体之上。

---

① 郭才正. 大历史、大文科、大数据：社会科学体系新视角［N］. 中国社会科学报，2020 - 09 - 29.

(一) 从"以西释中"到"中西对话"

比较诗学的重要内容便是跨文明的阐发研究。阐发或阐释不仅需要一套话语，还需要一套运用元语言的言说方式。在 20 世纪中国比较文学复兴之后，由于西学浪潮的影响，中国文论引进了大量的西方"主义"来言说中国文学。在很大程度上西方文论是言说者，而中国文学则是被言说者。二者的关系是单向的，也是不平等的。因此，曹顺庆发出中国文论"失语症"的警告，钱中文提倡文学理论的"交往与对话"，张江提出关于"强制阐释"的思考，王宁指出从理论的单向旅行到双向对话的重要性，黄维樑建议加强"以中释西"，李春青倡议构建中国文学阐释学，皇甫晓涛提醒学界注意中国文学的再阐释与现代文化的重构。以上学者所奔走呼号的重要目的便是推动中国比较诗学从"西方独白"转向"中西对话"。

进入 21 世纪之后，中国学者愈加频繁地尝试以平等对话的方式，运用中国文论来言说西方文学作品和文论，或者将中国文论汇入西方主流的文论学术著作中。2010 年，为了改变西方中心主义局面，顾明栋被邀请为《诺顿文论选》推选一位中国文论家的作品。但是他所推荐的刘勰《文心雕龙》中的《原道》《神思》《体性》《风骨》、陆机的《文赋》、叶燮的《原诗》都未通过编委会的资格审查。乔国强认为这一看似离奇的事件其实也颇为正常。"毕竟我们的文论强调的是要用有限的篇幅容纳无限的事理，这有别于西方就事论事的文论传统。这就要求中国的文论家在与西方文论家对话之前，首先要做好对本国文论的发现与阐释工作，即只有梳理清楚两种理论的来龙去脉、论述方式以及两种理论间的交叉点和分界线，才能完成所谓的'对话'以及现代性构建。"① 尽管这一次中西文论的"对话"看似以失败告终，但是我们却能从中看到两点希望：一是无论是西方还是中国，双方都已经有了对话的意愿；二是中国学者正在积极探索适宜的对话方式。

笔者认为，比较诗学中的"中西对话"应该有三种模式和一个原则。模式一是在西方学者以西方文论阐释中国文学作品或文论之后，中国学者就此进行回应。模式二是中国学者运用中国文论阐释西方文学作品或文论引发西方学界的回应。模式三是选定一个中西学者共同感兴趣的文学作品或文论，双方展

---

① 乔国强. 西方文论与中国文论的错位对话［N］. 中国社会科学报，2021－02－19.

开学术讨论。这三种模式都需要遵守一个重要的原则——承认文化的相对性。乐黛云曾在多篇文章中表述自己对"文化相对主义"的看法。她引用赫斯科维奇（Melville J. Herskovits）关于"文化相对主义"的分析，认为这种原则"不仅强调了不同文化各自的价值，同时也强调了不同文化之间的相互理解与和谐共处"①。正是在此原则之上，结合中国传统文化，她提出了"和而不同"的对话理念。易言之，中西诗学的对话不应作价值高低优劣的判断，而是在尊重差异性的前提下"杂语共生"。世界诗学可以以"马赛克"或"大熔炉"的方式存在。

（二）对"现代阐释"的反思

针对中国古代文论的"失语症"，中国学界尝试以"以今释古"的方式唤醒沉睡的古代文论。戴登云认为："由于西学东渐使得中国传统文化遭遇了急剧的转型和范式断裂，因此，我们的古代文论研究，已经具有了一种跨语际、跨语境的双重书写的属性。"② 笔者认为，正是由于语言和语境的跨越性，中国古代文论的现代阐释自然具有了"比较"的意味，成为中国比较诗学的重要内容。

"以今释古"主要指运用在现代语境大行其道的西方文论来阐释中国古代文论。它与"以西释中"的差异主要在于"今"是指活跃于中国当代语境之下的文论，既包含中国化后的西方文论，也包括近百年形成的中国现代文论。1999 年，钱中文指出中国的文学理论面临三种文论传统，即古代文论传统、西方文论传统和近百年形成的现代文论传统。因此，"只能从现实的传统起步，以现代文论为主导，充分融合古代文论和西方文论，否则又会中断传统；古代文论的现代转换，正是现代性的要求"③。2004 年，李夫生和曹顺庆指出："在重建中国文论话语的过程中，西方文论的中国化不失为一个新的理论生产场阈，一个新的知识视野。"④ 由此可见，钱中文和曹顺庆都倡导对中国古代

---

① 乐黛云. 文化相对主义与跨文化文学研究 [J]. 文学评论, 1997 (4)：61 - 71.
② 戴登云. 作为跨语际书写的西学研究——当代中国的西学研究与思想自觉 [J]. 文艺理论研究, 2008 (2)：36 - 43.
③ 钱中文. 再谈文学理论现代性问题 [J]. 文艺研究, 1999 (5)：73 - 88.
④ 李夫生, 曹顺庆. 重建中国文论话语的新视野——西方文论的中国化 [J]. 创作与评论, 2004 (4)：8 - 15.

论文的现代阐释。这也成为 21 世纪初中国比较诗学努力恳拓的重要方向。
2010 年，童庆斌出版了《中华古代文论的现代阐释》一书。作者认为这本著
作"第一次将中华古代文论放置于现代学术视野中进行观照，系统而明确地
提出了中华古代文论的现代转化问题"①，在这之后，国内关于"现代阐释"
的研究如雨后春笋般迅速发展起来。但是，这种"以今释古"的阐释研究却
呈现出一个严重的弊端："现代阐释"的本心是为了通过"以今释古"发现中
国古代文论所具有的现代潜能，但事与愿违的是 21 世纪以来国内的大量类似
研究却背离了这一本心——这些研究极大地促进了西方文论的中国化或者使得
近百年形成的中国现代文论进一步压缩了中国古代文论的生存空间。"现代阐
释"没有成为中国古代文论"起死回生"的良药。针对这一困局，曹顺庆开
始对之前倡导的"现代阐释"进行了自我批评。他认为"古代文论的现代阐
释"这一提法是有欠妥之处的，因为，这种提法否定了中国古代文论在本体
论上的价值。他在多个场合提出，既然当今中国还有很大的群体在创作古体诗
词，那么中国古代文论就还有用武之地。我们需要激活中国古代文论自身的活
力，而不是借助所谓的"现代阐释"或者"现代转化"来拯救中国古代文论。
直到今天，中国文论话语重构问题仍然没有得到有效的解决，但是 21 世纪以
来，"现代阐释"的提出、推崇与反思却是中国比较文学研究领域中的重要转
向之一，彰显着中国比较文学研究者追求真理和敢于打破自己、勇于自我批评
的勇气。

　　总的说来，尽管还有诸多不尽如人意的地方，但是，中国比较文学界在
"古今"和"中西"开展的平等的、双向的阐释研究，为促进中国传统文化的
复兴和中外文学文化的交流做出了突出贡献，以学术实践响应了习近平关于
"文明因交流而多彩，文明因互鉴而丰富"的倡导。

四、　形象学中的转向

　　"形象"就是"对两种类型文化现实间的差距所作的文学或非文学，且能
说明符指关系的表述"②。20 世纪复兴后的中国比较文学形象学研究主要探索

---

① 童庆炳. 中华古代文论的现代阐释［M］. 北京：中国人民大学出版社，2010.
② 乐黛云，陈惇. 中外比较文学名著导读［M］. 杭州：浙江大学出版社，2006：456.

的是中国作品中的外国人形象或者外国作品中的中国人形象。研究者主要致力于判断形象的真伪，亦即"自我"与"他者"两种文化的距离。但是，进入21世纪之后，随着孟华《比较文学形象学》和周宁《跨文化研究：以中国形象为方法》等理论著作的出版，饶芃子、程爱民、张喜华、张清芳、刘延超、刘超、韩梅、李今等学者在实践层面对海外华文文学、英美、新加坡、俄罗斯、日韩文学以及翻译文学对"中国形象"的建构进行了系统而深入的论述。纵观他们的研究成果，21世纪以来中国的形象学研究呈现出以下两点变化。

（一）从"中国人"形象到"中国"国家形象

学界的研究兴趣从外国作品中个别的"中国人"形象上升到跨文明书写中的"中国"国家形象或兼而有之。除了金秀芳以宏观的视野梳理了多个西方国家对中国形象的"理想化"与"妖魔化"之塑造之外，其他中国学者主要以某一作家或作家群体为切入口，探索"他者"身份对中国形象的影响。

2000年，在《"异"之诠释：19世纪上半期俄国文学中的中国形象》一文中，查晓燕发现从18世纪初以来，英、法、德、俄等国作家们都曾把中国视为"理想之邦"，但是通过考察普希金（Pushkin）、果戈里（Gogol）、冈察洛夫（Goncharov）的文学和文论，她认为尽管这种对中国的好感还在19世纪俄罗斯的一定社会阶层中继续，"但在文学领域，情况却与实际相反"。总的来说，19世纪的俄罗斯作家们是"将异域的一切都纳入'本地'、'本族'的意识形态，因此，他们审度、品评中国的视角既有仰视，又有俯视，也有平视：既具'崇洋倾向'，又含错误认同。他们笔下的中国既美好又丑陋，中国人既勤劳、聪慧、善良又自闭、卑琐、不洁"[①]。查晓燕的研究自觉地运用了形象学的相关理论，探索了中国形象在异国文学中流动不居的根本原因。在此之后，朱爱莲、刘阳、顾钧、刘中望、周凝绮等人研究了利玛窦（Matteo Ricci）、亨利·米修（Henri Michaux）、赛珍珠（Pearl S. Buck）、艾丽丝·门罗（Alice Munro）等西方作家笔下的中国形象。王艳芳则提炼了世界华文文学作家作品中的"中国形象"，对影响和构成他们创作因素的生存境遇上的危机感、文化心理上的漂泊感进行了具体的分析和论证。2020年，林丰民在

---

① 查晓燕. "异"之诠释：19世纪上半期俄国文学中的中国形象 [J]. 俄罗斯文艺，2000 (s1)：57 –61.

《国外文学》上发表了《阿拉丁是个中国人——〈一千零一夜〉的中国形象与文化误读》一文①。作者将卡麦尔·扎曼与布杜尔公主的故事以及阿拉丁神灯的故事中的中国人形象与"中国"国家形象结合，既探讨了《一千零一夜》中中国人与中国形象总体上是积极和善意的原因，也分析了阿拉伯人对中国的婚礼习俗、宫廷礼仪、帝王专制等方面的文化误读。该文既继承了 21 世纪之前的"中国人"形象研究，又发扬了 21 世纪以来热门的"中国"国家形象研究，是二者结合，兼而有之的典范。

（二）从跨文明书写到文学翻译的形象学探索

21 世纪之后，中国的形象学研究在研究范围上呈现出了"涟漪式"的扩展：除了关注中外作家对异国的跨文明书写之外，学界还开始关注文学作品翻译与中国国际形象塑造之关系这一新问题。

进入 21 世纪之后，随着国际交流活动的日益密切，文学创作愈发彰显出"跨越性"。西方作者如何书写中国和中国作家如何书写西方都成为非常有意思的研究课题。比如，张喜华和姚君伟分别研究了英国作家贾斯汀·希尔（Justin Hill）② 和美国作家赛珍珠（Pearl S. Buck）③ 所创作的中国题材作品。梁昭探讨了中国彝族诗人阿库乌雾在跨文明书写中表现的对美洲印第安文明的认同④。邹琰则是以维克多·谢阁兰（Victor Segalen）与程抱一为例，将西方作者对中国的跨文明书写与中国作家对西方的跨文明书写进行了比较研究。前者借用中国题材书写法语篇章，后者用他者语言叙说中国故事。作者认为二者的创作证明了"在当今多元文化的语境下，跨文化书写不仅是文化间融合、交流、对话的方式，也是对话的成果"⑤。值得注意的是，在目前的中国比较文学学界，学者们多采用了"跨文化书写"来定义作者身份与书写对象具有

① 林丰民. 阿拉丁是个中国人——《一千零一夜》的中国形象与文化误读 [J]. 国外文学, 2020（4）：109-116+156.

② 张喜华. 跨文化书写中的中国情结——英国当代作家希尔的中国题材创作 [J]. 外国文学, 2007（3）：69-72+127.

③ 姚君伟, 姚望. 论赛珍珠跨文化书写、阐释和传播中的前瞻性与开拓性 [J]. 南京师范大学文学院学报, 2018（1）：97-104.

④ 梁昭. 彝人诗中的印第安——阿库乌雾《凯欧蒂神迹》的跨文化书写 [J]. 民族艺术, 2016（1）：127-133.

⑤ 邹琰. 从独语到对话：维克多·谢阁兰与程抱一跨文化书写之异同 [J]. 当代外国文学, 2006（1）：147-152.

跨越性的文学创作。笔者倾向于采用"跨文明书写"来定义此现象。"'文明'指具有相同文化传承（包括信仰体系、价值观念、思维方式等）的共同体。与'文化'相比较而言，'文明'更简略明晰，更有便利于比较研究的明晰性。"① 由于当今比较文学视野下提及的"跨文化"往往是指跨越中西方或者东西方文化，因此，笔者认为"跨文明书写"与"跨文化书写"应该分别指涉不同的内容。身处同一文明圈内的跨国、跨民族和跨语言的书写不能被称为"跨文明书写"，只有诸如赛珍珠在《大地》（*The Good Earth*）中对中国农民的书写、埃德加·斯诺（Edgar Snow）在《红星照耀中国》（*Red Star Over China*）中对中国红军的书写、罗汉（N. Harry Rothschild）在《武曌：中国唯一的女皇帝》（*Wu Zhao: China's Only Woman Emperor*）中对武则天的书写、彝族诗人阿库乌雾在《凯欧蒂神迹》中对美国印第安人的书写这类跨越了中西异质文明高墙的文学创作才是"跨文明书写"。在这些创作中，作者的文化立场、观察视角、叙述策略很大程度上决定着作为书写对象的异国形象能否被目的语读者所理解和接受。在国际比较文学研究中，海外学者主要关注西方文明圈内部的"跨文化书写"，然而，在21世纪的中国，学者们普遍将"跨文明书写"作为形象学研究的第一个领域，通过综合运用形象学、后殖民主义、叙述学等理论，剖析西方作者跨文明书写中隐藏着的西方中心主义，以及对西方作者笔下的中国形象予以理性的思考。

除了对跨文明书写中的中国形象进行研究，21世纪以来的中国比较文学研究者还拓展了另一个形象学研究的领域：文学作品翻译与中国国际形象塑造的关系研究。中国学者在这一领域进行了以下探索：2009年，马士奎发表了《塑造自我文化形象——中国对外翻译现象研究》一文。作者提出"对外翻译行为的主要意图是在异文化中塑造出本文化的自我形象"的观点，首次引发学界关注优秀的文学翻译对于构建并提升国家国际形象的重大意义②。2018年，作者的专著《塑造自我形象——中国对外文学翻译研究》由中国人民大学出版社出版。该著作"通过大量挖掘史料，从晚清、民国时期我国文学翻译现象入手，在复杂、零散的史料中去了解我国对外文学翻译历程，研究我国

---

① 曹顺庆. 比较文学教程 [M]. 北京：高等教育出版社，2010：18.
② 马士奎. 塑造自我文化形象——中国对外翻译现象研究 [J]. 民族翻译，2009（3）：20-25.

对外文学翻译话语体系的构建及国家形象塑造的问题，对改革开放前我国对外文学翻译的方式及特征进行总结"①。除了马士奎之外，陈吉荣也在这一研究领域中深耕。2012 年，中国社会科学出版社出版了他的专著《翻译建构当代中国形象》。作者自评其著作是"以澳大利亚中国现当代文学英译活动及成果为研究对象，希望揭示澳大利亚中国文学研究的特点，为中国形象学研究提供新的理据"②。除了马士奎和陈吉荣，还有不少著名的翻译研究学者跨界到形象学研究中来。比如，2017 年，胡开宝发表《基于语料库的翻译与中国形象研究：内涵与意义》；2018 年，谭载喜发表《翻译与国家形象重构——以中国叙事的回译为例》；2020 年，李正栓发表《文学翻译助推中国形象构建》。这些著名翻译研究学者对形象学的关注正在促成翻译研究与形象研究的深度融合。笔者认为，在翻译研究者的助力之下，中国形象学研究的新枝将会茁壮成长。

21 世纪的中国形象学研究在研究目的上更为多元，既有为实现跨文明对话的，也有为打破西方中心主义的，还有为探索作者的"文化身份认同"，以及讲好中国故事，彰显民族文化自信的。简言之，21 世纪的中国比较文学形象学研究有着更为复杂的样态，但总体而言，这些研究都对文学文化研究与实现中华民族伟大复兴这一目标进行了有机整合，一方面揭露了西方作家扭曲或误解中国形象的深层原因，另一方面弘扬了具有大国气度和大国担当的正面的、真实的中国形象。

五、 变异学： 中国比较文学研究的创新

从变异研究来看，20 世纪复兴后的中国比较文学变异研究还处于一种自发的、感性的层面。叶维廉提出了"文化模子"一说。季羡林通过"资料研究"，追踪了故事与文本在流传中的变化。陈惇、孙景尧、谢天振等学者将"文化模子寻根法"作为比较文学研究的重要内容。包振南、仲伟合、吴泽林、俞森林、张成柱、关鈇新等学者论述了文化差异所导致的文学翻译的

---

① 高远. 国际传播中我国对外文学翻译话语研究——评《塑造自我形象——中国对外文学翻译研究》[J]. 新闻爱好者，2021（3）：101－102.

② 陈吉荣. 翻译建构当代中国形象：澳大利亚现当代中国文学翻译研究 [M]. 北京：中国社会科学出版社，2012：516－517.

"限度"或"不可译性"现象。这些学者都或多或少地体悟到了文学在传播和交流过程中变异的不可避免性，但真正将"文化模子"差异与文学跨文化传播联系起来的"变异学"理论的提出则是在 21 世纪之初。

（一）变异学的提出与价值

2000 年，严绍璗提出"文学变异体"一说。他认为："文本的'变异'机制是文学的发生学的重要内容，而'文明社会'中的文学文本中的大多数都是'变异体'文学。"① 在此基础之上，2005 年，曹顺庆在《比较文学学》中首次提出"变异学"理论。次年，基于比较文学学科领域现状、文学发展的历史实践以及比较文学学科理论的拓展，他建议将"变异性"作为比较文学研究中继法国学派的"同源性"和美国学派的"类同性"之后的另一个可比性，将"文学变异学"作为中国比较文学的新的研究领域。他的提议得到了孙景尧、王超、关熔珍、胡志红、秦鹏举、邹涛、姜智芹、李点、宴红等学者的支持。2013 年，曹顺庆的英文专著 *The Variation Theory of Comparative Literature*（《比较文学变异学》）出版，该著作打破了比较文学法国学派和美国学派在学科理论上的霸权，为世界贡献出中国比较文学研究的理论洞见。2019 年，王超的专著《比较文学变异学研究》由中国社会科学出版社出版。该著作详细介绍了比较文学变异学的学术背景、思想资源、路径启示、理论特征、规则限度、实践领域等问题。曹顺庆为其作序："比较文学变异学的提出，正是为了纠正比较文学法国学派影响研究、美国学派平行研究在学科理论建设方面的不足与缺憾。"②

变异学理论对中国比较文学最重要的贡献在于：一是变异学为中国比较文学研究者进行中西跨文明的文学比较确立了学理上的依据；二是变异学可以被整合在影响研究、平行研究、比较诗学研究、形象学研究之内，为以上几个传统的比较文学研究领域赋能，达到一加一大于二的效果。从比较文学变异学的提出到大量学者运用该理论进行学术实践结出丰硕成果，再到如今对它的"研究之研究"的诞生（《比较文学变异学研究》），变异学业已成为最能激发

---

① 严绍璗."文化语境"与"变异体"以及文学的发生学 [J]. 中国比较文学，2000（3）：1-14.

② 王超. 比较文学变异学研究 [M]. 北京：中国社会科学出版社，2019.

21世纪以来中国比较文学研究活力的理论。

（二）变异学的影响

变异学是中国比较文学在方法论和学科理论上的创新，它不仅确立了中国比较文学跨文明比较研究的合理性，还为西方比较文学摆脱学科发展困境贡献出了可行的中国方案。

笔者在《关于比较文学研究的反思》一文中提出，由于"窄化""泛化""浅化"三种对"比较文学"的错误理解，国际比较文学经历了三次危机。"'窄化'体现在对研究对象、研究范围和可比性的过紧限制和狭义理解上；'泛化'体现在文化研究对比较文学的进攻以及对'比较'方法论的妥协性放弃上；'浅化'体现在'X＋Y'式浅层比附、话语独白，以及缺乏对'世界文学'在新语境下作为学科理想和研究方法论的双重认识上。"[①] 而"变异学"理论的提出刚好可以在一定程度上缓解国际比较文学所面临的以上危机。因此，在2013年曹顺庆的英文专著出版之后，佛克玛（Douwe Fokkema）、丹穆若什（David Damrosch）、托马斯·毕比（Thomas Oliver Beebee）、马歇尔·布朗（Marshall Brown）、斯文德·埃里克·拉森（Svend Erik Larsen）、多明格斯（Cesar Dominguez）、苏源熙（Haun Saussy）、西奥·德汉（Theo D'haen）、伯纳德·弗朗科（Bernard Franco）、高利克（Marian Gálik）等著名西方学者都对之给予了高度评价。习近平总书记《在哲学社会科学工作座谈会上的讲话》深刻指出，现在"我国哲学社会科学在国际上的声音还比较小，还处于有理说不清、说了传不开的境地"，因此，我们的学科建设要"善于提炼标识性概念，打造易于为国际社会所理解和接受的新概念、新范畴、新表述，引导国际学术界展开研究和讨论"。[②] 作为中国比较文学学科建设中最具国际影响力的创新性成果，变异学理论极大地彰显了我国比较文学学者在人文社会科学领域中的洞察力、思考力和解决问题的能力。

小　结

到目前为止，国际比较文学研究已经经历了三次学科危机。但是，与国际比较文学屡遭危机的情况相反，中国的比较文学在21世纪却蓬勃发展，结出

---

① 卢婕. 关于比较文学研究的反思［J］. 湖南师范大学社会科学学报，2017（2）：112－120.
② 习近平. 在哲学社会科学工作座谈会上的讲话［M］. 北京：人民出版社，2016：25，15.

了丰硕的成果。2002 年，王宁基于中国比较文学的立场，提出了应对全球化对文学学科和文化市场的冲击的建议。① 2013 年，徐扬尚的专著《比较文学中国化》论述了西方比较文学研究理论同中国文化及其相关学科研究实践相结合的途径。2016 年，张隆溪指出进入 21 世纪以来中国比较文学真正走出欧洲中心，进入了比较文学新时代。② 2020 年，李伟昉从中国比较文学学者的学术创新能力、文化自觉、为世界学术作贡献的远大志向等方面论证了创建比较文学"中国学派"的重大意义。③ 由此可见，建立比较文学中国学派已经成为21 世纪以来中国比较文学学者的迫切希望。本章通过总结 21 世纪以来中国比较文学的研究转向与创新发现，首先，中国比较文学研究已经实现了从西方理论为中心的知识建构方式向以中国实践为中心的知识建构方式的转向。基于中国深厚的历史和文化，立足于中国本土的实践基础，从中国特色社会主义建设事业的需求和视野出发，21 世纪中国的比较文学研究正在以实践创建比较文学"中国学派"。其次，正是由于怀有对于建构"中国学派"的美好憧憬，21 世纪以来的中国比较文学在影响研究、平行研究、比较诗学、形象学研究、变异研究等多个领域出现了转向和创新，向世界展现了中国比较文学研究的独特性、先锋性和科学性。最后，比较文学"中国学派"与中国比较文学研究的转向与创新是双向互构、相得益彰的关系。"中国学派"的建构能够有效推动中国比较文学研究者更自觉和主动地发现学科中的问题和解决之道；中国比较文学研究的转向与创新能更进一步增强"中国学派"的自信和国际影响力，最终实现"中国学派"在"名"与"实"之间的统一。

---

① 王宁. 全球语境中的比较文学：中国的视角 [J]. 江苏社会科学，2002（6）：161－166.
② 张隆溪. 比较文学的新时代 [J]. 中国比较文学，2016（4）：1－6.
③ 李伟昉. 文化自信与比较文学中国学派的创建 [J]. 中国社会科学，2020（9）：135－159＋207.

参考文献

安德烈·勒弗维尔. 文学翻译：比较文学背景下的理论与实践 [M]. 北京：外语教学与研究出版社，2006.

蔡宗齐. 比较诗学结构：中西文论研究的三种视角 [M]. 北京：北京大学出版社，2012.

曹顺庆. 中西比较诗学 [M]. 北京：中国人民大学出版社，2010.

曹顺庆. 比较文学概论 [M]. 北京：高等教育出版社，2015.

曹顺庆. 南橘北枳 [M]. 北京：中央编译出版社，2014.

查尔斯·伯恩海默. 多元文化时代的比较文学 [M]. 王柏华，译. 北京：北京大学出版社，2015.

辜正坤. 中西诗比较鉴赏与翻译理论 [M]. 北京：清华大学出版社，2010.

韩大伟. 中英古代诗歌认知诗学研究 [M]. 哈尔滨：黑龙江大学出版社，2013.

葛桂录. 中外文学交流史：中国－英国卷 [M]. 济南：山东教育出版社，2015.

黄志浩，陈平. 诗歌审美论 [M]. 南京：凤凰出版社，2012.

江岚. 唐诗西传史论 以唐诗在英美的传播为中心 [M]. 北京：学苑出版社，2009.

乐黛云. 中西比较文学教程 [M]. 北京：高等教育出版社，1988.

乐黛云，孟华. 多元之美 [M]. 北京：北京大学出版社，2009.

李思屈. 中国诗学话语 [M]. 成都：四川人民出版社，1999.

廖七一. 当代西方翻译理论探索 [M]. 南京：译林出版社，2002.

刘象愚. 从比较文学到比较文化 [M]. 上海：复旦大学出版社，2011.

特雷·伊格尔顿. 二十世纪西方文学理论 [M]. 西安：陕西师范大学出版社，1987.

涂慧. 如何译介 怎样研究：中国古典词在英语世界 [M]. 北京：中国社会科学出版社，2014.

谢天振. 译介学 [M]. 上海：上海外语教育出版社，1999.

赵毅衡. 远游的诗神 [M]. 上海：上海译文出版社，1983.

王福和，郑玉明，岳引弟. 比较文学原理的实践阐释 [M]. 杭州：浙江大学出版社，2007.

王柯平. 流变与会通，中西诗乐美学释论 [M]. 北京：北京大学出版社，2013.

王先霈. 中国古代诗学十五讲 [M]. 北京：北京大学出版社，2013.

吴永安. 来自东方的他者：中国古诗在 20 世纪美国诗学建构中的作用 [M]. 北京：北京师范大学出版社，2015.

杨乃乔. 比较诗学与跨界立场 [M]. 上海：复旦大学出版社，2011.

叶威廉. 比较诗学 [M]. 台北：台湾东大图书公司，1983.

叶威廉. 中国诗学 [M]. 北京：人民文学出版社，2006.

宇文所安. 中国古代诗歌与诗学：世界的征象［M］. 北京：中国社会科学出版社，2013.

张弘. 中国文学在英国［M］. 广州：花城出版社，1992.

张篷舟，张正则. 薛涛诗笺［M］. 北京：人民文学出版社，2012.

郑光仪. 中国历代才女诗歌鉴赏辞典［M］. 北京：中国工人出版社，1991.

宗白华. 美学散步［M］. 上海：上海人民出版社，1981.

钟玲. 美国诗与中国梦［M］. 桂林：广西师范大学出版社，2003.

周发祥. 中外文学交流史［M］. 长沙：湖南教育出版社，1999.

朱立元.《诗论》导读［M］. 上海：上海古籍出版社，2001.

Andors, Phyllis. *The Unfinished Liberation of Chinese Women*, 1949 – 1980 ［M］. Bloomington：Indiana University Press, 1983.

Ayscough, Florence. *Chinese Women：Yesterday and Today* ［M］. New York：Da Capo Press, Incorporated, 1975.

Ayscough F, Lowell A. *Fir-Flower Tablets: Poems Translated from the Chinese* ［M］. Boston and New York：The Riverside Press, Cambridge, 1921.

Birch, Cyril. *Anthology of Chinese Literature：From Early Times to the Fourteenth he Fourteenth Century* ［M］. New York：Grove Weidenfeld, 1965.

Douglas Robinson. *Translation and Empire：Postcolonial Theories Explained* ［M］. Beijing：Foreign Language Teaching and Researching Press, 2007.

Eaton, Evelyn. *Go Ask the River* ［M］. London：Jessica Kingsley publishers, Singing Dragon 1969.

Eoyang, Eugene Chen. *The Transparent Eye: Reflections On Translation, Chinese Literature, and Comparative Poetics* ［M］. Honolulu：University of Hawaii Press, 1993.

Genevieve, Wimsatt. *A Well of Fragrant Waters* ［M］. Boston：John W. Luce Company Publishers, 1945.

Haun Saussy, ed. *Women Writers of Traditional China：An Anthology of Poetry and Criticism* ［M］. Stanford：Stanford Univ. Press, 1999.

HuPingqing, *Li Ch'ing – chao* ［M］. New York：Twayne, Publishers, Inc, 1966.

Kennedy, Mary. *I Am a Thought of You* ［M］. New York：Gotham Book Mart, 1968.

Shunqing, Cao. *The Variation Theory of Comparative Litrature* ［M］. Heidelberg：Spriger, 2013.

Larson, Jeanne. *Brocade River Poems：Selected Works of the Tang Dynasty Courtesan Xue Tao* ［M］. New Jersy：Princeton University Press, 1987.

MacKintosh Duncan R, Ayling A. *A collection of Chinese lyrics* [M]. London: Rourledge and Kegan Paul Ltd, 1965.

Owen, Stephen. *An Anthology of Chinese Literature, Beginnings To* 1991 [M]. New York&London: Norton and Company, 1996.

Pauline Yu, ed. *Voices of the Song Lyric in China. Berkeley* [M]: University of California Press, 1994.

Rexroth, Kenneth. & Ling Chung. *Women Poets of China* [M]. New York: New Direction Publishing corporation, 1972.

Turner John S J. *A Golden Treasury of Chinese Poetry* [M]. Hong Kong: The Chinese University Press, 1976.

Victor H Mair. *Columbia Anthology of Traditional Chinese Literature* [M]. New York: Columbia University Press, 1994.

Waley, Arthur. *A Hundred and Seventy Chinese Poems* [M]. London: Constable and Co. Ltd., 1918.

William Yip. *Chinese Poetry: An Anthology of Major Modes and Genres* [M]. New York: Durham: Duke University Press, 1997.